講談社文庫

笑い犬

西村 健

笑い犬　目次

笑い犬

笑っている。

笑っている。

笑っている——

笑っている……何故《なぜ》!?

なぜ笑っている？　笑う理由などどこにある!?

今日の空が突き抜ける程に高く、美しく晴れ渡っているからか。流れる雲が滑らかだからか、天女の羽衣のように。差し込む光がどこまでも、神々《こうごう》しい輝きを辺り一面に振り撒《ま》いているからか。こんな、鉄格子入りの窓で四角く仕切られた空であっても——成程《なるほど》。

確かに小さな窓から覗《のぞ》くものであっても、今日の空はいつになく美しい。

では、だからだというのか？　だからこんなところで、頬を歪《ゆが》めて笑っているというのか。馬草《まぐさ》を久しぶりにたっぷり頂いて、卑《いや》しく口一杯に頬張っている駄馬のように。惚《ほう》けた笑みを口元に浮かべているというのか!?　……馬鹿な!!

冷静になってみれば分かること。いやいやわざわざ冷静になんか、なるまでもない。

笑う理由などどこにもない。笑みを浮かべるようなことなど何一つない。それどころか、最早《もはや》失意。絶望。奈落。どん底……

ありとあらゆるそうした表現が、今の境遇にはこの上なくぴったりと当てはまる。まるでこれらの言葉は全て、今のこの場のためにこそ作り出されたかのようだ。逆に

希望。歓喜。悦楽。幸福……そういった言葉は今いる場から、何より遠いところにある。あまりに縁遠過ぎて、この世に存在しないも同然なくらいだ。

見渡して見るがいい。暑苦しい室内。四方から迫り来る壁。頭上から伸《の》し掛からんばかりの薄汚れた天井。真夜中でも常に灯《とも》され続けている、忌々《いまいま》しい常夜灯。始終身体にまとわりつく、あまりにも不快な、鼻も曲がらんばかりの汚臭。壁と床との境目に沿うように、這《は》いずり回るゴキブリの影。そして何よりも耐え難い、人の会話。意味も持たず、内容も有さず、ただただ口から放たれるばかりの愚にもつかぬ言葉の応酬——まるで人間の愚かさを自ら、証するばかりのような。これら全てが視覚を落胆させ、嗅覚を嬲《なぶ》り、聴覚を幻滅させ、全身の皮膚を苛《さいな》む。何もかもが気分を滅入《めい》らせてくれる。

いま周囲を取り巻いているのは、そうしたものばかりではないか。明るい言葉を想起させるようなものは何もない。強《し》いて挙げれば先ほど言及した、小さな窓の向

こうに覗く空くらいだが——これらのマイナスイメージ全てを払拭《ふっしょく》する任を、そこだけに求めるにはあまりに無理がありすぎよう。あまりに荷が勝ち過ぎている、という表現もできるかも知れない。そもそも頭上一杯に広がる空でも何でもなく、四角い窓枠に縁取られたものに過ぎないのだし。

なのに、笑っているのだった。

頬が歪み、口元が緩《ゆる》んでいるのだった。

何故？　何故!?　……何故??

それでもその満面は、笑みを湛《たた》え続けているのだった。いつまでも、いつまでも

……

第一部　四角い青空

04年8月11日（水）

目の前が真っ暗になる、という言葉がある。頭の中が真っ白になる、という言葉がある。

どちらも本当だった。これ以上あの時の実感にぴったり来る表現はあるまい。いま振り返ってみても心底、そう思えるくらいだ。目の前が暗くなるのと、頭の中が白になるのとのどちらが先だったのか？　まで自覚する余裕はなかったものの。ともかく――

「主文。脅迫及び詐欺被告事件につき、被告人、芳賀陽太郎《はがようたろう》を懲役2年に処する」

裁判長の言葉を耳にした途端、２つの現象が同時に起こったのだ。正面に鎮座する３人の判事。左手に座する検察官。右斜め前に座っている私の弁護人……。背後の傍聴席の様子は、音で窺《うかが》うことしかできないものの――ともかくそれら、目の前に見えている全てが暗転して行き、同時に脳の中身が白濁して行く。私の身の上に起こったのはまさしくそんな現象なのだった。

被告席の椅子から崩れ落ちたことさえ、自覚してはいなかった。君が突然あの場に倒れ込んだものだから、法廷内は一時騒然としたものだよ……などと教えられたのも、意識を取り戻してずっと経《た》ってからのことだった。

「面会だぞ、芳賀。奥さんだ」声で我に返った。見渡してみると既に、〝住み慣れた〟室内。1年もの長きに亘《わた》って押し込められて来た、拘置所の独居内だった。もしやあれは夢だったのか。自分が裁判所で実刑判決を受けたのも、ついついこの部屋でうたた寝をしていた間に見た、悪い夢に過ぎなかったのではないか……？

しかし淡い期待も、窓から覗く看守の次の言葉で粉砕されるだけだった。「本来なら房内で横になるなど許されないところだが。お前が法廷で失神してしまったのでな。仮監《かりかん》で暫《しばら》く寝かせていたのだが一向に気を取り戻さないので、こちらに戻されて来たのだよ」

彼の言った「仮監」とは、裁判所の地下階にある被告人の控室のようなところだった。拘置所に入れられている未決勾留者は、自分の裁判のある日は押送バスに乗せられて裁判所に送られ、仮監で自分の公判の始まる時間まで待機させられる。

東京拘置所の収容者数は約3000人。大半が未決なわけだから、実に2000人以上という膨大な人数がここで自分の判決を待っている勘定になる。一日に裁判を受ける人間の数も1人や2人では利かず、押送バスを使って拘置所と裁判所とを往復させられることになる。〝利用者〟のほぼ全員が腰縄を打たれた（中には罪や裁判の性格上、奥に隔離される者もいる）、世にも珍妙な〝通勤バス〟。自分の公判が終わっても帰りのバスの便があるから、再び仮監に戻って待機していなければならない。窓も机もない陰々滅々とした室内。換気も悪い上に、狭い雑居に何人も押し込められる日も稀《まれ》ではない。何時間も閉じ込められているだけで、体調を壊してしまうくらいだ。

「あれが堪《たま》らねぇよなぁ」婦女暴行の容疑で公判中だった男が、天井を指差しながら言っていた。前にも同じ罪で服役したことがあるらしく、拘置所と裁判所との往復も、仮監での待機も既に何度も経験済みなのだ。「息苦しさくらいまでなら何とか、耐えられねぇでもねぇが。足音だけぁ我慢ならねぇ。ハイヒールてぇ代物、なぁ。あれ履《は》くてぇと脹《ふく》脛《はぎ》がきゅっと締まって、娑婆《しゃば》で見る分にゃぁそれだけで震いつきたくなっちまうくれぇだが。ここでこうしてあいつを聞かされてると、履いてる女ぁ全員この世から消しちめぇてぇ、なんてぇ気分にもなってくらぁなぁ」

確かにその通りだった。どうせ未決囚を仮留置するところだからと、ここの天井は工事もいい加減になっているのだろうか。仮監に座っていると上の階を歩く人の足音が、妙に大きく頭上に響き渡るのだ。特にハイヒールの足音は最悪だった。カツンカツンと響く音に鼓膜を叩かれていると、まるで啄木鳥《きつつき》に頭を突《つつ》かれているような気分になって来る。もっとも裁判所内を悠々闊歩しているご婦人当人は、自分の足音に気も狂わんばかりに苦しめられている男達が大勢、直《す》ぐ足下にいることなど想像もしてはいないのだろうが。

しかしそれより私にとって、拘置所と裁判所との往復で最も辛かったのは、押送バスの窓から見える光景だった。朝の8時に東京拘置所を出たバスは、小菅《こすげ》ランプから首都高速を走って銀座で一般道に下りる。本来地裁に最も近いランプは霞が関ランプなのだろうが、首都高はぐるりと曲線を描いているので、そこまで回るとかえって遠回りになるという判断なのだろうか。高速を下りた押送バスは、まさに銀座のど真ん中を突っ切って地裁の建物へ向かうのだ。

窓から見えるのはちょうど、出勤途中で足早に会社に向かっているサラリーマン達の姿である。つい先日までは自分もあぁして、朝食を摂《と》る間も惜しんで職場へ急ぐ〝企業戦士〟の一員だったのに。まさにバスの外と中とでは天国と地獄の差。車体の鉄板一枚を隔てて、こうまで違う世界が現実に存在している。

そしてまさかその地獄の側に、自分が落ちる羽目になろうなんて……。何で俺だけ彼らと隔離され、こんなところに押し込められてなきゃならないんだ？　何でこちらの側にいるのが彼らの内の誰でもなく、よりにもよってこの俺なんだ⁉

妬《ねた》みと羨望との渦巻きが、どうしようもなく胸を襲う。私の胸を掻《か》き毟《むし》る。しかし片やそんな眼差しを、車内から向けられているなんて想像する由もなく――サラリーマン諸氏は今日も、それぞれの使命感に燃えて会社へと向かう。日本社会の一翼を担う尖兵《せんぺい》として務めを、最大限に果たすべく。

だから法廷で気絶したお陰で少なくとも、帰りのバスの中から彼らの姿を見る辛さだけは味わわずに済んだわけだ。見当外れなことをぼんやりと考えていた。看守から再び声を掛けられるまでは。

「いつまでぼんやりしているんだ？　早く面会室に行ってやれ。辛いのは、待っている奥さんだって同じなんだぞ」ハッと我に返った。廊下の、看守の方へと視線を戻した。

窓から覗く表情には、心底こちらに同情する内心が表れていた。これまでもずっとそうだったのだ、彼だけは。蔑《さげす》むように接する看守が多い中で――それを言うなら未決だろうと何だろうと、囚人を動物同然くらいにしか思っていない態度も露《あらわ》な、看守ばかりの中で――階の担当責任者である彼だけは、一貫して私に同情的な姿勢を崩さなかった。もちろん立場上、一人だけ特別扱いするようなことは絶対なかったけれど。私が今の境遇にあるのはたまたま、運命の巡り合わせと時宜の悪かったせいに過ぎず、こんな目に遭わされるまでの悪人ではないことは、よく分かってくれていたのだ。

それが、日々の物腰から明らかに伝わって来た。人を人とも思わないような連中ばかりではない。人間らしい温かさを保った看守もいるんだ。そう考えるだけで幾分かでも、救われるような思いを感じていた。

だからこの時も、決して上辺《うわべ》だけの同情ではない、ということだけは確信できた。八方塞《ふさ》がりと言っていい今、頼れる相手は彼しかいない、という思いさえ込み上げて来た。

「気を確かに持っておくことだ」と彼は言った。「控訴しなければこれで、有罪確定ということになるんだからな。もう数週間ばかりは、ここに居続けることになるだろうが。それでも未決と既決とでは処遇が全く異なって来る。拘置所にいても刑務所にいるのと同じ処遇になってしまうんだ。辛くなるぞ、これから。今の内から覚悟を決めておいた方がいい。気を確かに持っておかないと精神的に参ってしまう。実際にそうなってしまった者を、私も何人も見て来たよ」

「どうなるんです、私は、これから……!?」

「さぁな。まずは控訴するかしないか。話はそれからだ。控訴しない限りお前は、懲役囚という立場になってしまう」

「弁護士はっ？」思わず、半ば叫ぶように尋ねていた。「私を担当してくれていた、沼田《ぬまた》弁護士は？　面会に来ているのは、家内だけなのですか」

あぁそう聞いている、と看守は言った。お前の弁護士が来ているという話は、聞いてはいない。

「何故ですっ!?」再び叫ぶようにして訊《き》いていた。詰問《きつもん》口調。あぁ恐らくそうなってしまっていたのだろう。ついつい、無意識の内に。「どうして彼は今、ここに来ていないんです？　私が有罪判決を受けたのなら直《ただ》ちに、今後どうするかを打ち合わせなきゃならない。控訴だの何だのを決めなきゃならない。それが弁護士の仕事じゃぁないですか。なのになぜ彼は来ていないんです。彼がこの場にいないなんて、あり得ないじゃないですかっ!?」

「そんなことは私は知らん」と看守は答えた。つれない声で……いや。彼は努めて冷たい声を出したのだ。わざと、突き放すように。これから私を襲う現実の過酷さを伝えるために。何となくそれが分かった。「お前の弁護士がどこにいようと、何を考えていようと、我々の知ったことではない」

それから彼は、一つ息を吸って言葉を継いだ。冷厳さを纏《まと》うための一拍だった。そしてその冷厳さは、既決囚に相対する時に纏わねばならない、彼の〝制服〟だった。後から振り返って考えてみるとよく分かる。当時はとても、そこまで考えを広げるだけの余裕はなかったけれども。「それより言っておくぞ、芳賀。これから我々に対してそうした口の利き方をするだけで『担当抗弁』になる。ヘタをすれば充分『懲罰』対象になり得る。お前はもう実刑判決を喰《く》らった囚人なんだ、控訴しない限り、な。そして懲役になれば刑務官に対して絶対服従。いくらそちらの言い分に正当性があろうと関係はない。こちらが『担当抗弁』と言ったら『担当抗弁』なんだ。『懲罰』対象なんだ。お前はもう、そんな立場に陥っているんだ、半分方、な。そのことを忘れるな」

そのことを忘れて、一番辛い思いをするのはお前自身なんだから……。口の奥でもぐもぐと、続けて言ったようにも聞こえた。だが確信できるものは何もない。確かなのは続けて、扉の鍵の開けられる音が響いたことくらいだ。次いで最後通牒《つうちょう》のような、彼の声。「さぁ面会だ、芳賀。早く奥さんに会ってやれ。懲役となれば面会も自由にはできなくなる。通信（手紙をやり取りすること）だってそうだ。面会や通信ができるのは決められた親族だけ。それも、月に一度だけ。それが、既決囚なんだ」

04年8月11日（水）続

「どうしてっ!?」幸代《ゆきよ》の声は狭い面会室内に、木霊《こだま》せんばかりに甲高かった。２人を隔てる二重アクリルに、ぽつぽつと空けられた小さな通声孔を通しても、金切声はもはや発狂寸前に聞こえた。普段だったらとっくに、途中で押し留められていただろう（いつもだったら時間前に面会を打ち切るのが通例の面会室担当も、今日ばかりは大目に見てくれているようだった）。悲鳴に近い大声だった。「どうして貴方《あなた》が有罪になるの？　有罪になることなんて絶対にない。貴方、そう言っていたじゃないですか。だから、私……」

「絶対に有罪にならない、とは言っていない」ゆっくりと答えながら内心、自分が不思議でならなかった。何故？　何故……っ!?　連呼したいのはこちらの方だ。誰かに向かって際限なく、言葉を吐《は》き続けたいくらいだ。なのに全く正反対に、彼女に相対しているのだった。極めて、平静に。返答も、言葉を選ぶようにゆっくりと。「万が一にも実刑はない筈《はず》、と言っていただけだ。恐らく無罪。もし悪くて有罪でも、まず間違いなく執行猶予はつくだろう、と」

確かに私の使っていた表現はこの通りだった。泣き崩れる妻を冷静に見返しながら、頭の片隅でぼんやり思い返していた。既に1年もの長きに亘る拘置所生活。延々と続く検察の取り調べ。裁判が始まってからは一人、独居で不安に苛まれる日々。唯一の救いは、足繁く面会に通ってくれるこの幸代の存在だった。だから私の使ったあの表現には、彼女をせめて安心させてやりたい、という目的も込められていたのだろうか。いやいやそれより何より、言葉を実際に口にすることで、自分自身を安心させる意味合いの方がずっと強かったのに違いない、などと冷静に自己分析しながら。

よく面会に来てくれた。本当に彼女は足繁く、面会に通ってくれた。大変だった筈なのに。本来ならこんなところにまで足を運ぶ、心的余裕すら失って当然だった筈なのに……

何と言ってもまずは、自宅に連日押し掛けたであろうマスコミの猛襲。私自身は勾留されていたから、取材攻勢に直接さらされることはなかったし、テレビが見られないため（当初は新聞にラジオさえ、公判が始まるまで許されなかった）実際の模様を目にしてはいなかったものの――それでも事件とは無関係なプライヴァシーの領域に至るまで、あることないこと報道名目で垂れ流されているだろうことは、容易に想像はついた。幸代自身の口からも何度も聞かされた。

「幸乃《ゆきの》が渋谷の悪い友達とつき合って何度も家出を繰り返してるって。それと今回の事件と、どう関係があるというの!?」

娘の非行は確かに、事件が起こる以前の我が家にとっては最大の〝懸案事項〟だった。仕事が忙しくて滅多に時間も取れなかったとは言え——あの頃、夫婦間で交された会話と言えるものの大半は、娘の話題に費やされていたと言っていい。

ただしかし彼女の言う通り、だからいったい何だというのだ!?　我が家と一切関係のない一般大衆に向かって、どうしてそんなことまで公表されなければならない？　娘の非行と私の巻き込まれた事件と、何の相関関係があるというのだ!?

だがそれがマスコミというもの。我が家の話題で人の好奇心を煽《あお》り立てることなら、どんなことでも暴《あば》き出す。強引な論理の飛躍で私の事件に結びつける——家庭内の秩序一つ確立できない男が、社会的道徳から逸脱してしまったとしても無理はない、とか何とか。

そうした連中に四六時ちゅう家の周辺に張り付かれ、取材と称して昼夜お構いなしに玄関のチャイムを押され、プライヴァシー侵害も甚《はなは》だしい報道に連日取り巻かれてみるがいい。気が変にならない方が不思議であろう。

加えて私の元勤務先、乙石《おついし》銀行とのやり取りの問題もあった。

「芳賀さん。残念だが昨今の状況を見ていると、貴方の逮捕は免れないようだ」実際に逮捕される、僅《わず》か数日前のこと。本社総務部の人間が直々にやって来て、率直に宣告したのである。「こうなると背に腹は換えられない。こちらとしても非常に心苦しいのだが……。乙石銀行行員のままで逮捕ということになると、世間的にも何かとマズい。それは貴方にも分かるだろう？　だから誠に申し訳ないのだが、今の内に貴方の方から、依願退職したという形にしてもらえないだろうか。もちろん退職金は出す。実際の勤務年数以上に嵩上《かさあ》げして、ね。退職後の身分も保証しよう。我が社にはこういう時に使える関連会社がいくつもあるからね。そこの顧問という形にして、毎月給料も保証する。事件が一段落すれば世論も騒がしくなくなるだろう。そうなればその関連会社から、抜擢《ばってき》されたような形で本社に復帰することだって簡単にできる。済まないが今の時点で、これが我々にできる最大限のことなんだ。依願退職という形だけはどうか、呑《の》んでくれないか」

心底済まなそうに頭を下げるため、私はすんなりと申し出を呑んだのだった。なるほど確かに現職の逮捕ということになれば、何かと世間体も悪かろう。自分自身、20年以上もの年月に亘って忠誠を誓い続けた先、乙石銀行ではないか。迷惑を掛ける事態だけはできる限り避けたい、というのは偽らざる本心だった。

それにこうして向こうの方から、生活も身分も保証すると確約してくれている。もしかしたら全てが終わった後で、抜擢形式で本社への復帰が実現すれば——会社の名誉を守るために身の犠牲すら厭《いと》わなかった実績が評価され、その後の出世も考慮してもらえるかも……。そんな邪《よこしま》な読みが、頭の片隅を過《よぎ》らなかったと言えば嘘になる。ともあれさすがは以前から「一度そこに身を置いたなら墓場まで行員の面倒を見る」とまで謳《うた》われた乙石銀行。非常事態でも行員を大切にする体質は変わらないんだなぁ、などと暢気《のんき》に感心しながら。

ところがいざ逮捕勾留され、公判が始まってみると銀行側の態度は文字通り、掌を返すように豹変したのだった。関連会社の顧問という話はうやむやにされたままで、給料の支払われる兆しなど一向に見えて来ない。おまけに裁判の雲行きが怪しくなって来たと見るや、いったん支払われた退職金を返せとまで幸代に迫って来たという。

「元々こういう事態を招いたのは、お宅のご主人のせいでしょう？　言わばこちらは煽りを喰らって、名誉に傷をつけられた被害者の立場なわけで。退職金云々どころか、逆に補償金でももらいたいくらいですよ」

とても同じ人間が言っているとは思えない、まさに「変わり身」という表現そのままの、対応の転換ぶり。あまりのことに呆れ果て、反論の言葉さえ暫《しば》し失ってしまうくらいだ。

しかも悪いことに、我が家のローン問題まで絡んでいた。行内融資制度を活用して購入した〝ささやか〟な自宅だが、逮捕の時点でローンはまだ20年分も残っていたのだ。同制度は行員にだけ適用される優遇措置で、退職した人間にはこれまで通りの返済利率を認めるわけには行かない。これからは少なくとも、一般顧客と同等の利率にしてもらわないと……。彼らはいきなりそう宣告して来たというのだ。約束してくれた給料ももらえないばかりか退職金まで返せと迫られ、おまけにローンの返済利率まで上げられたのではお手上げだ。夜逃げするしかない。幸代は何度も主張したというのだが……。総務部は頑として聞く耳すら持たず、金は返せ利率は上げるの一辺倒だというのである。

私が塀の外にいて、彼らと直接やり取りができたならまだ別な展開もあり得ただろうが、保釈もままならない身の上では幸代が全ての交渉窓口にならざるを得ない。情け容赦なく押し寄せる世間の猛攻を受けるには、あまりにも痛々しい我が家の防波堤。しかし彼女は否応無しに、その任を一人で引き受けざるを得ないのだ。

最後に家族の問題もあった。私の実家と我が家とは、以前からギスギスした関係が続いており、お陰で保釈金の借金を頼みに行った際もケンもホロロにあしらわれる始末だったらしい。中学に入った頃からグレ出した幸乃は前述の通り、家出を繰り返すばかりで滅多に帰っては来ない。唯一の救いは息子の誠太郎《せいたろう》だった。彼は私が逮捕された時点で高校2年生。翌年は受験という大切な時期に、大変な精神的動揺を与えることになってしまった、のだが――

「父さんは悪くないよ」最初に幸代と共に、面会に来てくれた日。開口一番、彼は力強く言ってくれたのだ。「僕は僕で受験を頑張るから。父さんも謂《いわ》れのない罪を撥《は》ね除《の》けるために、頑張って！」

その言葉通り一日何時間も机に向かう毎日を、今もずっと堅持しているという。部活動その他も、一切疎《おろそ》かにすることなく。私が惨めな拘禁生活の中、何とか気を違えることなくここまで来ることができたのも、逆境をものともせず頑張っている息子の姿を、幸代の言葉を通してずっと頭に描き続けて来られたからかも知れない。

それでも精神的に不安定な時期に、こんなことがあって何の影響もないわけがない。おまけに前述の通り、我が家には連日ハイエナのようなマスコミが押し掛けているのだし。そんな誠太郎の楯となって、彼ができるだけ平穏な気分で受験に臨めるようにしてあげること。彼のためにできるだけ環境を整え、迷った時は精神的支柱になってあげること。そうした役目までが一人、幸代の肩に伸し掛かっているのだった。

これらの問題に十重二十重《とえはたえ》に囲まれながら彼女は、最低でも週に1度はここ小菅拘置所まで面会に通って来てくれた。ない時間を何とかして捻出しながら。川崎の我が家から小菅まで通うには、電車の乗り換えだけでいくつもあって煩わしい。おまけにせっかく辿り着いても、取材目的のマスコミでも先に面会に来ていたら、諦めてすごすごと家路に就くしかない。面会は一日1組まで。家族であろうと誰だろうと、早い者勝ちというのが拘置所の、冷淡な決まりなのだから。

申し訳ない。

月並みな常套句なのは百も承知で、今の私に言える言葉はこれしかない。私さえこんなことにならなければ……。何の益にもならない言葉を口にする以外、できることはない。なのに――

「それに……」反狂乱の彼女を前にしながら、私の口からは謝罪の言葉すら出ては来ないのだった。彼女が熱心にここに通っていたのも、日頃の重圧から一瞬でも逃れて、私の口からせめて安心できる言葉を聞きたかったからかも知れないな、などと意地悪く深読みしながら。だからその安心が粉砕された今、こうして彼女はパニックに陥っているのかも知れない。そうまで邪推しながら。「恐らく無罪。悪くても執行猶予。これは厳密に言えば、俺の言葉じゃない。沼田弁護士が言ったんだ。だから俺は、それをそのまま」

「どうしたのっ!?」私を遮るように、幸代は半ば叫ぶようにして言った。「どうしてそんなに、他人事《ひとごと》みたいなの？　他人事みたいな言い方ばかりしていられるの？　有罪だって言われたのは貴方なのよ。このままだと刑務所に入れられてしまうのは、貴方自身なのよ。なのにどうして」

……お前のお陰だよ。心の中で思っていた。俺だって叫び出したい。髪を振り乱して喚き散らしてやりたい。でも俺がやる前に、お前がやっていたじゃないか。人間というもの、自分のやろうとしていたことを先に人にやられると、妙に冷めてしまうものらしい。相手に先に半狂乱になられると、逆に冷淡になってしまうらしい。今の俺がちょうどその、格好の実例なのかも知れないな。それとも俺はこの期《ご》に及んでもまだ、お前を安心させたい、と――

沼田弁護士……

不意に今しがた自分が口にした、その名が意識の表面に浮かび上がっていた。私の下らない自己分析も、突然そこで打ち切りになった。

「そうなんだっ。俺にそう言ったのは、他でもない彼なんだっ！」奇妙な冷静の仮面もそこで、一瞬でかなぐり捨てられていた。沼田弁護士の名が、頭の中に浮かび上がった途端。仮面を突き破って本来の自分が、表面に飛び出していた。「なのに何故、こんなことに!?　訊きたいのは俺の方だよ。この俺の方なんだ。それに何故、彼は今もここにいない？　何故なぜ何故っ。それは俺のセリフだ。俺自身が一番、訊きたいことなんだよぉっ!!」

左脇で看守の立ち上がる気配がする。幸代の半狂乱が伝播《でんぱ》したように、取り乱す私。しかし頭のどこかが感じ取っていた。それまでだ、芳賀。面会は終わりだ……。次の瞬間、言われるだろうことも。瀬戸際の瞬間であることを、私のどこか一部が敏感に察知していた。そこだけは相変わらず、冷静に。

「呼んでくれっ！」だからその前に、叫んでいた。唖然と見返す幸代に、何より伝えねばならない依頼を喚き立てていた。面会を打ち切られ、機会を失ってしまう前に。今となっては声を荒らげても「担当抗弁」にならない、唯一の相手に最後の言葉を投げつけていた。「沼田弁護士に連絡をとってくれ。今すぐ。直ぐにここに来るように言ってくれ。それが弁護士の仕事じゃないか。なのになぜ彼は、未だにここに来ていない？　何故なぜ何故。何故なんだぁ……っ!?」

04年8月20日（金）

「ど、どういうことですっ!?」幸代を介して直ちに来てくれるよう依頼しても、暖簾《のれん》に腕押し。拘置所に願箋《がんせん》を出して呼び出しの電報を打ってもらっても、梨の礫《つぶて》。焦燥のあまり私は、気が違いそうになっていた。両手で頭を抱え、独居内を転げ回りながら奇声を発したい衝動を抑えるのに、最大限の努力が必要だった。控訴の期限は一審判決から14日以内、と決められているのだ。僅かな猶予期間が、ただ待たされるだけの日々であっという間に費消されて行く。

なのに、そうまで人を追い込んでおきながら、ようやっとのことで姿を現わした沼田健児《けんじ》弁護士の言葉は、あまりにも非情で信じ難いものだった。これまで胸を掻き毟らんばかりの思いで、待ち焦がれた相手だというのに。挙句に聞かされるのが、こんな言葉だったなんて!?

「控訴は諦めましょう、と申し上げたんです。事態全体を展望してみるに、結局それが一番いい。そう判断せざるを得ません」

「し、しかし、何故？　何故っ!?」

畳み掛けようとするのを制するように、弁護士の右掌が向けられる。だから、これから説明しようというんです。掌そのものが、言っているみたいだった。何故だか掌線が生《なま》っ白《ちろ》く見えたことばかり、妙に印象に残っている。

「検察のハラを読み違えていた。一言で言ってしまえばそういうことですな。彼らがこれだけの覚悟を固めていた以上、控訴したとしても結果は何も変わらない、と見た方がいい」

「検察の、ハラ……」

「そう。要はメンツの問題です。いったん立件した以上、誰か一人だけでもブチ込まないことには彼らのメンツが立たない。体《てい》のいいスケープゴートというわけです。そいつに仕立て上げられたわけですよ、貴方は。残念ながら」

まるで他人事のように語られる声を聞きながら、何が何だか訳が分からなかった。視界の全てが渦巻くような錯覚に襲われていた。

そもそも検察のハラを読み違えていた？　本当にそうならつまり、弁護士のあんたの戦略ミス、ということではないか。つまり今の事態を招いた責任の大部分は、あんたにあるということじゃないか。本来ならそう言って、目の前の相手に詰め寄るべき場面であろう。しかしその時は、相手の非にすら思いが至らない程、頭が混乱していた。

検察のメンツ？　そんな下らないことのために私は有罪判決を受け、〝前科者〟という烙印《らくいん》を永遠に背負い続けなければならないというのか!?　思わず喚き立てそうになった。しかし再び、寸前で弁護士の右掌が遮っていた。

「よくあることなんですよ、こういうケースは」

相変わらず他人事のような口ぶり。咄嗟《とっさ》に言葉を失い、更に頭が混乱してしまう。

「よ、よくあることって、そんな……」

「最初は貴方を突破口に、乙石銀行の大物まで芋蔓《いもづる》式に引っ張る積もりだった。ところが実際に貴方を逮捕して、取り調べてみるとどうやら上手《うま》く行きそうにないと分かって来た。そこで方針転換をしたわけです。大物の逮捕は諦める。ただしいったん逮捕者を出した以上、全員無罪放免というわけには行かない。これだけ世間が騒いでいるのだから、一人だけでも悪者を作らないことには収まりがつきませんからね。つまりはそういうわけです。よくあることなんですよ、検察のこういう方針転換は」

最初は私を突破口に、乙石銀行の大物まで芋蔓式に引っ張る積もりだった。確かにその通りだろう。混乱した頭でも、それだけはよく分かった。何となれば私が逮捕され、東京拘置所に連行されて来た当初、検察官の質問はその一点のみに集中していたからだ。

「上からの指示があったんだろう？　こっちには分かっているんだ！」

二言目には出て来る言葉。続いて、

「ほら。もう言っちまえよ。言って楽になるんだ。他の者はもう、とっくに喋《しゃべ》っちまってるんだぜ」

と来る。「こっちには分かって」いて「他の者は喋」っているんなら、私に証言させることはないじゃないか!?　冷静に振り返れば、突っ込みたくもなる場面だが――実際の場ではとても、心的余裕などない。とにかく当初、検察側の質問は上の人間の関与を私の口から証言させたい、という目的のみに絞られていたのは間違いのないところだった。そして――

私の返答も決まっていた。検察の質問同様、同じ言葉を繰り返すばかりだった。

「いえ。それはありません。全て、私一人の判断でしたことです」

全ては私一人の判断。正確に言えばそうではない。内心、自分でもよく分かっていた。はっきり認識していた。

教えられた通りにやったまでだ、私は。前任者の指示に従っただけだ。と言うよりあぁしたやり方そのものが、乙石銀行全体の慣行として蔓延《まんえん》していた、と言ってもい い。もしかしたら乙石に限らず、他の銀行においても悉《ことごと》く似たようなものなのかも知れないが。銀行というところはどこも、あのような対処をすると相場は決まっているのかも知れないが。ともかく私はそれに則《のっと》ってやったまでだ。偽りない本音だった。

確かに褒《ほ》められたことではなかったろう。偉そうに言い訳できる立場に、私がないことだけは確かだろう。しかし、ならば非難されるのは私一人ではなく、乙石銀行全行でなければおかしいではないか。もしどこの銀行も似たようなものだとするならば、それこそ罪を問われるべきは、業界全体の体質である筈ではないか。

周りが非道徳的な慣行に染められている中、自分一人だけは敢然と距離を措《お》く？　毅《き》然《ぜん》と潔癖を貫く？　あぁそこまでできれば確かに、褒められる立場を堅持できたかも知れない。私が誹《そし》られるとすればただ一つ、そうではなくズルズルと周りに流されてしまったこと。そこに非があるという点については否定する気はない。しかし業界全体があぁなっていた中で、一会社員、一銀行マンに過ぎない私に、いったい何ができたというのだ。それにこれだけは言うことができる。もし私が潔癖を貫き、銀行全体の風潮から距離を措いていたとしたら、私が支店長にまで上り詰めることは金輪際《こんりんざい》なかった筈。

不動産ブローカー、小南偵三《こなみていぞう》と手を組んだことについても同様だ。詰め腹を切らされるのが私のみ、というような話ではない。そもそも彼を私に紹介したのも、当時の神保町支店長だった糸魚川《いといがわ》さんだったのだし。彼に紹介されるまで私は、そうした方面に人脈は全くなかったのだし。

また小南と組んで債権回収の案件を進めていたことは、岸《きし》副頭取までが先刻ご承知でもあった。ある日、私が全くの別件で糸魚川さんと、銀座の料亭『一兆《いっちょう》』で打ち合わせしていた時のこと。偶然同じ『一兆』で岸副頭取も会食されているということが分かり、糸魚川さんともども急遽《きゅうきょ》その席に呼ばれることとなった。そこで、こんな一幕があった。

「やぁどうかね？　中野坂上の案件はなかなか、大変だとは聞いているが。小南という男は、上手く使えそうかね」

最初の挨拶と乾杯が終わると開口一番、向こうの方から訊いて来たのだ。

「はい。何と言っても不動産取り引きの表も裏も、知り尽くしている人間ですから」

私は答えた。次期頭取は確実とされ、早くも〝岸天皇〟とすら呼ばれ始めている超大物を前にして、大いに緊張しながらも。「イザと言う時の知恵の出し方には正直、驚かされることがあります。こちらの思いもよらない引き出しをいくつも持っている男。そういう印象を受けます」

「使いこなせそうかね？　なかなかクセの強い男、とも聞いているが」

すると糸魚川さんが、言葉を添えてくれた。「大丈夫ですよ。この芳賀君はこう見えて、万事ソツなく機転の利く男ですから。それに小南はもともと私も、古くから知っています。何かあれば私の方からもバックアップ致しますので」

2人の返答を聞くと副頭取は、「そうかそうか」と満足気に頷《うなず》いた。「大変な案件を任せてしまったようだが。君達ならば大丈夫だろう。どうか鋭意、進めておいてくれたまえ」

こうしたやり取りからも岸副頭取が、私の案件に小南が介在している事実を充分承知していたことはよく分かる。怪しげな不動産ブローカーであることを百も承知で、債権回収に利用する策を黙認したことも。

しかし検察の取り調べに対して、こちらから明かしても意味はない。どうもあの夜の副頭取との会合は、偶然会ったものだっただけに検察も突き止めていなかったようだし。向こうの方から切り出して来ることがない以上、この件については知らん顔を決め込むまでだった。

ただし小南との出会いについては根掘り葉掘り、延々と追及されることになった。初めて会ったのはどこか。何の用件だったのか。紹介したのは誰か。よく覚えていないと何度言っても許してはもらえない。

「思い出せ。記憶にあるだろ？　忘れたなんて言い訳が通用すると思っているのか」

延々と同じ質問が繰り返される。挙句の果ては、

「ほら、もう喋っちまえよ。こっちにはもう分かってるんだぞ!?」

といつもの常套句が来る。

何度も同じことを詰問され、頭がボーッとなっても私は当初、

「小南との最初の出会いは、私が神保町支店で支店長代理をしていた頃のことです。何の案件かは忘れてしまいましたが、複雑に絡み合った根抵当権の関係のことで会ったのだと記憶しています。最初に会った時、複数の人と一緒だったことまでは覚えていますが。それが誰と誰だったかまではちょっと、記憶にありません」

との言い分を主張し続けた。

「支店長だった糸魚川正純《まさずみ》もその場にいただろう？　糸魚川自身が既に、自分もいたと口を割っているんだぜ」

と検察が切り込むので、

「糸魚川さんが仰《おつしや》るのならそうだったかも知れません。仰る通り彼はあのころ神保町の支店長を務めておられ、私の直属の上司でしたので。その場におられたとしても不思議ではありません。ただ私としては、あの場には複数の方がおられたので正確に誰と誰だったかは、はっきり覚えていないのです」

とまでは譲歩したが。とにかく他の乙石銀行関係者を巻き込むような証言は極力控えること。これこそが私の、取り調べに臨んでの第一方針だったのだ。そしてその方針を徹底するよう念を押したのは、他ならぬ沼田弁護士。

「検察は銀行上層部を何とか引っ張り出そうと懸命です。そのためにあることないこと甘言《かんげん》を並べて、貴方を籠絡《ろうらく》しようとするでしょう。上司の関与を証言すれば即釈放してやる。貴方の罪は問わないでやる、とか何とか。でも奴らのそんな手に乗ってはいけない。乗ったが最後、複数の関係者にありもしない罪を押しつける証言を、勝手にでっち上げる。絵空事の取り調べ調書を作り上げる。貴方が言ったことにして、ね。彼らにとってそのくらい、お手の物なんです。そして最終的に、貴方にも罪がなすりつけられる。後になって貴方が、そんな証言はしていない、などと言い出せないように。有罪判決を喰らった後でそう言い出しても、誰も聞いてはくれませんからね。だから決して彼らの甘言に乗せられてはならない。とにかくあらゆる証言においても、上層部が関与したような表現はできる限り避けること。ギリギリまで突っ込まれても、はっきり覚えていない、という風にボカすこと。この心掛けだけは、決して忘れないことです」

という彼のアドヴァイスに、粛々《しゅくしゅく》と従っていたわけだ。なのに挙句が、この結果とは……

いま啞然と見詰め返す目の前で、当の沼田弁護士の言葉は続いていた。

「裁判所も検察とはツーカーの仲ですからね。恐らく判決の出るずっと以前から、裁判所との間でこうする絵図は出来ていたんでしょう。だから控訴しようが上告しようが、判決は何も変わらない、と見ておいた方がいい。そして法外な保釈金を言い渡された前回を思えば、今後も保釈は認められまいと考えざるを得ない。するとこれからもずっと拘禁生活、ということになるわけです。ならばさっさと判決を受け入れて、服役した方がいい。懲役2年と言っても既にここでの勾留期間がありますから。それを刑期からさっ引いてくれますからね。だからこれから控訴、上告までして戦って、徒《いたずら》に勾留期間を延ばすより、その方が結果的にずっと早く済む。ずっと早く中から出て来られる。要はそういうことです」

滔々《とうとう》と喋る声を頭半分で聞きながら、私は思っていた。仲間だと思って盲信し、頼りにしていた男だが、どうやら怪しくなって来た。誰が仲間で誰がそうでないのか？　訳が分からなくなって来た。判別できなくなって来た。

そう言えば延々と続いた検察の取り調べの中で、彼らの常套句がもう一つあったな。呆然とする中でふと、どうでもいいようなことまで思い出す。

「弁護士はお前を助けてなんかくれない。本当の味方は俺達だ。だから喋るんだ、俺達に」

言い分はこういうことだった。今お前が取り調べを受けている最中に、お前の弁護士はどうしている？　どこかで酒を呑んでいるのがオチだろう。お前が弁護士の指示に従って、ヘタな嘘を言い張っている最中というのに。指示した当人は女のいる店で、のんびりと酒でも楽しんでいるのが精々《せいぜい》の筈だ。お前につき合ってストイックに過ごしているなんてことはない。絶対にない。

一方目を転じて見れば、ずっとお前と一緒につき合っているのは実は、この俺達じゃないか。女のいる店でも何でもない。こんな狭い部屋でお前と何時間もつき合っているのは、俺達じゃないか。だから本当の味方は俺達なんだ。弁護士じゃない。あんな奴らなんか、アテにするな。何だか分かったような分からないような、珍妙な理屈。

ただ彼らの言葉の中で、一つだけは正しかったな……と不意に思い至る。滔々と喋り続ける、当人を前にしながら——唯一、本当に正しかった一言だけが浮かび上がる。

「弁護士はお前を、助けてなんかくれない」

04年8月26日（木）

カタン。スーッ。カタン。スーッ、スーッ……

木のヘラが紙と、机の上を滑る音が平板に響き渡る。単調に繰り返される。

四角い筒状に折られた大きな紙の、まず側面に折り込みを入れる。続いて底の部分を折り返す。更に畳んで開き、底の糊代《のりしろ》を形作る。糊代の部分に刷毛《はけ》で糊をつけ、折り目を合わせて木のヘラを押し当て、スーッと滑らせる。ぴったりと貼りつけば一丁上がり。次の筒に移って、一から同じ作業を繰り返す。

やらされているのは、デパートの買い物袋の底貼り作業だった。単調という言葉、そのものの作業。同じことの繰り返し。それでも誰かがやらなければならないのだ、これを。誰かがやらなければ、デパートで買い物をした客は裸のまま商品を持ち帰るしかくなる。だからそうならないよう、客が商品を入れて持ち帰るのに便利な上に、買い物した店名を周りに知らしめる宣伝効果まで狙って作られた、この袋。名の通ったデパートのものならば、ぶら下げているだけでステイタスの一つにでもなりそうな。それまで私は、あれはどこかの工場で作られているのだろう、くらいに考えていた。機械仕掛けで、オートメーションで大量生産されているのだろうと、ぼんやり考えていた。まさか塀の中で、懲役囚の手によって一つ一つ作られていたなんて……。自分が入ることがなかったら、遂に知ることはなかったろう。その前にあの袋がどこでどう作られているのか？　などということ自体、さして意識することすらなかったろう。

名門デパート『乙寿《おつとし》』の買い物袋だった。我が乙石銀行と同じく、乙石財閥の流れを汲む老舗《しにせ》デパートだ。〝出自〟が同じ財閥系の、巨大な企業グループに属すデパートの買い物袋を、まさか自分が底貼りすることになるなんて。もともと乙石グループにおいては製造業が乙石重工、流通がこの乙寿、そして金融が我が乙石銀行と、グループの中核をなす御三家を形成していたのだ。落ちるところまで落ちた人間が、系列の仲間だった企業の袋の底を貼っている。考えてみれば何とまぁ奇妙で、不思議で皮肉な巡り合わせではないか。

され煩わしいこと夥《おびただ》しい。沼田弁護士が来ることはもうあまりありそうにないし、こちらとしても見たくもない顔に違いはないが、制限されてしまうと不自由に感じるのだから、不思議なものだ。手紙をやり取りする相手も親族と弁護士に限定され、これまた月1回に制限された。

また、同じ独居拘禁でも部屋を換えられてしまった。未決囚用のフロアから、既決囚用の〝確定部屋〟に移されたのだ。フロアが替われば担当の看守も替わる。既決囚専門の看守になってしまう。それまでは私に同情的な態度を示してくれたあの看守がいたため、精神的にもずいぶん楽だったのだが、今度の看守はあからさまに囚人扱いしてくれる。お前に基本的人権などハナからないのだという態度を、露骨に示してくれる。まぁ既決囚担当なのだから、これが当然なのかも知れないが——考え方によってはこれが、刑務所に移る前に心の準備をする〝予行演習〟という捉え方もできようが。

そして最後にもう一つ、大きく変わったのがこの、刑務作業の義務づけなのだった。未決の間は、願い出ない限り作業従事の義務はなく、房にいる間はのんびり本を読んで過ごすことができた。検察の取り調べや裁判所への出頭がない限り、一人の部屋で自由に過ごすことができた。現実にはテレビもない独居で、定期的に流されるラジオに耳を傾けるか、新聞や本を読むか手紙を書くかくらいしか時間を過ごす手立ては殆どないが。点検の時間以外は、室内で何かやることを義務づけられはしなかった。言ってしまえば食事だって義務ではなく、食べたくなければ戻してしまえばいいだけだった。

ところが懲役囚になると、時間の使い方が大幅に制限されてしまう。刑務所同様、作業時間中は刑務作業が義務づけられてしまう。これは刑罰としての「強制労働」であるのと同時に、受刑者に「正しい勤労を習慣づけ、職業的な訓練を与え、必要な技能を身につけさせることによって、受刑者の社会復帰を可能ならしめるもの」という意味づけもあるらしいが。刑務所に移ればまた何か、工場に集まっての作業（何かの映画で観た覚えのある、印刷とか木工とかいうような）が割り振られることになるのだろうが――こうして拘置所の独居にいる間にやらされるのは、袋貼りや割り箸の袋作りといった簡単な作業、というわけだった。

この単純労働が一日8時間。休み時間以外はずっと従事することになる。途中でトイレに行きたくなったら報知器のスイッチ。看守にドアの外まで来てもらい、「用便願います」と告げて許可を得なければならない。用が終わるとまた報知器。「用便終わりました」と報告しなければならない。作業時間中はトイレを使うことすら許可が必要で、勝手に立ったり座ったりも許されないのだ。これも刑務所同様の決まりらしかった。部屋の隅にあるトイレに行くだけで、一々許可や報告が必要だなんて。面倒な思いをするくらいなら、少々の尿意くらい休憩時間まで我慢した方がマシ、というものだ。

勝手に立つこともままならない。ただ時おり手を休めて、周囲の様子を眺めるくらいなら可能だ。袋貼りにノルマはない。あまり作業をサボッて周囲ばかり眺めていては、巡回して来た看守に見咎《みとが》められるだろうが。一日何枚という締めつけがない以上、疲れた手を休めて息を抜くくらいの自由はあった。

私の入っている独房は、東京拘置所新獄舎B棟。新築されたばかりの建物で、私の収監される前に完成した、という話だった。逮捕されたのは2003年7月22日。それに先立つ3月22日、古い獄舎に入れられていた勾留者がごそっとこちらへ〝大引っ越し〟させられたらしい。

ただし東京拘置所は既に定員オーバー状態なので、古い獄舎もそのまま今も使われている。私自身逮捕された当初は、昭和初期に建てられた古い獄舎の方に収監されたのだ。ちょうど暑い盛りだったため、舎房でじっとしていても汗が滴《したた》り落ち、書き物をしていると顔から垂れた汗がノートを濡らすくらいだった。いつ保釈してもらえるか？　と悶々《もんもん》としている内に季節は冬を迎え、今度は毛布にくるまっても身体の芯から冷える寒さに苛まれることになった。僅かに許された使い捨てカイロで、何とか寒さをやり過ごしていたものだ。

ところが第1回公判の始まる頃にこちらの、最新の施設に移されたのである。恐らく勾留が長期になりそうだということで、せめて冷暖房完備の環境にしてやろうという当局なりの〝温情〟だったのかも知れない。確かにそれまでの暑さ寒さの責め苦に比べれば、こちらの空調設備はまさに天国だった。天井には監視カメラの埋め込まれた最新監視システム完備で、夜も煌々《こうこう》と蛍光灯が灯され、プライヴァシーという観点からは劣ったことになったけれど。

問題は、窓の外の風景だった。入口の反対側――トイレや洗面台のある側に1m四方の透明ガラスの窓はあるのだが、外側を幅1mくらいの外通路というものが通っているため、風景は全く眺めることができない。外通路の向こう側に外界に面した大きな窓（これを「壁窓」という）があるのに、そちらは曇りガラスになっているためだ。だから部屋の中にいる限り、外が晴れているのかどうかすらよく分からない。日の光を見る機会が全くと言っていい程ないのである。面会室も運動場も同じフロアにあるため、舎房から出る時も建物からは一歩も外に出ることがない。以前は面会室に向かう途中、外を通る僅かな間に草や木の香りに接し、日の光を浴びてリフレッシュすることもできたのだが。新獄舎に移るとそうした〝人間的な楽しみ〟が殆ど奪われた環境となったのだ。

僅かな救いと言えば外通路に並べられた、観葉植物くらいのものだった。それまで植物になど全く関心のなかった私だが、こうした環境に置かれてみると、ほんの一端であれ自然に触れられたようで、ホッと心が和《なご》む。目に鮮やかな葉の緑を見ているだけで、生命の強さを感じ、力づけられるような心地になる。さっそく植物図鑑を差し入れてもらい、調べてみるとどうやらあれはゴムの木のようだった。以前の私は見ただけではそれが何の木か見当もつかない〝植物音痴〟で、その前に名前を知ろうとの意識すら持ってはいなかったのだが。外から聞こえる小鳥のサエズリを耳にし、鳴き声だけで何の鳥かを知ろうと鳥類図鑑を差し入れてもらったりもした。外ではそうした図鑑類、手に取ったことすらなかったのに。

袋貼りの手を暫し休めた私は、廊下のゴムの木に目を休め、外から漏れ聞こえて来る音に耳を傾けた。拘置所では今も獄舎の新築工事が続いており、窓を閉めていても音が壁越しに侵入して来る。鳥のサエズリが聞こえれば一番いいのだが、これだけ大きな工事の音が響いていれば小さな鳴き声など、完全に掻き消されてしまう。

それでもいいのだった、工事の音でも。まだ人の営みを、音で感じることができるだけで。自分以外の人間が直ぐ近くに大勢いて、彼らは彼らで自分の仕事に従事している。そのことを、耳で感じることができるだけで。隣の房の〝住人〟も確定囚なのだから、私と同じように袋貼りの作業をやらされているのだろうが、新獄舎は防音もしっかりしているため、隣室の物音も殆ど聞こえては来ない。ハイテク仕様なぶん全てが機械的で、人間の温《ぬく》もりを感じる機会に乏しいのだ。だからこうして、観葉植物や外の工事の音から、僅かな〝外界〟に接するくらいしか安らぎもない。

カタン。スーッ。カタン。スーッ、スーッ……

私は視線を手許に戻し、再び袋貼りの作業に取り掛かった。何も考えない。それが一番だ。先のことを考えても何にもならない。徒に不安に陥るだけだ。

だから何も考えない。ただ目の前のことだけに意識を集中する。廊下の観葉植物。外から聞こえる工事の音。そして作業中の袋貼り……。この世にあるのはそれだけだ。

今日中に何枚、貼り終えることができるか？　ノルマがあるわけではない。しかし何かの目標を自分なりに立てておけば、作業に専念することができる。余計なことを考えず、没頭することができる。そういう意味では単純作業というもの、こうした環境にうってつけ、と言うこともできよう。

カタン。スーッ。カタン。スーッ、スーッ……

ただただ無心で、両手を動かし続けた。どうやら今日中に、100枚は貼ることができそうだ。ならば明日は、120枚を目標にするか。やればそれだけ身体が作業を覚え、効率も上がる筈。だから目標も自然、上がらずにはおかない。上がらないままではダラケてしまい、作業に専念できなくなってしまうのだから。余裕ができれば余計なことを、考えてしまうかも知れないのだから。そもそも結果を出せば出す程ノルマも上がる。社会というのはそういうものではないか。私の銀行マン時代も、そうだったように……

04年8月30日（月）

「負け犬！」実際に言葉にされたわけではない。口にして誹られたわけではない。ただ目がはっきり、罵《ののし》っていた。声高に私を痛罵《つうば》していた。

「逮捕されたのが去年の7月22日で、控訴を断念したのが今年の8月21日。だからここに入っていた期間は、ちょうど1年と1ヶ月になるわけだ」

非難の視線を必死に無視して、私は今後の拘禁期間について2人に説明していた。

努めて冷静を装った口調で。面会に来てくれた、幸代と誠太郎に。罪が確定した以上親族との面会は月に1回と制限される。これが終われば、次に彼らに会えるのはまた一月先になってしまう。そしてその頃には恐らく、私の身柄は刑務所に移されていよう。つまり東京拘置所の面会室で彼らに会うのは、これが最後になるわけだ。別にそのこと自体が、名残惜しいわけではないけれど。

自分がどこの刑務所に移されるのかは、いざ当日になるまで本人にも知らされない。東京近郊ならいいが、遠くに移されたのでは、家族が面会に来るだけで一苦労になってしまう。だからそういう意味でも、今日は大切な日、なのだった。そんな日に誠太郎にも来てもらえたのは、とても有意義なことだったと言えた。丸坊主に囚人服という姿など、息子に見られたくないという思いはあったが、最後に顔をよく見ておきたいという思いもあったので、やはり来てもらえてよかったと言うべきだった。最後。そう、最後なのだ。誠太郎とこうして会うことができるのも。

「その勾留日数を、276日に換算してくれた。だから懲役2年と言っても実際は、その日数分さっ引いてくれるわけだ」

「どうしてそんな計算になるの?」当然の質問をしたのは幸代の方だ。誠太郎は今日、まだ一度も口を開いてはいなかった。その代わり目はずっと、私を非難し続けていたが。「1年と1ヶ月だったら365日と30日……395日って計算になるじゃないですか。実際にそれだけ、身柄を拘束されていたのに。なのに何故、276日なんて短くなるの？　それじゃぁ刑期から差し引いてくれる日数が、100日以上も短くなってしまうじゃないですか」

「そういうものらしいんだよ」と私は言った。本来なら同じ思いで、身体を震わせたいくらいなのだが。訳の分からないこの世界の〝常識〟で、拘禁期間を引き延ばされる理不尽に怒りを露にしたいくらいなのだが。だが激情に直面していても仕方がない。感情を殺すこと。それが塀の中で生きて行く上での一番の秘訣なのだ。この1年1ヶ月の間に学べたことと言えば、僅かにそれくらいに過ぎなかった。「未決期間の身柄拘束は、既決のものとは性格が違う。今は既決と同じ生活をさせられているから俺自身実感しているが――既決になると制限が多くて、何かと不便になってしまう。だからなんだろう。未決の頃の勾留期間を、そのまま刑期に勘定することはあまりないらしいんだ。だいたい8掛けくらいで勘定して、刑期からさっ引く。それが、慣例になっているらしいんだ」

実際には私がさっ引いてもらったのは、未決勾留期間の7掛けの日数に過ぎなかったのだが。幸代もどうやら、そこまでは気づいていないようなので、余計なことは敢《あ》えて口にはしないでおいた。時には半分くらいしか勘定に入れてもらえない、もっと酷《ひど》いケースもあるというのだから、それに比べればまだマシと言うべきなのだろうし。物事は見方を変えていい方に、いい方に、と捉える。これまた塀の中で生きて行く、一つの秘訣なのだろうし。

「仮釈放は？」と幸代が訊いた。とにかくこうなった以上、どれだけ早く出られるのか？　ということだけが今この面会室内の、3人の頭を占める唯一の懸案なのだ。実際には面会室内には4人目がいるのだが、当の担当刑務官が何を考えているのかは私の与《あず》り知るところではない。恐らくこのような場面に何百回（もしかしたら1000回以上？）となく立ち会って来たのであろう。室内の空気に全く無関心気に、彼はただ黙々と記録をつけ続けていた。「仮釈放というものもあるんでしょう？　それが適用されれば、どれくらい早く出て来られるの」

「そう。模範囚として真面目に刑期を務めていれば、仮釈放してくれる」と私は答えた。「聞いた話では刑期の3分の1を務めれば、仮釈放の適用が受けられるそうなんだ」

「3分の1？」幸代の表情がパッと輝く。暗い話題ばかりだから少しでも希望の持てる中身になると、そこにすがりつきたい心境になるのだ。「それじゃぁ、2年の3分の1だから、24ヶ月を3で割って、8ヶ月。30日、掛ける8で240日ってこと？　だってもうここに、395日も入っているんだから。もうとっくに、仮釈放の適用期間は超えてるってことに……？」

「ところがそこまで話は甘くないらしいんだ」すがりつきたい希望でも、あまりに過剰だといけない。裏切られた時のショックが大きくなってしまう。だから慌てて幸代を押し止めた。勿論《もちろん》アクリルの遮蔽板越しの面会だから、実際に身体を使って押し止めたわけではないが。「仮釈放の日数を計算する時は、未決勾留期間は一切勘定に入れないらしいんだ。だから刑期2年——730日からさっき言った276日をさっ引いた、454日。この3分の1という計算だから、後151日はまだ拘禁されてなきゃならない、ということになる」

「151日……つまり5ヶ月くらいということね？　後5ヶ月、中で辛抱すれば貴方は出て来られるということね」

「あくまで早ければ、の話だよ」実際には刑期の3分の1だけ務めて仮釈放なんてケースは、まずあり得ないことらしい。それどころか逆に、刑期の3分の1を残して仮釈放というケースすら、滅多にないことらしい。だがわざわざ現実を、僅かな希望にすがっている幸代に叩きつけても仕方がない。あくまで逸《はや》る彼女を宥《なだ》めるという態度に、私は終始することにした。「それでも上手く行って最短コースに乗れば、そういう計算になるということさ」

「5ヶ月」この明るい数字を彼女は、なかなか手放そうとしない。久しぶりに手にした希望の話題を、大切に大切に抱き締めている。「これまで1年以上も辛抱したんですもの。後5ヶ月くらいなら何とかなるわ。何とか頑張れるわ。だって今8月なんだから……それなら年が明ければ直ぐ、出て来られるという計算になるじゃない」

年が明ければ、直ぐ。言葉の裏にあるものを、この場の3人は分かっていた。今8月だから5ヶ月後となると、来年1月。するとちょうど、大学入試センター試験の試験期日辺りになるわけだ。そのようなタイミングで私が出所することが、子供の受験心理にどんな影響を及ぼすのか、は知らないが。

誠太郎はいま高校3年。来年早々にセンター試験を受けることがほぼ運命づけられている。2月には2次試験の前期試験。3月に後期試験。ただし前期試験で合格すれば、滑り止めの後期試験は全く意味をなさなくなってしまうが……そう。前期試験で第1志望の、東京大学文科二類合格を果たすことができれば。そして私達は、それはまず大丈夫だろうと確信していた。私が果たせなかった東京大学入学の夢を、誠太郎ならば果たしてくれる。彼なら成し遂げてくれる、きっと。

誠太郎は誇りだ。私の。そして、我が家にとっての。ここ十数年間、ずっとそうなのだった。

子供の頃から利発だった彼は、特段〝お受験〟用の勉強をするまでもなく横浜国大付属小学校に合格し（2次選考は籤引《くじび》きだったが、それもクリアする〝星の恵み〟付きだ）、中学からは名門開成学園に進んだ。東大合格者数全国ベスト3の実績を例年誇る、この一流校に入ってからも彼は、中高一貫の6年間を通じて常にトップクラスの成績を堅持する。余程のことがない限り、東大合格は確実だろうと担任の先生からもお墨付きを頂いていた。本来ならこの成績ならば、文科一類を目指してもおかしくないくらいなのだが――本人が経済を勉強したいという強い希望なので、文二志望に〝落として〟いるくらいなのである。本人ははっきり言わないがどうやら、経済の勉強をしたいというのは私が銀行マンだったことも動機の一つにありそうで。それだけでも私が、息子を誇りに思う理由の一端になっていた。何とか県立浦和高校にまで進みながら、2年連続で東大受験に失敗し、早稲田の法学部を選ぶしかなかった、私。その〝怨念〟を、誠太郎なら晴らしてくれそうなのだ。

それに子供の頃から引っ込み思案で、家でシコシコ勉強ばかりしていた私と違い、誠太郎は小さな時から闊達な子で、ガリ勉とは縁遠い少年時代を過ごして来た。陽太郎じゃなくて陰太郎だ……と親戚からまでからかわれていた、私の子とは信じられないくらい。恐らく彼の社交的な性格は、幸代からのものか、私の父——仁介《じんすけ》からの隔世遺伝なのだろう。スポーツも万能で、中学から始めたバスケットボールでは高校部の主将を務め、この春の都高校選手権では準優勝にまで上り詰めた。そこまで熱心な部活動の後、受験勉強にも精出していったいいつ寝ているのか？　親でも不思議に思えてしまうくらいだが、ともあれこうして文武両道の結果をちゃんと残すのが、誠太郎なのだ。

このため学校内だけでなく、周辺でもかなり有名な存在のようで、女っ気のない男子校にも拘《かか》わらずちゃんと彼女もいるらしい。まぁここだけは私の遺伝か、そちらの方面には少々奥手気味らしいのだが——今のところはまだ、ぎこちないおつき合いの範囲に留まっているようなのだが。とまれ根暗で彼女どころの話ではなかった私の少年時代から比べれば、これまた天と地のような違いである。とにかくあらゆる面で私には過ぎた、自慢の息子。それが、誠太郎なのだった。

「とにかく、そういうことだ」どうして控訴しなかったの？　自分が悪くないと思うのならどうして、とことん戦ってみようと思わなかったの!?　息子の視線を痛い程に感じながら、私は締め括《くく》るように言った。「控訴したら恐らく、まだ何年も出て来られなくなってしまう。ここまで保釈が利かなかったんだ。これからも保釈してもらえるという保証はまずないからね。最悪、まだまだ何年も塀の中に入れられた挙句、最高裁で実刑判決が確定するというケースも考えられる。そうしたらそこから更に塀の中だ。だから結局、こっちの方がずっと早い」

「そう。そうよね」自分に言い聞かせるように、幸代も頷いた。半分は横にいる、誠太郎を納得させようという思いが込められていたのだろう。「今の話のように、上手く行けば来年の頭には出て来られるんですものね。何年も頑張った挙句、結局有罪なんて判決にされるより、そっちの方がずっと利口というものよね……」

そんなことは問題じゃない！　誠太郎の目が、言っていた。自分は本当に悪いことをしたと思っているのか。問題はそこなんだ。そこにこそあるんだ。そして父さんは、悪くないと思ってるんでしょ？　だから頑張って。僕は言ったでしょ？　父さんが逮捕された時も。その後も、ずっと。僕は僕で、自分の受験を頑張るから。だから父さんも謂れのない罪を撥ね除けるために、頑張って！　そう約束した筈じゃないか!?　彼の目は終始、私を責め続けていた。

……あぁその通りだ。お前はそう言った。私も受けて約束はした。何となればそれが、お前流の考え方なのだから。どちらが利口だ、とかは関係ない。自分が本当に正しいと思うのかどうか。問題はそこだけだ。そして正しいと思ったら戦う。自分の戦いをとことん貫く。若さ故《ゆえ》ばかりではない。お前は常に、そういう考え方をする人間なんだ。

だから今の私のような、こちらの方が有利だからと謂れのない罪を易々《やすやす》と受け入れるような生き方は、お前から見れば「負け犬」に他ならないのだろう。あぁ、そう思ってくれていい。確かに父さんは負け犬だ。これまでもずっとそうだった。これからも恐らくそうなんだろう。負け犬として生を受けた人間は結局ずっと、運命から逃れることなんかできはしないのだろう。

だがお前は違う。生まれついての勝者だ。だから考え方も違う。お前の考え方は所《しょ》詮《せん》、勝ち続ける者にのみ許されたものだ。誰もが同じ考え方で生きていられるものではない。大部分の人間はどこかで、周囲と折り合わなければ生きてはいけない。この世とはそんなものなんだ。ただ、だからと言ってお前に、考え方を改めろと言っているわけでは決してないぞ。お前が勝者として生まれた男であることを、父さんは誇りに思っているのだから。

だから、という面もあるんだ。易々と控訴を断念した、背景には。

何となれば私があっさり罪を認めれば、世間は直ぐにこの事件を忘れてくれるだろうから。当事者が塀の中に落ちてしまえば事件は終わり。直ぐに忘却の彼方に押し遣って、また次の興味の持てる事件を探す。それが世間というものだ。逆にあくまで無罪を主張し、法廷闘争を貫けば世間はいつまでも行方に関心を持つ。相変わらず家の周りにはマスコミが群がり続けることになる。これからいよいよ受験へのラストスパート——最も繊細な時期を迎える誠太郎にとって、それは到底望ましい環境とは言い難《がた》い。

だから私は控訴断念を決意したのだった。世間に早く事件を忘れてもらうために。息子が受験に集中できる環境を取り戻すために。勝者を常に勝者たらしめるために、負け犬はとっとと敗退した方がいい。そういう判断もあったのだ。幸代にはそれとなく伝えておいたけれど。誠太郎自身は、知る必要は全くない。

「そろそろ時間だ、芳賀」面会室担当の刑務官が立ち上がる。合わせて私達3人も、立ち上がった。

「それじゃぁ、貴方。身体にだけは気をつけて」

「あぁ。有難う。後ちょっとの辛抱だからな。何とか、頑張ってみるよ」

誠太郎は何も言わずに踵《きびす》を返した。とうとう今日の面会で、彼は一言も口を利くことはなかった。

もう彼が面会に来ることはあるまい。分かり切ったことだった、互いに何も言うまでもなく。とことん落ちた父親を見るために、無駄な時間を過ごすことはない。貴重な時間を割いてまでわざわざ足を運ぶことはない。……あぁその通りだ。お前はそういう生き方を貫いてくれればいい。私を蔑み、せいぜい踏み台くらいにしか使えない存在と見なして、踏みつけにして更に高みへと駆け上がってくれたらいい。

私は負け犬としての生き方を貫く。勝者のために踏み台になることもまた、我々の務めなのだから。負け犬として生を受けた人間にできる、精々のことなのだから。

だからそのドアから出て行ったら、もう私のことなんか忘れてくれ。こんな父親のことなど忘却の彼方に捨て去り、自分の戦いに専念してくれ。それが私の望みだ、誠太郎。お前は私の希望。誇りなんだ——私の半生の中で自慢することのできる、たった一つの。

04年9月3日（金）

「芳賀陽太郎。昭和30年7月11日生まれ。本籍地、埼玉県上尾市《あげお》……」

「よし」入所以来初めて〝ご尊顔〟を拝した所長は、一つ頷くと視線を落としていた書類から顔を上げ（予想外に端正な顔立ちだった）、厳《おごそ》かな目で私を見詰め返した。

徐《おもむろ》に口を開く。「芳賀陽太郎。服役地として、八王子刑務所を申し渡す」

移送される刑務所の宣告された瞬間だった。

自分がどこの刑務所にいつ送られるのかは、当日になるまで本人にも知らされない。ただ私は、前日の内に気づくことができた。領置品《りようちひん》調べがあったためだ。領置品とは拘置所に入った時に、所に預けた私物である。拘置中に差し入れてもらった物品も、房内に持ち込めないものについては全て領置される。具体的には金や服、本といった辺りが主なものだ。もっとも服については刑が確定した時点で、幸代に言って家に持って帰ってもらったが（これを「宅下げ」という）。刑が確定すればずっと囚人服のみの生活になる。着られないものを領置していても意味がないから、私服は早い内に宅下げしてもらったのだった。

身柄を刑務所に移される際には、当然これら領置されたままのものも刑務所に移さねばならない。間違ったものを持って行ったり、領置していたものを残されたりするとトラブルの種になるため、事前に「お前の持ち物はこれとこれで間違いないな？」と一つ一つ確認するわけだ。これが領置品調べで、「いよいよ俺もアカオチ（『刑務所行き』のこと。昔既決囚が赤い服を着せられたことから『赤人』と呼ばれたため）か」と知ることのできる目安になる。

領置品調べに先立ち、刑務所移送が近づくと刑務官による面談もある。知能検査のような適性検査もある。

面談では、「事件について反省しているか」「今どのような気持ちでいるか」「被害者や遺族についてどう思っているか」「今後どういう気持ちで罪を償《つぐな》って行くか」といったことが質問された。四畳半くらいの狭い面談室で、極めて機械的な口調での質問ばかりだった。

野田猛純《のだたけずみ》氏が自殺したと聞かされた時のことは、鮮明に覚えている。かなり有望な新規融資先が開拓できそうだということで、支店長である私自らが挨拶に出向くべく、外回りの業務課員と書類の最後の整理をしていた時のこと。突如支店長室の、銀行本部とのホットラインが呼び出し音を発した。自殺の動機を調べる上で警察は、奥さんの主張を受けて真っ先に乙石銀行に目をつけた。そこでまず本部に一報があり、本部は慌ててこちらに連絡を寄越《よこ》した、という次第だった。

「これから間もなく、そちらに警察が任意聴取に行くものと思われる。こちらには後ろめたいことは何もないんだからな。野田氏とはこのような取り決めに従って話が進んでいた、と堂々と説明してやればいい。くれぐれも取り乱すことだけはないように、な」本部からの指示の声が、何だか受話器よりずっと遠くから聞こえて来るように感じられた。それより窓から入って来る、青梅街道を行き交う車の音の方がずっとはっきりと耳に届いた。あの時のことは今でも、細部まで鮮明に思い出すことができる。

確かに一報を受けた時は、極めて後味の悪い思いに苛まれた。そこまで追い込んでしまったのだろうか？　と申し訳ない思いに駆られもした。ただしかし所詮は、誰もがやっていることではないか。私も行内の慣習に従って、粛々と自分の仕事をやったまでのこと。たまたま野田氏が、精神的に脆《もろ》い人だったというだけで。しかして客がどんな性格だったかまで、こちらが責任を持つことではあるまい？　という本音が胸の底に今もあった。だから――

「このような事件を引き起こし、世間を騒がせてしまったことについては心から反省しています。また、自殺に追い込んでしまった野田さん、ご遺族の方達には申し訳ない思いで一杯です。勿論どれだけ反省したからと言って、野田さんが生きて帰って来られるわけではありませんが。それでも心から申し訳ないと反省し、日々を務めることによって少しでも償いになれば……今はそう、願うばかりです」

教科書通りの返答をしながらも、内心の空々しさが声に表れてはいないかと気が気ではなかった。何となればこの時に刑務官に与えた印象の善《よ》し悪《あ》しで、送られる刑務所が決定されるというのだから。それくらい大切な意味を持つ面談と、事前に聞いていたのだから。

「どこか、行きたい刑務所の希望はあるか？」

「こんな私ですが、家族がとても熱心に面会に通っていてくれてますので。ですからできればこれからも面会に通い易い、東京近郊のところにして頂ければ有難いです」

果たして希望を通してくれるのか？　答えながら甚だ内心、心許ないところではあった。

だから領置品調べの際、品物欄の送り先に「八王子」と書かれているのを見た時にはホッと胸を撫で下ろした。八王子刑務所は府中刑務所が〝慢性〟定員オーバー状態なため、医療刑務所に隣接する形で建てられた、と聞いている。府中をカバーするために建てられたものだから、累犯者も一部混ざってはいるが——初犯の方が数的に多いため、比較的のんびりした雰囲気という評判だった。

刑務所は法務省の分類上、A級B級などいくつもの収容分類に分かれている。A級は「犯罪傾向の進んでいない者」で主に初犯。B級は「犯罪傾向の進んでいる者」でつまるところ累犯だ。他にも「女子」専門のW級、「日本人と異なる処遇を必要とする外国人」を受け入れるF級、「執行刑期8年以上」のL級などなどといった分類がある。B級の〝代表格〟である府中や大阪刑務所は、まるでヤクザ関係者の溜り場のような様相だとか。長期刑の累犯者を意味するLB級の熊本刑務所などは、同所を舞台にしたヤクザ映画がいくつも作られていることで有名なくらいだという。まかり間違ってそんなところに入れられれば、私などどんな目に遭うのか？　想像もしたくない。

幸い私のような初犯は、基本的にA級だ。すると関東近辺だと八王子の他には黒羽《くろばね》か静岡、交通刑務所として知られる市原あたり、ということになる。黒羽と言えば栃木県の山の中だ。面会に通うだけでちょっとした旅行並みになる。静岡だってけっこう遠い。だからできれば、八王子が第1志望だったのだが——どうやら叶った、というわけだった。

護送は裁判所往復の時と同様、押送用のバスで行われる。この日に護送されるのは私を含めて5人。2人が八王子。3人が静岡という内訳だった。全員が捕縄《ほじょう》で繋《つな》がれ、バスに乗せられる。近場の八王子を回って私ら2人を降ろし、静岡に向かうコースを採るようだった。

窓にはカーテンが下ろされるため、外の様子はあまり窺うことができない。ただ何度も乗せられた経験から、バスが拘置所の構内を出、ぐるりと回って首都高速に乗るのが車の揺れ具合で分かった。1年と1ヶ月あまり……正確に言うと410日間に亘って収監されていた東京拘置所とも、これで永遠にお別れというわけだ。だからと言って先日の面会同様、別に名残惜しいわけでも何でもないが。

それでも1年以上もの長きに亘って、過ごすことを余儀なくされた場所だ。思い出すことがないと言えば嘘になる。言うまでもなく殆どが、辛い思い出ばかりだけれど。

中でも特に辛かったのが、公判の始まった今年1月までの半年間だった。来る日も来る日も吸わされた、取調室の空気の埃《ほこり》っぽさが今でも喉《のど》に蘇《よみがえ》って来る。

「シラを切るのもいい加減にしろ。上からの指示があったんだろう!?　こっちには分かっているんだ」

来る日も来る日も同じセリフ。手に持ったファイルを机に叩きつけ、怒鳴り上げる稲木《いなき》検事の姿が、今でもはっきりと目に浮かぶ。もはや網膜に刷り込まれてしまっているようで、時おり夢に見て飛び起きてしまうくらいだ。

彼の前に担当してくれていた大久保《おおくぼ》検事は正反対に、穏やかな人だった。

「芳賀さん。言いなさい。上からの指示があったんでしょう？　いつまでもシラを切っていると貴方のためになりませんよ。今の内に早く、正直に言ってしまいなさい」

聞き分けのない子供を説得するように、何度も言い聞かせるように、言っていた。

拘置所の取調室はだだっ広い部屋だが、とにかく室内が埃っぽいため直ぐに喉が渇く。すると大久保検事はスッと席を外し、ウーロン茶を買って差し入れてくれた。また、新聞の差し入れも禁止されている身の上を案じて、そうして席を外す際にわざと新聞を置いて行き、外の情報に飢えた私にささやかな癒しの時間を与えてくれたりもした。細やかな心配りをしてくれる取調官だったのだ。

それでもこちらには他に対応のしようはない。

「いえ。それはありません。全て私の個人的判断でしたことです」

あくまで言い続けているとある日、大久保検事の上司を名乗る主任がやって来た。

そして、

「芳賀さん。言いなさい。上からの指示があったという調書に、とにかく判子（実際には三文判でも何でもなく、人差し指の先に黒い〝朱肉〟をつけた指印）を押してくれ。そうでないとこの、大久保君を替えなければならなくなる」

しかし私としては、沼田弁護士との打ち合わせ通りの態度を貫くしかない。そうでないとどうせ、こちらにもあらぬ罪がなすり付けられるだけ、と半ば脅されてもいたのだから。

すると本当に、親切な大久保検事から一転、乱暴な稲木検事に担当が交代されてしまったのだった。交代が決定した日に大久保検事が、

「これから、これが必要になるでしょうから」

と歯ブラシをくれた姿がとても印象に残っている。勾留が長引くという意味だったのだろう。確かにその通りだった。保釈はずっと、却下され続けるばかりだった。逮捕時から科せられた接見禁止もなかなか解除してくれず、弁護士以外との面会は禁じられた日々が続いた。

よく気が違わなかったものだ……と、今でも思う。机を叩き、怒鳴り上げるばかりの稲木検事。ある日のこと、上着を椅子の背凭《せもた》れに掛けていると突然、

「お前何やってんだ？　誰がそんなところに掛けていいと言った」

と怒り始めた。その日はずっと、そこに掛けていたというのに。掛けるのが駄目なら最初から、言ってくれればよかっただけなのに。しかもその後、背凭れから取った上着をどこに置こうか逡巡《しゅんじゅん》していると、今度はいきなり取り上げられ床に叩きつけられた。

要は、精神的に揺さぶる作戦なのだった。あれは駄目これは駄目と怒鳴り上げて判断力を奪い、何も分からないままに調書に判（例の、黒い〝朱肉〟の指印）を押させる策なのだった。

「調書にはその場では、決して判を押してはいけない」沼田弁護士からは何度も、念を押されていた。「取り調べではこちらが言ってもいないことを、勝手に調書に書いて判を押せと迫って来る。実際には言ってもいないことでも、判を押した時点で証言したと同じになってしまう。調書に書かれていることは全て証拠として裁判で採用される。それが検察のテなんです。だから調書には、絶対にその場では判を押してはならない。一晩経って冷静に読み返すことができるようになって、その上で確かに間違いないと判断した時にだけ、判を押すようにするんです。そうでないとあることないこと、何もかも貴方が言ったことのようにでっち上げられてしまいますよ」

「取り調べが終わったら必ずノートをつけるように」ともアドヴァイスを受けた。

「その日に何を訊かれ、どのように答えたのか？　前回答えたのと違うことを言うと、検察はとことん突いて来る。そこを突破口にやんやと喚き立てて、突き崩そうとする。だからどれだけ疲れていても、房に帰って来たらノートをつけることを習慣にするんです。それが最終的に、貴方の身を助けることになるのだから」

つけたノートは、面会のたびに弁護士に提出させられた。コピーを取って、法廷闘争の方針を立てる参考にするためである。

取り調べは毎日、午前10時から11時半まで。昼食を挟んで午後は1時半から、3時半過ぎまで。昼がこの程度で済むのは、拘置所の夕食は午後4時からと早いためだ。本格的な取り調べは夜である。夕食を終えて一息入れた7時から、11時過ぎまでみっちりと。明けても暮れても同じスケジュールで、連日連夜の取り調べが行われる。しかも漸く終わって房に戻ると、薄暗い灯りの下で一日の模様をノートにつけなければならない。

これが終われば釈放される。裁判が始まれば保釈が許可され、判決は悪くても執行猶予はつく。それだけが希望だった。正気を何もかも放り出し、喚き出したい寸前で踏み留まっていた。何百回も何千回も繰り返される質問に対し、同じことを返答し続けていた。上の指示なんてありません……。まるでうなされた狂信者の、呪文のように。

それでも連日連夜、頭の上からわぃわぃ喚かれていては判断力なんか雲散霧消する。もうどうでもいい。この場を終わらせるためなら俺は何でもやる。どれだけ重い罪を押しつけられようが、とにかく今の、この時間さえ終わってくれればいい。そんな意識にふと、駆られた瞬間があった。あらゆる判断力を失って、自暴自棄に陥ってしまった瞬間が。そして無意識の内に、判を押してしまっていたのだ。こちらが言ってもいないことを、向こうが勝手に〝作文〟しただけの調書に。

「よし。いいんだな？　これで、いいんだな!?」

終わった。これで全て終わった……という表情で、稲木検事は私の指印の押された調書を抱え、取調室を飛び出して行った。やった。遂にこいつを落とした。後は銀行の上層部まで根こそぎ引っ張ってやるのも、時間の問題だ……。

ところが翌日、稲木検事は打ち拉《ひし》がれた姿で取調室に戻って来た。昨日のことなど、何もなかったかのように。これで乙石銀行上層部の関与の証言も取れ、事件はいよいよ重大な局面を迎える。そしてその突破口を切り開いた、大手柄を立てたのはこの自分。いかにも誇らし気だった昨日の表情が、まるで最初からなかったかのように。

つまりこういうことだった。そのとき私が思わず、指印を押してしまった調書。それはとある夜の料亭で、不動産ブローカーの小南と共に岸副頭取も同席していた、という内容のものだった。だがそのような場で小南と一緒に、〝岸天皇〟と会ったことなどない。第一そんな〝無防備〟な席など、最初から設けようわけもない。なのに稲木検事は押収した私の手帳を目の前に突きつけて、

「ここに岸と書いてあるじゃないか？　岸副頭取がこの場にいたんだろう。どうだ!?」

と延々喚き立てた。こちらが言ってもいない調書を最後まで書き上げ、これに判を押せ、と迫り続けた。そしてとうとう、成功したのだ。

なるほど彼にとっては〝大手柄〟だった筈だ。乙石銀行の〝実質〟最高権力者である岸副頭取が、あの小南と同席していたという証言を取れたのだから。同席していた張本人が、証言したという調書に判を押させることができたのだから。彼らからすれば何もかも、この瞬間のためにあったようなものだった。私を逮捕し、連日連夜取り調べを続けて来たのも、この調書を取るためだけにあったようなものだった。

ところが彼らの手にした一夜の歓喜は、一晩だけで粉砕される儚い夢に過ぎなかっ

た。確かに私のメモにあった通り、あの日の料亭には岸さんも同席していた。しかしそれはたまたま苗字が同じというだけで、副頭取とは全くの別人だったのだ。調べてみると、岸副頭取は当日スイスに出張していたことが判明した。出国記録からも裏づけられ、完全なアリバイがあることが立証された。調書の内容は、公的記録からも否定されてしまったわけだ。

すると翌日から、また同じ取り調べが再開された。上からの指示があったのではないか？　どこかで上層部と、闇の勢力との同席があったのではないか……？　まるであの日の調書など、なかったかのような質問の雨霰《あめあられ》……

そして結局、あの調書が表に出て来ることはついぞなかったのである。裁判にはあらゆる調書が提出されることが大原則というのに。私が朦朧《もうろう》として判を押してしまった調書が、絶対にどこかにあった筈だというのに。

要するに捨てられた、ということだ。検察自身の手で。全ての調書を出すことが前提であるにも拘わらず、実際には検察は自分にとって都合の悪い調書をさっさと破棄してしまう。自らの組み立てた立件のシナリオに合うものしか提出しない。それが慣例として、司法界では罷《まか》り通っているというわけだった。かくして一部の調書のみを前提として裁判が始まる。裁判官は検察が選りすぐった調書のみを基《もと》にして、判決を下す。私自身が体験した通り、それが実態というわけだ。

お陰で確信できた。冤罪《えんざい》というのは必ずある、ということを。それどころか、あって当たり前だということを。検察がこいつを有罪にしようと思えば、いくらでも可能なのだから。言ってもいないことを調書にして、無理やり判子を押させたものをいくつも作っておく。それらの中から都合のいいものだけを裁判に提出し、罪状をでっち上げる。そんなことは言っていないと後でいくら主張しても、取り合ってはもらえない。自分の指印が押されているのだから。こうして検察の描いた通りの事件像が、判決のお墨付きで事実化され、世間的にもそのまま残って行く。そうしたことが、これまでどれだけ繰り返されて来たことか……

とにかくそういうわけで、私がたまたま押してしまった調書も無効になってしまい、やいのやいのの取り調べの日々が再開された。正月のみを除いて、連日連夜続けられた。

そんな日々が続くと、人間おかしくなってしまうものである。私は連夜、悪夢に魘《うな》されるようになった。底なし沼のような暗黒の深淵に、自分が落ちて行く。どこまでもどこまでも、いつまでもいつまでも落ちて行く。限りのない落下感。自分の身体がいつ果てるともなく落ちて行く、不快感。そうして奈落に落ちて行く最中、一本の糸が垂れている。私は死に物狂いでしがみつく。

痛みでハッと目が覚める。気がつくと爪が割れて血が滲《にじ》んでいる。悪夢のままに、目の前の壁を引っ掻いていたのだ。その痛みで目が覚めたのだ。

よく見ると、目の前の壁は既に凹んでいた。私が今つけた血ばかりではない。染み込んだようにどす黒く変色して、ぽっこりと凹んでいるのだった。ちょうど部屋で横になった人間が、手を伸ばせば届く位置の壁が。

つまりは皆、私と同じように壁を引っ掻いていた、というわけだ。みんな悪夢に魘され、壁を引っ掻いて痛みで飛び起きていたわけだ。そうでないと壁はここまで凹まない。一人の人間が引っ掻いたくらいで出来た凹みではない。見ただけで明らかだった。

公判が始まるまで、閉じ込められていた古い獄舎。戦前に建てられた建物で、何人もの被告が悪夢に魘されていた、証《あかし》を刻み込んだ壁。目の当たりにして、ゾッと震え上がっていた。私も彼ら同様、あらぬ罪を押しつけられてどこかへ送られてしまうのだろうか……?　恐怖に駆られ、睡魔すらも吹き飛んでしまっていた。

よく気が違わなかったものだ。今でも心底、そう思う。

ふとバスのカーテンの隙間から、高速の遮音壁の向こうに聳《そび》える巨大なボウリングピンが見えた。笹塚ボウルだ。昔、明大前支店に勤めていた時分、何度か支店内ボウリング大会で使ったことがあった。だからよく覚えている。

既に笹塚ということだった。もう直ぐこの首都高は、高井戸インターから中央高速に入る。そこから八王子までは、もう間もなくの距離である。

バスの走っている場所は分かる。刑務所の場所という、この移送のゴール地点もだいたい分かる。JR八王子駅の裏の辺りだ。駅から歩いて行けるくらいの近さだ。事前に地図で確認していた。幸代が面会に来やすいかどうか、確かめるために。だから自分の入れられるところが、どの辺りなのかの位置関係は見当がつく。

だが、着いた後、自分はいったいどうなるのか……？

マラソンはゴールがあるから走ることができる、という話がある。あと何キロでゴールだと分かっているからこそ、あれだけのスピードで走り続けられる、という話がある。だからゴール直前で、実はここはゴールではないのだと告げられたとしたら――歴戦のマラソン走者とてペースを崩され、走ることができなくなってしまうという。

今の私が同じだった。ゴールと思っていた（あるいは思わされていた）白線が実は蜃気楼《しんきろう》で、どこまで走らなければならないのか見当もつかない。哀れなランナーそのものだった。

04年9月3日（金）続

「はい。あっちを向いて。背を屈《かが》めて、尻を突き出せ」

素っ裸で尻の穴を広げさせられ、他人に覗き込まれる肛門検査。恐らく人間として、これ以上屈辱的な姿はないだろうというポーズを私は採らされていた。尻の穴に禁制品を隠して所内に持ち込んでいないか、調べるためのものだという。かってそうして所内に、煙草や覚醒剤を持ち込んだ輩《やから》もいたからだという。だが表向きの理由はどうあれ、囚人のあらゆるプライドを粉々に打ち砕いて所側に屈服させ、絶対服従の気にさせること。それこそがこの検査の主な目的なのではないだろうか。実際ここまで屈辱的なポーズを採らされてしまうと、もう逆らう気力など全く失せてしまうのだ。完全に服従する気持ちに自然に陥ってしまうのだ。現実にポーズを採らされながら、今の自暴自棄な気分こそが所側の思う壺なのに違いない、と私は思った。ただ

——

正直に言えば検査の最中、最早それ程の抵抗感も感じてはいなかった。既に拘置所に入れられた時に、同じような肛門検査を受けていたこともあるし。しかもあの時

は、ガラス棒を肛門に突っ込まれるという今回以上の屈辱的なやり方だった。

「田中角栄だって同じ目に遭わされたんだ。お前みたいな〝人殺し〟はこのくらい、されたって当たり前だ」

頭の上から罵倒されながら。

自分が逮捕された、というショックに頭の中がボーッとしていなかったら、悔しさのあまりその場に頽《くずお》れていたかも知れない。人前であることも忘れ、脱力して泣き崩れていたとしても不思議はない。

だが考えてみれば、私にはこんな検査より、ずっと酷い屈辱を味わわされた体験があったのだ。そう。それまでの半生で、肛門検査などよりずっとずっと酷い屈辱を

受験番号９７０１番。私が生涯に味わった、最大の屈辱の象徴だった。

９６９８、９６９９、９７００、９７０２……

ない。

ない!?　自分の番号が。自分の受験番号だけが……!!

目に映る光景が信じられず、何度も何度も同じ列を目で追った。言うまでもなく、

何度やっても同じことだった。９７０１だけがないのだった。まだ肌寒い3月下旬の本郷キャンパス。三四郎池へ下る斜面に立ち並ぶ木々のせいで、昼なお薄暗く、植生の香りが漂っていたのを昨日のことのように思い出す。○○ちゃん、やったね。おめでとう。バンザイ、バンザーイ……。周囲で次々と歓声が上がり、報道映像でもお馴染みの合格者の胴上げがそこここで始まる中——私と母だけが呆然と立ち尽くしていた。傍《かたわ》らでハーッと深く長く吐かれた母の溜息が、今でも耳に鮮明に残っている。

取り柄は学業だけだった。学校の成績だけが取り柄だった。

小さな頃から引っ込み思案で、外で友達と遊ぶより家で一人本を読んでいる方がずっと好き、という少年だった。当然学校でも目立たぬ存在で、体育祭でも遠足でもイベントのたびに、人の陰に隠れるようにして参加していた。運動は論外と言った方がぴったりのスポーツ音痴で、体育の授業ではしょっちゅう腹痛を起こして見学させてもらっていた。仮病というわけでは決してない。実際に腹が痛くなるのだ、体育の時間が近づいて来ると。先生から「またか」という顔を露骨にされ、運動場隅の鉄棒下の〝定位置〟で、冬の寒空などものともせず元気一杯に走り回る級友達の姿を眺めているのが常だった。

父の仁介は地元上尾市で小さいながらも運送会社を経営しており、私とは正反対の豪快な人柄だった。

「何でよりにもよって、この俺の息子が、なぁ？」

冗談半分、しかし半分は本音の口調で、親類や社員の集う酒席で零《こぼ》しているのを何度も耳にした覚えがある。そして、

「あぁ。仁美《ひとみ》と入れ替わっていてくれたら」

と続くのだ。仁美というのは私の姉で、父譲りなのだろう男勝りの勝ち気な性格の女性だった。確かに私自身、姉のような性格だったら……と羨ましく思ったことは数限りなくある。だが持って生まれた性格は如何《いかん》ともし難く、「陽太郎じゃなく陰太郎」と親戚からも陰口を叩かれつつ、賑《にぎ》やかな席をそっと外して自室に逃げ込むばかりだった。実はこの「陰太郎」という陰口も、元々は父が言い出した渾名《あだな》ではなかったか、と今でも疑っている。それくらい私を見遣る時の父の目は、蔑むような光をはっきりと湛《たた》えていた。

そんな私にとって唯一の取り柄と言えば、学業の成績だった。家に閉じ籠って本を読むのが好きなだけあって、成績だけは概《おおむ》ね小中学校でトップレベルの位置を維持していたのである。もっともそこでも不動の1番には決してなれないのが、私らしいと

言うべきなのだろうが。トップはいつも文武両道に秀で、クラスどころか学年全体の人気を一身に集めるヒーローに持って行かれるのが常、だったのだが。

私の性格を厭う父からしても、成績が優秀なことについては好意的に受け止めてくれていた。小さな運送会社を切り盛りしているため、毎日が資金繰りの苦難の連続だったことも背景にあるのだろう。このましっかり勉強していい大学に入り、一流企業に就職して、自分のような苦労を味わわない人生を送って欲しい。はっきり私に向かって言ったわけではないが、父がそう思っているのは明らかだった。

だから私も期待に応《こた》えようと思っていた。ヤレヤレ……といった目で見下ろして来る、いつもの視線を賞賛のものに変えるには、期待に見事応えてやるしかない、と思っていた。

高校は埼玉県立の浦和高校に進んだ。公立とは言え毎年、それなりの数の東大合格者を出す名門校だ。ここでも私は、1番を射止めることはないものの、トップクラスから脱落することはない成績を維持していた。このまま行けば過去の実績から見て、東大に入るのもそう難しいことでもないだろう。進路指導の先生からも、お墨付きを頂いていたのだ。

だが1年目の東大受験は失敗に終わった。原因は明白だった。緊張し過ぎたから。

本番を目前に控えて眠れぬ夜が続き、駒場の試験会場に着いた時の姿は端《はた》から見れば、半ば病人のようなものだったろう。おまけに席に着き、問題用紙を配られた時には頭に血が上って、すっかり舞い上がってしまっていた。本来の実力など発揮できよう筈もない。1年目の不合格は、試験が終わった時点で自分自身、ほぼ分かり切った結果だった。

しかも我が浦和高校は、多数の東大合格者を出した実績を有すとは言え実は、浪人上がりがそれなりの数を占めている。皆も承知していることだ。だから1年目の失敗は、まだ大したショックは齎《もたら》さなかった。両親や姉も、まぁしょうがないか、くらいに受け止めてくれた。試験の本番の空気も実体験したことだし、1年間予備校で受験テクニックをみっちり叩き込まれ、万全の態勢で来年のリベンジに臨めばいいではないか。そう思ってくれているのが、はっきりと感じ取れた。かくして私は1年間の浪人時代、自宅から御茶ノ水の駿台予備校まで毎日通って過ごしたのである。

お陰で2度目の東大受験には、かなりの手応えがあった。行けそうだ、という自信があった。そして実際、試験会場でも1年目のようなヘマをすることはなかったのである。終始気を落ち着かせ、平常心で試験の2日間を終えることができた。上手く行った……。会場を後にして京王井の頭線、国鉄（当時）の山手線から赤羽線（当時)、更に高崎線へと乗り継ぎながら、沸々《ふつふつ》と達成感を味わっていた。

だから、なのだった。合格発表の日、母を伴って本郷の東大キャンパスまで赴いたのも、そのせいなのだった。きっと上手く行っている。見事東大合格を果たしたに違いない。その成果を、一秒でも早く親と一緒に味わいたい。期待に見事応えた息子の姿を親に見せて喜ばせてやりたい。こちらから積極的に親を誘う、などという私らしからぬ挙に出たのも。それなりの自信の裏づけあって、のことだったのだ。なのに

―


薄暗い敷地に貼り出された合格者の受験番号一覧に、ある筈と思っていた番号がない。その番号だけがない。あまりのことに私は、惚《ほう》けたように立ち尽くすばかりだった。そして耳に届いた、母の溜息。これではただの道化ではないか。こんなところまで母を引っ張り出して来て、自分の失敗した無惨な様をわざわざ見せつけた。限りない間抜けそのものではないか。

……やっぱりこの子は駄目なのだ。母の溜息にそんな本音の込められていたのが、痛い程よく分かった。そこそこまでは行くことはできても結局、最後の最後にしくじってしまう。最後の詰めを必ず外してしまう。この子は結局、そういう運命なのだ。だからこれからも、過大な期待は抱かない方が無難だ。土壇場で裏切られ、失望させ

られるのがオチなのだから。そこそこで満足しておくことがこの子を見る時の、何よりのコツなのだろう。母の口から漏れた溜息が、そうした諦念《ていねん》に駆られてのものなのは明らかだった。

全く同じものは、家に帰った際に父と姉から向けられた表情にも、明確に込められていた。

だから——

「称呼番号、1079番。お前はこれから、所内ではこの番号で呼ばれる。呼ばれて返事をしないと叱られるからな。しっかりと覚えておいて、呼ばれたら直ぐに返答できるよう、常日頃から心しておけよ」

無機質な番号で呼ばれる屈辱も、あの時のものに比べれば、大した苦痛ではなかった。拘置所にだって称呼番号はあったのだし。今更この程度で傷つきはしない程、何度も辛酸《しんさん》は舐《な》めて来たのだから。そもそも親や兄弟からあんな目で見られる体験に比べれば、赤の他人から侮蔑的態度で接されるくらい、何と言うことはない。

「ほれ。こっちだ。ついて来い」

所持品検査と身体検査を終え、タオル、石鹼、歯ブラシ、歯磨き粉といった限られた日用品だけ携帯を許可されて、刑務官に連れられ部屋を出る。廊下を進むと鉄扉で閉ざされた一角に出た。この中が所謂《いわゆる》「戒護《かいご》区域」だ。我々確定囚が刑期の間、「受刑生活」を過ごす区域だ。

刑務官が鉄扉を開け、中に入るように促《うなが》す。途端に薄暗い臭気が、むっと身体を包み込んだ。圧迫された環境が、空気まで重苦しく染めているかのように。ここに、この内側に希望はない。明るい材料など何もない、と早々に知らしめてくれるかのような、くすんだような空気。

ただ廊下の中央に置かれた台に、花が飾られているのがふと目についた。殺風景な廊下が延びる中で唯一、心の和む眺めだった。やはりこうしたところでは植物の癒しが何より大切なのだ。近代的に建て替えられた東京拘置所で、ゴムの木に目を休めたように。無機質な拘禁生活の中では、ちょっとした癒しがどれだけ心を和ませてくれることか……。

これからこの「戒護区域」で、いったいどんな生活が待っているのだろう？　刑務官に連れられ花の横を通り過ぎながら、突然いまさらながらの不安に苛まれていた。だが待てよ、と思い至る。今回、私に振られた称呼番号１０７９番。考えてみればこれは、私に生涯最大の屈辱を味わわせてくれた、あの番号をそのまま逆さにしたものじゃぁないか。合格発表欄についぞ現われることのなかった受験番号、９７０１番を……

これは不吉な兆しの前触れなのか。それとも逆さになっているのだから、いい方に捉えるべき兆候なのか。どうでもいいことを考えていると突如、刑務官が立ち止まった。同時に私の頭の全てを占めていた数字が、口にされていた。「この部屋だ、１０７９番」

04年9月14日（火）

カタン。スーッ。カタン。スーッ、スーッ……

再びあの、デパートの袋の底を貼る音が室内に漂っていた。ただし、拘置所時代とは違う点が２つ。１つは貼っているのが『乙寿』とは別のデパートの袋であること。もう１つは直ぐ傍らでも、同じ音が響いていることだった。それも、全部で４つ。互いに重なり合うようにして、室内に流れ続けている。他に聞こえる物音と言えば、誰かが時おり上げる咳払いくらいだ。私を含めた室内の４人、それくらい黙々と自分の袋貼り作業に勤《いそ》しんでいるのだった。

刑が確定して刑務所送りになると、まず「観察工場」に配属となる。「工場」とは名ばかりで、舎房から工場棟に移動することはないが——要はこの間に各囚人の様子を観察し、どこの工場に下ろすかを官が見定める「考査期間」というわけだ。期間はだいたい1ヶ月弱ほど。刑務所生活の決まりを教わったり、移動の際の歩行訓練が施されたりもする。それ以外の時間はこうして、室内での作業が科せられるわけである。〝勤務時間〟は実際に工場に出た時と、全く同じタイムテーブルで。

「八王子刑務所ってところは、他所《よそ》とはちょっと違っててよぉ」ここ「新人房」に入れられた初日、同室になった糟谷《かすや》という男が説明してくれた。「府中が万年定員オーバーだから急遽、医療刑務所に増設する形で造られたところだからよぉ。何もかも寄せ集めなのさ。初犯も累犯も一緒くた。だから今さら歩行訓練もないくらい〝経験豊か〟なこの俺と、お前らみたいな初々《ういうい》しい〝新人〟とが同じ『観察工場』にいるなんて妙なことも、ザラにあるわけさ」

糟谷は押し込み強盗の常習犯で、しょっちゅう塀の内外を行き来している男らしかった。本来なら「犯罪傾向の進んでいる者」として、府中刑務所などのB級に送られるべき立場なのだ。そして累犯用のB級では「観察工場」においても、刑務所生活のルールを教える「生活教育」など最早お座なりにしか行われないらしい。彼の言う通り〝経験豊か〟で、今さら教わるまでもないくらい刑務所生活に通じた輩ばかりなのだから。

一方私ら初犯の懲役はと言えば、何もかもが初めてのことばかり。既に拘置所で拘禁生活にも慣れているだろうと思われるかも知れないが、拘置所と刑務所では中身が全く違う。例えばトイレだ。拘置所でも舎房にいる間、勝手に立ってウロウロしていては刑務官に注意されてしまうが、さすがに用を足したくなればわざわざ誰に断るまでもなく、トイレに立つことができた。狭い室内の、歩いて数歩のところにトイレはあるのだから。ところが刑務所になると、昼間の作業時間はその数歩のトイレに行くことさえ、許されなくなってしまう。作業時間はひたすら作業に従事するのが囚人の義務。勝手にトイレに立ってはそれだけで「作業怠慢」にされてしまう。

「トイレには気をつけた方がいいぜぇ」と糟谷も言っていた。「これまでの拘置所のクセで、ついついトイレに立っちまいそうになるが――まだ『観察工場』中は舎房内作業だから、上手いこと見回りに見つからなきゃ用を済ますこともできねぇじゃねぇが。やっぱり今の内から身体に叩き込んどかなきゃよぉ。実際の工場に出たらちょいと余所見《よそみ》をしただけで『作業怠慢』だからな。嫌な担当に当たったらそれだけで懲罰に掛けられちまう」

そんなこんなで我々は、刑務所に送られた当初は日々戸惑うことばかりなのだった。

　歩行の訓練もなかなかに厳しい。新入りが20人程ずらりと並び、特別警備隊員監視のもと歩調訓練が施される。

「これから前半分の者がイチ、ニと言えば、続いて後ろ半分の者が一、二と号令を掛けながら行進する。腕は大きく振って肩の高さまで上げること。足は膝が直角になるまで太腿を上げること」こうした軍隊調の行進が、所内では常に義務づけられる。舎房を出て工場に行く時、風呂に行く時、運動場に出る時……移動は全て行進だ。面会人が来たので一人で移動するような時でも、刑務官に連れられて行進しなければならない。「基本を忘れないように、今の内にしっかりと身体に叩き込んでおけ。では、気をつけ。前へ～進め」

「イチ、ニ。イチ、ニ。一、二。一、二……」

「よぉし。全体、止まれ。回れ右。前へ～進め」

　何度も何度も往復させられ、行進を続けさせられていると、ついつい疲れて腕が上がらなくなって来る。すかさず刑務官の声が飛ぶ。

「おぃそこ。その腕の振り方は何だ!?　もっとちゃんと肩まで上げないか。よし、回れ右。前へ～進め」

いったい何往復させられたことだろう？　1年余の拘置所生活ですっかり身体のなまってしまった身には、翌日の筋肉痛が情け容赦なく襲って来たものであった。

歩行訓練が終わると次は「新入教育」だ。刑務所内の日常生活や工場での注意事項などについての講義を、所内の「考査室」で受ける。我々が考査室に入るところを看守が一段高い担当台からじっと見ており、一人ずつその前まで（習ったばかりの）行進で進んで最敬礼し、

「1079番、芳賀陽太郎、新入教育を受けに参りました。よろしくお願い致します」

と言わなければならない。これが思った以上に大変なのだ。僅かな距離なのに緊張しているため、どうしても手足の動きがギクシャクしてしまう。すると「何だ、その歩き方は!?　やり直し」とやられてしまうのである。刑務官がいいと認めるまで、何度も何度も。これまた筋肉痛の元凶となる。

「いやぁ嫌んなるよなぁ。今さら俺がこんな教育、受けることぁねぇのによぉ」

糟谷も舎房に戻って来、肩や太腿をさすりながらブツブツ零していた。

入って1週間目くらいには、「考査」があった。どこの工場に配属するか、本人の話や希望を聞いて考査する場である。一人一人考査室に呼び入れられ、保安課長に厚

生課長、作業課長といったお偉方を前にして希望を尋ねられる。もっとも糟谷によると、

「希望を言ったってどうせ聞き入れてくれやしねぇからなぁ。俺たち累犯者は前の服役の時にやってたのと同じ作業に就かされるのが殆どだが……。お前ら初犯は前の経験がねぇんだものなぁ。『考査』ったって、いってぇ何の考査をしてるんだか」

というようなものらしいが。私の場合も保安課長から「何か希望はあるか？」と尋ねられ、

「それぞれの工場がどんなことをするところかもよく分かりませんし。自分に何ができるかも分かりませんので」

「まぁ、そりゃぁそうだろうな。ところでお前、身体も細いようだが力仕事は？」

「あまり、自信がある方ではありません」

「まぁ、そうだろうな……」

といったところで、お開きとなった。糟谷の言った通りあれだけのやり取りで、いったい何を考査してくれるものやら……??

ともあれ何とか主立った訓練や教育も一段落し、今は部屋で作業をしつつ、自分の下ろされる工場が決まるのを待っている日々なのだった。

自分の配属先が決まるのを待つ、新人研修期間……。そう言えば私が乙石銀行に入行した直後にも、新人研修があったことを思い出す。

入試で2年連続の辛酸を舐めさせられた私は、結局東大に進むのを諦め、既に合格していた早稲田大学法学部に進路を定めた。そして周りの同窓生がキャンパスライフを謳歌しているのを尻目に、受験時代のように変わらず勉学に勤しむ4年間を過ごした。

こいつはやっぱりダメなんだ……という目で家族から見られた、あの日。2浪して再々チャレンジというテもなかったではないが、その上で失敗してしまってはもう立ち直れる自信はない。そこで元々〝滑り止め〟だった早稲田に進むことにして、卒業時の起死回生を期すことにしたわけだ。早稲田とて全国に名の知られた名門だが、やはり一流企業への就職を目指すとなると国立出に比して、それなりのハンデが課せられる。だが百も承知で、見事乗り越えてみせれば家族の見る目だって変わってくれるのではないか、と期待しての4年間だったわけだ。どうせ周りの浮かれた雰囲気にも馴染める自信はなく、同級生と会話しようにもそもそも合う話題が見つかるとは思えなかったし。かくして――

「おめでとう、芳賀君。乙石銀行から内々に連絡が入った。入行、決定だそうだ」

大学4年の春、教授から告げられた時には思わず小躍りしそうになったものだ。この教授は特に銀行関係にコネが強く、その点も期待して彼のゼミを選択していたのだが、それでもまさか都銀の中でも収益トップを誇る、乙石銀行からの内定を頂けようとは……

これで、一矢報《いっし》いた。3年前の屈辱を晴らし、漸《ようや》く家族の期待に応える結果を出すことができた。誇らしさに胸を張って、勇躍《ゆうやく》帰宅したものである。いつになく図書館での勉強も早々に切り上げ、父の帰宅時間に合わせるように。が——

家族の反応は、全く予想外のものであった。母と姉とは戸惑ったような表情を浮かべるばかり。そして、父は——

「乙石銀行？　もう決まったのか。お前それ、もう変えられないのか？」

「どうしたんだい、父さん？　あの、乙石銀行なんだよ。そこに入ることができるんだよ、この僕が。もう少し喜んではもらえないの？」

「知ってるさ、乙石銀行がどういうところか、くらい。しかしそれにしても、何故こう突然……？　そもそも何で、どこに就職しようとしているかの相談すら、俺に一言もなかったんだ」

「僕としても意外だったんだ。ゼミの教授が推薦してくれたんだけど、まさか本当に入れるとは思ってもみなかったモンだから。ハッキリ決まってから知らせようと思ってたんだ」決まる前にヌカ喜びさせ、またも土壇場で失敗したのでは目も当てられない。だからハッキリするまでは知らせずにおこうとしていたのは事実だった。が、しかし――本当に最高の結果を出したというのに、この反応は、いったい？「どうしたの、父さん？　僕に一流企業に入って欲しいと思ってたんじゃなかったの？　だから、僕」

「そりゃぁお前には一流企業に入って、父さんのような苦労はしないでもらいたいとは思ってたさ。しかし、それにしても……どうなんだ、それで？　まだ春先なんだし。就職先を変えることは、まだできるんじゃないのか」

「そ、それはできないよ。教授があれだけ骨を折って下さって、やっと決まったところなんだもの。そもそもこれだけ理想的な就職口が決まったっていうのに、やっぱり止《や》めますなんて話、できるわけがない。第一、教授に何と言って説明するのさ」

「しかし、それにしても、なぁ。よりにもよって、お前……」そうして父は、例の視線を私に向けるのだった。どうしてお前はいつもいつもそうなんだ？　どうしてこの俺の息子が、よりにもよってお前みたいな奴なんだ……!?

訳が分からなかった。当然喜んでくれるものと思っていたのに、この反応。おまけになぜ乙石銀行ではダメなのか？　何度尋ねても父は口籠るばかりで、明確な答えは返っては来ない。

後刻、姉から聞かされた話によるとこういうことだった。要は小さな会社を切り盛りする父は、いつも資金繰りに追われて銀行には煮え湯を飲まされてばかりだった、というわけだ。運転資金に詰まってやむなく追加融資を頼みに行っても、前の返済もまだ終わっていないではないか、と銀行側はにべもない対応。満額とまでは言わないまでも定期的に返しているじゃないか、と反論しても、とにかく前の融資の完済が先、財務内容に疑問の残る状態で追加融資などできない、と突っ撥ねられるばかりだったという。

「だから父さん、昔っから銀行と関西弁だけは大っ嫌いだったのよ。それくらい、身内じゃぁ言うまでもない〝常識〟と思ってたのに」言いつつ姉の表情には、あんた、そんなことも分かってなかったんだね!?　との呆れの内心がありありと浮かんでいた。これだけ一緒に暮らしていて、そんなことにも気づかないニブチンだったんだね。ホントにもう、あんたって人は……

かくしてせっかく勝ち得た最高の就職先も、身内に引き起こした反応は相変わらず。翌年の春、私は家族から冷めた目で見送られつつ、銀行の独身寮へ人生初の一人暮らしに旅立った。入行すると早々に、1ヶ月の新人研修――

カタン。スーッ。カタン。スーッ、スーッ……

4人分の袋貼りの音が、部屋の中に漂い続ける。黙々と作業に専念する同房者の鼻息が、時おり合間に耳に届く。ここに入った時、よく読んでおくように言われた『所内生活の心得』によると、作業の終了時刻は16時30分。しかし室内には時計がないため、今が何時であと何時間作業に従事しなければならないか、判然としない。

俺はいったい、この後どこの工場に配属されることになるのだろう？　単純作業に専念していると、疑問と不安が頭の中で浮沈する。斜め前に座る糟谷が言ったように、何の意味があるかも分からぬ問答で、私の何を評価したのか見当もつかない「考査」の果てに……？

配属先を決める選考期間。乙石銀行時代の新人研修との連想で、ふとまた嫌なことを思い出してしまった。1ヶ月の研修の後、私が配属されたのは行内では〝場末〟と呼ばれていた南千住《みなみせんじゅ》支店だったのだ。元々乙石が吸収合併した小さな信用金庫のもので、大した収益も上がらず本部としても持て余し気味だったところである。東大や京大といった国立出の同期が、大手町の本店や銀座、日本橋といった都心部の華々しい支店に配属されて行ったというのに——私立出の私が送られたのは、ハッキリと格下の支店。せっかくハンデを乗り越えて、最高の就職先を射止めたというのに。結局入った後でもこんなところで、相変わらず差別されなければならないのか。暗鬱たる思いに囚われたのをよく覚えている。

考えてみれば今回の私の立場も、差別される身の上なのかも知れないではないか。有罪判決を喰らった私の事件は、刑務所側からしても好意的に受け取られるものでは決してないだろうし。あんな奴、酷い工場に配属させて痛い目にでも遭わせてやれ、などと思われることも充分あるように思えて来る。早稲田から一流都銀という履歴も、ここの人間からすればやっかみの対象になり得るのかも知れないし。

あの、南千住支店のような酷い工場——実際にどんなところなのかは想像もつかないが。ついつい悪い予感に苛まれ、思わず袋の底を貼る手が震えてしまっていた。この作業に専念しなければならないのは、いったい後どれくらいのことなのだろう？

04年9月27日（月）

「考査」ったって、いってぇ何の考査をしてるんだか？　糟谷の言葉通りだった。力仕事に自信はあるか、と問われ、ないと答えた筈なのに――私の配属先として決まったのは、図書係だったのだ。本を運ぶという仕事は思った以上に、力を要する筈なのに。ともあれ私は否応無しに図書係行きを命ぜられ、舎房を移されたのだった。糟谷ら「観察工場」での同房者とも、これでお別れ。恐らく以降、塀の中にいる間中、ずっと。

「1079番、芳賀と申します。新入りで何も分からず、あれこれご迷惑を掛けることと思いますが、どうかよろしくお願い致します」

刑務官に連れられ、新しい舎房に移された私は、背後で扉が閉められると立ったままぺこりと頭を下げた。

「〝先輩〟には礼を尽くしといた方がいいぜぇ。嫌われて苛《いじ》められたら地獄だからよぉ」

との糟谷のアドヴァイスによる。とにかく人に色々と教えるのが好きな性格だったようで、「観察工場」期間中、これからの拘禁生活についてあれこれとコツを伝授してくれたのだ。彼以外は初犯ばかりで右も左も分からない〝素人〟揃い。だから訊いておきたいことは数限りなくあった。ここはどうなの？　こんな時は、どうすればいいの？　作業が終わった後の「余暇時間」、他にやることもないので自然、舎房内は糟谷への質問の飛び交う場となっていた。誰もが知っておきたいことばかりだから、他の人間の質問であっても答えには耳を傾ける。こうして私はそれなりに、所内生活についての予備知識を身につけていた。

じっと睨《にら》みつけて来る者。あからさまにニヤニヤ笑う者。まるで興味なさそうにチラリと視線だけ向けて来た者。部屋の〝先輩〟方の反応は様々だ。それでも糟谷によれば――

「新入りに興味のねぇ奴は一人もねぇよ。毎日が退屈で退屈で仕方がねぇんだからよぉ。新入りは拘禁生活の中の数少ねぇ刺激、楽しみなんだ。だから新入りがどんな奴で、どうやってからかったら一番面白いか。なぁんてんで手ぐすね引いて待っている。そんなモンだと覚悟しといた方がいいぜぇ」

なのだとか。

「お前《め》ぇの座る場所は、そこだ」興味のなさそうな視線を向けて来た男が、テーブルの隅を指差して言った。胸の名札を盗み見ると、「愛園《あいぞの》」という名前らしい。刑務所でこの名とは、何という皮肉……!? だが勿論、思ったことなどおくびにも出さず、

済みません畏れ入ります、と礼を言って座ろうとした。すると、

「親切で教えてやったわけじゃやねぇよ。房内じゃそれぞれ、座る場所が決まってるか

らな。いつまでも変なとこにいるのを看守に見られたんじゃ、部屋全体が減点されちまう。だから、言ったまでよ」

と牽制《けんせい》されてしまう。本音なのか、愛園という男独特の照れによるものなのかは、この場では判断できない。

「名前、ハガだって？　どんな字を書くんだ。ちょっと見せな」指定された場所に座ると、左隣の男が訊いて来た。私が部屋に入った時、ニヤニヤ笑いを向けて来た男だ。胸の名札を盗み見ると、「唯野《ただの》」とあった。見えやすいように、自分の胸の名札を向けてやる。すると、「やーっぱり。この芳賀だ。なぁなぁ、図書係でこの字の芳賀とは、よぉ」

合わせて正面の男――瀬尾《せお》が、「エロ本屋だ、エロ本屋」とゲラゲラ笑う。

すると島路《しまじ》が「ばーか。芳賀書店はエロ本だけじゃねぇんだぞ。映画の本もたくさん出してんだぞ」

「うっそでぇ。精々、ポルノ映画の本じゃぁねぇの？」と訊き返す瀬尾に、

「いや。本当だぞ」畠中《はたなか》が島路に〝援軍〟を出す。「俺も確か、芳賀書店から出た高倉健サンの本、持ってたぞ」

「健サンの本？　それじゃぁポルノのわきゃねぇなぁ。それにしても何で、芳賀書店

がそんな本出してんだぁ」

「そんなの知らねぇよ。だが、出してるってことだけは確かだ」

など一頻《ひとしき》り、私の苗字だけで会話が盛り上がる。参加しなかったのはずっと手紙を書き続けている伏見《ふしみ》だけだ。これでこの部屋全員、私を入れて7人、という全容である。

漸く会話が収まったようなので質問を差し挟んでみた。新入りというもの、場の雰囲気には最大限の気を配さなければならない。これまた糟谷の受け売りだ。「あのぅ、済みません。それで私の芳賀が何故、エロ本屋なのでしょうか？」

そうすると唯野が「何だ、お前ぇ。芳賀書店、知らねぇの。お前ぇどこの出身？」

「生まれは、埼玉ですが」

「ダ埼玉かぁ。どうせ奥地の方の出で、東京出たことなんてねぇんだろう」

「そうだそうだ。秩父かどこか、そっちの山の方の出なのに違ぇねぇ」

「秩父って、栃木県じゃぁねぇの？」

「埼玉だよぉ、バカ。第一、栃木じゃぁ方向が違うじゃねぇの」

「そうだっけ。そもそも栃木と群馬って、どっちが右？」

「栃木。そんでもって秩父は、埼玉県の左の端」

「そんなことぁどうでもいいよ。とにかくこいつ、ダ埼玉の中でもそういう、奥の方の出なのに間違いねぇ。だって東京に来てて芳賀書店、知らねぇわけがねぇモンな」

などと再び、会話が一頻り。再び落ち着くのを待って質問してみると、どうやら芳賀書店というのは神田神保町《かんだじんぼうちょう》に数店舗を構える、アダルト書籍やビデオなどを多く取り揃える本屋であるらしい。私も神保町支店に勤務した経験を持つものの、店名は聞いた覚えがなかった——まぁ確かにあの界隈に、そうした猥褻《わいせつ》書籍を専門に扱う書店が多数あったことは事実だが。ただ、店名と苗字が一致するからというだけで、大の大人の会話がこれだけ盛り上がってしまう、このレベル……。まるで小学生のからかいの水準ではないか。周囲の面々を見渡しつつ、ついつい暗澹《あんたん》たる思いに襲われていた。これからこんな連中と、1年以上に亘って生活を共にしなければならないのか。

それも、昼も夜も一日中……

乙石銀行で私が最初に配属された、南千住支店のような酷い工場。「観察工場」で自分がどこに配属されるのか、を訝《いぶか》しみつつ、ふと連想した時のことを思い出した。実際にどんな酷さの工場なのかは想像もつかなかったけれど、結局これが答えだったのかも知れない。こいつらと四六時中、ずっとつき合って行かなければならないなんて、「酷い待遇」以外の何物でもあるまい。まぁ刑務所というところはどこもこの程度で、どの工場に配属になってもこんな連中ばかりなのかも知れないが。そんなこと、私にどうやって分かる!? 何となれば基本的に、一度配属が決まれば出所まで、ずっとそこから動くことはないのだから。

だからこの図書係に配属されたことが、所内の他より酷い待遇なのかどうかはよく分からない。分かるのは、銀行時代の南千住支店は確かに酷かった、ということだけだ。そしてあそこでの体験が、銀行マンとしてその後、私が粉骨砕身する礎《いしずえ》ともなった。

千住と言えば江戸時代、日光街道の宿場町として栄えたところで、現在の北千住から南千住に掛けて街道沿いに旅籠《はたご》が立ち並んでいたという。松尾芭蕉の『奥の細道』の出発点としても知られ、JR南千住駅近くの素《す》盞雄《さのお》神社には旅立ちを記念した句碑も建てられている。東京を代表する下町の一つで、歴史ある商店街がいくつも点在しており、住むには心地のよいところだろう。

だが銀行からすれば、昔からの人情など業務の足しにもなりはしない。むしろ古い商店街の小さな小売店では、融資案件としても旨味に乏しく、ビジネス感覚より長いつき合いの方が大切にされて、支障になる方が多いくらいだ。ましてや南千住支店は荒川区を越えて、台東区の清川や日本堤《にほんづつみ》地区までをも担当していたが、この区域には山谷《さんや》——いわゆる日雇い労働者の吹き溜まる、簡易宿泊所の立ち並ぶドヤ街がある。日雇い労働者にドヤ（単に「宿」を逆さに読んだ、簡易宿泊所の通称）ではこれまた、優良な融資案件にはなり難い。お陰で同支店は常に収益、行内最低ランクで、「信金合併の〝お荷物〟」「店舗拡大路線の〝副作用〟」などと散々な陰口を叩かれていた。

当然、行員の士気の上がり様もない。そんな支店でも商店街の各店が取引先として名を連ねているし、自転車操業の町工場による手形の割引案件も多いため、伝票の締め切りになると目の回るような忙しさになるが、入ったばかりの私が慣れない仕事で四苦八苦していても、先輩は見て見ぬ振りをするだけだった。中には難しい本を机に立てて顔を隠し、堂々と居眠りを決め込んでいる上司もいた。

何てところなんだ、ここは……!?　店内のあまりに淀《よど》んだ雰囲気に、私は愕然《がくぜん》とした。ここは文字通り、行内の落ち零《こぼ》れ共の吹き溜まりではないか。なのにこんな最低の支店に、私立出というだけで私は配属されることになったのか。悔しさに、身を捩《よじ》る程の思いを味わった。

そして、誓ったのだった。見返してやる。早く吹き溜まりなんか抜け出して、誰にも文句を言わせない業績を上げ、周りを見返してやる。大学受験で失敗した時も、家族に対して同じような思いを抱いたが——当時は意気込みばかりカラ回りして、狙ったような結果を出すことはできなかったが。父親の反感を押し切ってまで入った銀行で、このまま埋もれてしまったのでは俺は一生負け犬のままだ。家族からばかりでなく、社会全体からあの目で見られ続ける人生になってしまう。蔑むような、呆れて見下すようなあの目で。

こうして私は発奮した。大学在学中のような勉学に、再び没頭した。勿論学生時代とは違い、今は忙しい仕事があるため一日の全てを勉強に割くことはできない。それでも比較的時間の空く日には、寮に飛んで帰って学習に勤しんだ。どうせこの支店では大した業績は上げられない。だから今は、勉強に全てを懸けた方がいい、と判断したのだ。早く帰れる日には酒席に誘われることもあったが、全て断った。酒が苦手な体質なのは本当のところだったし、そもそもここでどれだけ嫌われようが、次に移ってしまえば大した影響はあるまい。こんな吹き溜まりの支店内でどう評価されようが、本部の人事考課にまで重く受け止められるとは思えない。通例の異動では、3年も経てば次の支店だ。だからここでの人間関係は犠牲にしてでも、行内の試験突破に全てを懸けた方がいい。

　どこの銀行も似たような制度を有しているのだろうが、乙石銀行には行内のキャリアアップに直結する、試験制度が導入されていた。入行時が初期3級。試験を受けて合格すれば初期2級、初期1級、副主事2級、副主事1級、主事……と上がって行く。このキャリアと給与体系、ポストがリンクしており、副主事だと課長クラス、主事だと支店長クラスとなる。逆に試験を受けて上がらない限り、どれだけ業績を上げても一生ヒラのまま。給料もずっと据え置かれてしまう。

　結果論から言えば、試験最優先の判断はまんまと図に当たった。次の御徒町支店では上司に恵まれたこともあり、そこから私は異例のスピードでキャリアをアップさせて行くことになった。


「どうだぃこれ、いい女！」

「見たよ、それ。お前、昨日もそう言いながら見てたじゃん」

「あぁいいよなぁ、瀬尾は。その程度の、雑誌のグラビアくらいで満足できるんだから」

「満足なんかしてるモンか。俺だって早くシャバに出て、芳賀書店にでも行ってハードなポルノが見てぇよ」

ふと気づくと同房の〝先輩〟達は、私の苗字から連想された話題で未だわぃわぃ盛り上がっていた。普段よほど、話題が枯《こ》渇《かつ》しているのだろう。再び暗澹たる思いに囚われてしまう。

ちなみに瀬尾が取り出して見せていたのは、週刊の大衆誌だった。カラーのヘアヌード・グラビアが随所に折り込まれ、他にも風俗店レポートやアダルトビデオ情報、競馬やパチンコの記事などで誌面の殆どが埋め尽くされており、政治や経済といった硬派記事など皆無の低俗なものだ。糟谷によると、

「昔はなぁ。中で読める雑誌にもいろいろ制限があって、犯罪を扱ったものは刺激が強いから不許可とか、ヌードは塗り潰してあるとか余計な縛りがあったモンよ。それが今では殆どフリーパス。いやぁいい時代になったモンさ。お前ぇら、こんな時代に塀の中に落ちたことを感謝しなきゃぁな。センズリ掻くにも頭の中の想像だけじゃなく、綺麗なお姉ちゃんのヌード・グラビア見ながら掻くことができるんだから」なのだ、そうだが。

今はその、自慰行為の話題に〝先輩〟達の会話は繋がっていた。

「ハードポルノなんて要らねぇじゃねぇか、瀬尾？　お前ぇ何度も同じ写真ズリネタにして、センズリ扱《こ》いて平気なんだから」

「うるせぇなぁ。お前だって俺の雑誌勝手に読んで、センズリ掻いてたじゃぁねぇか」

「そうだそうだ。島路に偉そうなこと言う資格はどこにもねぇよ。第一こいつ、グラビアだって綺麗なお姉ちゃんってより、可愛い少女見てる時の方が多いんだから。ロリだぜ、ロリ。危ねぇ危ねぇ」

「うるせぇぞ、唯野！　お前ぇなんかこないだ、映画雑誌で若い俳優の海パン姿うっとりとして見てたじゃねぇか」

「あれは男を見てたんじゃねぇって。長らくお目に掛かってねぇ、海の景色に見とれてただけだってての」

「どうだかなぁ。怪しい怪しい」

「そう言えば、唯野。最近、水野《みずの》をじっと見つめてることが多くねぇ？」

「給与計算係の水野か？　あぁ確かにあれぁいい男だからな。男色趣味の奴にゃぁ堪らねぇのかも」

「おぃお前ら、黙って聞いてりゃ……いい加減にしろよ!?」

「……声が、デカくなってるぞ」会話に全く参加せず、黙々と手紙を書いていた伏見が、静かに言った。「今夜の担当は〝減点マン〟の渋川《しぶかわ》だからな。些細なことでも減点され兼ねねぇ。注意しとくこった。もう直ぐウチの部屋、7点だったんじゃねぇか？」

刑務所では点数が各部屋につけられており、最初は10点満点。看守から注意されるごとに、徐々に減点されて行く。そして7点になったらテレビが1回禁止、0点になったらその月はテレビなし、という風に罰が科されてしまう。舎房に戻った夕刻以降はテレビが唯一の楽しみである生活で「この罰は結構キツいモンだぜぇ」と糟谷も言っていた。ちなみに私が入室した直後、「いつまでもそんなところにいると部屋全体が減点される」と言った愛園の言葉も、これを指していたわけだ。それはともかく

――

伏見の戒めで盛り上がっていた会話も一段落し、それぞれが本を読んだり、ノートをつけたりといった銘々《めいめい》の行為に移って行った。この伏見が、この部屋のリーダーなのだろうか……？　一連の様子を観察しながら、内心考えていた。部屋には必ず、それぞれのリーダー格がいる。何か部屋ごとに動くことがある時、意見が誰より尊重される存在だ。

「部屋のリーダーがどいつなのか、早めに見つけておいた方がいいぜぇ。リーダーに可愛がられるのが、ムショ生活を快適に過ごす何よりの秘訣だからな。だからなるべ

く早い内に、その部屋のリーダーを見つけ出し、気に入られるように何かと気を遣っておいた方がいい」

糟谷のアドヴァイスを反芻《はんすう》しながら、私は思った。伏見が部屋のリーダーで、あの灰原《はいばら》課長のような存在だったとしたら……。彼に気に入られることでここでの生活も、少しは耐えられるものになってくれるかも知れない。そう。最低の南千住支店から御徒町支店に異動した時、銀行マンとして伸びるきっかけを与えてくれた、灰原課長のように。こんな愚にもつかない会話に毎日つき合わねばならない苦痛から、私を救い出してくれるのがこの伏見なのかも知れない。

04年9月28日（火）

「朝です。お早うございます。今日も一日、無事故で過ごしましょう」

6時40分。チャイムと共に女性の声が、スピーカーから流れる。むさ苦しい男所帯とはあまりにも懸け離れた、清々《すがすが》しい声。同時に舎房内は、一気に騒々しくなる。文字通り蜂の巣を突《つつ》いたように——ただし一言の言葉も発されることはなく、男達がただ黙々と立ち動くばかりなのだが。起床の合図の前に起きて動き回ることは禁止されているからであり、朝点検は5分後の6時45分から始まる、という慌ただしさ故のことだった。

そのため実を言うと、昨晩はよく寝つかれなかった。「観察工場」で多少は体験してはいたが、やはり実際に工場に〝下り〟てからでは切迫度が全く違う。最初から完璧に上手くできるわけはない。分かってはいても、それでも少しでも上手くできないと、部屋の〝先輩〟達に迷惑を掛けることになってしまう。下手をすると嫌われる原因を作ることにもなり兼ねない。考えれば考えるほど不安が募《つの》り、なかなか寝つくことができなかったのだ。

チャイムと共に飛び起きると直ぐに、寝間着から普段の獄衣に着替えて布団畳み。続いて洗顔と房内の掃除を済ませなければならない。それらを終えて廊下に向かって並んで正座し、点検を受ける。与えられた時間は僅《わず》かに5分。点検時に布団がちゃんと畳めていないなど瑕疵《かし》があると、直ちに刑務官から叱責の声が飛ぶ。下手をすると減点の対象にもなり兼ねない。部屋全体に迷惑を掛けることにも……というのは、こういうわけなのである。

だから何とか上手くやろう、できないまでも精一杯やろう、と思っていた。糟谷からもアドヴァイスをもらい、「観察工場」時代ずっと心して練習して来た。だが頭では思っていても、実際にはできるものではない。同じ幅になるように畳んだ敷き布団、掛け布団、シーツ……と順番にきっちりと積み、その上に枕と、四角く畳んだ寝間着を置く。周りで〝先輩〟達が驚く程のスピードでこなしている中、私だけがモタモタとやり直しを繰り返していた。布団を畳み終えた〝先輩〟達が洗顔、掃除を済ませている間も私だけが、悪戦苦闘を続けていた。やがて——

「点検よ〜い」の声が廊下から聞こえて来る。

「おい」どうしても上手く畳めず、四苦八苦していると背後から伏見の声がした。振り向くと既に、6人は正座して点検を待つ体勢に入っていた。「もう点検だぞ。いつまでモタモタしている気なんだ!?」

「あ、あの、済みません。でもどうしても、布団が上手く畳めなくて」

「新入りだからしょうがない。とにかくもう座れ。点検が始まってもまだ立ってたりしたら、それこそ厳重注意を喰らっちまうぞ」

わ、分かりました。所定の位置に座ると同時に、「点検」の声が廊下から響いた。続いて刑務官が2人一組で歩いて来る足音が、同じく廊下から響く。「201室」から始まって、徐々に我が「209室」に近づいて来た。

順番は7。部屋の新入りである、自分の順番は7人目の、7。称呼番号の1079番に、自分の名前、芳賀……。廊下から聞こえる他房の点検の声が、徐々に大きく迫って来るのを聞きながら、何度も胸の内で言い聞かせた。番号を答えるのを口籠《くちごも》っていたら、それだけで注意されてしまう。速《すみ》やかに答えなければ。だがそう思っていると逆に緊張してしまうのだ。ただ、「7。1079番、芳賀」と答える。それだけのことが、とてつもなく困難に思えてしまうのだ。果たして――

「209室。番号！」来た。遂に来た、と思った瞬間、頭の中は真っ白になっていた。東京地裁の法廷で、有罪判決が宣告された時のように。

「1。944番、伏見」「2。961番、愛園」順々に大声で唱えられる声が、どこか別世界から聞こえて来るような錯覚に陥っていた。実際にはそれは、私の直ぐ横に並んだ〝先輩〟達が唱えているもの、なのだが……

「6。1022番、唯野」

「……し、あ、あの、えぇと……し、ち」

「何だそこ、何をモゴモゴ言っとる!?」途端に叱責の声が飛んで来た。同時に、ヘマしやがって、という〝先輩〟がた全員の内心が、むっと襲い来た。誰一人頭を動かしたわけでもない。それでも皆の非難が、はっきりと空気を通して伝わって来るのだ。しまった、失敗した。思うとますます、頭の中が恐慌を来《きた》す。

「やり直し！」「1。944番、伏見」「2。961番、愛園」……「6。1022

番、唯野」と来たところで私は、再び口籠ってしまっていた。「……し、あ、え、えぇ、す、済みません。し、ち……です。えぇ、それで」

「何だお前は、『7』くらい言えんのか？　それに自分の、称呼番号も!?」

「す、済みません。あ、あの」

「えぇと、1079番。芳賀だな」刑務官が手許の書類と、廊下の壁に貼られた名札とを確認している様子。各舎房の扉脇には、収容者の称呼番号と名前とが順番に列記されている。基本的に部屋に入れられた順番だが、囚人の級が変わると上がった者が序列上位に入れ替わるシステムだ。室内にいる時は「余暇時間」に座る場所から布団を敷く場所、こうして点検時に座る位置と唱える順番まで全て、この序列に基づいて決められている。だから7番の位置に座っている人間が口籠ったら、それが称呼番号何番の誰なのか、たちどころに分かる仕組みになっているわけだ。「昨日『観察工場』から移ったばかりの新入りだな。あそこの、だらしなく歪《ゆが》んだ布団もお前のものか？」

「あ、え、えぇ。そうです。あ、あの」

「新入りで慣れてないだろうから、今日のところは大目に見とくが。いつまでもこんな様《ざま》ではどうにもならんぞ。早く慣れて、しっかりできるように心得ておけ！」

「あ、はい。有難うございます。あ、あの」

しかし看守は、さっさと次の部屋へと移って行った。「よし、次。210室」

やがて階の全室の点検が終わると、「点検終了～」の声が廊下から響く。同時に再び、部屋の中は慌ただしくなった。あ、あの……慣れなくて、ご迷惑をお掛けしました。皆に謝ろうとしたが全く無視された。全員それまで座っていた座布団を引っ繰り返すと、それぞれの役割分担に応じて素早く立ち動いていた。テーブルの足を立てて用意する者。壁の棚から皆の箸箱を取り出して、テーブル上へ滑らせる者。醬油やソースといった調味料をテーブルの中央に置く者。窓の前に待機して、配食を受け取る体勢に入る者……

「おいこら、エロ本屋。そんなとこにモタモタしてたら皆の迷惑だ。お前なんか何やらせたってどうせ邪魔になるだけなんだから。とっとと自分のところに座ってろ」

どうせ邪魔になるだけ、の言葉通りだった。私を除く6人の動きは、こんな場でなければ見蕩《みと》れてしまうような鮮やかさだったのだ。一片の無駄もない、流れるような動作。言われた通り自分の位置に座った時には、既に全員の食事がテーブル上に並べられていた。

おまけに彼らも座ったと見るや、目にも留まらぬ速さでそれぞれの食事を掻っ込み始めた。朝食は基本的にご飯と味噌汁、それに簡単なつけ合わせというのが普通なのだが――その日はつけ合わせが納豆と塩漬けキャベツ、味付け海苔という献立だったのだが。全てがあっという間に口の中に消えて行くのだ。私など納豆のパックを開け、ご飯に掛けるだけでモタモタしているのに。漸く箸を持ち直して茶碗を口につけた頃には、他の6人はとっくに平らげてしまっていた。恐らく完食までにものの1分も要してはいまい。これまでの手際同様、呆れる程の食事のスピードだった。

「ほれ、エロ本屋。グズグズするな。もう、下げられちまうぞ」

その言葉にも嘘はなかった。まだお椀の半分も口にしていない段階で、廊下からは早くも「カラ下げ〜」の声が聞こえて来る。同時に窓の格子のところに出された食器が、次々と下げられて行く。まごまごしている余裕はない。私はまだ半分がた残っていた食器を、泣く泣く窓のところに出すしかなかった。〝先輩〟方はと言うと、既に歯磨きを終え順番にトイレに入っている。全員の歯磨きが済むと流しを掃除し、水滴が残らないくらい拭いておかねばならないため、一人だけモタモタしているわけには行かないのだ。おまけに工場に出たら作業中、トイレにも自由に行かせてもらえないので、舎房にいる間に済ませておいた方がいい。食べ掛けの食事が無情にも下げられて行くのを横目で見ながら、私は歯磨きのために流しに向かった。

「おら、エロ本屋。もうお前ぇが歯磨きしてる暇はねぇよ。それより早くトイレを掃除しな。トイレ掃除は伝統的に、新入りがやるってのがここでの決まりなんだからな」

確かにその決まりについては前夜の内に、〝先輩〟達から申し渡されてあった。だが――

「え？　もうトイレ掃除ですか。で、でも私、まだ用も」

「もう直ぐ出房だぞ。その時にトイレが汚れたまんまだったんじゃ、部屋が減点されちまう。もうお前ぇが用を済ませてる暇なんてねぇんだよ。そもそもはお前ぇが、モタモタしてるから悪いんじゃねぇか」

こうなったら作業に出た後に、担当のオヤジさんに事情を説明してトイレに行かせてもらうしかあるまい。私は歯磨きも用便すらも時間をもらえず、汚れた便器を磨くより他なかった。

「掃除、済んだか？　早くしろ。全部終わったら、トイレのドアは開けとくんだぞ」

目の回るような慌ただしさで準備を整え、並んで座して出房を待つ。点検の時とは逆に廊下に背中を向け、点検の時とは違って許された安座《あんざ》で並んで待つ。直ぐに「出房開始～」の声がスピーカーから流れた。本当に私には歯磨きはおろか、用を足す暇すら全くなかったのだ。『所内生活の心得』に記された「動作時限」によると、朝食が6時55分。出房が7時35分。つまり食事が配られてから作業場に出るまで、40分しか時間は与えられていないのだから。その間に食事から歯磨き、用便から掃除まで済ませなければならないのだから。新入りでできなかったのは私だけ、ということは多分あるまい。

上の階から廊下から、足踏みの音が多重奏になって響いて来た。順次扉を開けられ、出房した囚人達が廊下に整列しその場で足踏みしているのだ。「観察工場」で何度も練習させられた行進歩調で。

「２０９室、起立。出房」やがて我らが房の扉も開けられ、背後から声が掛けられる。間髪容れず立ち上がって廊下に出、壁に向かって並ぶ。全員が出ると廊下の中央に並び直させられ、「足踏み～始め。前へ～進め」

図書係は人数が少なく、２０９室の7人ともう1人の計8人のため、出房から行進までスムーズに移行することができるが――人数の多い工場だとなかなかこうは行かないらしい。同じ工場に向かう複数の房から、ある程度の数が出て来るのを待つ必要があるため、それまで廊下で壁を向いて待機していなければならないのだ。

「大人数の行進になるからなぁ。あれこれと一々待ち時間も掛かるし、行進のとき手と足が合っていないとやり直させられるから、デカい工場はそれだけで大変だぜ」と糟谷も言っていた。

このように舎房は基本的に、自分の所属する工場ごとに分けられている。同じ房の仲間は基本的に、作業時間も同じ工場の〝同僚〟になるわけだ。その方が官の側からすれば管理もしやすいし、舎房と工場とを往復する時も一団に纏めて連れて行けるため、合理的という理由による。そして先述のように、一度どれかの工場に決まったら基本的にそこから動くことはない。だから一度でも人間関係をしくじると、所内生活は地獄になる。職場と違って夜も家族の許に逃げ帰ることはできず、嫌だからと言って別居することもできないのだから。

「イチ、・ニ。一、二。イチ、ニ。一、二……」

我々7人は2列に並び、腕を大きく振って図書室へ行進させられた。視線は真っ直ぐ前へ向けていなければならず、廊下の窓から外を眺めるなど余所見をすることも許されない。キョロキョロ頭を動かすなど以《もっ》ての外《ほか》。精々チラリと、横目で脇見ができるくらいである。

「イチ、ニ。一、二。イチ、ニ。一、二……」

窓の外を眺めて目を休めることもできず、廊下を行進させられながら私は思った。

今朝は散々だったけれど……この先ここでの生活に、慣れることはできるのだろうか。〝先輩〟達同様、目にも留まらぬ早業で朝の支度を済ませてしまう。あんな芸当、自分もできるようになるのだろうか。

「やれるさ」

御徒町支店時代の上司、灰原課長の声が不意に耳に蘇って来た。外回りの営業部隊——取引先課のやり手として、行内でも知られた存在の灰原課長の口癖だった。やれるさ、勿論。人間、死ぬ気になればやれないことなど何もない。

「芳賀君。君はちょっと、自分から萎縮《いしゆく》しているところがあるんじゃぁないか」南千住支店から御徒町支店に異動し、取引先課に配属されて早々、私は課長から言われたものだ。「自分にはこれはできない。あれはできない。勝手に自分で決めつけて、縮こまっているんだろう。だがそれじゃぁ、本当に小さい人間になってしまうぞ。縮んだままの負け犬で一生涯を終えることになってしまう。しかし人間どうせ一生なら、勝ちの人生を笑って過ごしたいじゃぁないか。そのためにはつまらん委縮など振り捨ててしまえ。君には何だってできる。やれないことなど何もない。そう自分に言い聞かせるんだ。思い込むんだ」

バイタリティの塊《かたまり》のような姿で言われると、何となくこちらもその気になってしまう。これまでずっと負け犬人生だった自分。でもそれを、何とか変えたいと思わなかったわけではない。ただ努力が結果的にカラ回りしていただけなのだ。だからこれが最後のチャンスかも知れない。この課長について行くことで、自分が負け犬から人生の勝者に転身する。今が願ってもない、最後のチャンスなのかも知れない……

かくして私は発奮した。呑めない酒を必死で口にし、トイレで全て戻しては接待に

明け暮れていた。ワンマン社長に靴にビールを注がれ、それを一気呑みさせられたこともあった。あの、外回り時代を思えば――

早飯くらいできないわけもないだろう。手際よく布団と寝間着を畳み、限られた時間内で朝の準備を整えるくらい。死ぬ気でやれば、不可能なことでは決してあるまい。現に、どう見ても人間的には私以下な筈の、〝先輩〟達でさえ楽々こなしているのだし。

「やれるさ、芳賀君。君なら」

またも灰原課長の言葉が、耳に蘇って来る。余所見も許されぬ行進で、初めての作業場に向かいながら――全く違った境遇で同じ言葉に励まされている皮肉に、私は思わず苦笑を漏らしてしまうところだった。

04年9月28日（火）続

「えーと１０７９番、芳賀。お前だな。掃除が終わったら、ちょっと俺のところへ来い」

屈辱の時間を何とかやり過ごし、ホッと息をつく間もなく、ラジオ体操が済むや否や図書係の担当刑務官から声を掛けられた。舎房の担当さんと工場の担当は別の人間である。作業に出たらこちらの「先生」達が、我々の「オヤジさん」ということになるわけだ。

ちなみに何とかやり過ごした「屈辱の時間」というのは、作業場に入る時の所謂〝カンカン踊り〟だった。舎房から作業場の収まる棟まで行進して来ると、まず「検身場」に入れられる。ここで部屋着から作業着に着替えるが、このとき何か隠し持って作業場に入ることがないよう、素っ裸になって検身を受けるのだ。服を脱いで検身台の上に乗り、「１０７９番、芳賀」と名乗りながら両手を上に挙げ、掌を開いてヒラヒラ振り、脚も片足ずつ持ち上げて、脇にも胯《また》にも何も隠していないことを示す。これが間抜けな〝カンカン踊り〟のようだと、呼び名がついたのだそうだ。口の中にも隠していないことを示すため口を大きく開け、舌をできるだけ突き出さなければならないが、そうすると自然に目も開かれ、傍から見たらバカ面そのものになる。

あまりの屈辱に手が下がったり、脚を上げるのが低かったりするとすかさず「やり直し」。一列に並んで一人ずつこの〝身体検査〟があるため、一人が失敗すると後の人間はずっと裸のまま待っていなければならない。後続の人間がチッと心の中で舌打ちしているのを百も承知で、何度もやり直させられるのは精神的にもかなり辛いものだ。お陰で緊張が更に高まり、ますます失敗しやすくなってしまう、悪循環。こうして私は、工場に入るだけでヘトヘトに疲れ果ててしまったのだった。まだ9月だからよかったものの、冬の寒い季節に後続を裸で待たせたりしたら――背中に突き刺さる視線がどれだけ激烈なものになっていたかは、今は考えたくもない。

またちなみに、図書係の作業場を「工場」と呼ぶのは少し違和感があるかも知れないが、懲役囚の作業場は一般に「工場」と総称されており、そこには「生産部門」と「非生産部門」との別がある。「生産部門」は溶接、木工、洋裁といった何かを生産して利益を出す部門で、いかにも「工場」然としたところだ。広い工場にずらりと囚人が並んで作業している、報道映像や映画などでもお馴染みの光景であろう。八王子刑務所でも懲役囚の大半がこちらに配属されている。一方の「非生産部門」には「生産部門」のような「いかにも工場」ではなく、囚人の食事の用意をする炊場《すいじょう》、所内の掃除をする保清《ほせい》、経理、洗濯といった仕事がこれに含まれる。所内での拘禁生活の細々した面倒も全て、懲役囚自身が見ることになっているため、こうした部門も必要なわけだ。囚人の髪を切るのも囚人（たいてい塀の外で散髪の経験を持つような人間が当てられる）という〝自給自足〟ぶり。我らが図書係も言うまでもなく、こちら「非生産部門」に属す。

図書係は朝の掃除の時間は、刑務官の事務棟である本部の清掃まで任されていた。清掃するのは本部の廊下、宿直室、そこの布団や枕カバー換えといった雑務、便所に風呂掃除などなど、といったところ。新入りである私はここでもトイレ掃除を押しつけられた。次の新入りが来ない限り、ずっとこんな処遇ということになりそうだ。職員の勤務する建物に出入りするから、ここでも一々検身が必要となる。そのため時間も余計に掛かり、図書室に戻って来たのは8時半近くになっていた。

「おぉ、芳賀か。来たか」図書係の担当刑務官の許に再び赴くと、既に傍らに来ていた〝先輩〟懲役囚を指し示した。先程までの本部の掃除でも、宿直室など比較的楽な場所を担当していた男だ。図書係は総勢8名。そして私の房209室には、彼だけはいない。「これがこの工場では一番古株の、木之内《きのうち》だ。お前は今日が初日だから、まだ何も分からんだろう。だから暫くこいつについて作業して、早く仕事を覚えろ。何か分からないことがあったらこいつに訊け」

図書係には1人だけ、二級囚がいると聞いていた。それが彼、木之内だったわけだ。二級囚に上がると我々三級、四級囚とは舎房も別になる。だから昨日、彼とだけは会うことがなかったのだ。

これはどこの刑務所も同じようだが、囚人には累進処遇という制度があり、全員が一級から四級までに分けられている。最初に入った時点では四級で、それから三級、二級……と上がって行く。ただし一級囚というのは制度としてはあるのだが、ここまで上がるにはかなりの長期刑で、しかもずっと模範囚でなければなれないため、まずお目に掛かることはないらしい。

新入りの私は当然四級だが、三級と四級とでは実はそれほど待遇に違いはない。三級になれば面会や通信が月に2回になることと、二月に1回の三級者集会があることくらいだ。

ところが二級に上ると、大きく違う。まず我々とは違う「二級房」に移される。「二級房」には壁に時計が掛けられ、鏡もあるし造花だが花瓶に花も挿してあるという。時計や鏡など些細な違いと思われるかも知れないが、これが結構大きいのだ、と糟谷も言っていた。

「時計は、起床時刻まで後どれくらいか目処《めど》がつけられるから便利だし、鏡や花があるとやっぱり気分が違うぜぇ。たとえ造花だったって、よ。男ばかりのむさい所帯で、一輪の花があるかないかでどれだけ気分が違うことか。これぱっかりは体験してみなきゃ分かるモンじゃやねぇ」

なのだそうな。確かに時計の有難みについては、今朝の慌ただしさを実体験した私には身に沁みて分かることだった。後どれくらいで起床のチャイムが鳴るか。どれだけ布団の中で脚を伸ばしていられるのか。見当がつくだけで、どれほど気分的に楽か知れやしない。

更に二級になると集会が、毎月1回に増やされる。半年間無事故、1年間無事故者集会の参加資格も得られるから、こうした集会に出られる頻度がグンと増す。面会や通信も毎週可能。テレビも毎日見ることができ、チャンネルも自由という厚遇ぶり。

「それからよぉ。三級で事故を起こせば四級に下ろされてまたゼロからスタートだが、二級だと三級に下げられるだけで済む。これまた気分的に全然違うんだ。スタートラインに戻されたらやる気も萎えちまうが、三級だとまた頑張るか、って気にもなるからよぉ」

と糟谷も言っていた。

「ここが書庫だ。古い本ばかりだが、蔵書だけはざっと3万冊ほどある」

「これが『冊下げ』の願箋。房内に持ち込める本の冊数は同時に3冊まで、と決められているからな。それ以外の私本は領置されている。だから『これとこれの本は読み終わったから領置に回し、今度はこれとこれの本を入れてくれ』といったことを、これで願い出るわけさ」

さすが二級まで上げられただけあって、木之内は穏やかな性格の男のようで、初心者の私に一々懇切な説明を加えてくれた。質問にも面倒がらず丁寧に答えてくれる。指導役として願ってもない人を当ててもらえたようだった。仕事の中身だけでなく図書係の人間関係、立ち居振る舞いのコツなどをも、彼からなら聞き出しやすいかも知れない。

あちこち案内されている内に、ふと思った。一級から四級までに分けられた、塀の中の処遇の差。それ即ち銀行内における、行員の立場の違いとも容易に比類できるのではないか。頭取と言えばまさに雲の上の存在。支店長クラスでもヒラ行員からすれば、まともに顔を見ることすら難しいような存在で、直属の課長にもなかなか自分の意見を言うことは許されない。あの、序列の厳しい銀行内の縦割り位階制度とも。

「君の業績が上がらないのは、君の人間性そのものに問題があるからだ！」南千住支店時代、上司から何度となく侮蔑の言葉を受けた。「上の人間から酒の席に誘われてもつき合わない。そんなことでお客様を勧誘できるものか。君は行員としての前に、人間として失格なんだよ。だから業績だっていつまで経ってもこのままなんだ」

言い返すことなどできない。業績から人格まで否定されても、理不尽に正論で応えることなどできない。のことなどできやしない。上の人間の言うことは絶対。天の声。それが乙石銀行内での、犯すべからざる掟《おきて》だった。悔しかったら自分が上に上がるしかない。行内試験に受かり、業績をものにしてポストを駆け上がるしかない。自分を侮辱した人間を追い抜き、上位に立って初めて、真っ当な反論もできるようになるのだ。

だから私は上だけを求めた。幸い御徒町支店に移ってからは、灰原課長という理想の上司も得、出世を目指す動機に更に弾みがついた。

また、御徒町支店に異動した1982年は東北新幹線の大宮〜盛岡間、及び上越新幹線の大宮〜新潟間が開業した年だった。大宮から上野までも程なく延伸することが見込まれており、上野から御徒町界隈は新幹線開業前夜のお祭り騒ぎに包まれていた。昔からここを拠点とする企業は高揚感に乗って、事業を拡大する。他所からもムードに惹きつけられるように拠点を移し、あるいは新たな支店を設ける企業が次々と現われる。銀行からすれば、新規取引先を開拓するには願ってもないような流れの中に、街全体があった。

理想的な環境の中、灰原課長のエネルギーが伝播されたように、私はコマネズミさながらに働いた。仕事の業績は無視し、試験勉強だけに全てを懸けていた南千住時代の私はもういなかった。銀行の開店は午前9時。行員は8時45分が定時出社時刻、と決められている。事実、支店長や副支店長クラスはその時刻に悠々と出勤して来る。しかしヒラには〝大名出勤〟は許されない。前夜に金庫に仕舞った現金や有価証券、重要書類などを取り出して整理し、上司が出勤して来たら即座に仕事に掛かれるよう準備を整えておかねばならない。

中でも私はいつも、一番乗りだった。7時前には支店に着いているよう、朝一番で独身寮を飛び出していた。まだ警備員も到着していず、建物は鍵が掛かったままで店内に入ることすらできないのだが。それまでの時間は、店の前や周辺を掃除することを日課にしていた。御徒町と言えばアメ横を擁し、昔ながらの古い人情の色濃く残る界隈である。支店周辺のご近所さんまで掃除して回る、私の姿は商店主達の目にも好意的に映ったようだった。今度あの支店に来た若い彼、毎朝早くからよく頑張っていて、なかなか好感が持てるじゃないか。周囲からそんな印象を持たれることが、銀行マンとしてマイナスになるわけがない。まずは顔を覚えてもらうのが外回り要員の仕事なのだから。その時点で既に、優位なラインからスタートしているようなものだ。南千住時代には融資の障壁と目されていた古い町の人情が、ここでは私に有利に働いてくれたわけだった。

こうして業績は、めきめきアップして行った。試験の方も、南千住時代の3年間の基礎があったため、勉強する時間が確保できなくなっても然程《さほど》の苦もなく続々パスすることができた。人づき合いが苦手で自分に自信を持つことができず、常に殻に閉じ籠って悶々としていた芳賀〝陰太郎〟はもういなかった。代わって居たのは前途洋々、同期の間の出世レースでトップを直走《ひたはし》る若きエリート銀行マンだった。

御徒町支店にはもう一つ、忘れられない思い出がある。当時同支店で窓口を務めていた、幸代と知り合ったことだ。彼女からしても当時の私は、輝いて見えていたのだろう。つき合い始めて1年足らずの1984年、2人は結婚式を挙げた。乙石銀行では行内結婚は一種のご法度《はっと》であり、お陰で私は通常人事より1年早く、王子支店へ異動することになるのだが。既に御徒町で覚えた仕事のコツは完全に身に染み込んでいた。その後いくつかの支店を渡り歩いたが、行け行けドンドンの勢いは衰えることは決してなかった。

１９８６年には長男の誠太郎が、88年には長女の幸乃が生まれた。相変わらず仕事一辺倒で、なかなか家族と一緒に過ごす時間は持つことができなかったが。銀行の仕事がどんなものかよく理解している幸代は、あまりそれに不平を漏らすこともなく、黙々と家事と子育てに専念してくれた。

そうして２００１年、私は遂に同期のトップを張って、中野坂上支店長のポストを射止めたのである。都銀の支店長と言えば若くとも40代後半辺りで上り詰めるのが普通で、45での就任というのは業界でもかなり早い部類に属した。私があまり家にいないせいで、幸乃が非行に走るという家庭内の瑕疵はあったものの――あの頃の私はまさに、我が世の春を謳歌していた。俺に怖いものは最早ない。やれないことなど何もない。このまま更に出世の階段を上るスピードを速め、頭取まで上り詰めるのも夢ではないのかも知れない。御徒町支店の灰原課長のエネルギーが乗り移ったように、当時は半ば本気で、そうまで思っていたのだった。

好事魔多し。人生とは往々にしてそうした栄光の絶頂の先に、奈落への滑落孔《こし》が大きく口を開けているものである。意気揚々の足許を掬《すく》うべく、悪魔が機会を虎視眈々《たんたん》狙っているものである。私がまさにそうであった。飛ぶ鳥を落とす勢いの中野坂上支店長就任が、急転直下の零落への第一歩だった。今にして思えば。

「新聞はここに届く。これを各工場に、そこの人数に合わせて3部とか4部とかずつ配る。ちなみに一般紙は読売、スポーツ紙はスポニチだ。これは別に決められてるわけじゃなく、3ヶ月に1度どれがいいか囚人間でアンケートを採るんだけどな。何故かいつも、結果はこの2紙なんだよなぁ。それも全国、どこの刑務所でも何故かそうらしい」

木之内に連れられて説明を受け続けながら、内心思っていた。モーレツ銀行マン時代に培《つちか》った、人間関係立ち回り術。業績を上げ出世に資するためだけに、本来の自分を殺して取引先とのおつき合いに身を粉にして来た。あの頃のテクニックをフル動員すれば、木之内や（部屋のリーダー格らしい）伏見とも、上手い関係を築くことができるのではないか。唯野や瀬尾らの下らないバカッ話にも、嫌な顔一つ浮かべずにつき合うこともできるのではないだろうか。

04年10月5日（火）

〈幸代へ
今日は面会に来てくれて、本当に有難う。短い時間だったけれど久しぶりに元気な顔を見ることができて、どれだけ嬉しかったことか。どれだけ元気づけられたことか。言葉で言い表すことなんて、とてもできそうもありません。

だからここでは、短い面会時間ではとても話すことができなかったことを、思い出すままに綴《つづ》ってみたいと思います。感謝の言葉が一々出ては来ませんが、裏に込められた気持ちをどうか察してやって欲しいと思う。

さて面会の時にも言った通り、「観察工場」から図書係に移されて1週間。何とか少しずつ、ここでの生活にも慣れて来たみたいです。来た当初は、いったいどうなることか、と不安で仕方なかったけれど。人間、どんな環境にも慣れることはできるみたいですね。まぁまだまだ手際が悪く、失敗しては同房の仲間に迷惑を掛けることもしょっちゅうですけどね。

塀の中の生活ならもう長いから、とっくに慣れてるんじゃないの、と思われるかも知れないが、やはり拘置所と刑務所とでは全然違います。官の側の、見る目の厳しさが全く違う。規則が細部までびっしり決められています。房にいる時の座る場所まで決められているくらい。

拘置所の時はずっと独房で単独行動でしたが、こちらに来たら集団生活。だからその点もかなり違います。

例えばお風呂。拘置所では決められた時間内に1人用の湯船に浸かっていればよかったのが、刑務所は団体行動ですから。裸で浴場に入るとズラッと横一列に並んで、前の列の人間が湯船に浸かっている間にこちらは身体を洗う。前の列が湯船から上がると、今度は我々です。のんびり身体を洗っている暇なんてない。髭剃りの時間も勿《もっ》体《たい》無いので、電気カミソリに換えてしまったくらい。入浴時間が全部で15分しかないんですから。それが列ごとに「入湯」「出湯」と命令されながら一斉に動く。まるで流れ作業。工場のベルトコンベアーに載せられた、機械にでもなった気分です〉

調子に乗って書いて来て、ふとペンを持つ手を止めた。今日はテレビの日である。私と、本を読んでいる伏見以外は全員、黙ってテレビに見入っている。テレビのある日はこうしていつものバカッ話も途切れてくれるため、手紙を書くのに集中するには好都合なのだ。

暫し迷った末に、風呂について記述した箇所は全て消すことにした。手紙の類《たぐ》いは全て、投函する前に一度開封されて官に中身をチェックされる。都合の悪いところは塗り潰されるし、あまりに不適切な中身だと発信そのものを止められ破棄されてしまう。刑務所内の問題点を告発するような内容だったら一発だ。中での処遇について具体的に述べるような中身も、ご法度。だから、風呂に入るのも機械になったような気分……というような箇所は、まず確実に塗り潰されてしまうと判断したのだった。塗り潰されると分かっているのなら最初から削除して、別な話題に紙面を割いた方がいい。手紙は一度に便箋7枚分と制限されているのだし、四級囚の今はそれを出せるのも月1回、と決められているのだから。便箋の書き方も、「罫線内に2行以上書くな」とか、「1行は概ね30字くらいの、大きめの字で書け」などなどうるさいこと甚《はなはだ》しい。

では、刑務所では「房にいる時の座る場所まで決められている」という箇所はどうか。中での処遇について述べているとは言えないか。暫く考えたがここは、残しておくことにした。その辺りの微妙な判断は、チェックを担当した刑務官の気分次第なのだろうし。ここも不適格と判断されたのなら、塗り潰されても今は仕方がない。どうせ大した分量でもないのだし。どこまでが塗られてどこまでは許容範囲なのか、という匙加減を測る材料にするには、格好の文章かも知れないと判断したわけだ。届いた手紙に塗られた箇所があったかどうかは、次の面会の時にさり気なく幸代に訊いてみればいい。面会に立ち会う担当官に、察せられないようなさり気なさで。

〈図書係の仕事にも少しは慣れて来ました。中にいる人達に本を配ったり回収したりするのが仕事の基本ですが、やっている内に中ではどんな本が好まれているのか、といった傾向が見えて来る。中では皆がどんなことに興味を持っているのか。そういう楽しみも見出すことができる仕事だ、と気がついた次第です。やっぱり同じ仕事をするなら、楽しみを見つけながらできた方がやり甲斐が出ますからね。〉

ここでまた、図書係の仕事の中身を逐一説明してやることもできないではないが、止《や》めることにした。限られた紙面を無駄に使いたくはなかったのが一つ。だが何より、またぞろ「処遇をバラした」などと官を刺激することになっても困る、と判断したからだ。手紙は無難な表現に努めること。できれば文章の随所に事件への反省を匂わせる表現、更に気づかせてくれた刑務所生活への感謝の言葉が差し挟まれていると、理想的。官の（否も応もなく彼らは投函前に読んでくれるのだから）こちらを見る目が好意的になるからな……と糟谷が言っていた。だから逆に「仕事に楽しみを見つけながらやり甲斐を感じている」という部分はぜひ残しておくべきだろうと判断した。「中での生活に意義を見出している」というような記述は、何より官の好むところだからだ。

それに図書係の仕事を一々説明してやっても、彼女がどれだけ興味を示すことか。仕事の中身は大きく分けて3つ。まずは所内の書庫に3万冊ほど収められている蔵書、所謂「官本」を管理すること。官本は工場単位や、個人向けにも貸し出される。

各工場には昼食用の食堂があり、書棚に、休み時間に手に取るための本が置かれているのだ。これを毎月、50冊単位で入れ替える。個人からも貸し出し要請が願箋で出されたら、応じて本を出す。舎房に持ち込める本の数は決められているため、それを勘案しつつ貸し借りの処理をするのだ。これが1つ目。

2つ目は官本ではなく、個人が購入したり差し入れられたりした私本の管理だ。購入は雑誌を含めて一月に6冊までと定められているため、これまた勘案しつつ購入注文の手続きを執り、舎房に本を出す。

最後は新聞の管理。新聞にも刑務所負担で工場ごとに入れられるものと、身内から個人向けに差し入れられているものとがある。これらの出し入れを差配する仕事というわけだ。昔は規制が厳しかったため、事件を扱った記事を塗り潰したりヌード・グラビアを綴じ込んだりするのも図書係の仕事だったというが。そのため以前の図書係はもうちょっと人数も多かったというが——今は規制も緩和されたため、8人という現状に収まっているのだそうだ。

やはり中での生活で、読書は最大の楽しみの一つ。だから特に個人向けに出す本を、相手を入れ違えて渡してしまうとトラブルの元になる。それなりに神経を遣う仕事なのである。まずは差し入れの場合、「あなたにこれとこれの本が届いてますよ」

という札を出す。それに応じて各懲役から、「それならこれとこれを入れてくれ」という願箋が来る。希望を取り纏め、棟ごとに台車に載せて本を運ぶ。ここまでが図書係の仕事だ。棟の中まで入ることはない。舎房ごとに分けて配るのは、雑役の仕事となる。更に手紙となると、これはもう看守が還房した本人に直接手渡す。これこそ渡す相手を間違えたら大変なことになるからだ。ともあれこのように、図書係は他の「生産部門」の工場と違い、作業時間中も比較的あちこち動き回ることができる。各棟の中まで入ることはできないまでも、渡り廊下を通って外の空気を吸う機会も多い。一日じゅう工場に詰められっ放しの境遇から比べれば、遥かに開放的と言えるだろう。

だから、なのだろうか。図書係は他から比べれば、穏やかな囚人が集められていると聞いた。言わば受刑者の中でもエリートの部類。刑務所職員の詰める本部の掃除を任されているのも、そういう側面も勘案されてのことなのだろう。強盗や殺人といった荒っぽい連中ではなく、精々が窃盗や知能犯といったレベル。どうやら同房者は皆、大学までちゃんと出ているらしい。私からすれば、まだまだ相対しやすい連中というわけだ。あの、バカッ話はあるにしても。

〈図書係は塀の中でもエリート集団なので、まだ過ごしやすい〉

　という話を手紙の中に書き入れるかどうかで、また長いこと逡巡してしまった。これも「内輪の話をバラした」ことになってしまうのだろうか？　しかし言っておいてやれば、幸代としても少しは安心してくれるだろうし……。考え込んで迷っている内かなりの間、筆が止まっていた。

「修繕の石丸《いしまる》って知ってるだろ。あいつのカミさん、すっげぇブスなんだぜ」

　ふと気づくと周りで、いつものバカ話が始まっていた。見上げるとテレビでは、ニュース速報が始まっていた。塀の中にいれば外のことなど全くの別世界。金融危機が起ころうと外交問題が発生しようと、政変が起ころうと何の関係もない。たとえ世界大戦が勃発しようと塀の中に爆弾が落ちて来ない限り、我々とは関係ない。だからニュースを興味を持って見る者など皆無、全くのゼロなのだ。しかし一方だからと言って、別な番組が見たくとも三級、四級房のテレビは勝手にチャンネルは弄《いじ》られない。ずらりと並んだ房で一つだけ違うチャンネルがつけられていれば、廊下にいる看守にも立ちどころに分かってしまう。だから見たくもないニュース番組が始まったら、その間はバカ話で埋めなければならない道理なわけだ。

「何で何で、修繕の石丸？　瀬尾、お前ぇ何であいつのカミさんの顔なんて知ってるんだ」

「俺、当番だったからさ。来週の掃除の割り振りを打ち合わすのに、本部に行ったじゃん。その時、面会室から門の方へ歩いてく女が見えたのよ。そしたらそれが凄ぇブスでよ。こっちまでブスが臭って来るくらい。逆にそれでこっちも、思わず目を遣ったくらいなんだからさ」

「うんうん。それでそれで」

「そしたらさ。『戒護区域』に戻ってみたら今度は、石丸の奴が引率されて面会室から戻って来るのが見えたのさ。ウキウキした表情してやがってよぉ。それでピンと来たわけさ。いやぁ堪《たま》んねぇよなぁ。あんなブスなカミさんでも面会に来てくれたら神様仏様、観音様に見えちまうんだからなぁ」

「石丸ったら、結構イケメンの部類に入るんじゃねぇの。なのにそれが、ブスのカミさんなんかもらってるわけ？」

「そうなんだよ。笑っちまうよなぁ」

しかし私の耳には、愚にも付かない会話など入って来てはいなかった。ニュース速報では、見知った顔が画面一杯に大きく映し出されていたのだから。

「我が行は現在、様々な意味で困難な状況に置かれています。身に余る大役であることは重々承知しておりますが。それでも我が行の置かれた現在の苦況を、お前が何とかしろという意味でのご指名であろうこともまた、身に沁みておるところであります」

銀行の新頭取、就任の挨拶。私がついこの前まで籍を置いていた、乙石銀行の。満場に記者を集めた上で、会見の形で執り行われているのだった。瞬くフラッシュ。会場から飛ぶ質問。満場の注視を一身に集めている、その男……

思えばあの男を捜査の手から逃すためにだけ、私の奮闘もあったようなものだ。上からの指示があったんだろう!? 検事から何度問い詰められても、頑としてそうではない、と言い張った。取調室での頑張りも、結果的には彼の経歴に傷を一切つけることなく、本日のこの地位に押し上げるためにあったようなものだ。

「それで、岸新頭取。まず当面はどのようなところから、新体制による乙石銀行運営に取り組んで行かれるお積もりですか?」

「そうですね。まだ就任したばかりで、運営云々といった話をできる段階では到底ありませんが。それに頭取などと呼び掛けられましても、まだまだ実感が持てずにいるところですが」

……そう、あの男——岸誠剛《せいごう》新頭取。当時はまだ副頭取だった彼が、今テレビカメラの前で公の場に姿を曝《さら》していたのだった。

カメラが引くと新頭取の横で、顔中皺《しわ》だらけで眼鏡の大きさだけが一際目立つ男が、頻《しき》りに頷いて見せていた。銀行経営トップの座を傍らの男に譲り、自らは会長職に引いた前頭取、美空桐男《みそらきりお》。岸はまだ副頭取だった頃から、行内では〝天皇〟と呼ばれ、いつかこの日の来ることは既定路線と目されていた。それくらい確固とした権力基盤を、当時の美空―岸ライン体制は敷いていた。2人の強力なトップ体制が整った時から、私の事件のような醜聞もいつかは発生する土壌が、乙石銀行内部で培われて行ったのだ、と言っても過言では決してあるまい。

現場からの叩き上げでトップにまで上り詰めた〝人間機関車〟美空桐男。片や創業者一族の血を引く名門を誇り、政財界に無尽蔵の人脈を有す〝宮様〟岸誠剛。〝機関車〟が未知の収益の眠る荒れ野へ銀行組織を牽引し、〝宮様〟の人脈が過程で生じた綻《ほころ》びを地均《じなら》しする。理想的なナンバー1、2をトップに頂く執行部体制が確立した時、真っ先に打ち出された方針が「実績偏重主義」だった。美空頭取が就任の行内挨拶で「向こう傷は問わない」と打ち上げたことに、いみじくも垣間見えていたように――従来の「人物」「能力」に重点の置かれていた人事評価システムが、以降「実績」のみに大きく偏向して行った。人間的な欠点や職務上の多少のミス、行き過ぎによる法逸脱ギリギリの〝犯歴〟すらも、さして問題にはしない。実績を上げた者、業績を上げた者だけがひたすら評価される、という価値基準が行内に確立されて行ったのである。かくして行け行けドンドンの行員ばかりが次々注目を集め、年次を飛び越えて抜擢される人事が敢行されるようになったのだった。

時あたかもニューヨークはプラザホテルで、G5（先進5ヶ国蔵相・中央銀行総裁会議）により為替レートへの協調介入に関する合意、所謂「プラザ合意」の発表される1985年のことである。日本経済がこの合意からバブル景気に転がり込む前夜、実績のみを是とする方針を打ち出したこと自体は確かに、彼らの時を見る目の鋭さを実証してはいた。日経平均株価が4万円台を視野に入れる程、どこまでも暴騰する株価。「東京23区の土地代だけでアメリカ全土が買える」と言われる程、無限に膨れ上がる不動産価格。落日に転ずることなどあり得ない、と思われた当時の景気上昇局面において、逸早《いちはや》く行け行けドンドン路線を採った乙石銀行は完璧に時宜を得た。完全に時流に乗った。金融緩和政策で市場に溢れる資金を惜し気もなく、何の躊躇《ためら》いもなく湯水のように株と不動産投資とに注ぎ込む。かくして株価、土地代の高騰と比例するように、乙石銀行の業績も右肩上がりの急上昇を描いて行ったのである。

銀行の業績と歩調を合わせるように、私の人事評価もまたアップして行った。渡り歩く支店のどこにおいても、私は次々それまでの収益達成記録を塗り替えて行った。そのぶん下への要求も苛烈《かれつ》で、泣かされた部下も随分とあったろうが。休日とて一瞬たりと気を抜くことは許さず、何かあれば直ちに電話を入れて即座の対応を要求していたが――お陰で心労の余り、体調を壊して銀行を辞した部下も少なからずいたが。だがそうした仕事ぶりが行内で褒められこそすれ、批判されることはおろか、行き過ぎを諫《いさ》められることすら一切なかった。

しかしやがて、果てしなく続くかと思われたバブル経済も90年代に入るとあっさり崩壊。永遠に上昇すると謳われた土地代も敢えなく下降に転じ、以降日本は「失われた10年」と呼ばれる泥沼の不況に突入する。銀行の業務も、二の足を踏む中小零細企業にまで口八丁手八丁で資金を貸し付けた、バブル時代とは一転。焦げ付いた融資をどう回収し、不良債権をいかに処理するかに血道を上げる。一方で不景気下にあっては、資金繰りに詰まった企業は追加融資を求めて来る。当然こちらは彼らを追い返し、銀行の「貸し渋り」「貸し剝《は》がし」という言葉が世間を賑わすこととなった。

私も事態の急転に戸惑いつつも、バブル時代の融資と同等の精力を今度は、債権回収へと注ぎ込んだ。「貸し渋り」「貸し剝がし」の尖兵、と自らを位置づけた。そうして遂に、あの事件を引き起こすこととなってしまったのだ。

「ご存知の通り我が行では昨年、一部の行員による行き過ぎた行為により、痛ましい犠牲者まで出す事件を引き起こしてしまいました。犠牲者の方、ならびにご遺族の方々に対しては、どれだけお詫びしてもし切れない心境です。同時に世間様をお騒がせしてしまい、皆々様には多大なるご迷惑を掛けることとなってしまいました。一部の行員による不始末とは申しながら、監督不行届きによる責任は間違いなくこの私にもございます。まずは新頭取就任に当たりまして、改めて深く深く陳謝したいと思います」

ふと我に返ると、銀行による日本経済〝伐採〟業務を指揮していた当人が、のうのうと事件について語っているところだった。言葉とは裏腹に、いっさい悪びれもしない口調で。淡々と謝罪の言葉を並べ立てているところだった。

もはや妻への手紙など書く気にもなれず。ただただ呆然とテレビ画面に見入ってしまう。「責任の所在は自分にもある」どころか、現実には当事者以外の何者でもない男。当人の口から他人事のようなコメントが発せられていることに、目眩《めまい》に近いものを感じていた。同じ口が私のことを「不始末を仕出かした一部の行員」などと表現していることに到底、現実感を覚えることはできなかった。

「それじゃぁ何か？　炊場の加々見《かがみ》のカミさんも、そんなに酷ぇブスなのかぃ」

「酷ぇも酷ぇ。ブスってのぁ元々、中国の毒から来た言葉だてぇが。あれぁ本当に人死にが出るね。いやぁ俺あれ見た時、危うく血の気失って倒れるところだったモン」

傍らで続くバカッ話など相変わらず、耳には入って来ず。私はいつまでも、テレビを惚けたように見詰め続けた。今、誇らし気に映っている男と、自分。両者の置かれた境遇の、あまりのギャップを現実のものと信じることが、どうしてもできなかった。

04年10月8日（金）

「いやぁ笑っちゃうよぉ。その自動販売機がたまたま、アタリ付きの奴でさぁ。ホラあるじゃん。1個買うたびに電気がピコピコ回って、たまにアタリでもう1個出て来る奴。それがその時に限って、たまたま当たっちゃったんだ。ジュースが2個出て来ちゃってよぉ。びっくりしながら俺、思ったんだ。こんなの滅多にあることじゃない。もしかしたら、千載一遇のチャンスなのかも知れない、ってね」

車の走り過ぎて行く音が、話の合間に塀を飛び越えて耳に届く。八王子刑務所は街道沿いに建てられているらしく、運動場にいると常に車の音が聞こえて来るのだ。刑務所というとそれまで、人気《ひとけ》の絶えた郊外に建てられているとばかり思っていたのが——こんな人の生活圏の真ん中にあるなんて、思ってもみなかった。ここは駅から歩いても直ぐ、という立地らしい。もっとも自分は押送バスで、しかも窓には目隠しされて連れて来られたから、駅からどれくらいといった距離感については地図で見ただけで、実体験はないのだが。

またここは高台にあるらしく、塀の向こうに覗くのは家電製品量販店の看板と、高層マンションの屋上部分だけ。見上げても外の世界を偲ばせる眺めはそれだけだ。その他は空を流れる雲ばかりという光景が、世間から隔絶された感をいや増してくれる。今日は週に3回の、運動時間のある日だった。運動会が近いため、練習に精出している者もあるが、それ以外はこうして芝生に腰を下ろし、雑談に花を咲かせていた。すっかり秋めいて来た風に心地よく吹かれ、外界からの唯一の情報である車の音を、時おり間に挟みながら。

「それじゃぁ何？　そのとき自動販売機でアタリが出なかったら谷沢《たにさわ》さん、銀行強盗やってなかったの」

「そうなんだよ。もうすっかり帰る気になってたからなぁ。でもその時のアタリを見て俺、人間が変わったのさ。もう、何だってできるっていう気に一変しちまった。まるでアタリに、背中を押されたみたいなモンさ」

話の中心になっていたのは、保清の谷沢という男だった。拳銃や猟銃を持って銀行に押し入る荒っぽい手口で、3件もの強盗を重ねていた男らしい。なのにそれ程の〝剛の男〟のくせに語り口が巧みで、話の中身自体も面白いため、数人が周りに集まって熱心に耳を傾けていたのだった。

「金はないし借金も溜まってどうしようもなくなって、銀行を襲おうっていう気になったんだ」最初の事件を起こすに至った理由を、説明して彼は言った。「弟がヤクザやってるから、銃なら簡単に手に入ったからな。それで、やるんなら一人がいいと思って、当たりを付けといた銀行に向かったの。事前に目立たない車、馬喰横山《ばくろよこやま》あたりで盗んどいて、よぉ」

来客の数も一段落する、午後1時過ぎがいいだろうと見当を付けて、銀行の前に車をつけたという。なるほど元銀行マンとしての体験からも、なかなか的確な判断と思われた。カウンターの閉まる寸前の2時半過ぎになると、またどっと客が押し寄せてしまうから、午後ではその頃合いが確かに、客足も一息ついてこちらもホッと力を抜く時間帯だったからだ。

「ところがそこまで来て、なかなか踏ん切りがつかねぇんだよな。さぁ行くぞと思ってもなかなか最初の一歩が踏み出せない。あぁ、今お婆ちゃんが銀行入ってった。驚かせちゃ気の毒だから、出て来るまで待とう。いやいやそしたら今度は、親子連れが入ってったぞ。あんな小さな子を驚かすのも可哀想だしなぁ……なぁんて。要は自分で自分に言い訳してるわけよ。行動を起こせない理由を必死で作り出してる。それで、もうほとほと嫌んなっちまってよぉ」

止《や》めだ止めだ、こんなこと。銀行強盗なんてもう止～めた。諦めていったん、銀行の前を離れたという。ところが車を出してみたら、喉が渇いているのに気がついた。何十分もじっと車内に座って、身体を強張らせ続けていたのだから、無理もない。道端の自動販売機を見つけて車を停め、ジュースを買った。するとたまたまアタリ付きの機械で、その時に限って見事に当たってしまった、というのだ。

「銀行に取って返して、拳銃持って押し入った。もう何の迷いもないよ。ジュースのアタリで無敵になってるんだもの。いきなり入ってって、天井へ向けて銃を撃った。1発」

ジュースのアタリで無敵になった、という辺りで皆からどっと笑い声が上がる。そしていよいよ佳境に差し掛かった、話の中身にじっと耳を傾ける。思わず身体が、心持ち前に寄る。

「ただ撃ってみて分かったんだけど、拳銃の音って思ったより小せぇんだよね。パーンって、情けない音しかしない。それで皆、ポカーンとしてるわけ。行員も客も呆気にとられてこっち見てる。これじゃ間抜けもいいところじゃん。だから次は、カウンターを狙って撃ったんだ。バーンって、カウンターが弾け飛んだ。今度は『伏せろこの野郎』ったら、効果覿面《てきめん》だったね。行員も客も一斉にバーッて伏せた。そしたらみんな伏せちゃったんで、金を袋に詰める奴がいねぇんだよ。俺、単独犯なんだから。それで一番近くのカウンターにいた行員に『お前ぇは伏せてんじゃねぇ、バカ野郎。この袋に金を詰めろ』って」

そこでまた、皆の間からどっと笑いが漏れる。「それで？　そん時は、どれぐらい盗んだの」

「帰って数えてみたら、1000万くらいあったなぁ。大成功。だってさ。袋に詰めさせた行員が小銭まで入れ出したから、『そんなの入れたら重くて、俺が持てねぇじゃねぇかバカ野郎。そっちの札を入れろ』なぁんて。こっちが指示までしてたんだから。まぁ行き当たりばったりでやったら、予想以上に上手く行ったんだな、これが」

「そうやって味を占めちゃうんだよね。それで、またやる気になっちゃった？」

「そうなんだよ。借金返してもまだ余裕があったから、別にもう1回やる必要なんて全然なかったんだけどな。やっぱりご指摘の通り、味を占めちゃったわけさ。俺はもう何だってできる、って思ってたからなぁ」

で2回目は、猟銃持って行ったんだ、と谷沢は言った。拳銃は音が小さくってダメだって、前回の経験で身に沁みてたからなぁ。彼の独白と同時に、塀の向こうからふと「いらっしゃいませ」という声が風に乗って聞こえて来る。そう言えば刑務所と同じ通り沿いに、セルフサービスのガソリンスタンドがあるという話も聞いた。だから風向きによっては、時おり客に呼び出される店員の声も耳に届くことがあるわけだ。のどかな外の、普通の生活を匂わす声。肌にもさわやかな秋の風。猟銃を携えた銀行強盗談話とのあまりの乖離《かいり》に、突如思い至った。塀一つ隔てて中と外とでは、本当に文字通りの別世界なのだ。

「今度は凄かったぜぇ。猟銃だもんな。音が凄い。天井にもポッカリ穴が空いちまったよ。もう『伏せろ』なんて言う必要もないんだ。言う前に皆バーッと伏せちまった。あるオヤジの客なんて焦っちゃって、咄嗟《とっさ》にカウンターの上に伏せちゃってやんの。それで俺『お前ぇ、それじゃ伏せてる意味ねぇじゃねぇか。降りてちゃんと床に伏せろ、バカ野郎』って」

またどっと笑い声が上がる。本当に話術に長《た》けた男だ。語り口全体にユーモアが漂い、笑いを差し入れるタイミングも絶妙。もっとも話の中身の過激さとは、あまりにもギャップがあり過ぎるのだけれど。これだけ話し上手であれば、きっと営業マンとしても大成したことだろうに、と私は思った。

「それが2回目か。谷沢さん、もう1回やったんだったよね。でもその時は、何も盗らずに帰っちゃったんだろ？　警察でも駆けつけたの」

いや、それがそうじゃねぇんだよ、と谷沢は言った。「3回目も猟銃持ってってね。前回が上手く行ったからね。3回目もそいつでバーンってやったら、客の中に小さな子供連れのお母さんがいてさ。そのお母さん、自分だけサッサと伏せやがってやんの。子供はポカーンとして突っ立っててよぉ。それ見たら急に、腹が立って来てさぁ。この母親、自分だけ何やってやがんだ。子供が可哀想じゃねぇか、この野郎!?って。そしたら急にサーッと冷めちゃって。止ーめた止めた、こんなことやってられるか、って。何も盗らずに、サッサと帰って来ちゃった」

「そん時はもう、どうしても金が欲しくってやってるわけじゃないんだモンなぁ。嫌な思いまでして、強盗することねぇモンなぁ」

そうなんだよ、と谷沢は笑った。「自分の美学に反してまで、強盗なんてやることたねぇよ。なのにそれ、検察の取り調べでどんだけ説明しても理解してもらえねぇんだ。『何で3回目は何も盗らなかったんだ？』って訊くから『銀行強盗はロマンですから』って答えたら『フザケるな、この野郎』って。参っちゃったよ、ホント」

銀行強盗はロマンか。こいつはいい。最も大きな笑い声が、皆の間から上がった。エリート育ちの検察のお坊っちゃまにゃぁ、俺達の美学なんか通じっこねぇよなぁ。笑い声が秋風に乗って、運動場の上空をたゆたう。

そのグラウンドを、ひときわ熱心に走っている男の姿が不意に目を引いた。洗濯の秋山《あきやま》だ。元陸上自衛隊員で、暴行・傷害で逮捕された男だという。

いつも運動の時間はひたすら走っているので、あれは誰か？　と木之内に尋ねたことがある。彼とだけは上手い関係を築いておきたいと努めたため、今では運動時間や休憩時間の殆どを一緒に過ごし、あれこれと話のできる仲になっていた。銀行時代に培った交際術が、狙い通り何とか役に立ってくれたわけだ。

「あの秋山って男は、走るのが速いことだけが自慢でさ」と木之内は言った。「ホラよくいただろ、小学校で運動会の時だけ張り切る奴。それがまんま大きくなったようなのが、あいつってわけさ。だから運動会が近づくといつもあぁして、必死で走り込む。まぁ選手としても重宝だから、こちらとしては何の問題もありゃしないがね」

運動会でばかり張り切る奴。自分の小学校時代を振り返って、確かにいたなぁと思い出す。運動が大の苦手の私からすれば、運動会など何より委棄《いき》したいイベントの〝最右翼〟だったが。前夜、明日はできれば雨でも降ってくれないものか、そうでなければこの身が急な発熱にでも襲われてくれないものか……などと乞い願ったものだったが。

「それで谷沢さん、何で捕まったの？」一心不乱に走る秋山を眺めつつ、物思いに耽っていたら脇から声がした。

「それがさぁ。笑っちゃうんだよ」と谷沢は言った。「俺、猟銃は扱い慣れてたからさ。銀行に押し入った時、人差し指は用心金に掛けてたんだ。普段から引き金に指掛けてると暴発の恐れがあるからな。そしたらそれ、防犯ビデオにバッチリ映ってたらしいのね。それで警察が、こいつ銃を扱い慣れてる、って。猟銃の免許持ってる人間、片っ端から洗ったらしい」

「でも猟銃の免許持ってるってだけだったら、いくらでもいるよね。顔も映ってたの？　……いや、そりゃマスクか何か被ってるよなぁ」

そりゃそうだよ、ちゃんとスキーマスクみたいので顔隠してたよ、と谷沢は言った。「だからそれだけじゃ俺まで行き着かなかったんだ。なのに、俺自身がヘマしちゃってよぉ。強盗用に盗んだ車に、高速道路のチケットが入ったままでね。そんなの使うこたねぇのによぉ。魔が差しちまったっていうか。強盗の帰りに高速乗ったら、ポケットに小銭しかなくて財布出すのが面倒だったんで、ついついそのチケット使っちゃった。そしたら俺の指紋が残っててさ。それと、猟銃免許に登録してた指紋とが一致しちゃったってわけ」

「巡り合わせが悪かったんだね」最も熱心に話に聞き入っていた、炊場の清武《きよたけ》という男が訊いた。板前としてなかなかの腕を持っているのだが手癖が悪く、店の売り上げに手を出してはお縄を頂き、結果塀の内外で調理一筋という男だ。炊場と言えば懲役の中でもエリートで、常習犯ではなかなか就かせてもらえないのだが——それだけ料理の腕だけは、官からも一目置かれている、ということなのだろう。「でもあくまで状況証拠に過ぎないよね。頑として俺は違うって言い張ったら、逃げることもできたんじゃないの？」

「まぁ、そうだったかも知れないけどさぁ」芝生に座ったまま上半身だけうんと一つ伸びをして、谷沢は言った。「何だか捜査の手が、自分の近くに迫って来たのが感じられたから。もう俺のところに来たら素直に認めちまおうと、覚悟を決めてたんだ。あくまで逃げ回るって手もあったかも知れないけど、疲れるだろうしね。それにまたどこかから、思わぬ証拠が出て来ないとも限らない。来る時が来たらもうジタバタせず、腹を括ろうと決めてた。だから実際に警察が俺の家に来て、任意同行を求めた時には心のどこかで、ちょっとホッとしたようなところもあったよ」

「ロマンでやってたんだモンなぁ、谷沢さんは。逮捕に及んでジタバタするなんて、美学には合わねぇモンなぁ」

「そうそう。そういうこと……」

笑い合っていると、「運動時間終了」のチャイムが鳴った。芝生から腰を上げ、「整列！」と号令を掛けている担当の方へ小走りで向かう。

他の工場の人間に軽く会釈《えしやく》を送り、図書係の列の方へ走りながら、私は思った。谷沢の話の通り、事件の発覚も人それぞれ。逮捕に来たら粛々と従おうと、最初から腹を決めていた人間もいる。

一方私はと言えば、こんなものが事件として立件されるなど、夢にも思ってはいなかった。あの、野田猛純氏の自殺の報を受けた時でさえも。まさか事件化され、世間を騒がせ、自分が塀の中に落ちる羽目になろうとは、想像してもいなかった。また世間が騒然とし始め、検察の手が伸びて来た時も、取り調べが済んだら直ぐに釈放されるものと信じて疑わなかった。沼田弁護士の言葉を何の疑いもなく受け入れていた。

もし、世相があぁでなかったら、とも未だに思う。金融破綻《はたん》の危機を回避するため、国が大手銀行に10兆円レベルの公的資金を投入したのは、98年から99年に掛けてのこと。バブル時代後期、不動産投資の抜け穴として重用された住宅金融専門会社、所謂「住専」に6850億円の公的資金が注ぎ込まれ、世論の囂々《ごうごう》たる非難を浴びたのはそれに先立つ96年のことだ。だから銀行への公的資金投入が、更なる論難を引き起こしたのは当然の流れだった。なのにその銀行が、一方で非情な不良債権処理策を押し進め、財務状況改善のため形振《なりふ》り構わぬ「貸し渋り」「貸し剝がし」を敢行したのだから——世間の怒りは遂に頂点に達した。メディアでは連日「銀行叩き」の記事が躍り、銀行は完全に世間の悪役としてのレッテルを貼られた。かつてない蔑みの視線が銀行マンに注がれ、宿舎までもが激しい批判の猛風に曝された。かくして金融庁が「貸し渋り・貸し剝がしホットライン」を設置し、世論へ対応するべく重い腰を上げたのは2002年末のことだ。野田氏の自殺事件が起こり、あれよあれよと言う間に私の逮捕にまで事が至るのが翌、03年……

もしあのような世相でなかったら、この事件がこんな形で取り上げられることは、果たしてあったのだろうか。一銀行マンの通常業務が刑事罰に問われ、私が塀の中に落ちるような事態は起こっていたのだろうか？

04年10月14日（木）

それは奇妙な運動会だった。

運動会となれば普通、応援席から女性や子供らのかしましい喚声が上がるものだ。学校や町内会の体育祭は言うまでもなく、男社会の罷《まか》り通る企業内のものでさえも。社員の奥さんや子供が必ず一定数は応援に訪れ、グラウンド全体が彼女らの黄色い声に包まれる。だが今日、周囲で上がるのは野太い胴間声《どうまごえ》ばかりなのだった。テノールより上の高い音域は一切ない。選手も応援も男のみの運動会。考えてみれば、こうした場で行われるものくらいしか、国中探しても存在しないのかも知れなかった。

しかもよくよく見渡してみれば、「行け行け」「そら頑張れ」と熱心に声を張り上げているのは、工場担当のセンセイばかりなのだ。我々も時おり声援は送るものの、それよりは配られたお菓子をもぐもぐ嚙み締めていることの方がずっと多い。厳《いか》めしい制服姿ばかりが立ち上がって応援している一方、選手と同じ服の〝応援団〟は脇で黙々と口を動かすばかり。ここまで奇妙なスポーツ観戦、刑務所以外では決してお目に掛かることなどあり得まい。

「さぁ次は、ウチのチームが出る番よ」これも甲高い声ではない。言葉遣いだけ女だが、声は野太いまま。保清の渡島《おしま》だ。彼のオカマぶりは実は見掛けだけで、性的には男に興味はないというのが木之内の説明だったが。とにかく我がチームの応援団長は、その渡島が務めているのだった。「いつまでもお菓子ばっかりもぐもぐやってんじゃないの。ホラ、しっかり声を出して」

前に立たれ、担当のセンセイに思わせぶりに目を遣って言われれば、いつまでも菓子にばかり耽溺《たんでき》してもいられない。拘禁生活の何よりの楽しみであり、彩りでもある甘食が、一年の内で最も多量に味わえるこの有難い日であっても。刑務所の運動会は工場単位。自分の工場が何点を取って、最終的に何位で終わったのかは担当のセンセイからすれば、とても大事なことらしい。ゼロ点で最下位ともなれば、刑務官仲間からチクチク苛められる憂き目に遭うらしい。だから応援も気が入らず、競争でも惨敗したとなると、当然ご機嫌も悪くなってしまうのだ。しかして担当のセンセイがご機嫌斜めということは、我々懲役の日常生活が限りなく過ごしにくくなる、という意味に等しい。ここは菓子をぐっと堪えてでも、必死で応援しているポーズを取り繕《つくろ》う必要があるわけだった。私は食べ掛けのキャラメルを泣く泣く脇に置き、中腰になって競技を見守るポーズを採った。周りの仲間も皆、同様だった。

「さぁ皆、お腹に力を入れて。そうすれば声にも力が籠るわ。それ、フレーフレー、

Bチーム。かっせかっせ、Bチーム」

始まったのは４００ｍリレーだった。予選の2組目は我が「非生産部門B」に和裁、木工、溶接工場という組み合わせ。生産部門は人数が多いため、それぞれ工場ごとに代表チームを組んで出場するが、非生産部門はそうも行かず、他と一緒になってA、Bチームに分けられていた。これは普段の休憩時間も同じことで、生産部門は工場ごとに各食堂に集まるが、我が図書係は保清や洗濯などと一緒に昼食や休憩を取ることになっていた。

ピーッとスタートのホイッスルが鳴らされる。さすがにこんな場所だけに、音だけとは言え「銃でパーン」のスタートは行われないようだ。ともあれ実際に自分のチームが走り出すと、それなりに気分が乗って来るものらしい。私は思わず腰を浮かせ、半ば本気で声援を送っていた。泣く泣く中断したキャラメルのことなど、いつの間にか忘れていた。

４００ｍリレーは1チーム6人で行われていた。第1走者とアンカーだけ１００ｍを走り、間の4人は50ｍずつという振り分けだ。我が非生産Bの第1走者は図書係の島路で、なかなかいい走りを見せ見事トップでバトンを繋いだ。ところが次からが上手くなく、徐々に順位を下げてしまう。特に第4から第5にバトンを渡す時、モタツいてしまったのが致命的だった。とうとう最後尾にまで下がってしまったのだ。

あーあ、もうダメか。第5走者がバトンの受け渡しで手間取り、他の3人に遅れを取ってスタートしたとき私は内心、半ば諦めた。しかも彼は大して足は速くなく、走り出しても前との差は開いて行く一方なのだ。あぁ、これまでか。すると自然、関心は食べ残しのキャラメルの方にUターンする。残るは後1人。それまで応援している振りさえ演じれば、またあのキャラメルを味わうことができる。思うと途端に、声援も中身のないものとなった。結構、本気で応援していたのが、途端に本来のポーズだけに戻っていた。が——

ふと、自分以外はそうでないことに気がついた。熱がそのまま。周囲は未だ諦めることもなく、変わらぬ誠意の籠った声を張り上げているのだ。これだけ、殆ど絶望的と言っていいレース展開であるにも拘わらず。

「行け、秋山」「飛ばせ飛ばせ、ゴボウ抜き」

ハッと我に返った。そうか。我が非生産Bのアンカーはあの、洗濯の秋山だったのだ。いつも運動の時間、黙々と走り込みを続けていた姿が鮮明に脳裏に蘇る。そして木之内の語っていた言葉。あの秋山って男は、走るのが速いことだけが自慢でさ。ホラよくいただろ、小学校で運動会の時だけ張り切る奴。それがまんま大きくなったようなのが、あいつってわけさ……

走るのが速いことだけが自慢。その評価は、嘘でも誇張でも何でもなかった。他から大きく引き離された第5走者が、秋山にバトンを渡した途端――彼は鮮やかなダッシュで見る見る前の3人に迫って行ったのだ。

速い。

速い――

速い速い速い……

見ているだけで惚れ惚れするような優雅な走りだった。長い両の腕と脚とが交互に振られる。それ自体のスピードはさほど速いようには見えない。なのに身体は、ぐいぐいと前進の速度を高めて行くのだ。腕が一振り、足が地面を一蹴りするごとに、身体が飛び出すように前へ、前へと加速して行く。まるで見えない紐で前方から引っ張られ、地面の上を滑って行くように。力が入っているとは見えない手足の運びとは裏腹に、彼の身体は前方へ、前方へとすっ飛んで行くのだった。あっという間に1人目を抜き去る。続いて2人目。もはや彼の前を走るのは、先頭の1人だけだ。

「行け、秋山」「行け行け抜いちまえ」

気がつくと私は身を乗り出し、周囲と同様声を限りの応援を送っていた。

行け。

　行け——

　行け行け行け……

　抜け抜けそんな奴、抜いちまえ！

　しかしもう遅い。ゴールはもう間近。第5走者までの間にあまりにも、トップとは差が開き過ぎていたのだ。

　だが秋山の走りは衰えない。一片の翳《かげ》りも差すことはない。もうダメだ。追いつくまでは不可能だ。皆の胸に諦めが、漂い出してからも——彼の走りだけは依然、同じままだった。あくまで優雅に振られる両腕、両脚。加速し続ける全身。

　もう無理だ。誰もが諦め掛けていた。それでも前走者との距離が、まだぐぃぐぃと近付いて行く。そしてまだ、前走者もゴールに達してはいない。

　迫る。

　迫る——

　迫る迫る迫る……

　秋山が前走者の背後に迫る。

　しかしゴールはもう直ぐだ。前走者の目の前だ。行けるか？　間に合うか？　行け。抜け。抜け抜け抜け!!

私は立ち上がっていた。周囲の懲役仲間と全く同様、両腕を振り上げ、あらん限りの声援を飛ばしていた。

ピーッとゴールのホイッスルが吹かれた。奇跡的な追い上げを見せた秋山は、前走者と全く同時にゴールラインを駆け抜けていた。写真判定でもしたらどうなったかは分からないが、少なくとも肉眼では、両者は全く同時にゴールしたように見えた。それに構わないのだ。どうせ予選の2位までが、決勝に進出することができるのだから。

ではならば、秋山のあの追い上げは全くの無駄だったのか。どうせ出られるのなら次の決勝を考え、余力を残してゴールするのが賢いレース運びだったのか。実利のみの考え方からすれば、したり顔で分析する人間もいるかも知れない。だが実際にはそうでないことは、応援席の熱狂を見てみれば明らかだった。やったぜ秋山。胸がスッとしたぜ。興奮醒めやらぬ声がいくつも、選手控えコーナーに戻る秋山に掛けられる。よぉし秋山、よくやったぞぉ。担当のセンセイまでもが余韻紛々、冷静を振り捨てた声を発している。

荒い息を吐きながら、秋山は我々に会心の笑みを返して手を振る。眩《まぶ》しいくらいに輝いて見えた。運動会の時だけ張り切る奴。だから何だ!? と私は思った。それでいいではないか!? 少なくとも彼は今、最高に輝いている。仮令《たとえ》それが、今このとき限りのことだったとしても。1年に一度だけ、運動会の日だけのことだったとしても。そいつに本当に輝ける瞬間があるのなら、それだけで充分ではないか!?

続く決勝でも秋山は見事な走りを見せ、400mリレーでは結局、我が「非生産B」チームが優勝を勝ち取った。今日の秋山は誰にも真似のできない、本当のヒーローだった。

運動会の種目は他にも、200mリレーやら障害物競走やら徒競走ものが多く、それら全てに秋山がエントリーされていた。ここでは、複数の種目に同じ選手を出すことができるのである。言うまでもなく出た全てで、彼は素晴らしい成果を上げてくれた。

逆に私は、どの種目にも出場はしなかった。駆けっこ以外には俵担ぎのような、力比べ的種目もあったが――駆け足同様、筋力にも自信は全くない。荒くれ者の集まりだけに塀の中では、騎馬戦のような闘争心を煽り兼ねない種目は最初からないが。もしあったとしても参加する気は更々なかった。ヒーローはなるべき者だけがなればいい。輝けないと分かっている者は最初から辞退し、応援に徹していればいいのだ。レースの先頭を飾るのはそれに相応《ふさわ》しい者であった方がいい。

……だから、なのかも知れない。障害物競走でも1着でゴールを駆け抜け、惜しみない賞賛を浴びている秋山を眺めながらふと、思った。同期入行仲間の先陣を切って、真っ先に支店長ポストに上り詰めた私。少なくともその時点で、同期の間における出世レースで先頭を飾っていたわけだ。しかしそれは、私がそんな位置にいることは、相応しいと言えるものでは決してなかった。だったのだろうか。現在の境遇は、そのことから行き着いた当然の帰結だった、ということなのだろうか!?

「おめでとう、芳賀君。内定が出た。中野坂上支店長だそうだ」

神保町支店で支店長代理を務めていた、あの日。糸魚川支店長から告げられた日のことを、今でもはっきりと覚えている。

やった。

遂にやった!!

これまで自分と家庭とを殺し、身を粉にして働いて来たのが遂に報われた。銀行にひたすら滅私奉公したこれまでの日々が、遂に報奨されたのだ。当日は朝から小雨が降ったり止んだり、空はどんよりと黒い雲で覆われ、どれだけのお世辞でも清々しいとは言えない天気だったけれども。私の心は突き抜けるような、どこまでも輝く快晴そのものだった。

その日はいつになく早く帰った。９時過ぎではあったが、そんな時刻に帰宅するなど、数年来なかったことだった。

「おめでとう、パパ。ここまで頑張った甲斐があったわね」

当初は〝早い〟帰宅に戸惑っていた幸代も、「支店長内定」の報を告げるとまず呆気にとられ、次いで飛び上がらんばかりに喜んでくれた。思えば家族サービスらしいサービスもしたことがなく、家は全て幸代に任せっ切りだったのだから——私の支店長就任はある意味、彼女の〝内助の功〟が称されたようなものでもあったわけだ。

「凄いね、父さん。本当に凄い。僕、父さんを心から誇りに思うよ」

まだ中学生だった誠太郎も、純粋に崇める視線を向けてくれた。既に学校でもスーパースターで文武両道に秀で、人間として自分よりハッキリ上と認めていた息子。彼から尊敬の眼差しを向けられて、父親として心底誇らしかったことを覚えている。当時から反抗的だった幸乃だけは、自分の部屋から出て来ようともしなかったけれども。残る家族から惜しみない祝福を受け、私は本当に幸せだった。人生で最良の瞬間だった。これまでやって来たことは間違ってはいなかった。がむしゃらにやって来て、本当によかった……

お祝いだ、と幸代が近所の、店じまい寸前の酒屋までシャンパンを買いに走ってくれた。互いに苦手の酒を、それでも最高の気分で酌み交わしながら、心底から幸せに浸っていた。身体中が高揚感のあまり、浮き上がってしまいそうだった。勝った、という思いもあった。いつも蔑みの目を向けていた父親を、初めて見返してやった心地だった。こんな充足感、誇らしさ、幸福感はこれまで、ついぞ味わったことはなかった。

しかし今考えてみれば、あの時の栄光は私に相応しいと言えるものではなかったのかも知れない。

確かに世相的タイミングから見ても、私がラッキーだったことも事実である。もしバブル経済がもっと続いていたら、少なくとも支店長レースのトップに立つことはなかったろう。何となれば私は、他のスポーツ同様、ゴルフの腕もからっきしだったのだから。

銀行マンにとってゴルフは、一つの重要な業務用ツールと言っても過言ではない。特に、バブル時代においては。確実な投資先としてのゴルフ会員権を、顧客に仲介することで手数料を稼ぐという使い途も一つ。しかし何より当時、投資に興味を持つような小金持は猫も杓子もゴルフに手を出しており、接待でつき合うことは銀行マンとして重要な業務の一環だったからだ。

私自身、重々弁《わきま》えていた。ダメは元々でも幾ばくかの効果を求めて、僅かな時間を見つけてはゴルフ練習場に通い詰めたことだってある。言うまでもなく結果は惨澹《さんたん》たるもの。

「仕方がないねぇ、芳賀君。君はもうお客様と一緒にプレイしなくていいから。私の横で、キャディでも務めていたまえ」

当時の上司から半ば呆れたような顔で、言われたこともある。接待ゴルフだからと言って、単に負ければいいという簡単なものではない。本当に下手クソで大叩きを繰り返し、なかなかホールが進まないようでは接待相手もシラケてしまう。最終ホールまで緊迫ある競り合いを演じつつ、最後は僅差で負けてやることで相手の満足感を最大限に引き上げることができるのだ。単純に勝つよりずっと高度な技術が要求される。できないのであれば最初から、プレイに参加しない方がずっと無難なわけである。

だから顧客を接待で煽って、口座開設と追加融資に誘い込むバブル時代が続いていたら、出世レースで優位に立つことはなかったろう。しかし現実にはちょうど支店長代理という責任あるポストに上がる時期に、バブルが弾けてそうした業務の重要度は急速に薄れて行った。返済の詰まった客へ債権回収を迫るのに、ゴルフでわざと負ける技術など最早どこにも使いようはない。

このような意味で、時宜的に恵まれていたことは確かだ。しかし単にそれだけだったのだろうか。あの頃の私は本来の自分を殺してまで、業績を上げ出世レースを勝ち抜くことに汲々としていた。しかしそのこと自体で既に、勝者たる資格のない人間だった、ということにはならないか。自分の器を超えて無理に無理を重ねている者ではなく、本来の勝者とは秋山のように、本当に輝いて見える者であるべきなのではないか。

そう。自分を欺《あざむ》いて無理をしても所詮ダメなのだ。本日の最優秀選手として表彰を受けている秋山へ、皆と一緒に心からの拍手を送りながら思った。無理はどこかで破綻する。強烈なしっぺ返しが来る。本来立つべきではない、レースのトップなどにいればいる程そうなのだ。無理の度合いが大きければ大きいだけ、反動もまた大きくなって返って来るのだ。私があの栄光の夜から一転、奈落の憂き目を見たように。

04年11月3日（水・文化の日）

私ごとき人間は本来、支店長になどなれる器ではなかったのかも。運動会で秋山の勇姿に打たれて感じた思いは最近、日に日に強まって行く一方だった。

「飯に塩を掛けて喰うと美味ぇよなぁ。それだけでもう、おかずも何にも要《い》らねぇ、って気にもなっちまうぜ」

「ご飯に塩、ですか。他に、振り掛けも何もなく？」

「おぉそうだよ、エロ本屋。騙《だま》されたと思って今度やってみな。お前の好物の納豆なんかより、ずっと飯が進まぁ」

「でも私、本当に納豆が好きですしねぇ。つけ合わせに納豆が出て来たらつい、そちらを掛けてしまいますねぇ」

「だからそれを、一度ぐっと我慢してみろ、っつってんだよ。いいか。新しい美味を発見するにゃぁ時には、好きなものを我慢してみる覚悟も必要なんだぞ」

「ははぁ。そういうモンですかねぇ」

「そうそう。そういうモンだ」

現にあれだけ忌《い》み嫌っていたバカ話に、いつの間にかつき合っている。中身の何もない、およそ教養も含蓄の欠片《かけら》もない、愚にも付かないバカッ話に自然につき合っている自分を見出して、内心愕然《がくぜん》とする。そして思うのだった。やはり私は支店長になど、なっていい人間ではなかったのかも。低レベルの連中と仲良くするのが関の山の人間だったのかも……

勿論、無理をして合わせている、という側面は間違いなくある。24時間一日中、365日一年中、彼らと一緒に過ごさなければならないのだ。合わせていなければやってられないという側面は、確かに存在する。どうも私は銀行時代から見ても、自分を殺すことにそれなりの才覚もありそうだし。

しかし本当に、それだけなのだろうか。もしかしたらこちらの方が、本来の自分により近かったのではないだろうか。あまりに自然に（少なくとも自分ではそう思っている）周りと合わせている我が身を見出すたび、時おり不安に陥ってしまうのだった。

八王子刑務所に送監されて、ちょうど2ヶ月。「観察工場」時代を経、図書係に移されてからももう一月あまり。既に私は、ここの生活にさしたる不都合もなく馴染んでしまっていた。当初は鼻について仕方がなかったトイレの臭いも、部屋に染み込んだような男臭い体臭も、今はさして気にも掛からない。まだまだ早飯では皆の後塵を拝するものの、朝の慌ただしさも何とか、やり過ごせるようになっていた。頭で考える前に身体が動き、布団畳みから点検と食事、掃除から出房という流れをこなせるようになっていた。少なくとも、同房の仲間に迷惑を掛けない範囲では。

作業衣に着替える際の検身場でも、素早く服を脱ぐことができるようになった。コツは一々ボタンなど外さぬこと。上2つくらいのボタンを外し、後はシャツを脱ぐようにすっぽりと脱いでしまうのである。着る時もその逆。そうした着替えの〝極意〟も、すっかり身についてしまっていた。そして――

「いやぁ堪んねぇよなぁ。耳毛がもっと伸びてくれたらいいのになぁ」

というような唯野の戯言にも、

「どうしてです？　耳の毛が長かったら、どんないいことがあるんです」

と即座に反応している自分がいる。半ばおもねるように合わせている。こうした応対をすればまた、相も変わらぬバカ話が延々始まると分かってはいても――いやむしろ、内心それを望んでいる向きもなきにしもあらず、なのだった。今日は文化の日。祝日（中でよく使う言い回しでは「旗日《はたび》」）は「免業日」で工場に出ての作業もなく、一日じゅう舎房で過ごさなければならないのだから。バカ話だろうと何だろうと、時間が潰せるものであれば大歓迎という面は確かにあった。

「だってよぉ」唯野が窓の外を指して言う。「うるさくってしゃぁねぇだろう。いい気んなってジャカジャカ、鳴らし放題に鳴らしやがってよぉ。だから耳毛でも伸びてくれれば、あんな騒音シャットアウトできるんじゃねぇか、って思ったんだ」

確かに窓の外からは、唯野でなくとも耳を覆いたくなる騒音が入り込んで来ていた。文化の日は例年、八王子刑務所が敷地内で「文化祭」を開いている。もっとも我々のいる戒護区域までは含まれないが。官舎の並ぶ敷地を世間に開放して、出店《でみせ》や出し物など一般人にも楽しめるイベントを催しているのだ。刑務所などという厳めしい施設との隣接を余儀なくされている、ご近所さんへのお詫びと感謝の気持ちの表明と言うが——そして実際、当日は近隣からかなりの住民が集まって賑わうと言うが。こちらとしては何の関係もないものだった。むしろ塀の直ぐ外から楽しそうな賑わいや、親子連れの幸せそうな声が聞こえるだけ、精神的苦痛を齎す害毒と言っても良い。迷惑千万なイベントに過ぎないのだった。

中でも唾棄《だき》すべき出し物の象徴たるものが、あの音楽だった。刑務官仲間の有志で集まった、「ザ・ウォール」というバンドらしい。由来の直ぐ知れるネーミングからして腹に据え兼ねるところだが、それが自薦（恐らく）でイベントの目玉と位置づけられ、いい気になって演奏しているのだから最早「耳障り」以外の何物でもなかった。

「確かにあんなの、聞こえなくなってくれりゃぁこれほど有難ぇこともねぇが」島路が会話に参加して来た。「耳毛が伸びればあんなの、聞こえなくなってくれるのかね？　どうだ」

「だってホラ、鼻毛ってあるだろう」と唯野は言った。「あれは鼻ん中に、黴菌《ばいきん》なんかが入り込みにくくするための毛だてぇじゃねぇか」

「そりゃぁ確かにそうだな」黒糖饅頭をゆっくりと頰張りながら、瀬尾が言った。「旗日」には必ず1～2品のお菓子が出る。甘いものには何より飢えている懲役連中だから「旗日」が近づいて来ると次は何が出るかの話題で持ち切りになる。月の献立は菓子も含めて房内に貼り出されるため、胸ときめかせてその日を待っているのだ。大の大人が。しかも法に触れる罪を犯した、本来強面《こわもて》である筈の男達が。「だから空気の汚ぇところに住んでると、自然と鼻毛も長く伸びて来る。逆に田舎から出て来たばかりの奴は、鼻毛も短《みじけ》ぇってぇ話だ」

「成程。だから耳毛も、騒音をシャットアウトしてくれるかも、ってことですね」と私も合わせて言った。本当はそんなこと、あり得ないとは分かっていても。とにかく話を長続きさせることが大事なのだ。何もすることがない、「旗日」の昼下がりである。出されたお菓子もさっさと平らげてしまい、後は夕食まで楽しみがないのだから、尚更。

そう。外にいた時から人一倍甘いものが大好きだった私は、饅頭が出たとたん一気に呑み込んでしまったのだった。せっかくの楽しみなのだから瀬尾のように、じっくりと時間を掛けて味わえばよいものを。とても我慢ができず、今日の楽しみはあっさり終わりを告げていたのだった。

刑務所では食べ物のやり取りは絶対のご法度である。お互いにこっちが好きだから、と交換することも許されない。元々は強い者が弱い者を脅して貢《みつ》がせたりしないように、という配慮だったらしい。房内で座る位置や、寝る場所まで規則的に割り振られているのも、その一環。誰かのためにものを取って渡してやるのも、見つかれば懲罰対象となる。普通に見えても実は、脅して取らせているのかも知れないではないか。房内での上下関係の匂うような行為には、官は神経質なまでに目を光らせている。映画で観るように牢名主が畳を積み上げてふんぞり返ったり、皆の食事を独り占めにしたりということは絶対できないようになっているわけだ。まぁ菓子が賭けの対象にされることは多いため、現実にはこっそりやり取りされているのだが。いずれにせよ賭けに参加していない限り（しかも勝ってない以上）、一番の新入りである私が他人の菓子を分けてもらえる事態など絶対にあり得ない。

「そういうこと。まぁ今日一日騒音聞いたくらいじゃぁ、耳毛も伸びちゃぁくれめぇけどよ」

「ぶっ殺してやればいいのさ」と畠中が口を挟んだ。「俺が外にナシつけりゃぁ、ヒットマンの1人や2人すぐ飛んで来る。奴らの誰かを見せしめに痛めつけてやりゃぁ、もう害毒垂れ流すのも止めになるだろうよ」

フン、と唯野が鼻を鳴らす。途端にシラケた空気が、房内全体を包み込んだ。一月以上彼らと共に過ごした、私にも今ではよく分かる。この畠中、折に触れて自分がヤクザの大物であるかのように匂わす言葉を頻りに口にするが、実は単なるヤクザ映画好きというだけ。どうやら東大出のインテリで、密輸された拳銃を隠し持っていた「銃砲刀剣類不法所持」で入って来た男らしかった。このように塀の中では、何とか自分を大物に見せようとホラを吹く輩が絶えないのだが、いったん見透《す》かされてしまうと、逆に苛めとなって跳ね返って来兼ねない。畠中も自分で気づいているのかいないのか、今ではその瀬戸際ギリギリにいるようなものだった。せっかくの時間潰しのバカ話を、途切れさせてしまうようなことをしょっちゅう口にするのだから、尚更だ。

「……まぁ、要するに、だ」気まずくなった雰囲気を取り繕うべく、島路が口を開いた。「耳毛でも何でもいい。あの騒音を何とかしてくれるなら、ってとこだな。全くホント、殺意くらい湧いて来ようってモンだぜ。あんなのばっかり聞かされてちゃあ、よぉ」

さすがは島路、部屋のリーダーだけあってこういう時の纏《まと》め方が、非常に上手い……そう。房に来た当初は、皆が騒ぎ過ぎた時に戒《いまし》めの言葉を吐いた伏見がリーダーかと見ていたのだが。単に伏見は一番の古株というだけで、真の統卒者は島路なのだった。ちなみに私が最初に房に入って挨拶した時、いつまでもそんなところに立たずに早く座れ、と注意した愛園もそうではなく、単に二級囚への昇級が間近いため慎重になっていただけだった。このようにリーダーが誰かは一見したくらいで、なかなか知れるものではない。時間を掛けての慎重な見極めが不可欠である。確かに一番の古株や、二級が近いといっただけの連中とは違い、ある時はバカッ話で「ロリコン」呼ばわりされても激昂することはなく、冗談で返す余裕を持つ島路などはいかにもトップに相応しかった。こんな最低の境遇に落ちても人間の器の違いというものは厳然と存在し、序列には皆いつの間にか自然と従うようになるものだ。人間観察の目を鍛えるにはある意味、刑務所くらい最適の環境もないのかも知れない。

「そう言えばよぉ」島路の取り繕ってくれた場に合わせるように、瀬尾が話題を変えた。「文化祭には例年、芸能人が一日所長で来てくれるんだろ。今日は誰が来てたんだ」

「それがよぉ。堪んねぇぜ」と唯野が言った。「あの、上野《うえの》文《あや》ちゃんらしいんだよ。今一番の人気アイドルの」

「何だって、あの文ちゃんかっ!?」ロリコンという噂もそれほど実態と違ってはいないのか、かなり真剣な表情で島路が反応した。まぁもっともこれも、彼一流の話の繋ぎ方なのかも知れないが。「畜生め、官の奴ら。俺達には一目も文ちゃんの姿を見せねぇで、自分らばっかりいい思いしやがって」

「そもそも一日所長なんだろ」と瀬尾が口を尖らせる。「そんなら朝礼でもやって、俺達の前で挨拶くらいしてくれてもよさそうなモンじゃねぇかよぉ」

「以前はそうしてたらしいんだよ」珍しく伏見が、バカ話につき合って口を開いた。こうした昔話にはさすが、一番の古株らしく誰よりも詳しい。「ただある年、女の演歌歌手が一日所長で朝の挨拶をした時、誰かが口笛を吹いたらしいんだな。卑猥《ひわい》な茶々交じりでよぉ。お陰で以降、朝礼は省かれるようになったらしい」

一日所長に限らず各種の集会で、我々が不測の発言や音を出すことなど絶対のご法度だ。以前にそうした〝事件〟が起きたのなら、以降イベントがなしになったのもいかにもありそうなことだった。このように刑務所の規則というものはところによって様々。過去の経緯から決められたり、所長や処遇担当幹部が代わるたびごとに大きく変えられることも多い。

「何だってその野郎、そんなことを!?」憤懣《ふんまん》やる方ないといった表情で、唯野。「ご法度ってことくらい、分かり切ってよう筈じゃねぇか。一人のバカがいたってだけで俺達まで、文ちゃんのお顔も拝せなくなったってんじゃぁやり切れねぇやな」

「聞いた話によるとそいつ、元々その歌手の所属事務所の社長だったらしいんだよ」と伏見が言った。「それがシャブか何かの罪でぶち込まれた。官の方はそんな奴が自分とこにいることにまでは気が回らず、その歌手を呼んじまったんだな。だからまぁ不手際と言えば、官の方にあるわけさ」

説明を聞くと皆、一様に納得したように頷いた。塀の中に落ちた人間の気持ちなら身に沁みて分かる。落ちるだけ落ちた最低の境遇。なのにそこに、元は自分が使っていた歌手が一日所長としてやって来た。自分を生かすも殺すも胸三寸の地位に――形だけとは言え――昔の配下が就いたわけだ。何も知らずにのうのうと。懲罰も覚悟の上で、茶々の一つも入れる気になろうというものだった。我々の心情も鑑《かんが》みず、安易に一日所長の人選をしてしまった官が悪い。なるほど伏見の言う通りだった。チェッ……と唯野が舌打ちして見せる。我々全員の内情を、代弁してあまりある仕種だった。元々は官の側の不手際のために、いま我々が不遇をかこっているなんて。

「しかし文ちゃんかぁ。あぁ、堪んねぇ」またも嫌な雰囲気を払拭するように、島路が立ち上がった。「あの文ちゃんが今、ほんの直ぐそこにいると思ったらよぉ。あぁもう、もう堪んねぇ」

サッサとトイレに入って行く。頭に浮かんだアイドルのイメージで、さっそく自慰に励むのだ。昼も夜も一緒の共同生活をしていると、下《しも》の羞恥意識が急速に麻痺《まひ》してしまう。そうでなければ生活していられないのだ。プライヴァシーなど皆無に等しい毎日なのだから。

「あぁ何だか俺も、チンポがムズムズして来やがったぜ」と言葉通りに腰をもぞもぞ動かしながら、唯野。どうやら島路が終わったら、次は自分がトイレに駆け込む積もりらしい。見渡してみると皆もご同様のようだった。

そうか、と思い至る。島路が皆の先陣を切って、トイレに駆け込んだのには愛園を牽制する意味もあったのかも知れない。自慰行為は官に見つかれば、「陰部摩擦罪」という立派な罪だ。まぁ実際にはよほど嫌みな刑務官でない限り、見て見ぬ振りをしてくれるのだが。あまりにあからさまにやっていると、見咎《みとが》められる恐れは充分にある。残り僅かな時間を「無事故」で過ごし、早く二級に上がりたい愛園からすれば、皆がトイレに殺到するような目立つ事態はなるべく避けたい筈なのだ。

そのためもし島路以外の人間が、先にトイレへ立とうとしたら愛園が咎めるような発言をしたかも知れない。再び房内が険悪な雰囲気に包まれたかも知れない。だからそれを避けるため、島路は率先してトイレに立ったのだろう。彼が先陣であれば愛園も、あまり強くは言えないから。そこまで考えた上で敢えて、間抜けな役を引き受けたのだ。そうに違いない。

こんなところでさえリーダーになるには、やはりそれだけの器量が要求される。そこへ行くと、自分は……。やはり自分は、支店長レースのトップに立つべき人間ではなかったのかも。だからこそあんな、悲劇を招くことになってしまったのかも……。自慰に行くか行かぬかから考えが広がり、再び自己嫌悪に陥っていた。自殺した野田氏に対し、最近覚えるようになった罪悪感に身を震わせていた。

「おぉ。ようやっと日が陰って来たぜ。あの耳障りな音楽も終わりになってくれそうだな」

窓の外を見ると成程、すっかり足の速くなった夕日が隣の棟の壁を、橙《だいだい》に染め抜いていた。程なく夕食だ。免業日は作業のある日と違い、午後4時20分から食事が始まる。終わると夕点検。作業が終わって還房し、夕点検を受けてから食事になる普段とは、順番が逆である。それだけ免業日は夕食が早く始まるわけだ。ちなみに起床から朝食の時間も、免業日は普段より1時間遅くなる。朝食から夕食まで、普段より100分も間が短くなるのである。

さぁ今日もそろそろ、一日が終わりだ。夕食、点検が終わると5時55分から「反省」の時間。終われば「仮就寝」だ。布団を敷いて寝たい者は寝ても良い。まだ寝たくない者は布団を畳んで、読書や手紙に時間を費やしても良い。正式な「就寝」時間は夜9時だ。電灯が落とされ、以降は会話も許されない。寝る以外に何もできなくなる。もっとも夜勤の看守から房内が見えるように、電灯も真っ暗にはならず一晩中薄ぼんやりと灯されているが。そのため慣れない者にはなかなか寝つかれないかも知れないが――どうせここにいる者は拘置所を経て来ているので、薄明かりで寝るのにはみな慣れっこになっているのだった。

とにかく塀の中にいると、本当に一日の経つのが早い。朝起きて、朝食を食べたと思うともう昼食。更に気づくともう夕食だ。何も考えない内に、あっという間に一日が飛んで行く。偽りない実感である。

なのに一日が終わるのは早いのに、月日は何故かノロノロとしか過ぎて行かない。一日はあっという間なのだから、一週間、一月だってあっという間に経ってくれそうなものなのに……。振り返って数えてみると驚くくらい、月日はなかなか過ぎて行ってはくれないのだ。実際、実感としてはもう既に1年くらい、ここにいたような気分になっているのに、現実には図書係に移されてまだ一月あまり。八王子刑務所に来てからも2ヶ月しか経ってはいないのである。

時間は飛ぶように、しかし日付は驚くくらいゆっくりと過ぎて行く。中身の何もない、ただ過ぎて行くだけの日々。だが、死んだ野田氏は、それすら味わうことができないのだ。改めて罪悪感に苛まれてしまう。なるほど服役という刑罰、自分の問われた罪を反省するにはそれなりの効果もあるのかも。せっかく、内省していたところ

――

「配食ーっ!!」廊下の端から、配食係の声が響いた。さぁ夕食だ。何もない拘禁生活における、数少ない楽しみだ。身体が動く。勝手に動く。テーブルの足を立て、部屋の中央に置いて食事の準備に取り掛かる。同房の仲間と効率的に役割分担しながら。

いつの間にかここまで、塀の中の生活に順応している。自分の有り様にまたふと思い至る。あぁやはり私は、支店長レースのトップなんかには……

04年12月16日（木）

「何とかなりませんか？　先祖代々の土地なんです」

最近なにかと言うと、野田猛純氏の姿が脳裡《のうり》に浮かぶ。図書係の作業中、本を運んでいる時のような、あまりものを考えない肉体労働中。不意に記憶が蘇って来る。哀れ極まりない姿を夢の中でもしょっちゅう見る。すっかり冷え込みがきつくなって来たこの季節。あまりに鮮明な映像にハッと飛び起き、冷気に頬を打たれてやっと夢だったことに気づく。そんな朝が続いていた。

しかし野田氏に対して、当時の私は冷酷に言い放つばかりだった。「何とかと仰られましても、ねぇ。ご存知の通り現在、土地の価格は下落する一方なのでして。これまで担保に入れてもらった土地も既に、担保割れしてしまっておるのですよ。それだけでも追加をお願いしたいところですのに。加えて新たな融資ということになりますと、これはもう、追加担保を入れてもらうより他に」

「し、しかし、これまでにもうかなりの土地を、担保に入れてしまっているわけで。更にこれ以上ということになると、もうウチの資産全てということに」

「そういうことになりましょうかねぇ、残念ですが。しかし私共としては、とにかく追加担保を頂く以外にご提案できることは何もないのですよ。現在は新規融資の話は、どちらのお客様にもなかなか難しいのが、正直なところなのでして」最早、既定路線に則ったと表すべき口上だった。私が中野坂上支店長として着任した時から、野田氏への債権は既に「要注意先」にランク付けされており、取れるだけの土地を追加担保に取り上げることは既定方針とされていたのである。

だから冷酷に繰り返すばかりだった。「他にはもうどうしようもありません。選択の余地はもうないのですよ。ねぇ、野田さん」そう。私にだって他に、どうしようがあったというのだ!?

野田家は元々、中野坂上一帯に先祖代々の広大な土地を有す大地主だった。猛純氏で何代目に当たるのか、までは知らないが。父親が倒れて寝た切りとなり、遠からぬ内に彼が当代として土地を相続することは確実となった。まだ私が支店長として赴任して来るずっと前、バブル景気真っ只中の、１９８８年のことである。

バブル当時の銀行は、〝無傷〟の不動産を有す新規融資先をウの目タカの目で探していた。土地さえあれば何でもいい。どんな土地でも構わない——いびつに歪んでいても、急斜面であっても。日本の地価は永遠に上がり続ける、という「土地神話」をあの頃、誰もが信じ込んでいた。実際バブル当時、地価は右肩上がりの急上昇を見せていた。永遠に上がり続けるものなどあり得ない。上がったものはいつかは必ず下がる。そんな、当たり前のことが渦中にいると分からなかった。冷静な判断力を一掃させてしまう程、当時の好景気は我々の神経を麻痺させていた。高騰する株価と土地代に煽られて、狂気と紙一重の熱気が経済界全体を包み込んでいた。

だから野田氏のような存在は、何よりも美味しい融資先だった。当時の銀行屋からすれば、猫にとってのマタタビのような存在だった。

事実、彼ほどの大地主でなくとも、少しでも土地を持っている顧客を見つければ、銀行は直ちに揉《も》み手《で》で擦《す》り寄って行ったものである。相続税対策、という耳当たりのいいフレーズを用意して。

「いいですか。日本の税制は収入が高ければ高いほど税率も高くなる、いわゆる累進課税の原則で貫かれています。私共が見たところこれだけの土地であれば、相続評価額はざっと20億にはなるでしょう。すると税率は何と、70％。せっかくご先祖様から代々大切に受け継いで来た土地が、相続税として7割も国に持って行かれてしまう計算になるのですよ」

税率70％、という数字がミソだ。実際に評価額が20億になるかならないかは問題ではない。まずは法外な税率をぶつけて、土地持ちの度肝を抜くことが肝心なのだった。衝撃的な数字を掲げて冷静な判断力を奪ってしまう。危機感を煽る。そうして、ではどうすればいいか？　という話に持って行くわけである。

「要は、資産の評価額を下げてやればよいのですよ。不動産に抵当権がつけられていれば評価額は下がりますからね。つまりは土地資産を担保に、融資を受けられればよいわけです」

最もよく使われたテが、マンションの建設を勧めるスキームだった。土地を担保に融資を受けて、同地にマンションを建設する。あまりに一般的な勧誘の手口だったため、予《あらかじ》め組む不動産屋まで書き入れた説明チャート図すら用意されていたくらいだ。相手が乗って来たら不動産屋も呼び寄せ、同席させて更に具体的に話を詰めて行く。

「マンションを建てれば家賃収入が入りますからね。ただ土地を寝かせていたら一銭にもならないのが、財産を生んでくれる資産に早変わり、というわけです。資産の有効活用ですね。相続税対策にもなるし収入も得られる。いいこと尽くめじゃありませんか」

こうしてマンションの耐用年数を考えて、枠内で借金を返済するスキームを組んで行く。建てるのは木造のアパートか。それとも鉄筋コンクリートのマンションか、で建設費用も法定耐用年数も大きく変わる。だから期間内で償却できる返済プランを考えて、完成した後の家賃まで設定する。30年なら30年の間に入る家賃収入の枠内から、返済に充てる細部まで整えて行くわけだ。

現実には30年も先の景気がどうなっているか、誰にも分かる筈はないのだが。当時の浮かれた感覚では、何十年も先まで不動産価値は上がり続ける、くらいに思っていた。こちらだって商売。初めから損をする積もりで勧誘をしていたわけでは決してない。銀行は融資実績が上がる。顧客にとっては相続税対策になるし、将来の家賃収入も見込むことができる。双方に利益のあるこの上ない手法、くらいに考えていたのだ。本心から。

ところが実際には程なくしてバブルが崩壊。不動産価値は暴落し、手当たり次第に勧誘して回った融資先は軒並み経済的に破綻して、膨大な不良債権と化して銀行に伸し掛かって来たのだった。

ただ債権が不良化したとは言え、マンションという現物が残っているのならまだ、収入を当てにすることができる。田圃《たんぼ》を潰《つぶ》したような田舎の土地では店子《たなこ》すら入らず、空き部屋だらけで家賃収入もままならない、というケースも多いが。都会であれば家賃さえ法外に設定しなければ、入居者はまず間違いなくいる。当初のプラン通りの返済は難しくとも、何とか定期的に返済を続ける目処は立つわけだ。融資先が破綻してしまえば回収がゼロに陥るが、少しずつでも返済がなされているなら状態をできるだけ長く保った方が、こちらとしても有難い。だからそんな融資先であれば返済額を緩和してでも、なるべく破綻しないようにあれこれの善後策を採る。返済プランを練り直す所謂「リスケ」という奴だ。ましてや野田氏の土地は中野坂上という超都心部。マンションさえ建てていれば必ずや収入が見込め、切羽詰まった窮状に追い込まれることもなかった筈だった。

だが当時の担当者は、野田氏にマンションという一般的なテではなく、何とカードローンを勧めていた。乙石銀行傘下のOIキャッシュというカード会社を紹介し、土地を担保に出させる代わりに1000万円の限度額まで即座に引き出せる、自由枠を設定させたのである。

「いつでも現金が引き出せますから。相続税でも何でも、そこから払ってやればいいじゃないですか。担保に入った土地は評価額が下がりますから、相続税もかなり減額される筈ですし」

という口説《くど》き文句で。当時としても滅多にない、極めて特殊なケースだった。カードローンは年利18%もの高利である。銀行が直接貸し付けるより金利が高く、それだけ儲かるという計算が働いていた。傘下のカードローン会社も潤うし、紹介手数料としてキックバックは銀行に入る、と当時の担当者は読んだのだろう。高金利で返済が詰まれば、更に土地を担保に取って銀行が融通してやればいい。我々が直接融資するのでなく、カードローン会社を介在させることで追加担保を取るサイクルが早くなってくれるわけだ。

カードを渡され、いくらでも金が引き出せますよと言われると人間、ついつい使い込んでしまうものである。野田氏は直後に訪れた、リゾート開発の投資計画の勧誘にまんまと乗せられてしまった。

「北海道の大平原で今は何もない土地ですが、試掘で温泉が出ることが分かっています。またここだけの話ですが、北海道庁がリゾート法に基づいて、この地でのリゾート施設建設計画を水面下で進めていましてね。構想が国で承認されるとリゾート法認定地域に指定され、地価は高騰すること請け合い。今はただの野っ原ですから二束三文なのに、ね。だから今の内なんです。実際に認定地域に指定されると投資の旨味は激減する。こういう話は手を付けるのが早ければ早いだけ、儲けも大きくなるものなんですよ」

所謂「原野商法」という奴。昔からよくある典型的な詐欺《さぎ》の手口だ。それに198

7年に制定された総合保養地域整備法、俗に言うリゾート法を絡《から》めたやり口だった。資産家のお坊っちゃまで世間知らずの野田氏は、まんまと引っ掛かってしまったのである。まぁ土地を担保にカードローンを組ませた、我が銀行のやり方も詐欺スレスレと言われれば返す言葉もないが。

もちろん最初から詐欺の話なのだから、北海道のリゾート計画などいつまで経っても動きはしない。そもそも土地に温泉など最初から湧いてはいない。動き出そうとしない計画に痺《しび》れを切らす野田氏に、業者は、

「いや。バブル当時はイケイケの計画だったんだが景気がこうなっては、北海道も慎重にならざるを得ない。ただリゾート法が適用されてますからずっとこのままということはあり得ない。今は、待つことです」

などとのらりくらりと躱《かわ》す。時には、

「いよいよ計画スタートらしい。ここまで引き延ばされたんだから儲けももっと上げないと、釣り合いませんよね。今の内に買い増しておくといい」

などと更に投資を募る。そうして引っ張れるだけ金を引っ張ると、業者はドロンを決め込んでしまった。よく聞く話である。

しかし本人からすれば「よく聞く話」では済まない。残されたのは膨大なカードロ

ーンだけ。当然返済の当てはなく、銀行に泣きついて来た。銀行は追加担保を取って融資し、ローンの返済に充てさせた。最初に話を持ち込んだ、担当者の書いた絵図通りの展開だった。まぁ「詐欺商法」に引っ掛かるところまでは予測のできた筈もないが。詐欺師まで出て来てくれたお陰で、こちらの絵図は謀《はか》った以上に効率的に展開した次第だが。とにかく野田氏が追い込まれるだけ追い込まれた最中に、私が中野坂上支店長として赴任して来たのだった。

「任意売却ですねぇ。今の、早い内からそれは、考えておかれた方がいいのではないですか」いよいよ全ての土地を担保に出し尽くし、なおかつ返済が滞《とどこお》って来ると次の私の提案はこうだった。どうせ他に返済能力はない。ならば早い内に、腹を括らせた方がいいというわけだ。売るのなら早い方が、より高く売ることができる。

「し、しかし、貴方がたの言う通りに従って、これまで土地を担保に出して来たのではないですか。なのにそれを今度は『売れ』などと……。これまで何度も言いましたが何と言っても、先祖代々の土地なのですよ。私の代で手放すことなど、できるわけがありません」

「私共の言う通りに従って、と仰られますが」対する反論も決まっていた。「そもそもあんな『原野商法』に手を出されたのは、貴方ではないですか。こちらが勧めたわけでも何でもない。とにかく返済が滞っている以上、貴方へのこれまでの融資は『不良債権』としてカウントせざるを得ません。そして不良債権である以上、何とかして処理しなければならない。これは私共の一存だけで言っているのではありません。不良債権をできるだけ早く処理するようにというのは、金融庁からの指導なのですよ」

それでも野田氏は「先祖代々の土地だから」と、なかなか売却案を呑もうとはしない。あくまで任意売却を拒むのならば次の手は競売だ。担保に取っているのだから、彼が返済できない以上そうするしかない。しかしできれば、競売よりは任意売却に踏み切ってくれた方が有難かった。競売となると裁判所が介在して来るため、銀行の好きにコトが運ばない。最低価格も裁判所が決定するし、第一お役所仕事なので時間が掛かる。それより野田氏が任意売却さえ呑んでくれれば、後は売却先までこちらが用意するなど裁量が自由となるのだ。勿論その場合の売却先は、我々と組んだ不動産業者である。

そこで私は銀行本部にも内々で相談し、野田氏への説得に闇社会の人間を使うことにした。神保町支店の糸魚川さんから紹介された、不動産ブローカーの小南偵三である。京都のヤクザの息子として生まれた彼は闇経済に精通しており、バブル時代は有名な「地上げ」に、バブルが弾けてからは逆の「地下げ」に暗躍していた。いかにも裏社会の住人という強面の彼が出れば、野田氏など即座に震え上がってしまうだろう、と読んだのだ。

ちなみに「地下げ」というのは耳慣れない言葉とは思うが、まさに文字通り、土地を安く買い叩いて儲ける商売である。狙うのは競売に掛けられるギリギリ寸前の物件だ。いよいよ切羽詰まり、物件を競売に出すしかないという窮状に陥ったターゲット。追い込まれた存在を彼らは鋭く嗅ぎつけ、擦り寄って話を持ち込む。

「競売ゆうことになるとにかく、時間が掛かります。まぁ普通ですと2年は掛かりますかな。しかも最近、競売でも売れ残るケースも珍しくない。2年も待たされた挙句に売れなかった、ゆうこともあり得るわけですわ。まぁ、考えてみたら大層なリスクですわなぁ」

要は口八丁オンリー。競売のデメリットを並べ立て、そうではなく自分に売れ、と説得するわけだ。その際、競売に掛けられた場合の最低価格より安く売らせなければ意味はない。なるべく安く買って高く売る。そこに生じる差額こそが「地下げ」屋の儲けなのだから。

一方売る側からすれば、安くともとにかく早く金が手に入る、というメリットがある。競売に掛かるか否かという瀬戸際に追い込まれているのだから、とにかく早く金が欲しい。そこにつけ込むわけだ。競売寸前の物件を嗅ぎつける嗅覚と、口八丁で安く買い叩く話術。その才覚で不動産業界を泳ぎ回っているのが、小南という男なのだった。

「やっぱり土地を嗅ぎつける力と、アゴ（話術）、な。これやっぱり、『地上げ』やりながら鍛えられたモンやで」糸魚川さんから紹介されて会い始めた当初、小南は言っていたものである。「こぉゆぅのは、な。やっぱり実践を通さんと鍛えられん。ド素人が明日からいきなり『地下げ』始めよ思ぉても、そらそぉ簡単にできるわけないわな。やっぱり長いこと、この世界を泳いで来とかんと、な」

さっそく私は糸魚川さんにも了解を取り、小南と再会して打ち合わせを持った。と言っても取り決めておくべきことはさして多くない。小南に求めるのは野田氏の許《もと》に出向いて、あれこれ話して震え上がらせてもらうこと。もちろん声を荒らげて凄んだり、実際の脅迫までしてもらうことはない。自分がどんな仕事をしているかなどをつらつら語ってくれるだけで、野田氏はビビッてしまうこと請け合いなのだから。そうして今の内に、銀行の勧めるままに任意売却に応じておいた方がずっと有利だ、と感じさせればそれでいい。

「いや実は、ちょっと小耳に挟んだのですが、ね」打ち合わせから日を措かずして、私は野田氏の許を訪れた。とにかく私と小南とは一緒に行動しない。ただ彼が現われるに先立って、暗示するようなことを言って野田氏をビビらせておく。そうしておけばより効果的だろうということで、打ち合わせは一致していた。「何と言ってもこの、有利な条件の土地じゃないですか。新宿からも程近いし大規模な再開発の話もある。だからこの土地を、怪しい不動産ブローカー連中も密かに狙っているというんですよ。まぁ鼻の利く連中ですからね。そんなことがあったとしても、不思議は少しもないでしょうなぁ」

そうして1週間ほどの間を措いて、実際に小南が訪ねて行く。眼鏡の奥で鋭く光る、細い目を不敵に歪めながら――まぁもっともその様子を、私が実際に見ていたわけではないが。

「いやぁホンマ、オモロいくらいビビッとったでぇ」事後、彼から受けた報告では、効果は狙い通りらしかった。いや期待していた以上に、上手く行ったようだった。

「念を押しときますが本当に、声を荒らげたりはなさらなかったでしょうね」必要以上に脅かしてしまうと、警察に駆け込んでしまわれ兼ねない。

「そんなんするかぃな。ワシかてプロやで。ただな。『地下げ』ゆぅ商売がどないなモンか、懇切丁寧に説明したっただけや。モタモタしとって競売の話が本格的になると、ワシみたいのんがぎょうさん押し掛けて来よりまっせ、ゆぅことを匂わせて、な」

小南によると話ついでに、「バルクセール」についても説明してやったらしい。

「銀行も不良債権処理、早ぉせぇゆぅて金融庁からせっつかれとるさかいな。もうこいつはアカンと諦めて、債権の損切りすることもありまっせ、ゆぅ話もしたわけや。ハゲタカファンドとか言われとるよぉなところに、な。一口10円とか冗談のよぉな値段で。とにかく銀行からしたらもう、デキの悪い債権早ぉ処理して帳簿からなくしてしまいたいわけや。先祖代々の土地が10円で売られてしまうわけやさかい、なぁ。銀行もあこぎなことするモンですわ、ゆぅ話したら、すっかり縮こまってしもぉとったで」

本当の話だった。不良債権の迅速な処理を金融庁に督促された銀行は、形振《なりふ》り構わぬ損切り策に出た。10円というのは極端な例だが、本当に１００円単位の額で不良債権をハゲタカファンドに叩き売ったのだ。売却益と当初の融資額との差は損金となるが、もう割り切るしかない。それに初めから「貸倒引当金」というものが積んであり、実際に損金になれば課税対象から外れるため、これを「繰り越し税金資産」と称して資産に繰り入れる会計を行った。この会計操作で自己資本比率を釣り上げる銀行が多出したため、問題視されて一時話題にもなったものだ。ともあれこうした次第で、銀行がいくつもの不良債権をタダ同然で纏め売りする「バルクセール」を行っていたのは事実だった。「話を早く進めないととんでもないことになる」という危機感を野田氏に植え付けるには、格好の話題だったことは間違いあるまい。

「あの感じやと、もう2~3回もワシが顔出せばあの男、あんたらの提案あっさり呑むんやないかぃな」

小南の言葉通り、更に数日を措いて訪ねてみると、野田氏の窶《やつ》れ具合は想像以上のものだった。げっそりと痩せ細り、目の下には不眠を示すクマがくっきりと浮かんでいた。こちらまで気分の落ち込むような痛々しい見てくれだった。

「先祖代々のこの土地を、私で、この私の代で……」

うなされるように何度も繰り返していた。最近、何度も夢の中に出て来ては私を思わず飛び起きさせてくれる姿である。

そうして野田氏が自宅で首を吊ったのは、私の支店長就任から約2年後――昨年2月4日のことだった。

04年12月25日（土）

　自分はダメな人間だ。私ごとき人間が支店長になったばかりに、野田氏は……。

　ここのところずっと罪悪感に苛まれていたのが、最高潮に達したのがこの日だった。12月25日。外の世界ではクリスマスである。昨日はイヴとして、華やかな夜を過ごしたアベックも多かったろう。

　しかしここでは、同じクリスマスでも懲役達にとって別の大きな意味があった。近くのカソリック系の女子校が、慰問として劇を演じに来てくれるのだ。教誨堂《きょうかいどう》という集会場に集められ、観劇させてもらえるのだ。乙女達の演じるお芝居を。

　この教誨堂、級が上がっての集会や、雨のため外で運動ができない時などにしょっちゅう使われている。８００名くらい収容できる広い集会場だ。カラオケ大会が開催されることもあるため、普段からカラオケセットも置いてあり、雨で運動のない日には歌の練習をしている者も多かった。しかし本来は名前の通り、「教誨の時間」のための建物である。

　「教誨の時間」とは罪を犯した懲役が、宗教の説話を聞いて自らの罪を振り返るための時間である。懲役にも色々な宗教の人間がいるため、それに合わせて説教する側もお坊さんやら牧師さんやら、あらゆる教義の人が外から来てくれる。このため我々の側も、自分は何教を信じていてどの説話を受けたいのか、予め登録しておく。これは半年ごとに登録し直すことができるため、中には「あの坊主よりこっちの神父の方が話が面白そうだ」程度の理由でコロコロ宗旨を変える輩もいるとか。

そういう私も最近、希望を出してキリスト教の説教を受けるようになっていた。それまで宗教になど、全く関心はなかったのだが、野田氏への申し訳ない思いが募って来るにつれ、そういう話を聞くことで少しでも心が鎮められるかも知れない、と思ったのだ。キリスト教を選んだのも単に、「懺悔《ざんげ》」というものがあるらしいから罪の告白を聞いてもらい、僅かなりとも心が晴れるかも、と考えたからに過ぎない。コロコロ宗旨を変える輩とその点、大した違いはない。

実際に説教に出てみると、私の想像していたものとは少し違っていた。キリスト教の教義についての難しい解説など全くなく、世間話に毛の生えたようなエピソードの中から最後にちょっとした教えに結論を結びつける。そうした説話に過ぎなかった。一人一人個別の部屋に入って、懺悔の告白をさせてくれる時間も設けられてはいなかった。まぁこれは、何度も強く希望を出せば受けてくれるようだが。

だがありふれた説話でも、聞いていると胸が空《す》くような心地になった。全身を満たしていた罪悪感が一瞬薄れ、心が浄《きよ》められたような思いになった。ほんの僅かの気休めに過ぎないとは言え。そして思ったのだ。やはりこれだけ長い歴史を有し、世界中で広く信仰されている宗教だ。それなりのものはやはりあるのに違いない。こんな有難い教えを説いたイエス・キリストという人、やはり尊い存在だったのに違いない。本当に神の子だったのかどうかまでは、私には判断のしようがないが。

その、キリストが十字架に架けられるまでのお話だという。女子高生達が毎年、教誨堂で演じてくれる劇は。我々全ての人類、この世のあらゆる罪を一身に背負って、偉大なるイエス・キリストが自らの命を捧げる聖なる話。だから法的罪を犯してここにいる我々からすれば、そうでない者より尚更《なおさら》に有難く、平伏《ひれふ》さずにはおれない気高《けだか》い話の筈なのだ。だからこそクリスマスの当日に、カソリック系の学校がわざわざ我々のために恒例行事として用意してくれているのだ。

ああ、なのに……

「いやぁ、いよいよだなぁ」

「ああ、待ちきれねぇぜ」

「だってよぉ、なぁ」

「ああもう、堪《たま》んねぇ」

皆が期待しているのは、神聖なる劇の中身でも何でもない。繰り返し練習を積んでくれたのであろう、彼女達の努力の成果を鑑賞するためでもない。主催者側の、汚れなき意図とは裏腹に。

「あぁもう俺、我慢できなくなっちまった」

「おいおい。まだ後、何日あると思ってるんだよ」

「だってよぉ、あぁもう、堪んねぇ」

皆が指折り数えて胸高鳴らせ、その日を待ち焦がれている理由はただ一つ。一年でただ一度、女子高生を肉眼で見ることができる。久しぶりに若い女性の匂いを間近で嗅ぐことができる。ただそれだけなのだった。考えただけで興奮が募る。トイレに駆け込んでしまう。おぞましい光景が繰り返されているのだった。

女子高生と言えば私の娘、幸乃と同じ歳の娘達ではないか。そんな娘《こ》に劣情を覚えたとすれば、言わば娘が我が家に連れて来た同級生に、猥褻な欲望を抱いてしまったに等しいではないか。

確かに私だって自慰くらいする。これでも男だ。定期的に精を放たなければイライラが募るし、我慢を貫けば夢精してしまう。刑務所では洗濯物の回収される日は決まっている。残り僅かな下着を夢精で汚してしまうと、ヘタをすると次の回収日まで穿き続けなければならないハメに陥るのだ。

だから私だって自慰くらいする。拘置所にいた時は独房だったため、比較的余裕を持ってすることができた。雑居に移された当初は、皆に知られた中でするのに大いに躊躇いがあったものの——今ではもう大して気にもならず、サッサと済ますことができるようになった。

ただ、雑誌のヌードで興奮するのならいい。テレビに出た女優について頭の中で、妄想を膨らますのだって自由だ。先日の、「文化の日」に一日所長で来た、アイドルについてだって然《しか》り。

しかし今回の対象は、娘と同い歳の女の娘《こ》であろう。しかもまだ見たこともない少女達。きっとその親御さん達も、私と同年輩。愛娘《まなむすめ》を持つ親の気持ちは誰でも同じ筈だ。娘が刑務所の慰問に行くなどと聞けば当初は戸惑い、続いて心配になったことだろう。それでも最後には賛成し、快く娘を送り出した理由はただ一つ。罪を犯した人達が悔い改めるキッカケに、自分達の劇がなってくれれば、という娘達の思いが尊いもの、と感じたからに他ならない。罪深い者にまで厚意を施すことが、娘の成長にとって必ずや意義あることだと信じたからに他ならない。なのに娘の誠意を踏みにじるような輩がいると知ったら——厚意を持って慰問に訪れている我が娘を、劣情の目で見るような輩がいると知ったら親は、親の、気持ちは……。痛いくらいによく分かる。

あぁ、なのに――

そこまで分かっていて何てことを、私は、私は……!?

遂にその日はやって来た。

その日は朝から異様な雰囲気に包まれていた。

こうした慰問会は通常、午前中に行われる。だからどこの刑務所でも普通「免業日」が当てられる。クリスマスは普通なら「旗日」ではないが、ここでは近所の女子校がせっかくそう言ってくれているのだから、と特別に例年この日は午前中の作業が免除されているそうだ。ただし今年はクリスマスが土曜日に当たったため、ただ普通に免業日だった。

前の晩は、殆ど寝ることができなかった。他の連中も同様のようだった。黙々と朝を過ごす皆の目は、寝ていないことを自ら証するように血走り、ギラギラした光を放っていた。普段なら免業日の朝はのんびりしたもので、いつもの無駄口が延々交されるのが常なのだが。誰も、殆ど口を開こうとはしなかった。代わりにと言っては何だが、鼻の穴は大きく開いていたけれど。

いよいよ時間が来、廊下に出されて整列していても、いつもの行進で教誨堂に向かっていても雰囲気の違いは歴然だった。もちろん普段も移動の行進中、私語の交されることは絶対にない。脇目も振らず、一心不乱に行進することに変わりはない。それでも皆の身体から発される、熱の違いは歴然、なのだった。

教誨堂に着くと刑務官の指示に従って着席させられる。席順は指示されるまで分からない。座った後は瞑目《めいもく》して、いいと言われるまで目を開けることも許されない。自分の前後に別な工場の誰が座ったか、分からないようにするためだ。もしいつも同じ席順だと、前後の人間が知り合いになるかも知れない。前の人間にちょっかいを出したり、何かトラブルの元凶にもなり兼ねない。だから着席の順番まで、細心の注意が払われているのである。

一方また我々の側では、日頃の評価の高い者ほど前の方に座らされる、という噂が真しやかに囁《ささや》かれていた。本当なのかどうかは実証のしようもないが。無事故の期間の長い工場ほど、前の方の席順になる頻度が高い、と言われていた。だから皆クリスマスが近くなると、普段以上に生活態度が真面目になる。少しでも前の席に着いて、女の娘《こ》を間近に見るために。若い娘の体臭を、少しでも間近で嗅ぎ取ることができるように。こんなことのために全精力を傾ける辺り、男という生き物の浅ましさの発露、ということもできようか。こういう辺りについては囚人かそうでないかも、人種や民族の違いも何の関係もあるまい。

ともかく私達は一人一人指示を受けながら、着席させられた。時間が来るまで目を閉じていても、周りの空気ははっきりと感じられた。熱い。冬の寒い日の筈なのに、周囲から熱波が伝わって来る。同じものが、自分の体内から湧いているのもよく分かった。顔が火照《ほて》り、身体の芯から熱気が湧き出しているのが感じられた。

「よし。目を開けろ」

指示されて視界を取り戻すと、舞台に立っている女性の姿が飛び込んで来た。思わず目を凝らすが若い女子高生ではない。どちらかと言うと初老の女性だ。

「皆さん、今日は」

シスターの服を着ているということは、何度か瞬きをしてやっと気がついた。舞台にはまだ幕が下ろされており、彼女は前に立って挨拶しているのだ、ということも。今日来てくれた女子校の、演劇部の顧問か何かなのだろう。

彼女の挨拶は暫く続いた。加えて劇のストーリーについて、長々と説明があった。キリストの最期が、どんな意味を持つのかという宗教上の解説も。言うまでもなく誰も聞いてはいなかった。早く芝居が始まるのを、息を詰めて待っていた。

「皆の一日でも早い矯正《きようせい》を願って、生徒さん達が一生懸命練習して来てくれたんだ。有難さを噛み締めて、心して鑑賞するように。間違っても演じている皆さんの、気が散るような言動は厳に慎むこと。分かったな」

最後に刑務所側の教育部レクリエーション担当官が、戒めの一言。言われるまでもないことだった。そんなことをすれば何物にも換え難い時間が、即座に中断されてしまう。そうして来年からこの有難い催しが、なくなってしまう。だから誰もが一様に固唾《かたず》を呑んで、じっと舞台に見入る筈なのだった。以前起こったという、一日所長に茶々を入れた事件のような騒ぎなど、発生する筈もない。こちらの、このお芝居に関する限り。

「それでは皆さん。最後まで、ごゆっくりお楽しみ下さい」

顧問役らしいシスターが締め括る。幕が上がって行った。その速度さえ私には、何故かゆっくり、ゆっくりの動きに見えた。

「よかったなぁ、えぇ？　あの主役の女の娘《こ》よぉ。いやぁあの姿、目に焼き付いちまったぜ。何て役名だったかまでは覚えちゃいねぇが」

「ばーか。今日の芝居で主役てぇことになりゃ、イエス・キリスト役に決まってるじゃねぇか。お前ぇ達ったら、ッンとうに教養がねぇ。どうせ芝居の筋なんざハナッから、興味もねぇんだろう」

「へへへ、そりゃまぁ。でもよぉ。お前ぇだってどうせ、筋なんか気にして見ちゃいなかったろうが」

「ははは。そりゃそうだ。それにキリスト役のあの女の娘《こ》、なぁ。確かに可愛かったなぁ」

「なぁなぁ？　特にあの、磔《はりつけ》にされるとこ、なんてよぉ。あれなんざぁ堪んなかったぜ。……おぉっと、いけねぇいけねぇ。そんな話してたらもう、思い出しちまった」

そそくさと唯野がトイレに駆け込む。房に戻った全員、全く同じ思いだった。美少女が男役に扮し、磔にされる絵面《えづら》。それは演出者や演者の意図とは全く異なる感慨を、下郎共の胸（下半身？）に掻き立たせてくれるらしい。いつもは古株面してバカ話とは距離を措いている伏見も、今日ばかりは擦り寄るようにして話に加わっていた。

「あの娘《こ》もよかったじゃねぇかよぉ。元々は娼婦だったのに、キリストに会って感激して涙を流し、キリストの足が濡れたんで自分の髪で拭う女」

「そうそう。あれぁ最高のシーンだったなぁ。主役の娘《こ》の脚もお陰で、拝むことができたし。あぁ、白くてスベスベして大理石みてぇな肌だったなぁ」見るべきところも見方も全く間違っているのだが、誰も気にしていない。全員「同感」の思いも露な表情ばかり。「拭う方の娘《こ》が髪を垂らすところも、何とも言えず色っぽかったぜ」

「あれぁマグダラのマリアだな。キリストの死と復活とを目撃する聖女。ちなみにマグダラのマリアは娼婦だったという説も確かにあるが、そうじゃないてぇ説の方が有力らしいぜ」

「何でぇ畠中？　お前ぇヤクザ映画に入れ込んでるだけじゃなく、キリスト教にも詳しいみてぇじゃねぇかよぉ」

「俺は教養のある極道なんだよ。映画でも、宗教でも、な」

瀬尾が今にも「東大で宗教学でも学んでただけなんじゃねぇのか!?」と突っ込みを入れそうな気配を見せたが、すかさず島路が、

「まぁ何のマリア様か知らねぇが」と言葉を挟んで遮った。「確かにあの娘《こ》もよかったなぁ。髪ぁ鬘《かつら》なんだろうが思わず、地毛かと錯覚するところだった。演技力だってなかなかのモンだぜ」

皆の話を聞きながら、私は私で思っていた。キリスト役もマグダラのマリア役も確かによかった。しかしそれよりも誰よりも、キリストの隣で磔刑《たっけい》に架けられた罪人役を演じた、あの娘《こ》。目立たない地味な役ながら、

「我々は自分のしたことの報いを受けているのだから、当然の酬《むく》いだ。だがこの方は、悪いことは何もしなかったのだ」と言い放つ時の、凛《りん》とした姿。キリストから「貴方は今日、私と共にパラダイスにいます」と言われて恍惚《こうこつ》の表情を浮かべる演技……。愛くるしい美少女が十字架に架けられた不自由な姿で、素晴らしい芝居を見せていたのだ。

私はその姿を脳裡に焼きつけようと、瞬きをする間も惜しんで必死に見詰めていた。お陰で今も、鮮明に思い出すことができた。あぁ堪らない。トイレは？　今はちょうど、空いているか。

……あぁ、何と言うことを。自分は今、何をしようとしたのだ。罪深い罪人さえも許し、共に天国にいると語り掛ける尊いイエスの物語を思い出しながら、今やろうとしていたことは、いったい何なのだ!?

それでもう収まらない。いかに尊いお話であろうと下郎の本能は止められない。トイレは？　今はもう空いているか？

……あぁダメだ。自分はダメな人間だ。私ごとき人間が支店長になったばっかりに野田氏は、野田氏は……

05年1月24日（月）

〈朝晩の冷え込みが本当に厳しくなって、布団を出るのがどうにもおっくうに感じられる季節です。でもそちらでは時間が来たら、どれだけ辛くとも起きなければならない決まりとか。どうかくれぐれも健康にだけは気をつけて下さい。もっともお父さんは以前から、どんなに寒くても朝一番で仕事に飛び出していた人でしたね。

新年のお手紙が遅くなってごめんなさい。横着していたわけではないんです。ただ、こんな時に「あけましておめでとう」なんて言っていいものなのかどうか。本当によく分からなかったものですから。何か話そうとすると頭に浮かぶのは嫌な話題ばかりで、年が明けたからというだけで「おめでとう」なんて、とても言える状況ではありませんでしたからね。〉

本当に待ち侘びた。幸代からの手紙を読みながら、偽りのない実感だった。いつも毎月キチンキチンと、手紙も寄越すし面会にも来てくれていた彼女。なのに年が明けてから、なかなか手紙が来ない。面会にも来てくれない。何かあったのだろうか？

情報が遮断された環境にいると、考えは悪い方に悪い方に転がってしまう。そもそも正月なんだから、いつもより早く手紙をくれてもよさそうなものじゃないか。やはり何か、悪いことが家族の身に降り掛かったのでは!? 待ち兼ねた手紙が届いたのは、焦りばかり募って精神的にもおかしくなりそうだった最中のことだったのである。

それに、「年が明けたというだけでとてもおめでとうなんて言えない状況」というばかりでもない。正月というのは懲役にとって、やはり一年で一番ありがたい時である。「旗日」にはいつも甘いものが供され、平日とは一味違うご馳走も出されるが、正月となると格が違う。まずは大晦日から特別扱いで、テレビで『ゆく年くる年』を見ながら年越しするのが許される。元旦になると雑煮(何と餅も2個も入っている!)や御節《おせち》まで出されるし、2日、3日になっても普段とは明らかに違うご馳走ぞろい。ミカンも毎日出るしお菓子もチョコポッキーにえびせんに、じゃがりこにエンゼルパイにミニ羊羹《ようかん》……という豪華版だ。もう腹一杯。口の中が甘味で満たされて気持ち悪い、とまで思っても、終わればまた1年先まで喰えないと思うからやはり、喰って喰って喰いまくる。正月三が日だけで体重が5kgも増えた、なんて輩もいる程だ。

正月のご馳走の余韻が残る昨日には、更におめでたいことがあった。呼び出されて

「三級囚への進級」を告げられたのだ。同時に名札の色が赤から緑へと変わった。囚人の等級は名札で色分けされており、刑務所によって違うが八王子では三級は緑と決められているのだった。

　ちなみに二級の名札は青で、当初の私の指導係を務めてくれた木之内も青の名札をつけている。先日二級に進級したばかりの、愛園も。そう。進級を目前にしてピリピリしていた彼も、先日無事に進級して二級房へ移って行ってくれた。お陰で２０９室は現在６人と比較的ゆったりした陣容となり、張り詰めた空気もなくなって和《なご》んだ雰囲気に満たされるようになっていた。まぁこのことも「おめでとう」と言えなくはない環境の変化だろう。

　私も三級囚になれたからには、これから面会も手紙も月2回できるようになる。二月に1度の「三級者集会」にも出られるようになる。先日出した手紙では間に合わなかったけれど、次の手紙か面会で早速それらを幸代にも伝えてやろう。きっと喜んでくれるだろう。

〈でも今、ようやく明るい話題を持ち出すことができるようになりました。誠太郎です。誠太郎が大学入試センター試験で、７６２点という高得点を挙げたんです。高校の進路指導の先生に聞いたところでは、これだけの高得点で東大に落ちた人はこれまでいないのだとか。もちろんそれで油断してはいけないんですけどね。誠太郎自身「これで落ちたら後々まで記録として残っちゃうなぁ」なんて笑ってますけど。〉

東大ではセンター試験結果は第一次選抜、所謂〝足切り〟にしか使われず、最終的な合否は二次試験結果だけで判断される。だからセンター試験でどれだけ高得点を挙げていようと、二次試験の点数が悪ければ落ちる可能性も充分にあるわけだ。私自身は受験時、まだ共通一次もなかった世代だが、共通一次世代で東大受験に失敗した後輩に、話を聞いたことがあった。いやぁ僕、共通一次はそこそこ良かったのに二次試験で失敗しちゃいまして。あんなことなら共通一次の点数を重くカウントしてくれる、他の大学にしとけばよかったですよ。

だが誠太郎ならやってくれる。私には確信があった。センター試験でこれだけの高得点を挙げるのも、最初から予想済みのようなものだった。だからと言ってこんな分かり切ったニュースじゃ嬉しくない、というわけではない。そんなわけがない。息子は必ずやってくれる。確信が、事実によって更に裏づけされて行く。その過程を味わえるのを、喜びに思わない親などいるわけがない。

幸代の優しい心遣いに、思わず胸が熱くなっていた。彼女だって誠太郎がセンター試験でいい成績を挙げることは、既に織り込み済みだった筈。だから暗い話題の続く中、このタイミングを待って手紙を出してくれたのだ。そんな細やかな心遣いも知らず、手紙がなかなか来ないと焦っていたなんて。

消印を見てみると、手紙の投函されたのは1月18日だった。センター試験の自己採点が済み、進路担当の話も聞いた上で即、彼女は手紙をしたためてくれたのだ。できる限り最速のタイミングで投函してくれたことになる。にも拘わらず手許に届くまで、何日も日が経ってしまった理由はただ一つ。私の手に渡る前、官の検閲を経ていたからに他ならない。遅延は幸代の責に帰するものでも何でもないわけだ。

ふと気づくと隣からも、鼻を啜《すす》る音が聞こえていた。唯野だった。彼も先程から、手紙を読んでいたのだ。この服役の間に奥さんに逃げられてしまったそうで、届く手紙はいつも母親からのものらしかった。どれだけ強面の懲役でも家族からの手紙には弱いもの。ましてやそれが、老母からの慈愛に満ちたものだったならば。いつもは瀬尾と共にバカ話の主体である戯《おど》け役も、家族の愛に打たれて涙ぐむのは当然といったところだろう。そうでなくとも拘禁生活では、自然とみな涙もろくなってしまうものである。自分の境遇とダブらせてしまうのか、「離れ離れになった親子が対面する」といったような話に特に弱い。そんな番組でもテレビでやっていれば、部屋全員でおいおい号泣しているものである。あの、頼もしいリーダー格の島路でさえも。

〈受験に適しているとはとても言えない環境しか、私達が与えてあげられなかったのに、誠太郎は本当に頑張ってくれています。だからこちらの方は大丈夫。誠太郎はやってくれます。きっとやってくれます。

お父さんは自分の身体に気をつけて、毎日を過ごすことにだけ専念して下さい。そうして一日でも早く出所して、私達の前に元気な姿を見せて下さい。

その日を楽しみに待ちながら

かしこ〉

唯野と同様、思わず目頭に熱いものを感じながら、今回の手紙には家のローンの話題が一切触れられていないことに気がついた。今回ばかりは新年の手紙でもあり、嫌な話題は一切避けようという思い遣り故だろう。こちらは新年も何も全く関係なく、銀行からの追い込みは連日続いている筈なのだから。

川崎市宮前区宮前平に建て売り住宅を購入したのは、不動産バブルの崩壊した年として知られる1990年のことだった。この年から不動産価格が暴落し始めたのだから、もう2～3年も待てば今とは比べ物にならないくらいローン返済も有利だったことになる。銀行マンとして機を見る目が甘いと言われれば返す言葉もないが、当時としては「土地神話」は未だ健在で、何があろうと不動産価値も、金利もさほど下落するとは思えなかった。娘が生まれて2年。自分も35歳の働き盛り。そろそろ自宅が持ちたいと希求する時期に、ちょうど当たったと言うべきか。

しかも当時、乙石銀行には自行員だけに適用される行内優遇融資制度があった。長期固定型ローンの場合、金利は長期プライムレートや「10年もの国債」の利回りに代表される、長期金利に連動する。1990年当時、長期国債の表面利率は6・5%を上回っていた。ところが行内融資制度が適用されれば半分以下の3%にまで下がったのである。日銀のゼロ金利政策の続く今では、住宅ローン金利も3%以下が普通で、こうした行内融資制度も意味をなさなくなって久しいが。当時としては、破格の優遇措置だった。いま振り返ればこうした形で行員にアメを与えておいて、会社に忠誠を誓わせ滅私奉公を強いると共に、ローン返済のために退社もできなくする「社畜製造」制度に他ならなかったわけだが。あの頃の私は人気ドラマ『金曜日の妻たちへ』の舞台として人気の出た町に、逸早《いちはや》く我が家を持った先見性に内心鼻を高くしていた始末だった。

それに実際、イケイケの出世のお陰でローン返済にも、さして困ることはなかった。価格の暴落と金利急落のダブルパンチで、購入タイミングの悪さに気づかされることはあったが。優遇制度を利用したお陰で、下落した周囲の金利が元々のウチと同レベルに落ちて来ただけさ、と思考を転換することで、悔しさを和《やわ》らげていた。

だが急転直下この事件が起こり、私の有罪が現実のものになって来ると、銀行は掌を返したように「優遇制度無効」を言い渡して来たのだ。

「これはあくまで行内の優遇制度なのですから。不祥事を起こして本行を離れた人間にまで、適用することはできません。本来なら融資当時から金利6％だったと計算し直して、返済総額を算出してもよいところなのですが。まぁそこまでは止《や》めておきましょう」彼らは、いかにも恩着せがましい口調で切り出して来たという。「ただし今後に関してはそうは行きません。これまでは3％で譲りますが、これからはちゃんと6％の金利設定で返済して頂きます」

幸代がいくら、あの人だって銀行のために善かれと思ってしたことで罪に問われただけではないか……と抗弁しても、

「あの事件だけではない。実はこれをキッカケに検査部がご主人の支店長時代の中野坂上支店を洗ってみたのですが、結果いくつかの重大過誤が発見されました。つまり事件が起こらなくともいつか検査が行われれば、ご主人は責任追及を免れない立場にあったわけです。そのような人物にいつまでも、優遇措置を継続してあげるほど我が

行だってお人好しではない。こんな事態は遅かれ早かれ、お宅に訪れることだったわけですよ」などと嘯《うそぶ》いたという。

何を言うか!?　である。銀行と言えば見た目や社会的地位はどうあれ、やっていることは生々しい金の貸し借りである。法の網スレスレをやらなければ、本部から押し付けられた無茶なノルマなどこなせるわけもなく、細かく検査すればどこの支店にも過誤の一つや二つ出て来るのが当たり前だ。互いに承知の上で、検査部も動いているというのに……。要は優遇措置を打ち切る口実のためだけに、実施された検査ということだった。

私がその場にいたならば、もっと言い返すことはできたろう。あそことあそこの支店もこんなことをしている……と、向こうにも出して欲しくない実例を挙げて抗弁することもできたろう。だが現実には対応は幸代が引き受けるしかなかった。言うまでもなく、だからなのだ。彼らが優遇措置打ち切りを言い出して来たのは。無力な彼女が相手をするしかない状況を見計らったからこそ、卑劣な挙に彼らは出て来たのである。

「あの人に依願退職するように勧めて来た時には、次の勤め先も給料も保証すると約束してくれたのに、そちらは知らんぷりで。そのうえ金利まで上げられたのでは、これからの返済なんてできるわけがありません」当然の主張をしても、「総務部の人間が言ったんですか、そんなことを？　とても信じられませんが本人ではないし、部署も違う。今の私には何とも言い様がありません」と他人事《ひとごと》のように開き直るばかり。そして――「私に言えるのはただ、ご主人の置かれた状況を勘案する限りこちらとしては、返済額を見直すしかないという結論だけでして、ね。それでもし返済が不可能と言うのなら、担保に入れてあったこちらの家をどうにかするしかない。他に選択肢はない、という事実だけですなぁ」

その言い方なら私にも馴染みがあった。何となれば私自身、何度となく問題融資先を前にして、口にしていた言葉だったのだから。特に、あの野田氏に向かって……

私はいま幸代に対して、銀行の勧める任意売却を断り家を競売に掛けろ、とのアドヴァイスを授けていた。銀行の持ち出して来る進言には一切耳を貸さず、と言うより「私一人では判断できない」などとのらりくらり躱して時間稼ぎをし、最終的には競売に掛けるしかない状況に持って行け、と。

このテでは何より、時間稼ぎが重要なのだ。なるべく結論の出るのを引き延ばす。銀行が自分の裁量で動かせない段階にまで、引き摺り込むのがミソなのだ。

不幸なことに野田氏には、あの時こうしたアドヴァイスをしてやれる人がいなかった。むしろそうはさせないように、私があの手この手を弄していた。不動産ブローカーまで引き摺り込んで、心理的圧力を掛けたのもそうはさせないための一環だった。もしアドヴァイスをしてあげる人が野田氏にいたら、彼は命を落とさずに済んだ。そして皮肉なことに、私もまた今、こんなところにいることはなかった。拘禁されて妻からの手紙に涙ぐんだり、住宅ローンの行方に気を揉《も》んだりすることなど一切なかった筈なのだ。

05年2月5日（土）

映画は『釣りバカ日誌』だった。何作目だったのかはよく分からない。それどころか、ストーリーさえ……

大事なのは手許のカリントウなのだ。領置金315円（何故か消費税込みで、値段は固定されている）で購入できるお菓子。毎回出されるものは違うが、今回はカリントウだった。集会ではこうして、自弁で購入したお菓子を食べながらスクリーンに映し出されたビデオを鑑賞することができる。

「自分はお金が惜しいので、お菓子は要りません」と言うことも本来的には可能だが、いったい現実に、これまでそんな人間は一人として存在しただろうか？　凡《およ》そ塀の中に落ちて、甘いものが欲しくならなかった者はいないという。どれだけ外では左党で、甘味など受けつけなかった人間でも。中に入ると酒の我慢まではできるが、甘いものは我慢できなくなってしまう。それだけ外の食事は糖分過多で、身体が慣れてしまっているため、必要量ギリギリの糖分しか含まれないここの食事だけでは、甘味が足りなく感じてしまうのだろう。酒呑みでもそうなのだ。ましてや以前からスイーツ大好き人間だった私など、テーブル一杯に並べたお菓子を片っ端から頬張っていたり、巨大なデコレーション・ケーキに頭を突っ込んで周りから食べ尽くしたりする夢をしょっちゅう見て、困り果てている始末だった。

だから集会の楽しみはあくまでお菓子の方。映画はそれを味わうための、〝BGV〟に過ぎない。そういう意味では『釣りバカ日誌』は、海が映し出されるシーンが多い分すがすがしい心地になれ、用途に適した映画と言えるのかも知れなかった。

昨年末の女子高生による慰問同様、集会では座る位置が定められ、出し物が始まるまで目を閉じていることが強要される。周りをキョロキョロ見渡すなど以ての外。映画が始まってからも同様だ。顔はじっと、スクリーンに向けていなければならない。

しかし心の大半は手許、カリントウに向いている。もう何本食べてしまったのか。

後、何本残っているのか。映画が終わる丁度そのタイミングに最後の1本が食べられるよう、調整しながら食べ進まなければならない。顔はスクリーンに向けたまま、指は何度も残りのカリントウを数えている。あぁもう○○本しか残ってないぞ。映画はまだ中盤の感じだし、我慢して間を空けながら食べ進まなければ、まだまだ終わっていないのにお菓子はなくなってしまった、なんて悲しい事態になってしまうぞ。頭の中身はそれだけと言っていい。だから起承転結がハッキリし、いま話のどの辺りなのか察しのつけやすい『釣りバカ日誌』は、やっぱり集会には向いている映画なのかも知れなかった。

「よぉ、どうだった？」房に戻ると瀬尾が訊いて来た。今やこの房で、四級は瀬尾ともう一人だけだ。私の方が入ったのは遅いのだが、刑期が短いので先に三級に上がることができた。瀬尾は覚醒剤取締法違反の〝常連〟らしく、逮捕されたのが3度目なので今回3年半の刑が打たれているのだった。

「よかったぜぇ。カリントウだった」唯野が即答した。映画はどうだった？　の質問ではないことは、確認するまでもなく承知の上なのだ。お菓子の余韻がまだ口に残る、あの笑みは私の頰にも浮かんでいるのだろうか。

「飲み物は?」

「コーラ」

「うぅ、いいなぁ。コーラ、缶いっぱい飲みてぇなぁ」

へっ! という声が傍らで上がる。新入りの青田《あおた》だ。「おぉやだやだ。大の大人がカリントウだ、コーラだって騒ぎやがってよぉ」

何を!? と踏み出そうとした畠中を、島路が止《や》めとけ、と腕を摑んで制した。青田は懲罰房上がり。何かにつけて喧嘩を吹っ掛けて来、騒動に持って行こうとする。先日も雑居はトイレが臭いとブツブツ言い出したため、唯野と口論になり掛けたところを見回りに来た看守に聞きつけられた。

「こらぁ、何を騒いどる!?」

い、いいえ済みません。こいつらちょっとフザケ合っていて、それでついつい声が大きくなってしまっただけでして。島路が咄嗟に言い繕ったため大事《おおごと》にならずに済んだが、それでも唯野、青田それぞれに「高声交談(大声で話す)」で減点2。きっちり「動静小票《どうせいこひょう》」が切られてしまった。

この「動静小票」、どんな僅かな〝規律違反〟でも官に見咎められると切られてしまう。「布団の畳み方が悪い」「小便をしながら窓の方を見た」「反省の時間に目を開けた」……殆ど因縁《インネン》の世界である。些細な〝違反〟が一々小票に書き込まれ、担当の事務所に提出される。減点が募れば呼び出されて厳重注意されるし、進級や仮釈放の判断にも影響が出る。我々の日常において何より怖い紙切れなのだ。普通なら直ちに謝れば、情状酌量してもらえることも多いが、たまたま官の機嫌が悪かったり、こちらが嫌われていたりするとドンドン減点されてしまう。

私も一度、寒いので座ったまま毛布で膝を包んでいたら、目敏《めざと》く指摘されてしまった。膝に掛けるまではいいが包むのはダメだったのだ。このとき即座に「あぁ申し訳ございません。寒いのでつい、うっかりしてまして」と平身低頭していれば事は済んでいたかも知れない。しかしついつい「えっ、これはダメなんですか？」と訊き返していた。同時に周りから、アチャーッという空気が沸き起こった。

「俺がダメだと言ったんだからダメなんだよ。なに反抗してんだよ、お前!?　担当抗弁だ。減点1」

「これはダメですか？」と質問しただけでヘタをすれば「担当抗弁」になってしまう理不尽。塀の中では〝常識〟である。

またこの渋川という刑務官は通称〝減点マン〟で、何でも直ぐに「動静小票」を切ることで有名だった。「正座している時に置いている手の位置が悪い」というだけで減点され、つい「ここに置いてはダメですか？」と訊いて「担当抗弁」で更に減点されてしまった〝被害者〟もいたとか。

個人の減点は部屋の共同責任。各人の減点合計が10点を超えれば1ヶ月テレビ禁止だ。だから部屋の中のトラブルは、何が何でも避けなければならない。

せっかく愛園が二級房に移り、全体が和気藹々《わきあいあい》とした感じになっていた209室だったのに……。懲罰帰りの青田が新入りで来てしまったため、前より酷い雰囲気に陥っていた。図書係は比較的エリートの来るところなので、本来なら懲罰帰りが来るようなことはあまりない筈なのだが。木之内の仮釈放が近いらしいため、頭数を埋める意味もあるのかも知れなかった。図書係の担当さんもこの4月で異動という噂もある。後はどうとでもなれ、とばかり問題児引き受けを簡単に呑んだのかも知れない。実際には何があったのか、我々懲役が知らされることはないけれど。

塀の中で罪に問われ、懲罰に掛けられると、降級させられるし何より仮釈放の可能性がほぼゼロになる。だからいったん懲罰になれば望みがなくなると同時に、ある意味怖いものもなくなるわけだ。どうせ仮釈はないんだから、もう何度懲罰を受けても同じ、という心境になるらしい。そしてあわよくば、他人も自分と同じ境遇に引き摺り込んでやろうとする。こうして機会ある毎に、トラブルの元となりそうな行動を採るのである。

青田も最初に部屋に来た途端、反抗的な態度を採った。名も名乗らず、「あぁ雑居は男臭ぇ。やだやだ」と悪態をついた。それから何かにつけ、身体をぶつけて来る。「何ぶつかって来てんだよ」などと応じようものなら、直ちに「ぶつかって来たのはお前ぇだろ」と喧嘩に持って行くハラだ。だからこちらは、百も承知で知らん顔を決めているしかないのだった。

会話にも気をつける必要がある。

「おい。次の新入り、懲罰帰りらしいぜ」耳聡《みみざと》く情報を仕入れて来た島路は、事前に私達に注意を促すのを忘れなかった。「奴らは仮釈がなくなってるからよぉ。だから〝3ピン〟だ〝4ピン〟だてぇ話題は、奴の前では避けた方がいい。そうじゃなくとも何かにつけて、因縁吹っ掛けて来ようと狙ってる筈だからな」

実際塀の中では、〝3ピン〟だ〝4ピン〟だという言葉が始終会話の中で飛び交っている。仮釈放の日数計算を表す言葉で、〝3ピン〟は3分の1、〝4ピン〟は4分の1という意味だ。「俺は〝3ピン〟で出られそうだ」と言うと、「刑期の3分の1を残して仮釈放になりそうだ」という意味合いとなる。刑期1年の場合、8ヶ月で仮釈という計算だ。ただし〝3ピン〟などというケースは、現実にはまずないらしい。刑法上の規定では「刑期の3分の1を過ぎれば仮釈放になり得る」とされていても、現実には3分の2を過ぎても仮釈になることはまずあり得ない。しかも自分の何が評価されてその日の仮釈放を勝ち得ることができたのか。懲役本人が知らされることは決してない。だから自分達で「何日早まりそうだ」などという予想も本来ならつけられる筈がない。

にも拘わらず懲役達は、寄ると触ると「俺は〝3ピン〟」「俺は〝4ピン〟」の話題で持ち切りとなる。何の根拠もあるわけではないが、会話の中でくらい希望的観測を抱いて何が悪い!? という心境であろう。それも単にぴったり〝4ピン〟でなく、〝4・何ピン〟という風に実に細かく計算している。そして「俺は〝4・何ピン〟だったらこの日に出られる」などと一々算出しているわけだ。中では考えることなど何もないので、こんなことばかりしているわけである。

私も〝3ピン〟などまずあり得ないと分かっていても、それでももし〝3ピン〟であれば……とついつい計算してしまっていた。打たれた懲役は2年だが、未決勾留期間の7割を刑期にカウントしてもらったため、残る服役日数は454日になる。3分の2となると303日。控訴を断念して刑が確定したのが昨年の8月21日だから、そこから303日で6月の19日。後4ヶ月と少しで出られることになる。既に、折り返し地点をとうに過ぎてくれた勘定なわけだ。ちなみに〝4ピン〟であれば341日。7月末には外の景色が拝める計算になる。そちらであれば今がちょうど、折り返し地点くらい。いずれにせよ先が見えて来た位置に自分はいることになる。

だからこそ青田などの挑発には、決して乗るわけには行かなかった。喧嘩などした日には直ちに懲罰。仮釈放の夢は儚《はかな》く潰《つい》えてしまう。僅かな口論だって見咎められれば「動静小票」。減点が溜まれば仮釈放の評価にも影響が及ぶ。夢の〝3ピン〟どころか、〝4ピン〟だって単なる〝皮算用〟の運命なわけだ。

青田に対してヘタな対応をし、激昂させる事態も避けなければならない。塀の中では喧嘩両成敗。仮令こちらが一方的に殴り掛かられた場合でも、2人とも懲罰対象とされてしまう。だから彼を怒らせ殴り掛かられた時点で、仮釈放は夢と消えてしまうわけだ。せっかく上手く行けば、折り返し地点近辺まで来ている筈というのに。青田のような人間のためにフイにしてしまうわけには行かないのだ。

私以外も誰もが同じことだった。本来〝エリート集団〟であるこの房は、青田以外の全員がここまで〝無事故〟で、仮釈放の権利を有している。なのに、こんな奴ごときのために台無しにしてたまるものか。青田を除く全員の、共通認識だった。

逆にそれをいいことに奴は、図に乗って何かにつけ因縁を付けて来る。私達は分かった上で、じっと耐えている。暫くは、そうした日々が続きそうだった。誰かが遂に耐え兼ね、挑発に乗って青田に殴り掛かり、彼もろとも懲罰房に消えて行く事態が明日にでも起こり兼ねない。一触即発の緊張感が、２０９室を満たし続けることになりそうだった。

05年2月24日（木）

「誠太郎は本当によくやってくれているわ。センター試験の高成績にもちっとも自惚《うぬぼ》れることなく、本当に毎日、集中して勉強してる。もう私、あの子の合格については疑ってもいないくらいよ」

「あぁ。あいつなら大丈夫だ。俺だってそのことについては、枕を高くして寝ているさ」

東大二次試験の前期日程は、明後日実施と目前に迫っている。だから面会に際して、彼の話題が最初に出るのはとても自然なことだった。そしてこの場で簡単に持ち出せる話題と言えば、もう一つ――

「後は気になるのは寒さだけだ。間違っても試験当日に、誠太郎が風邪なんか引くことがないよう。心配することがあるとしたら、それくらいのものだ」昨今の寒さ、気候に関する話題。どの季節においても、差し障りのない会話であればあるほど持ち出されるものだ。

「そうね、本当に。体調管理。今の私があの子にできることといえば、健康に気遣ってあげることくらいね」

貴方にはその、健康に気遣ってあげることすらできはしない。済まない思いが言外に含まれているようで、私は慌てて口を開いた。

「こ、こっちは大丈夫だ。あまり屋外に出ることもない毎日だからね。作業中は身体を動かしているから寒くはないし、部屋にいる時は膝に毛布を掛けることもできる」

本当はその毛布のせいで「動静小票」を切られたのだが。こんなところで話題にするわけには行かない。「それに誠太郎なら大丈夫だよ。たとえ万が一、風邪を引いてしまったとしても、それでも東大受験くらい、楽々パスしてくれるさ」

「ええ、本当に。あの子なら……」

本来なら寒さの話題で、持ち出したいことがもう一つあった。五分刈りの我が頭。塀の中では全員この坊主頭と決まっているが、体験して初めて分かったのだがこれだけ髪が短いと、寒さが直接頭皮に沁みるのだ。

散髪にも辛いものがあった。塀の中の雑務は全て懲役が引き受けるもの。聞くところによると急死があっても、死体の片づけまで雑役がやらされるそうである。だから散髪においても、理髪係の懲役が皆の髪を切る。この時、頭を湿らすのがどんなに寒い日でも水なのだ。お湯など決して出してはくれないのだ。ただでさえ寒さが頭皮に沁みているというのに、冷水など掛けられた日には、こめかみがキーンと鳴って頭が千切れそうなくらい冷たい。それでも頭が痒《かゆ》いから、冷たい水でも洗わずにはいられない。正直かなり、辛いものがあった。

どちらも、この場で口に出せない話題だった。幸代を不必要に心配させてしまうかもう一つ、何より私の脇で、付き添いの看守が2人の会話について逐一メモをつけているのだから。彼の聞いているところで、中での不満を漏らすようなことは口にするわけには行かなかった。

それに私達には、彼に聞かれても構わない、面と向かって話しておかねばならない大事な話題があった。これまではその話に行き着くまでの〝前座〟のようなもの。重い話題に入る前に会話をスムーズにさせる、他愛のない言葉のキャッチボールに過ぎなかった。

「それで……どうだ、ローンの方は？　銀行の態度は、相変わらずか」

「返済ができないのなら家を任意売却しろ、とそればっかり。毎日のように電話があるし、家に押し掛けて来るのもしょっちゅう。のらりくらりと逃げてはいるけれど、私」

「夫に相談しなければ何も決められないのに、夫は今ご存知の通り。おまけに面会も制限されているから、なかなかちゃんと相談できる時間が取れない。そう言って逃げていりゃいい」

「もう言ったわ。でも彼らは、塀の中の人間なんかに決めてもらうまでもない。あんたも元は銀行員なんだから、返済の滞った担保物件をどうすべきなのかは分かってるだろう、って」

「自分はただの窓口係だったし、ずっと昔のことでもう忘れた、とでも」

「それも言ったわ。でも」

「まぁそれでも奴らは、やいのやいの言って来るだろうからな。躱し続けるのは確かに大変だろう。でも頼む。苦労を掛けるのを百も承知で、お前に頑張ってもらうしかないんだ、今は。任意売却に応じれば銀行の関連会社に家が渡ってしまう。そうなると取り戻すのはまず不可能と見た方がいい。値段も吊り上がってしまう。だから今は時間稼ぎをして競売に持って行くしかないんだ。それが俺達の家を守る、唯一の方法なんだ」

「任意売却」とは言いながら、応じれば現われる買い主は十中八九、銀行の息の掛かった業者だ。彼らの好きに家の売買は進められてしまう。しかも担保割れ状況下であるから売却額は、まず確実にローン残高を下回る。つまりその差額は、家を売った後も返却し続けなければならないわけだ。もちろんそんな余裕はないから早晩、破産宣告をすることになる。家をなくした上に破産者になってしまうわけで、こんな惨めな境遇はない。

一方競売にまで持ち込めば、まず何より時間が掛かる。裁判所のお役所仕事の常で、実際に競売が実施されるまで、だいたい2年は掛かると見ておいていい。そしてそれまでの間、実は我々は、家を離れる必要はないのだ。家賃も何も心配することなく、ずっと元の家で生活することができるのである。

だからその間、必死で金を掻き集める。ローンや家賃という最大の出費が要らないのだから、生活を徹底的に切り詰めて金を貯める。勿論それだけでは足りないから、知り合いを駆けずり回って工面する。そうして競売に参加し、家を買い戻すのだ。不良債権化し、競売に掛けられた物件なのだから当然、元の価格よりずっと値崩れしている。掻き集めた金で何とか手の出る価格に落ちているだろう。もちろん自分が競売に出した物件を、本人が買い戻すわけには行かないから、そこは友人か知り合いの弁護士に頼む必要はあるが。名義だけは私ではないよう、表向き取り繕っておく必要はあるが。何にせよこうして、地道にローンを払い続けるよりずっと手軽な費用で、家を取り戻すことができるのだ。銀行に主導権を与えることは一切なしに。

　更に最低競売価格を下げるため、家の2階あたりを友人や親類に貸し、賃借権を設定するテもある。また、友人から金を借りたことにして、家に抵当権を設定してもらうテもある。第一抵当権は銀行がつけているから、第二、第三の抵当権をつけるのだ。賃借権のついた物件は数年は動かせないし、抵当権のついた物件は落札者が抵当権者に金を出して、権利を抹消《まっしょう》してもらわなければならない。そんな物件を買いたがる者はいないから、最低競売価格は更に下がるという寸法だ。バブル後は暴力団関係者があの手この手で競売妨害を謀ったため、こうしたテも昔程には通じにくくなっているが。とにかく打てるテはいくらでもある。逆に最近、競売物件を落札して高く売る〝競売ビジネス〟も流行《はや》っており、最低価格が上げられる傾向にあるため、打てるテは可能な限り打っておかなければならない。いずれにせよ時間を引き延ばし、もう競売に掛けるしかない、と銀行が諦める段階まで持って行ってから、の話である。

「それで、親父は？」本来ならこういう時、最も頼りになるのは実家だ。家を買い戻す借金を頼む他、このテは自分一人では動けない。信頼できる仲間が複数、何より必要となる。普通だったらそういう時、誰より頼りになるのは、実の親なのだ、が——

「何度か電話してみたけど、ダメだったわ。酷い口調で断られたわけではないんだけど。でも私達に協力する気など丸っ切りないことは、声からだけでもはっきり分かった。借金なんて論外。お義父《とう》さんに電話を取り次いでくれた、お義姉《ねえ》さんの口調からも明らかだったわ」

「そうか。そうだろうな」

私が銀行に就職した時から親子関係はギクシャクしていたのだが、仕事の忙しさにかまけ、滅多に実家に寄り付かなかったことで、更に悪化の一途を辿るばかりの月日が流れていた。メインバンクの融資打ち切りで父の会社が開店休業状態に陥ったことも、私に対する心証を悪化させた。親子の溝は年を経るごとに深くなる一方だった。そこに言わば止《とど》めを刺したのが、私の逮捕だった。

そぉれ見ろ。だから俺は、あいつが就職を決めた時から強く反対したんだ。銀行なんかロクなモンじゃないと、昔から分かっていたからな。それにしても、あいつも、まさか人殺しにまで堕《だ》していたとはな。元々は気弱で、虫も殺せないような臆病者だったのに。そもそも魂まで銀行の悪癖に染められていなけりゃ、人を自殺まで追い込むような酷いことなんてできるわけがない。もうあいつは俺の知っているあいつじゃぁない。あんな奴はもう、俺の息子でも何でもない。事件が世間の耳目を集めて騒然とする中、父は酒を呑むたび激昂していたという。

加えて母の問題もあった。もともと気弱で、傲岸《ごうがん》な父の言うことをハイハイと聞くばかりだった、母。ワンマン社長の妻としているだけなら、それでよかったのかも知れないが。父と縁遠くなった息子を気遣う母親としては、両者の板挟みに苦しむ辛い立場となってしまう。正月にも帰って来ないような、あんな奴のところにこちらから行くことなんかない。父から言われ、孫の顔を見に行く楽しみすらままならず、長年悶々としていたそうである。ただ、成績の良いらしい孫の噂を耳にし、陰で喜ぶくらいがささやかな楽しみだったそうである。下の孫は素行が悪いと聞き、気掛かりもないではなかったが。とにかく上の孫は東大確実と言われているらしく、将来を期待することだけが楽しみだった。それが、今――

私の事件を聞いて心痛のあまり、すっかり体調を崩してしまっていると聞く。起きて何かしようにも直ぐに疲れが溜まり、布団に直行しなければならない状態だという。塀の中に手紙を書いてやろうにも体力も覚束《おぼつか》ず、父の目を盗んでやらねばならないのだから気力も奮い立たせられず。息子に手紙の一つも書いてやれない自分の腑甲《ふが》斐無《いな》さに、更に心痛が募る。そうして身体を横にする時間が増して行く悪循環と聞いた。

結婚に失敗して子供を連れ、実家に戻っていた姉がいたから、幸い介護の手はあったが……そう。この姉もまた、問題の一翼なのだった。

もともと父に似て勝ち気な性格だった姉は、私とはお世辞にも上手く行ってはいなかった。子供の頃から仲のよい姉弟とは程遠かったのが、銀行就職騒動で姉は私の愚鈍さに呆れ果て、距離が一気に広がった。その後は互いの家庭もあったため、なかなか交流も果たせないでいた。姉の夫婦生活は長いこと破綻寸前だったようだから、尚更だ。とうとう結婚生活に見切りをつけ、子供(晴信《はるのぶ》。言うまでもなく私からすれば甥)を連れて実家に帰って来た。既に父の会社は開店休業状態だったため、大手飲食店チェーンの本部に勤めて家計を助けた。

当時の私は高給取りだったから、援助をしようかと申し出もしたのだが、銀行からもらったような腐った金は要らん、と父が断固として受け取りを拒否したのである。まぁそう言う一方で父もすっかりやる気を失い、昼間から酒を呑むばかりで再び事業に精出す素振りも見せないのだから、家計が窮した責任の一端は確実に彼にもあったのだが。ともあれそうこうする内に晴信も大学を出、さいたま市役所に就職した。漸く姉に伸し掛かっていた負担も軽くなる。何もかもが上手く動き出す筈だった。

　ところがそこで私の事件が起きた。母が倒れたため姉も、勤めを辞めて介護に専念しなければならなくなった。地方公務員である晴信の給料はお世辞にも潤沢とは言えない。再び実家は、かつかつの窮乏にどっぷり浸ることになったのである。

　おまけに事件のことを職場の皆が知っているから、晴信は何かと肩身の狭い思いで働かざるを得ないという。「人殺しの甥っ子」「公共の仕事に就き、税金から給料を貰《もら》っていいのかね」仕事をしている背中に、同僚の視線が痛い程に突き刺さるという。

　お陰でますます、実家の我が家に対する心証は悪くなるばかり。

　ホント、あの子ってば……。昔っから何かとウチに波風立てるようなことばかりしてくれたのが、とうとうここまでやってくれるとは、ね。母さんは倒れさせるし、介護は私一人の手に押し付けるるし。誠太郎が東大に入れようが、それが何だってのよ。自分とこの息子ばかりエリートに育て上げる暇があったら、あんたのお陰でこうなったウチの窮状、何とかしなさいよ。事あるごとに姉が零していると、風の便りに聞いている。地方公務員で、しかも肩身の狭い思いを余儀なくされている晴信と、誠太郎との境遇の違いに嫉妬している側面もないとは言えない筈だった。

　だから実家に、家を取り戻すために協力してくれと頼みに行っても乗ってくれるわけもない。ましてや借金など論外。そんな金があったらとっくに生活費の足しにしてるよ、と鼻であしらわれるのが関の山だ。

「まぁ親父は端《はな》から、当てにはしていない」と私は言った。どうせダメだと分かっているんだから、何度も頼みに行ってわざわざ嫌な思いをすることもない。「こう見えても俺にも、まだまだ支援を約束してくれている知り合いはいる。だから俺が外に出ることさえできたら、何とかなる筈なんだ」

虚勢ではなく事実だった。曲がりなりにも銀行マンとして、各地の取引先とおつき合いして来たのだ。法スレスレのやり方で貶《おとし》めた相手ばかりではない。私を可愛がって下さり、担当の支店を離れた後も継続的におつき合いして来た社長さんも何人かいる。私が逮捕される直前、

「私だけは君の味方だ。司法が出て来たら零細企業の社長など、何の役にも立たない無力な存在かも知れないが。何か私にできるようなことがあったら、いつでも言って来てくれたまえ」

わざわざ訪ねて来て、言ってくれた社長さんもいた。

だから外に出られさえすれば何とかなる。あの社長さんらに会って回り、事情を説明して誠意を見せればまとまった金は手に入る。その見通しに嘘はなかった。今はどの会社も経営が苦しく、バブル期のように右から左へと社長が金を動かせる時代では

ないが。競売に掛けられた家一軒を何とかするくらいは、工面することができるだろう。

そしてそれは、もう間もなくの筈だった。もう数ヶ月もすれば仮釈放準備の声が、そろそろ聞こえて来る頃合の筈だった。〝3ピン〟や〝4ピン〟ほど上手い話にはならなくとも。少なくとも仮釈の雰囲気が周囲に漂い始めるのも、そう遠くない先のことの筈だった。

「だからもう暫くの辛抱だ。もう暫くの間だけ、銀行の言って来るのを躱しておいてくれ。俺が外に出られさえすればどうとでもなる。家は取り戻せる。だからもう少しだけ、頑張ってくれ」

「そろそろ時間だ。1079番」付き添いの看守が時計を見て告げた。同時に彼は腰を浮かせた。こちらにもそうするよう促す無言の圧力だった。

「それじゃぁ、貴方。身体にだけは気をつけて」

「あぁ。お前も、な。誠太郎の朗報、待ってるよ」

看守の仕種に急《せ》かされるように、2人同時に立ち上がった。後にして思えばそれが最後となった幸代の横顔は、弱々しいながらとても美しく見えた。

05年3月12日（土）

「サクラ　サク」東大合格を告げる電報の文言は、今もこのままなのだろうか。今は試験が前期と後期の2回行われるため、前期の発表は3月10日前後になされる。まだ桜の開花には早い時期だ。だからもう、この文言は使われなくなっているのか。私には分からない。

ただ分かるのは——最初からほぼ確信していたことだが——誠太郎が見事、東大合格を成し遂げたということだ。そしてそれを伝える手紙が、こんなに早く私の許に届いた。その事実だけだ。

〈誠太郎がやりました！　第1志望の東大文科二類合格を果たしました。2人で本郷まで発表を見に行き、喜びを分かち合って来たところです。取り急ぎ、報告まで。またすぐお手紙します。〉

短い中身に過ぎなかったが、充分だった。込められた幸代の気持ちもよく分かった。とにかく一刻も早く報《しら》せてあげよう、という思いだけ。3月10日付けの本郷郵便局の消印からも明らかだった。恐らく彼女は誠太郎と合格発表を見に行って、その場で手紙をしたため、郵便局で投函したのに違いない。検閲した官も、こうした手紙はなるべく早く本人に渡した方が気持ちを逆撫《さかな》でしないで済む——つまりはトラブルの元になりにくい——と判断して、異例の早さで私に手渡してくれた。そういうことに違いない。

思わず窓の方へ目を遣った。窓枠で四角く縁取られ、更に鉄格子と金網とでいくつにも〝細分化〟された外の風景。それでも棟と棟の間に植えられた桜の並木が、座った位置からもよく見えた。間もなく開花の時期を迎える。生命に満ち溢れた桜の木の力が、見ただけで伝わって来た。幹も枝も生命力ではち切れそうだった。

それに私にとっては、既に満開と何の違いもなかった。

有難い。本当に有難い。こんなところで最低の生活を余儀なくされながら、心だけは最大の満足を味わうことができているのだ。塀の中に落ちていても、生きてさえいれば。

……野田さん。またも思いは、彼への罪悪感に向いた。誠太郎の合格を報せる、手紙を握り締めたまま。喜びが大きかった分、申し訳なさも一入《ひとしお》となって突然胸に襲い来た。

しかし事件当時、気まずさ、心苦しさ以上のものを感じることはなかった。

野田さんが自殺した。中野坂上支店に本部から入った電話で、知らされた時のことはよく覚えている。窓の外から聞こえる青梅街道の喧騒が、絶句した耳に妙に大きく響いていた。新規客へ挨拶に出るのは急遽取り止め、支店長室で警察の事情聴取を受けた。

「えぇ確かに。我が行は野田さんに対し不動産を担保に融資を行っておりました。返済が滞り、担保物件売却をお勧めしていたことも事実です。そのことで、野田さんが悩んでおられたような感じだったことも。個人的に、お気の毒に感じたことも確かです。しかし逆に、では我が行が他に何ができたでしょう。担保を取って融資している以上、返済が滞ればこう対応せざるを得ない。それが銀行業のあり方なのですから。私も一員である以上、個人的にどれだけお気の毒に感じようと粛々と自分の役目を果たすしかない。私としてもなるべく、野田さんを心理的に追い詰めることがないよう気をつけた積もりではおりましたが。しかし結果的に悲劇に繋がったとすれば、自分だけその積もりで、実は全くなってはいなかったということなのでしょう。今は自分の至らなさをつくづく腑甲斐無く、また申し訳なく思っている次第です」

取り調べに対して、滔々《とうとう》と語ったことを覚えている。正直な思いなのは確かだったた。悪いことをしたなんて感覚は全くなかった。与えられた役割をこなしただけだ。

咎められるような謂《いわ》れはない。たまたま自分の担当することになった顧客が精神的に脆《もろ》い人だったというだけで、罪になってしまうというのか。むしろそんな客の担当になってしまい、自殺事件に関わることになってこちらこそ、被害者のようなものじゃないか。

事実、警察はそれで帰って行った。状況から見て明らかに自殺。動機も恐らく、融資返済の失敗を気に病んで、ということでまず間違いはなさそうだ。今の銀行屋への聴取でも、ほぼ確信できた。自殺にまで借り手を追い込んでしまう、銀行のやり方が酷いとは感じるものの——それでこいつなり銀行の誰かを、逮捕できるものではない。法的罪に問える性質の事件ではない、と判断したということだろう。

私も同様だった。法律に反したことは何もしていない、という確信はあった。消費者金融などの貸金業者であったなら、過剰な貸し付けや過酷な取り立ては「貸金業の規制等に関する法律（いわゆる貸金業規制法）」で明確に禁じられている。しかし我々を規制する銀行法には、そのような規定は存在しない。社会のエリートたる銀行マンはサラ金屋などとは違い、そんなことはしないものと想定されているのだ。現実には所詮どちらも同じ金貸しであって、やっていることも本質的に変わりはなくとも、銀行法の理念ではそういうことになっている。だから私を罪に問いたくとも、法的根拠が存在しないのだった。

実際、当初この事件が世間の耳目を集めることはなかった。少なくとも事件発生後、暫くの間は。警察が再び私の許に、事情聴取に訪れることもなかった。何と言っても所詮、単に一市民が自殺したというだけである。マスコミが飛びつくような話ではない。有名人の自殺か、少年による手口の派手な犯罪か、残虐《ざんぎゃく》な連続大量殺人事件か……。現実に、そうした事件なら毎日のように発生している。ネタには事欠かないくらい全国どこかで起こってくれている。だからマスコミが、こちらの事件になど注目する筈もなかった。どれだけ小さな記事であれ、新聞に報道が載ることすらなかった。

私も事件後しばらくの間は、平穏無事な日々を過ごした。もっと正確に言うと相変わらずの、目の回るような支店長としての日常を過ごしていた。野田氏の死など普段の銀行業務に、何の影響も及ぼしはしなかった。融資案件の後処理があっただけのことである。それが済んでしまえば事件そのものが、忘却の彼方に去って行った。毎日の案件を処理することで手一杯で、野田氏の件など思い出す余裕すらなかった。

状況が一変したのは事件から4ヶ月後のことだった。キッカケは小南偵三の逮捕だった。逮捕事由は全くの別件。とある準ゼネコンの手形乱発に関わる詐欺事件である。〃闇の紳士〃の大物逮捕。こちらはいかにもマスコミの好きそうなネタだ。小南偵三とはいったいどんな男か？　これまでどのような疑惑が彼の周辺で囁かれて来たのか？　メディアは一時、彼についての報道で持ち切りとなった。週刊誌各誌も「緊急連載」と銘打って、各号で小南に関する疑惑の数々を取り上げた。

そうする中で、野田氏の自殺事件が〃掘り返〃されたのである。２００３年夏。銀行による〃貸し渋り〃〃貸し剥がし〃が社会問題としてクローズアップされ、識者の議論を呼び、国による対策がスタートしていた矢先だった。その最中に浮上した「銀行による過剰な取り立てで自殺者まで出した」事件。まさにマスコミの格好の餌食《えじき》だった。調理意欲に燃えたシェフの前に差し出された、極上の食材のようなものだった。餓《う》えたオオカミの群れに放り出された、丸々肥えた羊のようなものだった。

さぁ報道は連日連夜、この話題で埋め尽くされる。「非情の銀行！」「〃貸し剥がし〃の行き着くところ、ここにあり」「人殺し金融道」「これは最早〃貸し殺し〃だ!!」そうした見出しが連日、雑誌のページを飾った。新聞の社会面も、この事件に関する記事が載らない日はないと言っていい程の狂乱ぶりだった。そして誰より、格好のターゲットとされたのは――

そう。他でもない、この私である。「借り手を丸裸にひん剥いて自殺にまで追い込んだ、人でなしの支店長」私は四六時中、マスコミのカメラに追われる身となった。だとても出勤して仕事などできる状態ではなく、自宅に蟄居《ちっきょ》せざるを得なくなった。だが自宅も連日、報道カメラに取り囲まれる。一時は日本で最も有名な個人宅だった、と言ってもいいのではないか。私の家がテレビに映らない日は、あの当時なかったと言っても過言ではない。

「この人殺しめ」報道を見て集まって来たヤジ馬なのであろう。壁に卵を投げつけられたこともあった。投石で窓を割られたこともあった。塀に落書きされたこともあった。危うく電線を切られそうになったこともあった。マスコミも見ていた筈なのだが――一日中ウチの周りに張りついているのだから――止める者は誰もいなかった。やっているところは見て見ぬ振りし、然る後に汚れた壁、割れた窓をカメラに収めるまでだった。我が家はあの頃、この国で最大の憎まれ役だった。金の亡者。弱い者苛《は》めの金策に詰まった人間は容赦なく奈落の底に突き落とし、自分らだけ高給を食んで悠々と暮らす悪徳銀行屋。世間一般の抱く悪役イメージの、具現こそが私だった。『金曜日の妻たちへ』の舞台だった町に建つ、一戸建ての我が家は、世間の憎しみの象徴そのものだった。

そうこうする内にマスコミが、更なるスキャンダルを嗅ぎつける。野田氏が相続税対策として最初に我が行の融資を受け、カードローンを設定した時——その資金を掠《かす》め取るべく仕組まれた「原野商法」詐欺。あの実行犯グループと、小南とは古くからの顔馴染みだったというのだ。

果たして「原野商法」詐欺自体に小南も関与していたのか。それは分からない。そもそも彼らが知り合いだったなんて、私の全く与《あずか》り知らぬことである。

それでもこの疑惑は、燃え盛るマスコミ報道に更に油を注ぐ結果となった。ガソリンをぶちまけた、と表現した方がいいかも知れない。何の物的証拠もないにも拘わらず——精々が疑わしい状況証拠に過ぎないにも拘わらず、もはや疑惑の扱いにすらならなかった。「乙石銀行は詐欺グループと手を組んで、最初から野田氏を丸裸にするハラだった」「野田氏の自殺まで最初から想定済みだった」まるで実証された事実のように、そうした言葉がメディアに躍る。これは最早、放置しておくわけには行かない事態だった。銀行としても、嵐の過ぎ去るのを首を竦《すく》めて待っていられるような状況ではなくなっていた。

そしてそれは、当の司法当局においても同様だった。無視していられる段階をとうに超えてしまっていた。

こうして私が東京地検特捜部に逮捕される事態に至ったのである。これだけ世間が騒然とする中で、その〝顔〟くらいは逮捕しておかねば沈静化は望めない。このままでは「司法機関は何をしている!?」と非難の火の粉が飛んで来兼ねない。当局の焦りすら感じられる緊急逮捕だった。銀行法では罪に問えないため容疑は「脅迫」。そして「原野商法」グループとの関係を知った上で小南を引き摺り込んだ、「詐欺」容疑。2003年7月22日。あの年は梅雨が長引き、7月後半に入っても雨ばかりで、気温は低いが湿度が高くじめじめした夏だったことを覚えている。逮捕されたのも、朝から分厚い雲が空を覆うどんよりした一日だったことを覚えている。

銀座にある東京地検の支所に呼び出され、出向くとその場で手錠を掛けられた。警察ではなく地検に逮捕されたため、私の身柄は留置場に入れられることなく直接拘置所に送られた。聞いた話によると留置場での警察による取り調べは、どこかまだ牧歌的でのんびりしていることが多いという。煙草を吸いたい者は取り調べ中に吸うこともできるという。ところがそれを、私は体験することはなかった。「過酷」と誰もが口を揃える、検察による取り調べに最初から曝された。乙石銀行への忠誠心と、自分は法を破っていないという確信、間もなく釈放されるという盲信に駆られた私は、狂気の縁ギリギリで猛攻に耐えた。

かくして今、私はここにいる。今となってはよく分かる。自分がいかに世間の感覚とはかけ離れた、考えと行動を採っていたか。銀行業界というところはいかに一般常識とは乖離《かいり》した、異常な世界だったことか。刑務所は矯正施設だと言うが、なるほど私に関する限り、その理念は奏効していると見ることはできるのかも知れない。ここでの生活が非人間的であればある程、実は銀行時代も実質似たようなものだった、と思い至る。お陰であの頃の、〝銀行教〟の〝狂信者〟はもうどこにもいない。今の私は生来の根暗で引っ込み思案、しかし普通の感覚を備えた一般市民だ。

だからもし今、当時と同じ取り調べを受けていれば私は最早、全てを打ち明けていることだろう。検察が唯一知らない、岸副頭取（当時）と偶然同席することになった料亭『一兆』での夜のことも含め、何もかも残らずぶちまけていることだろう。

そうだ。喜んでいてばかりではダメなのだ。いくら息子が、第1志望の大学合格を果たしたからと言って。自分にそんな幸せを味わう資格など本来ないことを自覚して、野田氏の冥福を祈るべきなのだ。

ここから出たら直ちに、彼の墓に手を合わせに行かなければ。ご遺族にも、挨拶と謝罪に出向かなければ。もちろん最初は受け入れてはくれないだろう。帰れと怒声を上げられ、罵声を浴びせられることだろう。それでも何度も何度も通い詰める。誠意が通じるまで。もしかしたら最後まで、受け入れてはもらえないかも知れない。だが通い詰めるのを止《や》めるわけには行かない。野田氏に対して私にできる、唯一の謝罪なのだから。謝罪になりもしないかも知れないが、私にできる唯一のことなのだから。

その日ももう、さほど遠くないことの筈。間もなく仮釈放の声が、私の周囲に漂い始める頃合の筈。このまま周囲と何とか上手くつき合い、無事故で日々を過ごすことができれば。青田というトラブルメーカーが来たことで、図書係全体がピリピリした雰囲気に包まれているけれど。何とかこの事態をやり過ごしさえすれば、もう数ヶ月後には、野田氏の墓前に謝罪に出向ける日がもう、そろそろ……

「ケッ、やっぱりだったぜ」

声に我に返った。青田だった。つい今し方危険さに思いを馳せた、房のトラブルメーカー。彼が今、雑誌を手にして私を指し示しているところだった。写真週刊誌。あの雑誌には散々、追い掛け回されたものだ。通勤途中はおろか、家から出られなくなってからも。望遠レンズ付きのカメラで何度も狙われたものだ。窓のカーテンの隙間に覗いた姿まで、誌面にデカデカと載せられたものだ。

「どっかで見た顔だと思ったんだ。でも分からなかった。ここじゃぁみんな丸坊主だからな。印象がだいぶ違って見えちまう」青田が手にしているのは、雑誌の最新号だった。「本誌がスクープして来た事件史」という見出しが、表紙に記されているのがここからも見える。誌面と私とを交互に指し示しながら、他の仲間に向けて声を上げているのだった。おぃ、声がデカいぞ。島路の制止を無視するように、青田は続けた。「こいつは『エロ本屋』でも何でもねぇ。人殺しの銀行屋だぜ」

05年4月18日（月）

「サクラ　チル」不合格通知の電報ではない。窓の外では文字通り、満開だった桜が風に吹き散らされ、大量の花弁が宙に舞い踊っていた。枝には花弁の薄桜色より、葉の緑の方がずっと目立つ。桜の季節は終わりだ。力強い生命力に溢れた新緑に身を譲り、華やかな花弁の宴《うたげ》の季《とき》は、これで……

桜にとっても、私にとっても同じことだった。つい一月前、誠太郎の合格を報せる手紙を手にし、我が世の春を堪能していたのが――今や絶望と怯えの淵で、隠れるようにして暮らす日々に急転していた。身体は相変わらず本を運んだり、懲役から出された札を整理したりという図書係の作業をこなしながら、心は限りなく不安定に揺れ動いていた。目の前が何も見えない失望に苛まれていた。

手紙が来ない。面会も。あれだけいつも定期的に、キチンキチンと来ていたものが。誠太郎の合格を報せる「急報」以来、パッタリ途絶えてしまっているのだ。せっかく三級にも上がり、月2回の手紙と面会とが可能な身になったというのに。1ヶ月以上、幸代からの手紙が届かない。面会は言うまでもなく。

それだけではなかった。私の精神を苛む要素は、もう一つあった。私の正体。房のトラブルメーカー青田が、写真雑誌で暴いてくれた、真の罪状……

「エロ本屋」それまでずっと、仲間内で呼ばれて来た。そして呼ばれ続けている内、いつの間にか「こいつは猥褻物陳列か何かの罪状で引っ張られた奴なんだろう」くらいに、勝手にみな思い込んでくれていた。

別にそれで構わなかった。一つには真の罪状を知られれば、嫌われるだろうという判断もあった。一人の人間を死に追い遣った銀行屋。犯罪者連中からしても、あまり好意的に見られるものではあるまい。塀の中では好まれる罪状と、嫌われるものとがハッキリしているという。例えば殺人などであれば畏怖《いふ》の目で見られるという。逆に嫌われるのは放火や婦女暴行。特に幼女に対する強姦となると最悪だ。あまりに嫌われると官も見て見ぬ振りをする苛めが横行し、布団の交換の際に綿を濡らしたものを渡される、なんて陰湿なことまでされるらしい。だから私の場合もそこまでは行かずとも、やはり好まれる罪状ではないだろうという自覚はあった。

だが逆にそうであればある程、早めに打ち明けておいた方がいい、というアドヴァ

イスもあった。現に、「観察工場」の糟谷も、

「ヤベぇ罪状であればあるだけ、工場の仲間にゃぁ早めに白状しといた方がいいぜぇ。バレた後が大変だかんな。なまじ隠しといただけ、心証が悪くなっちまう。嫌われて苛められる確率も高くなっちまうってわけさ」

では最後まで、隠し通すというのはどうか？　看守だってわざわざ、「こいつは何々の罪状で有罪を喰らった誰それだ」なんて紹介して部屋に入れるわけではなし。適当に誤魔化《ごまか》しながら、最後まで隠し通すということもできるのではないか。

「そいつがなかなかそうも行かねぇんだな」と糟谷は言っていた。「工場に行くと担当台に、『身分帳』てぇ奴があってよぉ。こいつにゃぁ『称呼〇〇番の誰々は、罪状何で刑期はいつからいつまで。本籍地どこで出身がどこ。これまでの犯罪歴何々で、どことどこの刑務所に服役して……』なぁんて、そいつの情報が全部書いてある。担当のセンセイが俺達に対処する時の参考にする、懲役一人一人の〝履歴書〟ってわけさ。こんなモンが作成されてるんだ、本人の知らねぇ内に。こいつぁもともと俺達に見せるような性質のモンじゃねぇが、工場内をウロウロしてる、雑役や班長ってな身分の懲役がいてさ。そいつらは担当さんに報告だ何だと近づく機会が多いから、ひょいと『身分帳』を覗き込むこともできる。それでバレちまうわけさ。だからどうせバ

レるんだから、ヤバい罪状だったら早めに言っといた方が、まだ傷も浅くて済むってなモンだぜぇ」

だから私も209室に落ちた当初、正直に打ち明けようと思っていた。覚悟も決めていた。ところがそうする前に唯野らがあれやこれやと喋り出し、気がついたら「エロ本屋」にされていたのだ。白状する機会を逸したまま、今までズルズルと来てしまっていたというわけだ。「人殺し銀行屋」より「エロ本屋」の方がまだ〝居心地〟がよく、嫌なことを先延ばしする内ここまで来てしまった、といったところか。

「隠し立てする気はなかったんです」青田が雑誌で私の正体を暴いた日。深く深く頭を下げて言った。何を言っても反感を持たれるのは同じでも、できるだけ誠意を持って答えようと思ったのだ。申し訳ないという気持ちは、正直なところでもあったし。「ただ、どう言い出そうかと迷っている内、皆さんから親切に受け入れて頂いて言い出す機会を逃してしまった。そのままズルズル来てしまった、というのが正直なところです。皆さんを誤魔化そうと思ったとか、嘘をついてそのまま通そうと思ったとか、そういうことは決してありません」

ケッ……と唯野が舌打ちする。「お前ぇなんぞ、親切に受け入れてなんかねぇや」

と瀬尾が茶々を入れる。「する気はなかったも何も、お前ぇのやったことぁ隠し立て以外の何物でもねぇじゃねぇか、なぁ!?」と青田が突っ込む。その間に全員サッサと、雑誌の記事を回し読みしていた。当時のあれだけの大騒ぎだ。全員「あぁ、あの事件か」と直ぐに思い出したようだった。あの頃から中に入っていた者もいるだろうが、テレビのニュースで繰り返し流されていたのだから。記事を流し読みして事件を思い出せない者は、一人もいないようだった。

「要するにお前ぇ、〝犬〟だったてぇわけだな」全員が回し読みする間、ずっと私は頭を下げていた。すると頭頂に、瀬尾の声が降り掛かって来た。「銀行の〝犬〟として、金を返せねぇ奴を追い立ててたわけだ。借金を返せねぇ奴は金貸しの『獲物』になる。お前ぇはそいつを狩り立てる〝犬〟として、銀行てぇ御主人様に言われるままに死ぬまで追い込んだ。つまりはそういうわけだ」

ヘッ……と唯野が鼻を鳴らす。「『エロ本屋』の正体は『銀行の犬』だった、てか。これぁ大した出世だぜ、なぁ!?」

「いやいや。俺にゃぁこいつの気持ち、察しがつかねぇこともねぇぞ」突然、意外なところから助け舟が出た。自称「ヤクザ」の東大出、畠中だ。「俺も銀行なんてところぁ大《で》ぇ嫌《きれ》ぇだが。だがそもそも、組織なんてのぁそういうモンよ。歯車の一つになったら、上の言うことに盲従しなきゃならねぇ。親分が『白い』と言やぁカラスだって白くなる。極道の世界だって同じことよ。『あいつを殺《や》って来い』と言われたら、憎くもない奴でも殺しに行かなきゃならねぇ。俺だって駆け出しの頃ぁ、随分《ずいぶん》とそういう目にも遭って来たぜ。だから〝犬〟になった野郎の気持ち、俺にも分からねぇでもねぇ」

ヘッ……と再び唯野が鼻を鳴らす。途端に白けた雰囲気が部屋を満たし、追及もその場で〝お開き〟となった。私は図らずも、畠中に救われた形となったのだ。

こうして私は〝犬〟になった。そもそも塀の中に落ちた時から――いやそれを言うならこれまでの半生ずっと、〝負け犬〟だった身の上だ。だから唯野の言う通り、「大した出世」なのかどうかは分からない。それまでの「エロ本屋」からすればどうなのかはともかく、少なくとも「負け」が取れた分だけ、「出世」と言えなくもないのかも知れない。

ただ「出世」はどうあれ、私を取り巻く視線は以降、目に見えて険悪なものになった。あからさまに侮蔑するような、見下すような視線が周囲から注がれるようになった。官は助けてはくれない。誰かがある日、懲役仲間の「嫌われ者」に転落しようとお構いなしだ。明白な喧嘩なり何なりが発生しない限り、懲役どうしの反目など見ていない振りをする。

ましてや私の罪状は、官なら最初から知っている。元エリート銀行マンで人を自殺まで追い込んだ「脅迫犯」。彼らからも充分嫌われる対象だろう。陰湿な苛めが始まったとしても、彼らは見て見ぬ振りを決め込むかも知れなかった。幼女暴行犯に濡れた布団を出す苛めを、知らぬ振りをしたエピソードのように。

幸い今のところ、明確な苛めはまだ始まってはいなかった。ただ遠巻きにするように、明らかな嫌悪の視線を投げ掛けて来るだけだ。

中でも唯野は露骨に、反感を露にしていた。何かにつけて因縁をつけて来る。わざと身体をぶつけて来る。かつての、青田のように。

どうやら唯野は、銀行からの融資打ち切りがキッカケで事件を起こし、塀の中に落ちた過去の持ち主らしかった。だから銀行に対する〝先天的〟な反感があったのだ。

小さな会社の経理担当だった彼は、経営状態悪化を理由に銀行から新規融資打ち切りを宣告された。だが相談しても社長は「お前の銀行への説得が足りない」と責任を転嫁《てんか》する。何とか銀行に翻意《ほんい》をお願いしに行くも「こんな経営状態ではどこの金融機関だって融資はしない」と、にべもない。社長は「経営状態を悪く見られるのはお前の説明が悪いからだ」と言うばかり。

板挟みになって精神的に参ってしまい、ある日泥酔して見知らぬ男と喧嘩になった。終電間際の駅のホームで。見るからに端正なスーツを着た相手の姿に銀行員を連想してしまい、唯野の方から一方的にカランで始まった喧嘩らしかった。どんと突き飛ばした弾みに相手も酔っていて、ホームから転落。そこへ電車が来た、というお決まりのパターンだ。お互いに咎《とが》のある喧嘩なら同じ過失致死罪でも、執行猶予付きもあり得たろうが――唯野の方がしつこくカランでいたことはホームにいた多くの目撃者が証言している。こうして彼は実刑を打たれ、服役中に奥さんに逃げられるというオチまでついた。銀行全体に逆恨みがあってもおかしくはない身の上なわけだ。ましてや、自分と同じく銀行に悲劇に追い込まれた野田氏に対しては、他人とは思えない同情を抱き、返す刀で追い詰めた私に対して限りない怒りを覚える。無理のないことなのかも知れなかった。

母親からの手紙を読み、涙を浮かべていた彼の姿が目に浮かぶ。普段、瀬尾と共にバカ話に興じて房内を盛り上げていた姿も。彼らのバカ話に最初は辟易《へきえき》していた私だが、いつの間にかつき合って自分から参加していた。唯野も私を、快く受け入れてくれていた。少なくともそのように思えた。なのに――

最初は軽蔑していた房の他の仲間達とも、何とか上手い関係を築け、それなりに気楽な日々を過ごしていた。まぁだからと言って、いつまでもここにいたいと思うわけもないが。長年苦楽を共にする仲間意識が、房の中に築かれていたように感じていた。なのに――

いま図書係で唯一、親しく接してくれるのは意外なことに畠中だった。

「いやぁ銀行と組、細けぇところは違うだろうがお互い、組織人は辛ぇやな。まぁ俺はそんな境遇が嫌で、頑張って枝の組長にまで出世したんだが、よ。お前ぇだってそうだろ。そうやって支店長にまで伸し上がっても、まだまだ上の言うことにゃぁ逆らえねぇんだモンなぁ。いやぁ辛ぇぜ、組織人は。他には分からねぇ苦労があるモンよ」

訳の分からない口上で接近して来、何かと話し掛けて来る。それまでは「自称ヤクザ」のホラ吹き野郎として、敬遠されていた畠中が。今となっては唯一の話し相手として、つき合ってくれているのだからおかしな話だ。最初に指導係をしてくれた木之内は仮釈間近で、〝上がり房〟に引っ込み、図書係に出て来なくなったため、なおさら彼しかいない。まぁもっとも木之内も、私の罪状を知った後はムッとしていた様子だったから、彼がいようといまいと同じだったかも知れないが。また畠中が頻りに私と話をしたがる動機も、どうやら伝説の〝闇紳士〟小南の話をもっと聞きたい……という本音にあるのが本当のところらしいのだが。いずれにせよ殆ど四面楚歌《しめんそか》の〝窮状〟にあっては、相手をしてくれる畠中は私にとって有難い存在になってくれていた。相手が人間的に好きか嫌いかに関係なく。またその話が100％嘘だと分かっていても。話を合わせて、つき合って行くしかないのだった。

ちなみに木之内が移って行った〝上がり房〟とは仮釈放受刑者用雑居房、別名〝引っ込み房〟とも言って、釈放間近な懲役が出所の準備をさせられるところだ。ここに行けば工場に出ての作業も最早なし。「出所してからの生活の心得」のような教育ビデオを見せられるらしいが、他には義務のようなものはない。起床や就寝時間が相変わらずなだけだ。中には長いこと入っていた者もいるから、出てからの生活に困らないように「講習」のようなものもあるらしい。カード電話の掛け方とか、自動改札の通り方とか……。実際に引率付きで外に出て、実習をやることもあると聞いた。しかしやることがあってもそれくらい。房の扉に鍵は掛かっていないし、テレビも見放題。ここに移ればもう1週間ほどで出所だ。いよいよ外が現実のものとなる。明るい未来を実感できるのがこの〝引っ込み房〟なのだ。

自分だってもう何ヶ月かで、それが見えて来る筈。〝引っ込み房〟に移されるのは何故か必ず、火曜日と決められている。このため仮釈間近な囚人は、毎週火曜日が近づくたびにソワソワしているという。自分だってもう間もなく、そうなれる身の上の筈なのだ。このまま無事故で、過ごすことさえできれば。

だから余計な騒動を起こさないためにも、精神的に安定している必要がある。平常心で日々を過ごす必要がある。なのに――

何より大切な手紙が来ない。乱れた心を鎮めるため、何より有効な手紙が届かない。何故？　何故……!?

私の精神状態は錯乱寸前だった。窓の外で舞い踊る桜の花弁のように。心は千々に乱れ、春嵐のように荒れ狂っていた。このままでは程なく、何かの事故を起こしてしまいそうだった。

05年5月2日（月）

手紙が来ない。まだ届かない。誠太郎の合格を報せる最後の手紙から、もう2ヶ月近くが経つというのに。もしやこのまま、永遠に手紙が来ないのかも……

思えば正月にも、同じ不安に駆られたことがあった。だがあの時は、程なく次の手紙が届いてくれた。遅れた理由も納得の行くものだった。誠太郎のセンター試験の好成績という、よい報せを待っての発信に過ぎなかった。

では、今回は？　今回は遅れる理由に、どんなものが想定できる？

確かに誠太郎が東大に合格し、直後は入学手続きなどあれこれやることはあったろう。1〜2年は駒場キャンパスで、我が家から通えない距離ではないが——それでもせっかくの機会だから、と寮に入るなりアパートを借りるなりして、一人暮らしの経験を選んだのかも知れない。そんなこんなで忙しかった、ということはあって不思議はない。

また幸代が精神的にホッとして、逆に体調を崩してしまった。これまで張り詰めていた緊張が解《ほぐ》れ、疲れがどっと出て寝込んでしまった、ということもあるかも知れない。長いこと精神的に追い詰められていると、解放されたとたん気が緩み、逆に身体を壊すという話は聞いたことがある。だから彼女もそうなって、布団に伏せるばかりの日々ということはあり得る。これまたあって不思議はない、と私も思う。

だが「今ちょっと忙しい」あるいは「体調を崩した」くらいの報告はできる筈ではないか。何と言ってもここ何通か、こちらからの手紙は「どうした？　何があった」の羅列《られつ》ばかりになっていたのだから。私が心配しているということは、充分伝わっている筈なのだから。不安を払拭《ふっしょく》するためにも、それくらいの報告は寄越せる筈だろう。

乙石銀行が何かした、という仮説もふと浮かんだ。任意売却になかなか応じない幸代を揺さぶるため、銀行が何かを仕掛けて来た。私がかつて、野田氏にやったように。なるほど一瞬、ありそうにも思えた。

しかし、では何を？　幸代が手紙も書けなくなる程の、いったい何を彼らはして来たというのか。私が小南を使ったのも、かなり禁じ手に近い裏ワザではあった。それでも仮令《たとえ》あそこまで仕掛けられたとしても、手紙の一つくらいは書けるだろう。むしろ揺さぶりがあったなら、「奴らがここまでして来た。どうしよう!?」という相談が真っ先にある筈だ。少しでも早く私の意見が聞きたくて、面会に飛んで来る筈だろう。

では、それすらもできないような、幸代へ仕掛けられた追い込みとは？　拉致《らち》監禁……まさか。違法なヤミ金融じゃあるまいし。ウチ程度の問題債権に、銀行がそこまでやる必要がどこにある!?　たかが個人の住宅ローンの返済が詰まったくらいで。いくら何でもそれはない。

では、何かの事故なり、犯罪なりに巻き込まれた？　しかしならば、警察経由で何らかの連絡があるだろう。いくらこちらが塀の中にいる身と言っても、「お前の奥さんが事件で被害に遭った」とくらい報せてくれるだろう。誠太郎だっているのだし、「母さんの身にこんなことが起こった」くらいの手紙はいつでも寄越すことができる。まさか家族全員が巻き込まれるような大事件が!? しかしならばなおのこと、警察が報せてくれる筈。ニュースにだってなっているだろう。それにそれだけの大事件であれば、私の実家だって何かしてくれる筈ではないか。いくら、ギクシャクした関係が続いていたとしても、嫁や孫まで被害に遭うようなことが起こっても何もしないような、そこまでの断絶状態だったわけではない。そこまで無情な人達ではない。

なのに連絡は何もない。

ただ、手紙だけが来ない。

いったいどんな理由があって、そんなことが起こり得るというのだ!? 考えれば考える程わけが分からなくなって、私は混乱するばかりだった。

「浮気しかねぇじゃねぇか。そう言ってたぜ」

……浮気!? 想像もしていなかった言葉に思わず顔を上げた。瀬尾だった。瀬尾がこちらに、いつものニヤニヤ笑いを向けているのだった。「修繕係の石丸さ。カミさんから手紙が来なくてお前ぇが悩んでるって話、どっかから聞きつけたんだろう。

『そんなのカミさんに浮気されたからに決まってるじゃねぇか!?』野郎そう言って、ゲラゲラ笑ってたぜ」

「そう言えば石丸のカミさん、凄ぇブスだって話だったな」唯野が話に参加して来た。「確かお前ぇが見たんじゃなかったっけ、瀬尾」

「あぁ俺だ。俺が見た。本部に行った帰りに、よ。いやぁ未だに思い出すぜ。ブスが、ここまで臭って来るくれぇのブスだった」

「そんだけブスなんだったら、外で浮気される心配もねぇだろうが、な」

違ぇねぇ、と瀬尾がゲラゲラ笑う。「それかあのカミさんじゃ、浮気して消えてくれた方がむしろ嬉しい……ってか？」

「そこ行くとこちらの、銀行の〝犬〟さんはカミさんもさぞかしいい女なんだろう」いかにも嫌みたっぷりな口調で、唯野が言った。「何せ客を殺しちまうくらいのやり手だ。稼ぎもさぞやよかったに違ぇねぇ。その金に飽かせていいカミさんを、てなわけだ」

「あぁいいよなぁ、高給取りは。結婚相手にいい女も、選り取りみどり、てぇわけか。そりゃぁ美人妻を引き止めるためなら、荒稼ぎする気にもなろうってモンさ。人殺しも辞さねぇくれぇ。あぁ、いいなぁ。俺も今度生まれたら、銀行屋にでもなるか」

「でもよぉ。金に釣られて寄って来た女なんだから、その稼ぎ手がこんなところに落ちたんじゃぁ」

「金の切れ目が何とかの、てぇ奴か。あぁやっぱり石丸の言う通りだ。奴が賢い。やっぱりカミさんは、ブスに限るってか」

「違ぇねぇ。塀の中に落ちた時のことまで、考えたらなぁ」

2人、ゲラゲラと笑い転げる。しかし彼らのからかいなど、私の耳には殆ど入って来はしなかった。

浮気。

浮気――

幸代が？　あの、幸代が――浮気!?

これまで、考えてもみなかった。私の知っている幸代から、そんな言葉など浮かびすらしなかった。

しかし考えてみれば不思議ではない。瀬尾らが言うように、金の匂いに惹《ひ》かれるような派手な美女では決してないが、贔屓目《ひいきめ》でも何でもなく幸代は確かに魅力的だ。見た目が金を呼ぶ、モデルのような美しさとは正反対の、性格の良さが滲《にじ》み出る清楚《せいそ》な外観。見る者を穏やかな気持ちにさせるような、いるだけで周りを和《なご》ませてくれるような、可愛らしさを備えた女性なのだ。今の歳になっても変わらない。若い頃の可憐さを今も失わない女性なのだ、私の妻は。

御徒町支店で店頭窓口を務めていた、彼女の姿が目に浮かぶ。幸代の実家は横浜市。都会の良家に育ったのが一目で分かる、おっとりした清澄さが印象的だった。下町の雑多な町中の支店にあって、純真な品の良さは周りから浮き立って見えた。

彼女から私がどう見えていたのかはよく知らない。ただ、最初に口を利くキッカケとなった〝事件〟の際、こう言われたのをよく覚えている。芳賀さんって物凄いやり手で、いつもクールさを失わないエリートだと思っていたんですけど……そんな可愛い笑顔を、浮かべることもあるんですね。

営業時間終了後の精算で、１００万円が行方不明になった〝事件〟だった。彼女の担当したキャッシュボックス内の現金の有り高と、伝票の合計が合わない。ちょうど１００万円ズレている。慌てて店内にいた行員一同、辺りをくまなく探し回った。血眼になって、フロアの隅から隅まで。幸い程なく、１００万円は見つかった。机と机の僅かな隙間に帯封のまま落ちて、途中で引っ掛かっていたのだった。

見つけたのは私だった。皆と同様、四つん這いで店内を探し回っていたため、顔は埃《ほこり》まみれになっていた。幸代が後にそう言っていた。見つけた札束を彼女に渡した時だ。

——埃に薄汚れた顔の中、にっこり笑った目と口だけが妙に浮き立って見えたそうだ。「あったよ、あった。いやぁよかったねぇ。よかったよかった」

有難うございます、芳賀さん。本当に助かりました。本当に、有難うございます。涙ぐみながら何度も頭を下げる彼女を前にして、私は間抜けな表情を浮かべていたのだろう。埃に縁取られた、道化のような笑みを浮かべていたのだろう。彼女が大変な目に遭わなくて本当によかった、と純粋に喜びながら。

彼女は何度も頭を下げた後、そんな私の顔を見て、くすっと微笑《ほほえ》んだのだ。涙に目を潤ませたまま。「……可愛い」

「え？」

「あっ、ゴメンナサイ。せっかく助けて頂いたのに」それでも込み上げて来る笑いを、抑えることができない様子だった。これまで緊張で強張っていたため、解放された安心も伴って笑いが止まらなくなったのだろう。「でもゴメンナサイ。芳賀さんの今の笑顔、とっても可愛かったものだから」そうしてあのセリフが出た、というわけだった。芳賀さんって物凄いやり手で、いつもクールさを失わないエリートだと思っていたんですけど……

可愛い、俺が？　予想もしていなかったことを言われて、戸惑ったのは事実だ。次いで心の中で、こう言い返したのも。そのセリフはこちらのものだ。可愛いのは貴女の方だ。貴女は可愛い。本当に可愛い。飾りも何もなく、ただそこにいるだけで周りの心を和ませてくれる。生まれつきそんな可愛らしさを纏《まと》っているのは、貴女の方だ。

こうして私と幸代は交際するようになった。行内での恋愛は半ばご法度あつかいなので、周りの視線を避け、支店から離れたところで待ち合わすようにして。あれだけ目の回るような忙しさの中で、どうやって彼女と会う時間を確保していたのか。いま考えても不思議でならないが、そういう時間は何故かちゃんと捻《ひね》り出すことができるものらしい。私は彼女とデートを重ね、互いに気持ちを高めて行った。

言うまでもなく、女性とつき合うなど初めての体験だった。デートだってむろん初めてで、店やコースなど全て彼女に選んでもらっていた。

「お、俺、こういうの慣れてないんで。恥ずかしいけど君が、場所とか選んでくれないかな。君のような女性をどういうお店に連れて行けばいいのか、皆目見当がつかないモンで」

今さら取り繕《つくろ》って、後で付け焼き刃が剝がれたって仕様がない。だから最初に正直に言うと、彼女はくすりと微笑んでくれた。素直に白状した相手をバカにするような女性ではない、と読んで打ち明けたのが、見事に功を奏したわけだ。

「芳賀さんってホント、仕事をしてる時と普段とで全然印象が違うのね。普段の芳賀さんって本当に可愛い人なんですね」

そう言って笑う彼女を見るのが好きだった。そして思うのだった。いや。本当に可愛いのは君の方だ。君とつき合うことができる、今の自分はまるで夢の中にいるみたいだ……

瀬尾らが言うように、金で釣ったわけではない。ただ、彼女を失いたくない。生涯初めて手にした、こんな可愛い女性を失うわけには行かない、といっそう仕事に精出したのは事実だ。私の取り柄は仕事しかない。彼女にいいところを見せられるとしたら仕事でしかない。そう思ってより頑張るようになったのは、形振り構わぬ出世を目指したのは確かだ。

家庭を振り返る暇も惜しんで仕事に打ち込む、私の姿を幸代自身はどう思っていたのか、は分からない。本心を尋ねてみたこともない。

ただ私が念願の支店長ポストを射止めた時、本当に喜んでくれた。いつになく早く帰宅した私のお祝いに、閉店寸前の近所の酒屋に走ってシャンパンを買って来てくれた。あの時の姿はよく覚えている。あれだけ喜んでくれたのだから、やはり出世のために全てを懸けた私を、彼女も支持してくれていたのではないか。家庭は私が引き受けるから貴方は仕事を頑張って。それがエリート銀行マンの妻としての務め、私の喜びなのだから、とでも思ってくれていたのだろうか。はっきりとは分からない。

分かるのはあの日の幸代が、これまでのいつにも増して輝いて見えたことだ。心の底から喜んでくれている彼女が、最高に可愛らしく見えたことだ。

なのに、あそこまで私の出世を喜んでくれていた、彼女が浮気？　あれだけ純真で可愛らしく、健気《けなげ》に私に尽くしてくれていた、あの彼女が!?

しかし不思議でも何でもない。不意に思い至った。あれだけ女性らしい可憐《かれん》さを身に纏っているのだ。当然、他の男性からしても堪らない魅力と映るに違いない。彼女と擦れ違いざまに振り返り、思わず後ろ姿を目で追ってしまう男はいくらもいることだろう。そして思わず彼女の後を追い、声を掛けてしまう。一方、私のせいで打ち拉《ひし》がれていた彼女は、優しい男の言葉についつい惹かれてしまう。あまりにも過酷に転じた、日常の現実を束の間でも忘れたいがため、目の前の欲望につい身を委ねてしまう。そんな展開があったとしてもおかしくはない。あり得ないことでは全くない。

浮気。

浮気——

幸代が、あの幸代が、浮気……

あっても不思議はない、どころではない。充分にあり得ることだ。それどころか余りにもありそうなこと、とすら思えて来た。今までその可能性に思い至らなかった方が、不思議なくらいだ。突然自分がとてつもなく間抜けな男に思われた。知らないのは自分一人。現実に目も向けず、外で不倫に走る妻を疑いもしないで待っている、御《お》目出度《めでた》い男。

しかし彼女を追い込んだのもこの私。欲望に耽《ふけ》って現実を忘れてしまいたいと思える程の過酷な日々に、彼女を突き落としたのは私自身だ。逮捕前には家庭の全てを押しつけ、逮捕されてからはマスコミの猛攻、銀行との攻防、実家とのやり取りなど辛いこと、嫌なことを一身に押しつけて来た。彼女の小さな手に全てを委ねて来た。だから私には、彼女を責める資格はどこにもない。彼女が不倫をしていると分かっても、黙って見て見ぬ振りをするのが私の務め。それが、彼女へのせめてもの罪滅ぼし……なのか⁉

いつの間にか頭の中で、彼女の浮気が既成事実と化していた。いつの間にか彼女が浮気しているというのが大前提で、考えが回るようになっていた。

……止《や》めろ止めろ。証拠はどこにもないじゃないか。分かりもしないことで気を揉んで、考えを巡らせ悩み苦しんでどうする？

しかし現実に手紙はない。2ヶ月近くに亘って手紙が来ない。面会にも来ない。どんな理由が考えられる？　やはり……!?

私は気が狂いそうだった。「浮気」の2文字が頭の中を駆け巡り、遠心力を得た勢いで身体中の毛穴から吹き出しそうだった。周囲の光景がぐるぐる回り、吐き気を催してその場に倒れ込みそうだった。

05年5月9日（月）

どうしてそんなことをしたのか。自分でも分からない。自分が信じられない。そんなことができた、ということ自体が。これまでの人生50年。喧嘩はおろか口論すらした覚えもない、この、私が……

全ては一瞬の出来事だった。午後の運動の時間だった。

「おい」背後から声を掛けられたのだ。「おい〝犬〟。手前ぇ」

修繕係の石丸だった。振り向いた私の目に飛び込んで来たのは、男前と言っていい整った顔立ちだった。イケメン。なのに奥さんは、こちらにまで臭うくらいのブス。

彼についての陰口が、図書係で叩かれていたことまで思い出す。

そして、もう一つ。

彼が私について話していた、という風聞。手紙が来ないことに気を揉んでいたことを、どこかから聞きつけて、彼が言っていたというセリフ。

実を言うと彼の顔は、繰り返し脳裡に浮かび上がっていた。連休中、ずっと。野郎そう言って、ゲラゲラ笑ってたぜ。瀬尾から聞かされた、あの日から。連休のため作業もなく、他の工場の人間と会うこともなかったため、沸々と悶々とした思いは逆に増幅していた。舎房で一日中、腑《はらわた》の煮え繰り返る思いを抑え込みながら。今にも限界に達し、体内から噴き出して来そうな苦悶に身悶えしながら。何度も何度も脳裡に浮かび上がっていたのだった、彼の顔が。

殊《こと》に酷くなったのは、この土日に掛けて、だった。金曜日に手紙を手にした後の、土日。そう。ゴールデンウィークと土日に挟まれた6日の金曜日、待ちに待った幸代からの手紙が届いたのだ。2ヶ月以上間を措いたにも拘わらず、封筒が妙に薄く感じられたが。待ち焦がれた手紙の到着に、不審もさほど意識することなく息せき切って封を切った――正確に言うと官の検閲で既に開封されていたため、中から震える手で便箋を取り出した。

〈ごめんなさい〉

最初に目に飛び込んで来た言葉だった。「ごめんなさい」これだけ長く、手紙を出さずに間を空けてしまったことに？　そのことに対する詫びと思ったのだ、最初に目にした時は。ならば素直に納得が行く。これだけ私をヤキモキさせてしまったことに対して、まずは謝罪から手紙が始まるのは自然に思えた。だから当初、この言葉を目にして不審には感じなかった。むしろ半ば予期していた出だしだったと言っていい。

だがそうではなかった。彼女の詫びの言葉は、もっと大きなことに対してのものだった。

〈何から、どう書いていいのか自分でも分かりません。だからこんなに時間が掛かってしまいました。何も書けないまま、時間だけが過ぎてしまいました。でも書かなきゃいけない。このまま何も言わずに放っておくわけにはいかない。そのことも分かっていました。板挟みで、苦しむばかりの毎日でした。だから、どう書けばいいのか分からないままに、いま書き始めています。取り留めのない内容になることは分かった上で。だからこれを読んで、貴方が納得してくれるとはとても思えません。伝えたいことの100分の1も伝えられない中身になってしまうと思います。そのことについても最初に謝っておきます。ごめんなさい〉

ここまで読んだ段階でも、まだ察しがついていなかった。彼女が何を言おうとしているのか。何をここまで思い悩んで、冒頭から詫びの言葉を重ねているのか。見当もつかずに先を読み進んだ。私は期待していたのだ。漸く届いた手紙が、あの言葉を打ち消してくれることを。これまで頭の中を回り続けるばかりだった、石丸が言っていたというあのセリフを。

冒頭の「ごめんなさい」がその、浮気に対する謝罪だった可能性は考えなかったのか？　と問われれば返答はできる。何故なら浮気したのなら、わざわざ手紙まで出して打ち明ける必要はないのだから。音信不通のままを決め込むなり、浮気については素知らぬ顔で手紙を出し続けるなり、いずれの方法も採れる筈なのだから。だからわざわざ冒頭から、詫びの言葉を書いて来た。それ即ち浮気ではなかった、と判断していたのだ。その段階では。

だが先を読み進んで、私は愕然とすることになる。自分の甘さ、御目出度さを思い知ることになる。

〈疲れた。これが今の私です。今の、私の思いの全てです。

誠太郎が大学に合格し、入学手続きや何や煩わしいことを全て済ましてしまうと、私の中に残されていたものは疲れだけでした。まるで誠太郎の入学で何かの支えが外れてしまったように。私はその場で倒れ込むような疲労感に襲われました。実際に座り込みました。しばらく何もできずにボーッとしているだけでした。

どれだけ自分が疲れていたのか、そのとき初めて分かったんです。それまでは一生懸命で、自分で気づかなかっただけなんだ、と。張り詰めていた糸が切れたとたん、溜まりに溜まっていた疲れがどっと吹き出して来た。そんな感じでした。

そして思ったのです。何もかも忘れてしまいたい、と。これまで起こった嫌なこと、悲しいことの全てを何もかも忘れて、しばらく一人でいたい。そう思うようになりました。それだけが私の願いになりました。

貴方には本当に申し訳なく思っています。勝手なことばかり言っていると、思われることは分かっています。それでももう、今の私には他にどうすることもできません。これまでの全てを忘れ、しばらくそこから離れていることしか。そうしないと身体に溜まった疲れに押しつぶされて、どうにかなってしまいそうなのです。〉

疲れた。そこまでは理解できる。それは疲れたろう。誠太郎の合格で張り詰めていた糸がプツンと切れ、ドッと疲れを実感したという件《くだり》も、納得できないような話でも何でもない。何もかも忘れたくなったという心境も。私が幸代だったとしても同じように感じたことだろう。むしろこれまでよくやってくれた、と思って感謝するのが当然だ。

しかし続く言葉に、私は完膚《かんぷ》なきまでに打ちのめされた。彼女がこれまで何を言おうとしていたのか。何をここまで謝っていたのか。続きを読んで漸く分かった。

恐らく私は、現実から半ば逃避していたのだろう。手紙の内容を深く考えることなく、ただ字面を目で追っていただけだったのだろう。全てを突きつける決定的な言葉に出合うまで、現実に直面する瞬間を先延ばしにしていたのだろう。

任意売却。

それが続く言葉だった。漸く私に全てを悟らせてくれた、キーワードだった。

〈銀行の言う通り、担保に取られた家を任意売却することにしました。そして私は、しばらく実家に身を寄せることにしました。誠太郎は入学を機に一人暮らしをしてみたいということで、三鷹にある国際学生宿舎に入寮しています。幸乃は相変わらず外泊ばかりしてますが、お爺ちゃんお婆ちゃんのいる実家なのでいつでも帰って来られるでしょう。だから子供達からしても、家を手放すことにそれほど支障はないと判断したわけです。〉

銀行の勧める任意売却に応じた。あの我が家を手放すことにした。いったい何を言っているのだ？　これまで何のために、競売に持ち込むべくあの手この手を弄《ろう》して来たというのだ!?　なのにここに来てあっさり諦め、家を売り渡すことにした。いったい何故!?

〈薄情な奴だとお思いでしょうね。でも今の私には、こうすることしかできないのです。辛い思い出ばかりの家を離れ、しばらく一人になることしか。ごめんなさい。本当にごめんなさい〉

そこで手紙はぷっつりと終わっていた。いつものようにこちらの身体を労《いたわ》る言葉も、今後の期待への言及も何もなく。ただ末尾にいきなり、「ごめんなさい」が繰り返されただけだった。冒頭と同じ、謝罪の言葉が。

任意売却。

任意売却――

唐突に終わった手紙を呆然と見詰めながら、私の頭ではその言葉ばかりが渦巻いていた。家を売る。これまで必死で守って来た、あの家を。衝撃に打ちのめされ、暫く他のことに考えが及ばない始末だった。

終わりだ。漸く、思い至った。幸代が私から離れて行ってしまった、ということに。もう手紙が来ることはない。面会もない。これで終わりなのだ。これが最後の手紙なのだ。この先もう二度と、幸代から手紙が届くことはないのだ。

売られたのは我が家ではない、ということにも思い至る。幸代が手放すことにしたのは、本当はこの私なのだ。家の売却は単なる象徴に過ぎない。幸代が家を売ることによって、忘れようとした嫌な思い出。捨て去ることを決意した対象とは、私の存在そのものなのだ。

……独りだ。私は独りぼっちだ。幸代から見捨てられた今、塀の中に閉じ込められた私を助けてくれる者は、最早ない。支えになってくれる者は誰もいない。たった一人で今、ここに見捨てられてしまったのだ。

幸代の存在が自分にとって、どれだけ大きかったのかがよく分かる。彼女を失った今、私は糸の切れた凧《たこ》のようなものだった。大波に揺られる板の上で、震える子犬のようなものだった。

部屋の中がぐるぐる回る。全ての光景が躍り狂う。

同時に、頭の中を駆け回る言葉があった。浮気――

……やはり浮気だったのか？　幸代が私を見捨てた。動機はやはり、彼女の浮気にあったのか？　そしてその言葉を、「当然」と言っていたという男――石丸。だから手紙を受け取った金曜と、続く土日。私の脳裡には彼の顔が繰り返し浮かんでいたのだった。端正な顔が何度も何度も、脳裡に浮上していたのだった。

だからなのだろうか。だから私は、あんなことをしたのだろうか。それまで口論すらしたこともなかった、この私が。「おい〝犬〟」運動の時間に背後から声を掛けられ、彼の顔を目にした瞬間——

「お前っ!?」

どこから声が迸《ほとばし》ったのだろう。自分で自分の声とは信じられなかった。全く違う世界から響いて来た声のようだった。

「お前お前お前お前っ!!」

狂ったように何度も繰り返し、私は石丸の胸倉を摑んでいた。そのまま彼を押し戻し、背後の壁に押しつけていた。

「お前お前お前お前えぇぇっ!!」

胸倉を摑まれ、壁に押しつけられた石丸が唖然と見返していた。何となく、朧《おぼろ》に記憶に残っている。信じられない出来事に呆然と見開かれた、あの目が。

むろん彼が本気で反撃していれば、私を押し返すくらい容易《たやす》いことだったろう。簡単に押し戻し、その場で殴り倒すこともできたろう。だが実際には、石丸は立ち尽くすだけだった。惚けたような目で、自分を壁に押しつける男をただただ見返すだけだった。それくらい予想外だったのだろう。私がまさかあんな挙に出るとは、全く想定もしていなかった、ということなのだろう。

どれだけそうしていたことか。石丸を壁に押しつけて、啞然と見返す視線をただただ受け続けていたことか。時間の記憶は、限りなく曖昧になっている。

「こらぁそこ、何をやっとるかっ!?」

ピーッという警笛と共に、警備隊が飛び掛かって来た。数人掛かりで組み付かれ、漸く私は石丸から引き剝がされた。このような時、仲間の懲役は喧嘩を止めるようなことはしない。決してしない。下手に喧嘩を止めたら自分も懲罰になってしまう。駆けつけた官から見れば、止めていた者も喧嘩に参加していたように見えるかも知れない。だから揉め事が起こった時は、ただただ身を引いて官の到着を待つ。それが賢い懲役の習性だ。お陰で警備隊が到着するまで、私はずっと石丸と向き合っていたままだった。

塀の中では喧嘩は絶対のご法度である。即、懲罰の対象である。私と石丸は保安に連行され、懲罰委員会に掛けられた。この委員会で当事者は、数日間に亘って取り調べを受ける。何がキッカケだったのか。どういう経緯で揉め事が起こり、どちらがどう先に手を出したのか。もう一方はどう反撃したのか。そうしたことを聞き出した上で、どのような懲罰を科すかが決められる。たとえ石丸が一方的に壁に押しつけられただけと判明しても、関係ない。喧嘩は両成敗。一方的にやられた側にもそれなりの懲罰が科される。塀の中の鉄則である。

懲罰委員会の最中、一日の取り調べが終わると戻されるのは独居である。図書係の雑居に戻されることはない。そして懲罰が終わればまず十中八九、別の工場に移される。問題を起こしたような人間を、同じ仲間のいる工場に戻せばまた何を仕出かすか分からない。前の工場の担当官だって、そんな奴を戻されるのは嫌う。

だからこれで私は、図書係とはおさらばなのだった。島路や畠中らといった、それなりに馴染みとなったあの面々とも。もう二度と塀の中で接することはない。石丸と喧嘩してしまった、その瞬間から。

もっとも、寂しく思うわけでは決してないが。特に私の罪状が知れてからは、部屋全体を険悪な雰囲気が包んでいたこともあったし。私を敵視する唯野の視線にもう合うこともないと思えば、むしろホッとする部分もなかったとは言えない。

ただ、懸念があるとすればただ一つ。今度は自分は、どこの工場に下ろされるのか。そこでは今度は、どんな同房者が私を待っているのか。先の見えない未来についての、漠たる不安だけだった。

05年5月19日（木）

何も聞こえない。何も感じない。何も見えてもいない、一日中。朝になったら起きて、座って、夜になったら寝るだけだ。毎日ただその繰り返し。三度の食事は摂《と》っている筈なのだが、記憶が殆どない。それまでは日常の唯一のメリハリであり、最大の楽しみであった、食事さえ。

死んでいるのだ、私の心は。だから何も感じないのだ。何の記憶もないのだ。何より辛いと言われるこの、懲罰の最中でさえ。辛さすら感じることができないのだ。

「厳正独居にて軽屏禁《けいへいきん》、7日」

懲罰委員会における取り調べの後、私が処せられることになった懲罰だった。

「厳正独居」とは一日中、誰とも会うことのない独居である。昼は同じ工場の仲間と作業に従事し、夜だけ一人部屋に入れられる「夜間独居」もあるが――この「厳正独居」は別名「昼夜独居」。昼に作業がある場合も部屋から出ることなく、袋貼りなど単独作業をやらされる。運動の時間も扇形に狭く仕切られた専用の場所で、一人切り。風呂の時間も専用の狭い浴場で、誰にも接することのないよう時間を調整して入らされる。とにかくそこにいる間は終始、担当の刑務官や雑役以外とは一切接触することはない。それが「厳正独居」に入れられた懲役の毎日だ。心の弱い者だと3ヶ月もここに入れられると、突然大声を上げたり歌を歌うようになったりと、どこか精神的に変調を来してしまうらしい。中には自分の大便を壁に塗り付けたり、食べたりするようになる者もいるとか。

そして「軽屏禁」とは最も一般的な懲罰で、要するに何もさせない罰のことである。朝に起床し、点呼が終わると布団が取り上げられる。それからはずっと、3畳ほどの狭い独房の真ん中で、座り続けるだけ。安座は許されるがそれだけだ。顔は正面に向けたまま、じっと座っていなければならない。みだりに動くと懲罰期間を加算されてしまう。他の懲役が工場で作業している昼間、動けるのは食事の時間とトイレに立てる休憩時間だけ。更に身体を動かせる時間を細かく挙げれば、午前9時と午後1時の「正座反省時間」くらいのものか。「懲罰房、正座〜」の号令が掛かると、安座から正座に変えて自分の罪を反省しなければならない。10分が経過すると「解座〜」の号令が掛かり、安座に戻る。どれだけ厳密に列挙しても、動きと言えばこれだけ。後はひたすらじっと座っているだけだ。

夕方になると点呼があり、夕食を摂ると布団が戻される。本も新聞もラジオも、言うまでもなくテレビもなし。「厳正独居」なので夕方になっても、戻って来る同房者もなし。とにかく一切のコミュニケーションがなしなので、6時の仮就寝時になればもう寝るしかない。翌朝になればまた布団を取り上げられ、一日中じっと座っている。これが「軽屏禁」である。勿論その間、手紙も面会も一切ダメ。もっとも今の私には、その相手そのものがいないのだが。

人間というもの、「とにかくじっと座って何もしてはいけない」時間をある程度以上強いられると、精神的に参ってしまうものらしい。10日もすると頭がフラフラし始め、三半規管が狂って立ち上がるのも一苦労になるらしい。更に続ければ頭の中でセミが鳴いているような、ジーッという耳鳴りに悩まされるようになるとか。この懲罰、監獄法でも期間2ヶ月以内と定められているというが、それだけ続けられれば大抵はどこかがおかしくなってしまう。しかも別件の懲罰も加算されれば2ヶ月以上に引き延ばされるケースもあるとかで、これをやられればもう、精神に異常を来さない方が不思議であろう。お陰で塀の中では、精神的に病んで医療刑務所に移送される者が少なくない。事実この隣の八王子医療刑務所は、そうして送られて来る懲役が引きも切らないという。

だがそんな過酷な懲罰を科されている最中というのに、私は辛いと感じてはいないのだった。辛いと感じることすらできなくなっている……と表現した方が、より正確かも知れない。

　白――

「軽屏禁」の最中に覚える、実感の全てだった。

　白なのだ、全てが。白み掛かって感じられるのだ。視覚も。聴覚も。思い出も何もかも。白い靄《もや》が掛かっているように感じられるのだ。靄を通してものを見ているような、どこか現実感を覚え切れない、白く薄められたような感覚なのだった。

　だからなのかも知れない。あれだけ楽しみだった、食事の記憶が曖昧《あいまい》なのも。味覚までが白い靄に覆われており、直接感じ取ることができない。だから食事の記憶も鮮明でなく、自分が食べたのかどうかさえ定かではないのかも知れなかった。

　ただそんな、白く靄の掛かった脳裏に――

　終わった。

　何度も浮かんで来るのが、その言葉だった。終わった。これで、何もかも……

　幸代との夫婦関係が、ばかりではない。そんなものはとうに終わっている。懲罰を打たれるずっと前から。それを言うなら罪に問われる要因となった、石丸に摑み掛かったあの行為の前から。

　これで終わりを遂げたのはまず何より、仮釈放への希望だった。塀の中で事故を起こし、懲罰を科せられた者はまず十中八九、もう仮釈が認められることはない。だから懲罰帰りは周りに因縁を吹っ掛けて、自分と同じ境遇の道連れを作ろうとするくらいだ。図書係に来た青田のように。

夢の仮釈放。ついこの間まで「〝3ピン〟だ〝4ピン〟だ」と、自分の仮釈の日数計算に花を咲かせていたのが。あと数ヶ月もすれば自分の周辺にも、仮釈の空気が漂い始める頃と期待し、それを支えに頑張っていたのが。今は全てが夢幻《ゆめまぼろし》と消えてしまったわけだ。考えてみれば幸代に捨てられた段階で、身許引受人がいなくなってしまったわけだから、その時点で仮釈はあり得なくなったことになる。身寄りのない囚人の身許を引き受ける保護所もあるらしいが、ここも希望が殺到して常に満杯状態。順番が回って来るまでに満期になってしまうのが実態のようで、まず当てにはできない。つまりは「私の仮釈が終わり」になったのも、考えてみれば今よりずっと前の時点で……だったことになる。

せっかく手にした「三級囚」の身分も、これで終わり。次の工場に下ろされるとまた最初の「四級」からやり直しになる。もっともそれで面会や手紙の回数が月1回に戻っても、これまたその相手がいなくなったのだから問題はないわけだが。お菓子の食べられる集会がなくなることくらいが、唯一の損失なのだが。

更に細かい話で言うと、ここまで積み上げた「作業等級」もこれで終わりとなる。次の工場で、また「見習工」からやり直し。囚人級数と同じように。

塀の中ではどれかの工場に下ろされ、作業に従事するようになるとまず「見習工」に指定される。1ヶ月経つと「九等工」、更に2ヶ月経つと「八等工」という風に、等級が上がって行く。等級が上がれば時給も上がる。長く続ければ続けるだけ待遇も上がる、囚人にやる気を出させる制度というわけだ。とは言え35ヶ月を無事故で積み上げてやっとたどり着ける最高の「一等工」でも、時給わずかに37円40銭。30時間働いても、外でのアルバイトの時給レベルに過ぎない。そして最低の「見習工」では何と、時給5円30銭。今どき違法滞在の不法就労外国人であっても、ここまでの薄給でコキ使う悪徳雇用主はあるまい。懲役囚の労働とはつまり、社会的にそういう位置づけということであろう。

それでもこれだけ微《かす》かな〝昇給〟であっても、やはりもらえる〝手取額〟が増えるというのは人間にやる気を与えるもの。もちろん中では現金を目にすることはできないが、毎月末に「お前は今月これだけもらったから、領置されている賞与金合計は○○円になった」という数値が示される。この額が増えて行くのはやはり楽しみなものである。私は図書係に来て7ヶ月を超えていたため、ゴールデンウィーク明けにも

「六等工」に上がれる筈だった。なのにそれが、当日に事故を起こしたため「見習工」に逆戻り。14円20銭になる筈だった時給も、再び3分の1近くに下げられる。

つまりは仮釈も囚人級数も作業等級も——ここまでの7ヶ月間に塀の中で積み重ねて来たもの全てが、一瞬で無為になったということだ。同時に打たれた満期日の11月18日まで、塀の中にいることが運命づけられたわけだ。

しかし、だから何だというのだ!?

正直な実感だった。

2〜3ヶ月でもいい。とにかく一日でも早く仮釈をもらって、ここから出たい。ついこの間まではそうだった。しかしもう、将来の目標も楽しみも消え去った。

何となれば、では、出てどうする？　ここから出て私に、いったい何がある？

幸代はいない。外で私を待っている者は誰もいない。家もない——その頃には任意売却の手続きは全て済み、我が家は人手に渡っていることだろう。つまり帰る場所すらない。晴れて刑期を勤め上げ、塀の外に出る日が来たとしても、私には会う相手も、帰れる家も最早ないのだ。

そんなところに出ることに何の意味がある？　外での生活とここでの暮らしと、どう違うというのだ!?

むしろ仲間が周りにいるだけ、中での暮らしの方がマシかも知れない。みな似たような境遇の者ばかりで、まだ互いに同類相哀れむことのできる、中の環境の方が。周りは他人のみで、こちらを〝前科者〟と蔑むばかりの外よりは、ずっとマシなのかも知れないではないか。……そう。今となっては完全に終わってしまったこと。それは、これまで私の抱いていた、希望そのものと言えた。刑期さえ終えれば再び戻ることのできた筈の、外での日々。辛い思いに耐えて頑張って来た、夢も希望も何もかも、今や完全に打ち砕かれてしまった。消え失せてしまった。私の未来から。完全に。

だが、では――あまりの絶望に打ち拉《ひし》がれるか？　と言うと、さにあらず。失望すらも今の私にとっては、白い靄の彼方なのだった。現実としての切迫感に乏しい、どこか遠くにある感覚に過ぎなかった。「軽屏禁」の辛さを実感することができないのと、同様に。いま目の前にある筈の、房内の光景。背後の窓から聞こえている筈の、外の風音。小鳥達のサエズリ。緑吹く桜の葉摺れの音……。全てが白い霞の彼方に感じられるのと同様に。将来を覆う暗黒の運命すらもまた、切実なものとして胸に迫っては来ないのだった。懲罰を終えた後、自分がどんな工場に下ろされるのか、という喫緊《きっきん》の不安すらも。

私はただ、座り続けていた。命じられたままに、科された懲罰の通り。心の死んだ私には、命令に反感を持つことはおろか、従う辛さを味わうことも、感懐を抱くこともないのだった。言われたままに粛々と、身体が動くだけ。もっと正確に言うと動かさずに、じっとしているだけ。心が死に、抜け殻になった身体とはこういうものなのだろう。

全ては白だった。

私の五感はただただ、白く薄められてしまっていた。

05年6月1日（水）

「いいか？　こういう風に裁断された布が運ばれて来て、この籠《かご》に入れられる。お前はそれをこういう風に合わせて、ここの部分にミシンを入れるんだ。そうするとここがくっついて、脇の部分になるだろ。どうだ」

「はぁ」

「同じようにここも縫ってやると、服の形が出来てくる。とにかくやってみな。俺が見ててやるから。そのうち慣れて来れば、一人でサッサとやれるようになるさ」

「はぁ。分かりました」

ミシンを扱うのなど生まれて初めての経験だ。ましてや、服を作るのなど。今後ももう二度と、体験する機会があるとは思えない。

私は慣れない手つきで、ミシンの送り歯と台の間に布を挟み込んだ。両手で縫い代が針の真下に来るよう調節し、足でペダルを踏んでみた。教えられた通り。途端に目にも留まらぬ速さで針が上下し、布も前へ送り出され、縫い代には縫い目が形作られていた。もっとも短い縫い目のくせに、既にかなり蛇行していたが。

「まぁ、そんなものだよ」と彼は言った。私の指導役に就いてくれることになった雑役、名は室藤《むろふじ》というらしかった。「最初は皆、そんなモンさ。慣れて来れば、縫い目も真っ直ぐにできるようになる。気をつけるのはペダルをあまり強く踏まないことだ。特に慣れない内は。踏み過ぎるとあっという間に布が送られてしまうからな、今みたいに。曲がってると思っても、途中で修正が利かなくなっちまう」

「はぁ」

「ペダルは軽く、ちょっとずつ踏むことだ。特に最初は。そのうち慣れて来るから」

「はぁ。有難うございます」

周囲で稼働する何十台というミシンの音が、共鳴し合ってわんわんとうねりを上げている。しかし緊張して手許の作業に集中していると、あまり気にはならなかった。

耳が音を遮断している。あの、白い靄のように。懲罰の「軽屏禁」中ずっと、私の感覚を覆い続けていた白濁のように。今もまだ、完全に晴れてはいなかった。今も私の現実感は、白く薄められたままだった。

1週間の懲罰期間を終えると、私は洋裁工場に下ろされることになった。前の図書係とは打って変わり、90人近くもいる大規模な工場だ。巨大な建物の中に裁断、縫製、アイロン、仕上げ、という風に工程ごとに分かれ、懲役がズラリと並んで作業している。90人もの人間がそうして、一斉に作業している様は上から見れば、さぞかし壮観なものだろうが——現実には我々懲役は、じっと手許を見て作業に専念しなければならず、周囲の様子はよく分からない。ヘタに顔を上げているところを見つかると、「作業怠慢」になってしまう。勝手に席から立つことなど論外だ。「離席」といってそれだけで懲罰対象である。だからちょっと落とし物を拾うだけでも、一々担当の許可を得なければならない。右手を高く挙げて「願いま〜す」と大声。担当が気づいてから、「落とし物拾いで〜す」と宣言。「よし」と認めてもらって初めて、拾うことができるのだ。そんなわけだから作業中は隣と雑談などできるわけもない。

ただしまだ工場に配属されたばかりの私は、文字通りの「見習工」である。生まれて初めてのミシンなど最初は、糸の掛け方から分からない。だからこうして指導役の雑役から、手取り足取り教えてもらわなければ何も始まらないのだった。

まぁあと数日もすれば、基礎の基礎くらいはできるようになるだろう。そうなるともう私はミシン一筋。来る日も来る日も一日中、縫製に明け暮れることになる。裁断は裁断、アイロンはアイロンと皆、いったん決まったらそこから動くことはまずないのだ。それぞれの工程から仕上がったものを次へ運ぶのは、雑役の仕事である。縫製は裁断から持って来られたものを、ひたすらミシンに掛けるだけ。縫い終わったものは傍らの籠に入れ、ある程度たまれば雑役がアイロンへ持って行く。アイロンが終われば仕上げの畳みだ。完全な流れ作業。個々の懲役はオートメーションの機械代わり、雑役はベルトコンベアーのようなもの、と言ったらよいか。だから一度ミシン担当に割り振られれば、後は作業時間中ずっとミシンと見詰め合うばかりの日々になるわけだった。

「あっ、そこ。右肘のところ、気をつけて。『作業指導中』の札が立ててあるからな。あまり肘を張って作業していると、倒しちまうぞ」

「はぁ分かりました。どうもご丁寧に、有難うございます」

室藤の指示は何かときめ細かい。最初はそういう性格なだけか、と思っていた。ところがどうも、それだけではなさそうなのだ。徐々に分かって来る。何だか腫《は》れ物に触るような、腰の引けたような彼の物腰が伝わって来る。そして気づくのだった。こいつも、だ。こいつの目も、また同じ……

この目を最初に意識したのは、洋裁工場行きが決まり、今の1105室に移された時だった。

「1079番。芳賀です」最初に図書係に行った時のような、何かとご迷惑を掛けることになると思いますが……のような七面倒くさい挨拶も、今更する気にはなれず。名前だけ名乗るとサッサと、一番末席の位置に腰を落とした。どこが末席の場所かくらい直ぐに分かる。それくらいの経験は既に、塀の中で積んで来ている。

何も言わなかった、誰も。1105室は私を入れて、定員の8名まるまるいるというのに。7名の誰も、話し掛けて来ようともしなかった。いくらその日はテレビがあり、皆の視線はそちらを向いていたとは言え。本来なら新入りは、退屈な日常において格好の話題の種である筈なのに。最初に図書係に行った時のように、私のような新入りをネタに他愛のないバカ話で盛り上がるのが、塀の中の通例だというのに。

何だか7人全員が、私を遠巻きにして見ているような雰囲気だった。近寄り難い大事件の現場に、居合わせてしまったヤジ馬のような。興味は津々だがそれ以上近づいて、自分も巻き込まれ当事者になってしまうのは願い下げ、というような。いくら白く霞んだ感覚でも、それくらいは感じられる。何なのだろう、これは……？　私はテーブルに落としていた視線をふと持ち上げ、右隣でテレビを見ていた久能《くのう》（そのとき名札で確認した）の横顔に焦点を当てた。

見られている、私に。

気づいた久能が、ハッと見返す。電気に触れたように、ビクリと。上半身が僅かに仰《の》け反《ぞ》っていたのも、はっきりと見えた。そして、

あの目――

そこに浮かんでいたのは、明らかに怯《おび》えの色なのだった。警戒している。恐れている。彼が。何に？　……私に!?

戸惑って、周囲を見回してみた。明らかに慌てたように、目を逸らした頭が2つ、3つ。その他の顔は最初から背《そむ》けるように、殊更《ことさら》にテレビの方へ向けられていた。それでも分かる。目は画面に向けていても、明らかに関心はこちらに向いていることが。テレビに向けた視線がどれも、画面など見てもいないということが。

私に興味津々。だが関心の根にあるのは、恐怖。そのとき分かった。この位置から

は直接、彼らの目を覗き込むことはできないが、心の目の奥にそれぞれ、確実に久能と同じ光があることを。……怯え。

怯えている。彼らが。私に。何故!?

いずれも何らかの法を犯して罪に問われ、こんなところに落ちた者達だというのに。本来なら彼らの方が、世間一般からは恐れの目で見られがちな筈なのに。彼らが何故、私のような者に怯えを抱いているというのだ。

罪状が知られたからか。しかしそれなら彼らが怯えることなどあり得まい。私の犯した罪など彼らからすれば、蔑まれこそすれ、怯えられるような性質のものでは決してない。冷酷な連続殺人か何か、彼らが畏怖の目で見そうな凶悪犯なら、ここにはいくらでもいる筈なのだから。

ならば罪が誤って伝えられて、彼らが勝手に恐れを抱いているのか。だがそれも可能性としては低かろう。そもそも誰が事前にわざわざ、私の罪など彼らに伝えるというのか。おまけに誤ってしまうまでの、拙速で。私はそこまでされる程の有名人ではない。少なくとも、ここでは。現に前の図書係では7ヶ月もの間、周りに知られなかったくらいではないか。


おまけに私の見てくれがある。ヒョロリと痩せた、いかにも頼りな気な外観。虫も殺すことができなそうな第一印象。自分でもよく分かっている。だからいくら誤った情報が伝えられていたとしても、本人を一目見さえすれば、それが間違いだったたろうことは直ぐに察しがつく筈なのだ。

そうして思い出した。そう言えば……

白く霞んだ感覚の中で、気がついたら終わっていた「軽屏禁」の懲罰。思えばあの最中も、何度かこういう目を見た覚えがあった。朧《おぼろ》な記憶の中で。

殆ど誰とも会うことのない「軽屏禁」の最中でも、僅かに接する機会のある人間はいる。雑役や、巡回の看守達がそれだ。確かに彼らが私の房を覗き込む時、こんな目をしていたではないか。明らかに怯え戦《おのの》いた表情。中にはびくっと身体を震わせて、後じさるような仕種を示した者さえいた。

怯えていたのだ、彼らもまた。私に恐れをなしていたのだ。

そして、今だった。新しく配属された工場で、指導役を務めてくれている室藤もまた、これまでの連中と同様、私に恐れを抱いている。どこか腰の引けたような態度で接している。

看守も、懲役も、誰もかも。みな私に怯えの目を向けている。思い込みでも何でもない。現にこれだけ、同じような目に相対しているのだ。見間違いでも、勘違いでも最早あり得ない。恐れているのだ。多数の犯罪に触れて来た筈の〝強者《つわもの》〟共が。〝社畜〟的所業の末に人を死なせてしまった、銀行屋風情《ふぜい》に。挙句の果てに妻にさえ逃げられ、何もかも失ってしまった情けない男に……何故!?

訳が分からなかった。何の答えも浮かばなかった。その時は。その日の、夜までは。

一日の作業が終わって還房し、夕方の点検、食事、反省の時間も終わり、仮就寝で自由な行動を採っていい時間帯のことだった。

周りの同房者は相変わらず、遠巻きに眺めるような態度のままだった。「おい」「あれ」といった最低限の声掛けもないではないが、そこまでだ。彼らの間でバカッ話も交わされはするが、どこか気兼ねするような雰囲気が感じられ、普段ほどには盛り上がれないでいる様子。とにかく部屋中の誰もが私を意識して、緊張の解《ほぐ》れない感じなのだ。

しかし、それならそれで構わなかった。前のように房内の人間関係に気を遣い、つき合いたくもないバカ話に合わせる必要もないし。何より今は気力もなく、相手に上手く合わせられる自信もないことだし。彼らが私を恐れ、勝手に距離を措いてくれるのなら、それはそれで結構だった。むしろ有難いくらいだった。煩わしい気苦労も何も必要ない。特殊な人間関係に気疲れすることもない。

ふと、トイレに立った。立ち上がった途端、いくつもの目がハッと背中に注がれた。それを、またか……と最早鬱陶《うっとう》しく感じていた。

トイレで小用を済ませ、手を洗った。目の前の窓に、顔が映って見えた。外はすっかり暗くなり、半分鏡のようになっていた流しの前の窓ガラスに、私の顔がはっきり映っていた。

笑っている。

笑っている――

笑っている……？

笑っていたのだ。頬を歪め、口元を緩めて。惚けたような笑みを、満面に浮かべていたのだ。

紛れもない微笑みの表情だった。おかしいことなど何もない。自分が笑みを浮かべている自覚も全くない。なのに私は笑っていた。そんな自らの表情を、呆然として立ち尽くし、見詰めていた。

同房者も何も言わなかった。じっと立っているところなど、看守に見られれば減点されてしまう。部屋全体の迷惑になる。だから早く座れ……と誰かが、注意すべき局面なのだが。誰も言う者はいなかった。ただ私の背中を眺め遣るばかりだった。何もできず、遠巻きにするように。いつものように、ヤジ馬のように。

だからいつまでも立ち尽くしていた。ゾッと恐怖が背筋を走った。ぐるぐる駆け巡る同じ疑問が、頭の中を埋め尽くしていた。

何で？

何で俺は笑っているんだ……!?

05年6月13日（月）

「おいコラ。待ちやがれ、手前ぇ」

いきなりの出来事だった。何の前触れもなく勃発した騒動だった。

朝、いつものように舎房を出て作業に向かう。工場に入る前の検身場で、裸になって「カンカン踊り」をやらされる。ズラリと並んでいた時のことだった。突然怒声が上がったかと思うと続いて、ガッと何かをぶつけるような音。続いて列から2人の男が飛び出し、床に倒れ込んだのだ。

「手前ぇこの。思い知りやがれっ」

馬乗りになっている方が相手の襟首を両手で摑み、頭を揺すっていた。これだけ大きな工場なので、一人一人の顔と名前はとても覚え切れていないが——いかにも凶悪犯風の、眼光鋭い男だった。図書係のような〝エリート〟と違い、さすがに「生産部門」の工場に来ると、ヤクザ者らしい懲役も多い。風呂の時間にも背中一面に刺青《いれずみ》を入れている男を、何人も見た。よくは見なかったが小指の欠けている者も多いのだろう。中には男の部分に、真珠を入れている者も。

一方、馬乗りにされている側は、頭を揺すられる弾みで後頭部が床をドンドン叩いていた。既に意識も朦朧《もうろう》としているようだ。トロンと霞んだ目が、ここからも見えた。鼻と口元に血の滲んでいるのも見えた。が、そこまでだった。

「おいこら、そこ。何をやっとるっ!?」

直ぐに刑務官が飛びついて来、後は彼らの背中ばかりの光景となった。２人はその場で取り押さえられ、引っ立てられて行った。懲罰委員会。私が石丸を壁に押しつけた時のように。彼らにもまたこれから、同じプロセスが待っているのだ。

「静かに。静かにしろ。列を乱すな。工場に入るんだっ」

突然の出来事に幾分ザワついたものの、残された我々は直ぐに平穏に戻り、すんなりといつもの「カンカン踊り」に入った。所詮はこの程度の喧嘩、ここではよくある〝イベント〟に過ぎない。だから官を刺激し、自分にも累が及ぶまで騒ぐことはない。各自の自己規制が、それぞれの中でなされたということだろう。私も周り同様、何事もなかったように「カンカン踊り」（今や恥ずかしいとも何とも感じず、平気でこなせるようになっていた）を済ますと作業着に着替え、工場に入って自分の位置に着いた。工場での「点呼」、「天突き体操」といったいつもの次第を経、「作業、始め」の号令と共に作業に取り掛かった。

今では私も、室藤から一々指示をもらわなくとも基礎の基礎たるミシン作業はできるようになっていた。とにかくただ、真っ直ぐ縫うこと。何とかステッチのような技を披露《ひろう》するのは、まだまだ先にしても。だから今は、とにかく真っ直ぐ縫えばいい工程だけ選んで、私の許に材料が持って来られるようになっていた。分からないことが少しでもあれば、右手を挙げて「願いま～す」。「作業指導願いま～す」の許可を得て、室藤に教えを請うまでだ。

いつものようにわんわんと、周囲のミシンの立てる音が重なり合って工場内を満たしていた。時折あちこちで「願いま～す」の声が上がる以外、他には何も聞こえなかった。漸く私にも馴染んで来つつある、洋裁工場のいつもの時間が流れていた。検身場での揉め事など最早、なかったも同然だった……いや。

そうではない。ふと、私は気がついた。逮捕され、自由を奪われる拘禁生活に入って既に、2年近く。どこか肌の感覚も研ぎ澄まされ、剣呑な雰囲気を逸早《いちはや》く嗅ぎ取れるようになっているのだろうか。塀の中の生活に不可欠な第六感が、いつの間にか育《はぐく》まれていたのだろうか。とにかく気づいたのだ。やはり違う。いつもと違う。今日の皆は緊張している。朝の出来事のせいで。ピリピリした気が、互いの間を行き交っているのだ。

もちろん喧嘩は四六時中あるわけではないから、それなりに特別な出来事だったことは確かだ——まぁここでは茶飯事規模の喧嘩には過ぎなかったろうが。血の気の多い者はたくさんいるだろうから、喧嘩を見て自分も血が騒いだ、という者はいるだろう。ついつい興奮してしまった、ということもあり得るだろう。しかし違うのだ。もう少し違った、何か大きなものに対する畏怖のような空気が感じ取れるのだった。

知っている。周りは、皆。今朝の喧嘩がなぜ起こったのか。その裏にあるのが何なのか。だからみな戦々兢々《せんせんきょうきょう》としているのだ。気圧《けお》されているのだ。

「あの、済みません。ちょっといいですか」昼食の後、皆が雑談している休憩時間に、室藤に話し掛けてみた。「あ、あの。今朝の、喧嘩のことなんですが?」

「あぁ、あのことか」周囲を警戒するように声を潜《ひそ》めて、室藤は言った。「お前はまだこの工場に来て、日が浅いからな」

「えぇそうなんです。何だかあれで皆が、ピリピリしてるように感じられて。それで、あれは何だったのか?　と気になると、仕事も手につきませんで」

「派閥潰しだよ」室藤の声が更に低くなる。誰か会話に聞き耳を立てている者がいないか。小さく周りを見渡して、警戒しながら。心なしか肩まで窄《すぼ》めているように見えた。そう言えば彼、私に対しても当初警戒の姿勢を崩さなかった。今はもうかなり、肩肘の張りは収まったように見えるものの。警戒心の元々強い男なのだろう、と察して思った。それがここで長く生きて行くには、不可欠の資質なのだろう。だからこそ指導役を任されるまで、無事故で過ごして来ることもできたのだろう。

「派閥潰し?」

「あぁ。とにかくこんなところでするような話じゃない。部屋に戻って誰か親しい奴にでも教えてもらいな。こんなところじゃ誰に聞かれてるか、分かりゃぁしねぇからな」

部屋には未だ、親しいと言えるような同房者はいない。室藤同様、あの目を浮かべることも当初ほどではなくなったものの——それでも部屋の皆は、今も私に対して距離を措くような態度を崩してはいない。遠巻きにされるような雰囲気はなくなってはいない。

だが好奇心に逆らうことは、最早できなかった。何と言っても還房してみると、部屋の人間も一人減っていたのだ。北見《きたみ》という男。工場から舎房へと行進して戻る際、彼の姿が見えなくなっていることに気がついた。もう我慢できない。いったい何があったのか。室藤の言った「派閥潰し」とは。そして北見はいったいどこへ消えた。このまま知らずに過ごすことなど、もう無理だ。

「あのぉ、済みません」夕食の終わって間もない時刻、久能に話し掛けてみた。間もなくすると今度は反省の時間になるが、もう一刻も待てなかった。それに食事の終わった直後であれば、彼らも他に比べれば機嫌もいいだろう、という判断もあった。

「あのぉ北見さんはいったい、どこへ？」

「あぁ」最初にこの部屋に来た時のような、私に見られていると分かってビクッと震えるようなことはもうないが——それでも話し掛けられた瞬間は警戒の表情を浮かべ、次いでホッとした様子になって、久能は答えた。「わら……お前ぇはまだこの工場に来て日が浅ぇから、何も分からねぇだろうな」

「わら……」と言い掛けて慌てて言い直した様子が、何故か妙に印象に残った。だが今は、もっとずっと巨大な疑問があった。「ええ。昼食後の休み時間に室藤さんに伺った時も、そんな風に言われました。やはり今朝の、検身場の喧嘩が何か関係しているのですか」

「室藤、そうか。確か室藤が、お前ぇの指導役をやってたんだったな」

「えぇ。それで室藤さんは『派閥潰しだ』とだけ。後は『こんなところで話すことじゃないから、部屋に戻って誰かに教えてもらえ』と」

あぁ、まぁそりゃそうだろうな、と納得したような表情を見せて、久能。その頃には他の5人も、こちらの会話に興味津々の態を見せていた。北見のいなくなった今、部屋のメンバーは私を含めて7人に減っていたのだ。「ここの洋裁工場にはな、一人のヤクザの超大物がいらっしゃるんだ。三代目馬場《ばば》一家てぇ、本来は九州の組なんだが、よ。その、関東出張所みたいなとこを任されてるお方だ。お名前は、呉原厳道《くれはらげんどう》」

「呉原、厳道？」

「そう。その大親分が工場全体を仕切っておられるんだ。だからヘタなトラブルは起こされねぇ。ヘタな問題を起こしちゃぁ、仕切っていなさる呉原さんの顔に泥を塗ったことになるからな」

「はぁ」

「そのトラブルの中でも一番起こりがちで、しかもデキの悪ぃのが派閥争いさ」横森《よこもり》という男が、会話に参加して来て言った。皆この話題に入りたくてウズウズしているのだ。だから私に対するいつもの態度もどこへやら――ふと気づくと全員、いつの間にかテーブルに身を乗り出すような格好になっていた。

「基本的には呉原さんのライン一本で、工場内が収まってるのが基本なんだからな」と、鴻池《こうのいけ》という男が言った。「なのにそこに別系統の派閥なんかができちまうと、何かとトラブルの基になっちまう」

「だがな。人間ってのは集まると、どうしても派閥ってものができちまう」と後藤寺《ごとうじ》が言った。「だから呉原さんは、トラブルの芽を早めに摘むために、そうした動きがねぇか常に工場内に目を光らせてるってわけさ」

「原則的に言うと、派閥が5人以上に膨れ上がるともう手がつけられなくなる」と鄭《てい》が言った。どうやら苗字からして、コリアンのようだ。「だから5人が限度なんだ。どこかで人が寄り集まり始めて、そろそろ5人になりそうだてぇ情報が入ると、呉原さんが動き始める」

「それが今日の事件というわけですか？　しかし何故、今朝の喧嘩が派閥潰しに繋がるんです」

「そりゃぁお前ぇ、派閥を潰すのに一番手っ取り早ぇテは何だと思う」と潮見《しおみ》が言った。ちょっと思いつかない、と答えると、「そりゃぁお前ぇ、その派閥の頭を潰しちまうことよ」

あっ、と思わず声が漏れる。「じゃ、それじゃぁ、今朝組み伏せられていた、あの男が？」

そうよ、と潮見が頷いた。「この上の1202室にいた、江幡《えばた》って奴なんだが。奴が最近、何人かとつるんでコソコソやってんのは周囲にも漏れ聞こえてた。俺達にでも、な。ただまぁそこまでぁ知らなかったが、いつの間にか5人レベルの集まりにまで膨れ上がっていたんだろうな。それで、呉原さんからやられたってわけなのさ」

「それじゃぁあの、殴り掛かってた方は」だが質問しながら、仕組みがだんだん分かって来る。構図に得心が行く。そうか。そういうことだったのか……「その、呉原さんという人の、部下？」

「そうさ」と鄭。「外にいた時からの、部下ってわけじゃねぇらしいんだが――中で同じ工場になれたよしみで、呉原さんの配下に入れてもらいてぇって野郎はいくらでもいる。そのためなら何でもやりますって連中が、な。今日殴り掛かってた仁科《にしな》って奴も、その一人ってわけだ」

私も実体験したように、ここでは喧嘩両成敗。そちらに何の落ち度もなくても、殴り掛かられた時点で否応無しに懲罰に掛けられてしまう。「そうやって派閥のトップを、別の工場に飛ばすことができるってわけですね。トップがいなくなれば派閥も自然消滅してしまう。しかし殴った方も当然、別な工場に行かされてしまいますよね？もう中では二度と、呉原さんに会うことはできなくなる」

「だから外に出た後、呉原さんのところに訪ねて行って盃をもらう約束くらいまではできてるんだろう」と後藤寺が言った。「つまりはそこまでの見返りを保証して頂いた上で、仁科は鉄砲玉として飛んだってわけだ」

「成程、やっと分かって来ました」と私は言った。「今まで何が何だか分からなくて、ムズムズしてまして。やっとスッキリすることができました。どうも有難うございます。ぇぇとそれじゃぁ、北見さんがいなくなったのは？」

「だから北見の奴も、江幡とつるもうとしてた一人だったってわけさ」と鴻池が言った。「なのに今日、江幡がやられたのを見て直ぐに察しちまった。自分達のことが呉原さんにバレちまったってことが、な。バレたと分かったんならもう、いつまでもこの工場に留まることぁできねぇ。いつ自分も後ろからやられるか分かったモンじゃねぇからな。だから自分から、出て行ったてぇわけよ」

「恐らく今日の休憩時間にでも、担当のところに行ったんじゃねぇの。自分はこの作業には向いてませんから、別な工場に換えて下さい、ってな」と横森が言った。「別な工場に換えて欲しいと言うだけで、ここでは『作業拒否』になる。立派な懲罰対象で、別な工場に移されることになる。『これから残る3人も、次々『作業拒否』するだろう。これで『派閥潰し』もいっちょ上がりってわけさ」

「で、でも。それだけ次々と『作業拒否』があれば、何かあったと官の方も気づきはしませんかね？」

「だから、官の側だって最初から分かってて呉原さんに任せてるのさ」と久能が言った。「分かってて見ない振りしてるのさ。だって考えてもみな。派閥どうしの争いってことになりゃぁ、いっぺんに何人もが衝突するだろ。何人もがいっぺんに喧嘩で上がる。官の側からしたらえらい不祥事になるわけさ。始末書だって何枚も書かなきゃならねぇ。だからここは呉原さんに任せて、派閥潰しをさせて大事《おおごと》に発展しないようにしてるってわけさ。その方が奴らからしても、ずっと有難ぇんだからな」

だからここ洋裁工場では、今朝のような〝小さな揉め事〟はあっても大事《だいじ》にまで至ることはない。何度も「優良工場」に選ばれている、ということだった。現に他の工場ではしょっちゅう非常ベルが鳴り響いているというのに、ここでは今朝まで半年近く鳴ることはなかったという。ヤクザの大物が一人いるというだけで、塀の中は上手い具合に纏まるものなのだ。「優良工場」になるとテレビを見られる日が一日増える。我々からすれば呉原という男は、とても有難い存在ということになる。また毎日が平穏であることを何より尊ぶ、官の側からしても彼の存在はとても有難いに違いない。

「だからさ。ウチの工場の担当も、呉原さんを密かに頼りにしてるんだよ。呉原、頼むぞ、って言ってたとこを、俺も見たことあるからな」

「そうそう。そう言えばウチの担当、最近出世しやがったし、な。右胸のバッジの花が1個、増えてやんの」

ヤクザに出世させてもらった刑務官というわけか。皮肉に思わず、吹き出してしまうところだった。ここのところしょっちゅう浮かべているらしい、無意識の内の例の微笑みとは違い――久々に本物の笑みを、浮かべてしまうところだった。

それにしても、と思う。呉原厳道という、その男。塀の中を纏めるために隠然と駆使される、実力。元々の部下でもなかった男までが彼の命を受けて、鉄砲玉に走ってしまうという。配下に入れてもらえるなら懲罰を受けてもいいとまで思わせる何かを、彼が有しているからなのだろう。官までが彼を利用し、頼りにしているという。一人の囚人が塀の中で影響力を及ぼすなど、映画の中だけの話と思っていたのに。とんでもない男が現実にはいるものだ。事実は小説より奇なり。まさに地で行く世界を、ここにいればいくつも体験できる、ということか。もしかしたら私のあの笑みも、その一例なのだろうか。

05年6月21日（火）

今年は梅雨に入っても、あまり大きな雨にはならないようだ。その日も曇りがちではあるけれど、風もあまり吹かず、午前の内からかなり気温も上がって蒸し暑い一日だった。にも拘わらず——

運動の時間、思わずぞくりと来る悪寒を覚えたのだ。病気？　いや違う。これは戦《せん》慄《りつ》から来たものだ。自分より遥かに強大な相手と対峙《たいじ》した時の、動物の覚える生理的な恐怖。どれだけ必死に太刀打ちしたって敵《かな》いっこないことが、最初から分かり切っている強靭《きょうじん》な相手と。

びくんと弾けるように振り向いた。空を覆う雲も、そよぐ微風も、塀の向こうから聞こえる車の音も、何もかもなくなっていた。

立っていたのはあの男だった。たった一人。同じく一人で運動場の隅に佇《たたず》んでいた、私の背後まで歩み寄って来ていたのだ。

存在の重みは、一人で充分だった。何人分もの威圧感が漂っていた。

「呉原です。初めまして」と彼は言った。身体の底から響いて来るような、低く重々しい声だった。「芳賀さん、やったですね。確か貴方とはまだ、こうしてお話したことはなかったですね」

「は……あ、はぁ」そこまで答えるのが精一杯だった。あまりのことに気圧《けお》されて、仰《の》け反《ぞ》りそうになっていた。仰向けに引っ繰り返るのを堪えるだけで精一杯だった。

「失礼します。ちょっとここ、えぇですか」

「は……は、えぇ」

これが、この男が、呉原厳道。九州の組に属するという、ヤクザの超大物。

あれがそうだと休憩時間に教えてもらって、遠目には見たことがある。そして、彼について書かれた本も。紹介されて既に目を通した。写真も載っていた。だから名乗られるまでもなく、顔もよく知っている。

だが実際にこうして近くに来られると、存在感はケタ違いだった。彼の周囲だけ気圧が高まっているかのように、圧《お》し潰さんばかりに空気がムッと漂って来た。もちろん今は塀の中にいるのだから、頭は私らと同じ五分刈りだ。本の写真に写っていた髭も今は綺麗に剃られている。服も囚人服。だから写真と同じなのは、眼鏡だけだ。

それでも直ぐに分かった、名乗られるまでもなく。横だけでなく縦にも分厚く、いかにも屈強そうな身体。こうと決めたら絶対に曲げない頑強さを如実に示す、眼光。そして何よりその、存在の凄み。重量感……

そう。名乗られるどころか、見るまでもなかった。振り返る前に分かっていた。背筋に戦慄を覚えた瞬間、既に。なるほど今となっては図書係の畠中が、所詮〝自称ヤクザ〟に過ぎなかったことがよく分かる。これが本物なのだ。本物のヤクザの大親分とは、こういうものなのだ。彼のためなら何でもやるという人間が引きも切らず、鉄砲玉役でも自ら買って出るという話が、今では私にも得心が行った。

そんな超大物が今、一人で私の隣にいる。泰然と芝生に腰を下ろしている。何故？　いったい何のために、彼はこうして、自分から近づいて来たのか。

「実は以前から一度、貴方とはお話ししてみたいと思ぅとったんですよ」と彼は言った。「それでこうして、自分からノコノコ来てしもぅたわけでして。構わんやったでしょうか、芳賀さん」

「え、ええ。それは、もう」心臓ごと身体が飛び上がりそうになるのを必死で抑えて、何とか答えた。「しかしこんな私に話など、いったい？」

「えぇまぁ私も一応、行き掛かり上この工場の面倒を見る立場を任されておりまして。その話はどこかで、お聞きになったことはあったでしょうか」えぇ、はい……と私は答える。「それで失礼ですが、貴方のことも調べさせてもろぅたわけですよ。工場に新しく入って来たのがどんな人間か？　ちゃんと押さえとかんとなかなか、中を纏めるのも上手く行かんモンでして」

それでは私の罪状も、とうに知られているということか。まぁそこまでなら覚悟はしていた。別に今更、こちらの工場にも知れ渡ったとしても致し方のないこと。図書係の時のように蔑まれる境遇になったとしても、構わず放っておけばいいだけだ。幸いこちらでは未だに、皆が私から距離を措くような空気が払拭《ふっしょく》されておらず、蔑まれるまでの事態には至ってはいないが。

しかしでは何故、呉原ともあろうものがわざわざ、私と話がしたいと言って来たのか。私のようなチンケな罪状になど、彼が恐れを抱くどころか興味を持つことすらあり得なそうに思えるのだが。不動産ブローカーの小南とどこかで会ったことがあり、それで共通の知り合いの近況を聞きたいと思った。まぁそのくらいならあっても、おかしくないようには思われるが。

「貴方が逮捕されることになった事件についても、読ませて頂きましたよ。まぁ酷いモンですなぁ——あぁいえいえ。あなたのやったことが、ちゅう意味やないですよ。そうやのぅて、相変わらずの検察のやり方が、ちゅうことです」

そこで漸く、あぁ……と思い至った。呉原さんについて知りたけりゃこれを読んでみろ、と同房の仲間から教えられて、読んだ本。それは呉原が今回逮捕されることになった、冤罪《えんざい》を告発したものだったのだ。

「はぁ確かに、検察からやられたことについては色々と言いたいこともあります」と私は言った。いつの間にか当初の、威圧感に畏縮《いしゆく》していた姿はどこへやら——ついつい引き込まれるように、彼との会話に入っていた自分がいた。そう、これなのかも知れない。相手を圧倒するだけでなく、自然と自分の方に引きつけてしまう。そうした吸引力を兼ね備えているからこそ魅力に惹かれ、彼のためなら何でもやるという部下志願が塀の中でも次々現われるのかも知れない。彼がヤクザの大親分という、肩書きのためだけでは決してなく。「でも私の場合は、やはり世間的に咎められるようなことを仕出かしたのは事実です。でも貴方の場合は咎められるどころか——失礼ですが貴方についての本も読ませて頂きましたので——むしろ被害者と呼ばれるべき事件ではないですか」

確かにそれは冤罪と呼ぶのも憚《はばか》られる程の、司法当局によるデタラメ極まりないでっち上げだった。

コトの発端は4年前。夜の池袋における出来事だった。福岡の組の東京出張所を任されている呉原は、自給自足の資金調達の用に迫られ、夜の繁華街で移動タコ焼き屋を経営していた。ライトバンを改造してタコ焼きを焼けるようにし、繁華街を回って酔客に売る。簡単な商売のようだがやはり、夜の繁華街というところはヤクザの縄張りが複雑に入り組んでおり、彼のような背景を持たずにはなかなか入り込めない事業なのだろう。他の人間を名目上の社長に据えた彼の会社では、数台のライトバンを有し、毎晩都内のあちこちに出て酔客相手の商売に精出していたという。

その夜、彼は東京中に散った従業員の元を回り、商売の様子を見ると共に、給料を自ら手渡していた。月に1回のいつもの定例行動だった。

他の全てを回り終え、池袋の西口公園に着いた時のことだった。従業員に給料を渡していると、バッタリ知り合いに出会《でくわ》した。「おぉ、お久しぶり。最近どうされよりますか」無意識の内に彼はバンの荷台に鞄を置き、知り合いと立ち話を始めた。そこに客が来たため彼らは少し脇へ退《ど》き、鞄は荷台に置かれたまま客の陰に隠れた格好になった。

「どうもその時、客の様子が気にはなったとですよ」本の中で、呉原は証言している。「2人組の客やったんですが。1人が殊更に身を乗り出して、鞄とこちらの視線の間に入ろうとしよるような印象を受けたんです」

ところが少々不審に思ったからといって、自分のところに来た客に「何をしている!?」と問い質《ただ》すわけにも行かない。客が立ち去るのを待って、直ぐに荷台に駆け寄るのが、できた精々のことだった。見てみると、案の定——

鞄の蓋が開いていた。中に入れてあったダンヒルの財布と、明日取引先に渡すための事業資金350万円を入れておいた封筒が消えていた。「やられた。今の奴らど」立ち話をしていた知り合い、従業員と手分けして慌てて周囲を探し回った。幸い程なくして、盗人《ぬすっと》2人連れの内1人を捕まえることができた。

盗人はかなり酔っ払っていた。捕まるとあっさり観念し、盗んだ金はもう1人が持って逃げた、と白状した。空になった財布も彼の証言通り、公園の隅に放置してあった自転車の荷籠から見つかった。

「仕方ない。警察に行くか?」すると盗人は、それだけは勘弁して下さい、とその場に這いつくばった。

「実は私、自衛隊におります。逃げた奴も同僚です。ですからこんなことが公になると、私らは破滅です。逃げた同僚の家にご案内して、盗んだお金は返しますので。どうか警察だけは勘弁して下さい」

男は陸上自衛隊東部方面隊第1普通科連隊に所属する、井村《いむら》三等陸曹と名乗った。逃げた同僚は同じ連隊の久保谷《くぼや》三曹だという。久保谷の家は駐屯地に程近い埼玉県朝霞《あさか》市内にあるから、そこまで案内するというのだ。

呉原もヤクザとしての立場上、自分が被害者となった置き引き事件を警察に委ねる事態は、できれば避けたかった。確かに現役自衛官がヤクザから金を盗んだという事件が公になれば、マスコミが動いて大騒ぎにもなろう。そんな騒ぎに自分が巻き込まれるのも願い下げだ。そこで金さえ返って来るのなら、と井村を自分の車に乗せ、久保谷の家まで案内させた。

家に着いてみると久保谷は、まだ帰ってはいなかった。暫く待ってみたが帰って来る気配は窺《うかが》えず、携帯に電話させても音信不通。金を盗んで逃げた男である。このまま今夜は帰って来ない事態も考えられた。

そのうち井村も、「夜明けまでには自分も隊に戻らなければならない」と言い出した。住んでいるのは駐屯地に隣接する寮だという。そんなところに黒塗りのベンツを乗り付けるわけには行かない。

「お前の実家はどこか」と訊くと、隣の和光市内だという。そこで、再び車を走らせた。実家の人間を叩き起こして金を払わせよう、というのではない。ただ明日になってもこいつらがのらりくらりと逃げた場合に備え、2人の立ち回り先を押さえておきたかった。案内された通りに行ってみると、「井村」の表札を掲げた一軒家があった。イザとなったらここに連絡してみるテもあるわけだ。

これで今夜できることはもうない。呉原は直ぐに車を出し、駐屯地の近くで井村を降ろした。「夜が明けたらまず連絡しろ」ということだけは確約させて。

ところが翌日、掛かって来た電話は予想外のところからだった。池袋を縄張りとするヤクザ組織、和倉会傘下団体の組員からだったのである。

「おい、お前ぇ。どこの何モンか知らんが、現役の自衛官脅してデキの悪ぃことしてるってぇじゃやねぇか」

唖然としたがつまり、こういうことだった。あの後、盗人自衛官は「何とかしてくれ」とヤクザに泣きついていたのだ。後に裁判で明らかになったところによると、井村は隊に戻ると早々、後輩に「どうしよう!?」と相談したという。後輩には行きつけのスナックがあり、店のママの息子が和倉会系組織の組員だった。その伝手《つて》を利用してコトを収めようとしたわけである。

とうぜん呉原には立場上、和倉会の上層部とも繋がりがある。「私は馬場一家の呉原ですが」名乗ると先方は、

「も、申し訳ありませんっ」自分は和倉会傘下何組の誰某と名乗り、事情を説明させて欲しい、と言って来た。

会って話を聞いてみると案の定、彼は母親の店の常連から「先輩がタチの悪そうな奴から言い掛かりをつけられて、困っている」と相談を受け、助けてやろうと思っただけなのだという。事情を何も知らなかった、彼の方が被害者のようなものだ。要するにこの時点で井村らは、盗みを働いた相手が呉原のような大物であったことさえ知らなかったことになる。精々が迫力のあるオッサン、くらいに思っていたのではないか。

「何も知らなかったとは言え呉原さんに大変失礼なことをしてしまいまして……本当に申し訳ありませんっっ」

必死で頭を下げる和倉会系組織の若衆に、呉原は事情が分かればそれでいい、と労った。彼に対して腹を立てるような筋合いではない。怒りを覚えるのは当然、自分が

盗人であるくせに隠蔽《いんぺい》工作にヤクザまで使おうとした、井村ら自衛官に対してであったことは言うまでもない。自分が同じヤクザだったらいいが、これがカタギだったらどうなっていたことか。金を盗まれた上にヤクザから声を荒げられ、泣き寝入りする他なかったろう。それが本来国民を守るべき、自衛官のすることか!?

「これは奴ら、最初から金を返す気はなかったんやないか」訝《いぶか》った呉原は、伝手を使って井村らの上司に接触を試みた。連絡をつけ、隊に出向いて事情を説明すると、上司もその場に這いつくばった。

「事情を調べてお金は直ちにお返ししますので、どうかこの件だけはご内聞にっ」現役自衛官がヤクザから金を盗み、隠蔽するため他のヤクザを使って脅しを掛けようとした。こんなスキャンダルが表沙汰になれば大変な騒ぎになる。上司が必死になって、呉原を前に平身低頭するのも当然のことだった。

これで話は上手く行くだろう。呉原は確信した。ただ、彼らの対応を待っていては取引先に払う金が間に合わない。慌てて金策に走り回り、350万円を用立てると取引先に振り込んだ。後は、自衛隊からの連絡を待つだけだった。

ところが突然、警察が彼の事務所に乗り込んで来た。訳が分からず立ち尽くす目の前に、逮捕状が突きつけられた。実は井村らは、和倉会を使った脅しが上手く行かなかったと分かるや警察に逃げ込んでいたのだ。そしてそのアドヴァイスに従って、被害届を出した。ヤクザを使った工作が失敗したら、次は公権力を使ったというわけだ。

自分達は確かに酔った勢いで魔が差して、彼の財布から金を盗んだ。しかし入っていたのは3000円だけだった。なのにそれをネタに脅され、350万返せと迫られた。これは脅迫に他ならない。更に怯える自分は車に乗せられ、夜の町をあちこち引っ張り回された。これは監禁に当たる、というのである。

盗人猛々《たけだけ》しいとはまさにこのこと。そもそもヤクザの大物である呉原が、たったの3000円しか持たず夜の繁華街を歩いていたわけがない。常識で考えても分かる話である。おまけに彼の財布はダンヒルの最高級品だった。故買屋に持って行けば、どれだけ安く見積もっても3000円よりは遥かに高くなる。なのに彼らは財布は自転車の荷籠に捨て、中身だけを持って逃げていた。それだけでも彼らの嘘は自明ではないか。

実際に財布の中にはいくら入っていたのか？　実は呉原にもハッキリしない。まぁ10万くらいはあったのではないか、というだけで。ただし封筒に350万円入っていたことは確実だ。翌日取引先に払うべき事業資金だったのだから。

だから弁護側は、置き引き被害は確かに350万以上あった、と証明することを法廷戦略の主眼に据えた。向こうがあくまで3000円だったと主張するのであれば、それを突き崩すまでのことだ。350万盗まれたことが実証できれば、返せと言ったことが脅迫に当たるわけもないのは自明。実際に呉原は、盗まれた金が直ぐには返って来ないと分かると即座に金策に走り回っている。何とか350万を用意して、先方に振り込んだ記録も残っている。用立ててくれた人も証言している。あくまで状況証拠に過ぎないのは致し方ないが、盗人による証言しかない検察側よりは遥かに信憑性《しんぴょうせい》に富む筈。こんな馬鹿馬鹿しい裁判、こちらの勝利でサッサと片が付くものと思われた。普通に考えれば誰しもそう思うだろう。

ところが実際には、判決は呉原有罪。盗人自衛官の証言は全面的に信用できるのに対して、ヤクザ側の提出した証拠など一切信用できぬ。裁判官の下した判決理由は、要するにただそれだけだった。呉原には執行猶予も何もない実刑2年6ヶ月が言い渡された一方、盗人自衛官は「盗んだのがたったの3000円のため」即刻自由の身となった。これまで通り〝国防のために働く〟仕事に戻って行った。

もちろん全く納得の行かない呉原は直ちに控訴。しかし最高裁まで争っても判決が覆《くつがえ》ることはなかった。かくして呉原は、金を盗まれた上に塀の中に落ちる羽目に陥ったのである。

「要は防衛庁、警察、検察、裁判所、全てがグルになっとったということでしょう」と呉原は言った。「それぞれの役人は上の方で交流しよりますけね。現役自衛官がヤクザから金を盗んだ、なんというスキャンダルを押し隠すためなら、何が何でも私を有罪にする。ちゃんと事前に話がついとったんでしょう。幸い被害者はヤクザ。司法がどれだけムチャをやっても、世間はヤクザの方が悪いと思ってくれる。マスコミには記者クラブを通じて、都合のいい情報だけ渡してやればいい。実際、この件をきちんと伝えてくれた新聞、テレビは皆無でしたけね」

「私も本を読むまでは、こんな事件があったこと自体全く知りませんでした」と私は言った。「しかし本当に怖い話ですよね。罪なんて司法当局の手に掛かれば、いくらでもでっち上げられる。どんな清廉潔白な人間でも彼らがその気になれば、簡単に犯人に仕立て上げられてしまう」

「貴方もそうですよね、芳賀さん。報道された資料だけ冷静に読んでみても、少なくとも貴方のしたことはここに落とされるまでのことやない。それはハッキリしとります。なのにいったん起訴した以上、誰かは有罪にせんことには格好がつかん。検察のメンツのためだけに、貴方はここにおらされとるようなものです」

要は検察のメンツのため。何だかずっと以前、同じ言葉を聞かされたような覚えがあった。……あぁそうだ、沼田弁護士。控訴は諦めましょう。控訴期限ギリギリになって拘置所に現われた彼は、そう言って私を説得したのだった。もうずっと、昔のことだったような気がする。まだあれから1年も経っていないなんて……

「こんな司法当局の横暴を許しておったのでは、彼らの権限が拡大するばかりです。現に私のようなヤクザばかりか、貴方のようなカタギの人まで彼らの陰謀で有罪にさせられるようになっている。絶対に放ってはおけません」

「そういう意味では、最初に盗みを働いた自衛官もその構図の中に飲み込まれた、被害者のようなものですね」

私が言うと呉原は、本当にその通りです……と大きく頷いた。「私の弁護士が調べたところ、彼らも今は隊をクビになっとるそうです。最初からコトの熱《ほとぼ》りが冷めたら、放り出されることに決まっとったんでしょう。そういう意味では、司法権力の絵図に巻き込まれた被害者という見方もできるかも知れません。彼らも警察に駆け込んだり余計なことせず、サッサと金を返しておけば今も隊に勤めておれた筈なんですけどね」

「それじゃぁもう、彼らに恨みはない？」

「そりゃぁ全くないと言えば嘘になりますが、それより何より腹が立つのはやはり、司法権力に対してです」と彼は言った。「やけん私は、ここから出たら黙ってはおらんですよ。直ちに再審請求を出します。もう服役も済んだんやけ、と泣き寝入りしとったんでは、奴らは図に乗るばかりですけ。こんなことを許しておったら、この国はメチャメチャになってしまう」

やがて「運動時間終了」のチャイムが鳴り始める。

「芳賀さん。今日はお話ができて楽しかった。これからもどうかチョクチョクおつき合い下さい」

こちらこそ……と頭を下げ、共に刑務官の方へ走りながら、私は味わっていた。久しぶりに、心の晴れるような清々《すがすが》しさを。少なくとも貴方のしたことはここに落とされるまでのことやない。考えてみればハッキリ面と向かって言ってくれたのは、これまで彼が初めてのようなものだ——確か似たようなニュアンスで貴方は無罪だと言ってくれた人も、ずっと以前にもう1人いた記憶があるが。そして共に司法の思惑により、塀の中に落とされた〝被害者〟どうし。自分だけじゃない、と思える仲間意識。連帯感。

気がつくと私は、自分の口元が綻《ほころ》んでいるのを感じていた。幸代に捨てられ、懲罰に掛けられて以来ずっとこの頬に浮かんでいた——あれとは確実に違う笑みだった。それが私の満面を満たしていた、久しぶりに。

05年7月11日（月）

以来私は、運動や昼食後の休憩時間のたびに呉原と話をするようになった。とにかく彼の話は面白く、含蓄に富んでいて、いつまで聞いていても飽きないのだ。また彼の方も、私の方から近づいて行っても嫌な顔一つせず話につき合ってくれた。どうして彼がそこまでしてくれるのか。私には見当もつかなかったが。この日までは。

話題と言っても大したものではない。気候の話など、ごくごく普通の会話が発端になる。そこからいつの間にか、笑い話に繋がって行くのだ。例えばどうにも暑くて堪らない日に、「暑いですね」と話し掛ける。すると——

「寒い時には重ね着をすれば、何とかなるですが。暑い時には裸より先に脱ぐものがないですけね。ホント、身体の皮まで脱ぎとぅなる時があるですよ」などという話になった後で、

「それに私らは身体に彫り物を入れとるでしょ。やけん娑婆《しやば》では、半袖が着られんわ

けです。肘のところまで墨が入っとるけ、ですね。どれだけ暑ぅても長袖を着らんならん。炎天下のゴルフの時なんか堪らんですよ。やけんどれだけ暑ぅても全員長袖でプレイしとる一団があったら、それは極道やと思ぅてまず間違いはないです」

といった具合。強面なだけではない。何とも言えない生来のユーモアをも併せ持つのが、呉原という男なのだ。そしてユーモアを交えた話術がまた、人を惹きつけて止まない魅力となっているのだった。

「極道になってえぇ思いしたことなんて、まずないです」と彼は言った。その日の、話の発端だった。「小指を詰めると物を握った時、力が籠らんけですね。ゴルフの時もクラブのコントロールが上手く行かんのですよ。まぁ詰めて良かったと思う時ゆうたら、車を運転しとって割り込む時くらいですかね。ちょっと入れてくれ、ちゅう仕種で、窓から手を出すでしょ。すると後ろの運転手はこの指見て、まずスンナリと入れてくれよります。指詰めて便利なことと言えばそれくらいです。あれだけ痛い思いしたのに、ですね」

確かに彼は、左右とも小指を詰めている。だから左右どちらのハンドルの車に乗っていても、効果的な〝挨拶〟ができるわけか。ぼんやり彼の指先を眺めていると、私の内心が通じたのか――

「もともとヤクザが最初に落とす小指は、左手と決まっとりますけね。でもベンツも左ハンドルですけ。割り込ませてもらうために出す手が、ちょうどそちらになるわけです。やけんゆうてそのために、左手から指を落とすわけやないですよ」

ニカッと笑う呉原を見ていると、相手がこの世界でも恐れられる程の大親分ということを、ふと忘れてしまいそうになる。ただちょっと身体の大きいだけの、気のいいおじさんのような錯覚に陥ってしまう。また、ニカッと笑った時の呉原は、目尻が下がっていかにも人のよさそうな表情になってしまうのだ。

「私の笑顔は金が掛かっとるですよ。前歯は全部、作りモンですけ」

また一頻《ひとしき》り笑っている内に、思い出した。笑顔……そうだ。そのことで一度、彼に訊いてみようと思っていたことがあったのだ。私の、あの笑み。

今では一頃よりずっと、浮かべる頻度は減って来たように思う。こうして呉原と、話をするようになってから。それでも時折、まだ笑っているらしいのだ。頬の引き攣《つ》りを不意に自覚して、手で触ってみて初めて確認できる。自分がまた今、あの笑みを浮かべていたことを……

なぜ俺は笑っている？　笑う理由など何もないのに。おかしいことなどあり得ないのに。

　何度自問してもよく分からなかった。自分で自分が分からなくなるばかりだった。ガリ勉とだから呉原なら、何かの答えを与えてくれるのではないかと期待したのだ。〝社畜〟の経験しかない私なんかより、遥かに波瀾万丈の人生を潜《くぐ》って来たのであろう、彼なら。

「呉原さん、ちょっといいですか」率直に疑問をぶつけてみた。前後の事情を全て詳しく説明して、幸代に捨てられたことなど恥ずかしいことも洗いざらいぶちまけて、「どういうことだと思われますか？」とストレートに尋ねてみた。

「成程、分かるような気がします」と彼は言った。……やはり。思わず身を乗り出して、次の言葉を待った。「私も渡世上、それなりに修羅場を見て来とりますけね。色んな人間も見て来ました。人の生き死にに関わるような瀬戸際も、何度も。やけん普通の人よりは、極限状態に置かれた人の気持ちも分かるような気がします」

　それから彼は徐《おもむろ》に、私の目を覗き込むようにして訊いて来た。「芳賀さん。人間は本当に悲しい時、本当に辛い時、心の底から絶望した時、どうすると思われますか？」

　悲しい時。辛い時。絶望した時。人間は当然、泣くのだろう？　単純に考えてから、ハッと思い至った。そうか。そういうことだったのか……

「そう」と呉原は頷いた。「そんな時、人間は笑うんです。泣くんやなしに。泣くのは一番悲しい局面を通り越した、ちょっと後——そのことを振り返って、思い出す余裕を取り戻してからのことなんです。きっと本当に悲しい瞬間には人間、泣く余力もないんでしょうね。ただあまりのことに呆然として立ち竦《すく》む。その時、口元には笑みが浮かぶんです。こんなのは悪い夢だ。こんなバカな夢を見ている自分は、おかしいんじゃないか？　そういう風に、自嘲《じちょう》するような感じで。実際私もそうした表情に、これまで何度も遭って来ました」

それは一つには、人間の強さなんやないかとも思います、と彼は言った。「本当に辛い時に辛さをそのまま実感すると、もう立ち直れませんけね。やけん笑うことで、現実と直面するのから逃げとるんかも分からん。無意識の内に。そういう面もあるのかも知れません。やけんそういうとき人間が笑うのは、自衛本能がさせとる面があるんかも分からんですね」

「じゃ、じゃぁ、私も、そうだと？」

再び呉原は大きく頷いた。「貴方の陥った境遇を聞いていて、自然に笑みが浮かんだというのはいかにもありそうな話と私も思いますよ。芳賀さん。失礼ながら貴方、周りから陰で何と呼ばれとるかご存知ですか？」

知らない、と答える。第一自分について叩かれる陰口をこっそり教えてもらえる程、こちらの人間とは深くつき合ってはいない。誰とも、未だに。

「〝笑い犬〟です」

「笑い、犬!?」そんな名を付けられるくらい私は、知らない間にしょっちゅう笑みを浮かべていたということか。

塀の中に落ちた時点で――いやそれを言うなら私のこれまでの半生ずっとそうだった、〝負け犬〟。前の図書係で罪状がバレた時には、「銀行の犬」の意からただの〝犬〟。そしてここに来て、〝笑い犬〟になってしまったわけか。まぁ、同じ犬でも何という変遷ぶり。何と多彩な犬の付く〝二つ名〟の履歴……。

そこで思い出した。呉原の仕掛けた「派閥潰し」について、同房の久能に最初に質問した時。彼は当初「わら……」と言い掛けて慌てて言い直していた。あれは、「笑い犬」と言いそうになった局面だったのだ。つまりは自然に呼び名が口を突くくらい、彼らは私をそう呼び慣わしていたことになる。私が白い靄に包まれて、彼らから距離を措いていたため知らなかっただけで。

「ただこれは、見下して言うとるだけの呼び名じゃありません」と呉原は言った。「そこには確実に恐れが含まれとる。貴方を無気味に思うあまり、敢えて呼び名に見下した〝犬〟をつけた。私はそう見とります。別に俺はあいつを怖いとは思っとらんよ……と、殊さら虚勢を張るために。まぁこれまた、人間の自衛本能のなせる業《わざ》かも分からんですが」

恐れている。彼らが私を恐れている。確かに自覚があった。何と言ってもあの目がある。「軽屏禁」中の厳正独居房で。今の洋裁工場に下りてから。ずっと私に向けられていた、あの目。怯えを湛えたものであったことは、私も気づいていた。

そして窓に映った自分の笑顔を見て、理由が分かったような気がした。何となれば自分自身、ゾッとしたのだから。背筋を戦慄の這い上る悪寒を覚えたのだから。自分の顔なのに。ましてや隣の奴が、こんな表情を始終浮かべていたとしたら……

「やはり、気持ちが悪いでしょうからね」と私は言った。「何の理由もなしに、ヘラヘラ笑っているような奴を見たら。誰だって無気味に感じますよね。それは分かるような気がします」

「それだけやないですよ、芳賀さん」と呉原は言った。「確かに絶望から来た笑いは、狂気じみたものになる。相手をゾッとさせることも事実です。しかし、それだけではありません」

それから呉原は、再び私の目の奥をじっと覗き込んだ。「笑いは武器になるんですよ、芳賀さん」

「武器？　笑いが……」

「そうです。人が笑うというのは基本的に、相手より優位に立っておる時です。間抜けな奴を見て笑う。人の失敗を見て笑う……。可愛い子供を見て微笑む時もそうです。可愛いというのは自分より下の者に対して抱く感情ですけねね。現に可愛いやなく綺麗な女を見た時は、笑うんやなしに頰がデレーッと弛《ゆる》むだけでしょうが」

そうか、と何となく納得が行った。お偉いさんに媚《こび》を売る時に浮かべる愛想笑いは、そうした本来の笑みとは違う。貴方に逆らうことは致しません、お陰様で楽しいです、というへつらいの表情だ。笑いとは似て非なるもの。いやもしかしたら、自分がこのていど媚びただけでいい気になっている、相手を内心蔑んでいる笑み、という含みもあるのかも知れない。

「やけん人間、面と向かって相手が突然笑みを浮かべたら、こちらは不安になる。自分は何か失態をしたやろうか。相手は何か企んどるんやないやろうか。自然と疑心暗鬼に駆られる。精神的に圧倒されてしまうわけです。逆に言うと相手との交渉中、上手いこと笑みを浮かべただけでこちらは、優位に立つことができる。効果的にやれば相手を操ることすらできる。笑いとはそれくらいの武器なんです。それは、いかにも作り笑いやったらダメですよ。見抜かれたら逆に弱い立場になります。そのてん貴方のような、絶望から自然と浮かんだ笑顔。これは強いですよ。見たら誰もが不安に陥るのは、当たり前のことです」

笑いは武器。交渉に際して、相手を不安に陥れる戦術に使える。私の場合は交渉ではないが、しかし自然とこの笑みが浮かんだお陰で、洋裁工場に来てからの余計なトラブルが避けられたことは事実だろう。こんな、いかにも貧弱そうな見てくれにも拘わらず、周りは勝手に畏縮して、距離を措いてくれたのだから。まるで初顔合わせの時から無意識の内に、極上のハッタリを噛ましたようなものだ。

「私が貴方に興味を持ったのも、実はそれがキッカケでした」打ち明けるように、呉原は言った。「正直に言いますと、ね。今度ウチの工場に下ろされて来た奴は、何か知らんが時々無気味な微笑みを浮かべよる。あれは何か、トラブルの種でも抱えて来た奴なんやないか。何か胸に企むものがあって、いずれこの工場を引っ掻き回す存在になるんやないか。貴方には全くそんな気はなかったでしょうが、あのころ周りが勝手に、そう訝《いぶか》っとったわけです」

「……そういうことでしたか」どうして呉原のような男が、私なんかに近づいて来たのだろう？　ずっと胸に蟠《わだかま》っていた疑問が、漸く解消された心地だった。「貴方が私に話し掛けて来られたのは、無気味な新入りの正体を探るためだったんですね」

「事前に貴方の情報を集めた段階で、多分これは取り越し苦労やろうとは分かっておりました。しかし念には念を入れとかんと、ですね。人間というもの、実際に会って話をしてみらんと分からんところもたくさんあるモンですけ」

「それじゃぁガッカリされたんじゃないですか？　会ってみたら案の定、やっぱり何の裏もないただの情けない男で」

「貴方とお話ししていて、楽しかったのは本当です」と呉原は言った。「同じ、司法当局にしてやられた被害者〝仲間〟ということもありますし。こうして話ができるようになれたことを、今では有難かったと思っておりますよ」

「私も感謝したい気持ちです」と私は言った。「誤解とは言えこうして、呉原さんとお話ができるキッカケを与えてくれたのですから。〝笑い犬〟様々ですよ、我ながら。これからもよろしければ、おつき合い頂けますか。もうこんな奴と話しても、何の益にもならないと分かってしまった後でも」

勿論です、と微笑んで呉原は私に握手を求めて来た。分厚い掌が私の貧相な手を包み込む。この世の全てを丸く収める、包容力を湛えているかのようだった。「芳賀さん。貴方の陥った境遇には心から同情申し上げます。しかし貴方はそこから、笑いという武器を手にして這い上がって来られた。これからも、外に出た後も、何かと辛いことはあるでしょう。しかし貴方にはもう、力強い武器がある。絶望を乗り越えて来た強さがある。それは、自負していいと思います」

05年7月31日（日）

「おぃおぃどれだぃ、３番？　……あっこのハゲ親父がそうかよ。こいつぁヤべぇなぁ。どう見ても音痴そうじゃねぇか」

「11番はどれだ。……うーん、微妙。この年頃のオバサンは上手いのとヘタなの、両極端がいるからなぁ」

「17番は？っと。おっとこいつぁ珍しい。若いお姉ちゃんじゃねぇか。こいつらは日頃カラオケで歌い込んでるからな。期待できるぜぇ」

「でもよ。こうしたお姉ちゃんの好きそうな今風の歌って、審査員の受けは悪いぜ。やっぱり演歌じゃねぇと」

「大《で》ぇ丈夫だって。さぁ今日は俺の一人勝ちかな、一人勝ち……」

毎週のように続く、日曜昼の〝風物詩〟だった。昼食を手早く済ませるとテレビがつけられ、ブラウン管を注視しながら会話が飛び交う。番組は『ＮＨＫのど自慢』。

出場者を見ながら、勝手なことを言い合っているのだ。

塀の中の密やかな〝娯楽〟だった。どのエントリー・ナンバーの出場者が鐘３つ鳴らすかを、事前に賭けておくギャンブルというわけだ。賭けの対象は最近、毎週水曜日に出されるかき氷である。一人勝ちすれば５個ものかき氷（最近潮見が二級囚に上がったため房内は６人になっており、私は賭け事に参加しないため）を、見つからないよう一気に頬張らなければならないことになるが——そこはそれ権利の保留もできる。とにかく皆の楽しみである甘食を、賭けて楽しむことにこそ意義があるのだ。出場者の顔を見る前に番号だけで賭けているため、実際にそれを見た時には期待絶望入り交じる。かくして歌が始まる直前、めいめい好き放題なことを言い合っているのだった。

「よぉ〜し、いよいよ始まるぞぉ」

「３番ハゲ親父。頼むぞ頼む。見た目からは想像つかねぇ、見事な美声聞かせてくれぇ」

そうして当人が見掛け通りの歌声で、歌い始めるや否や鐘がカーンと鳴り響くと——「あっちゃあぁぁ」ゲラゲラゲラ……悲鳴と笑い声とが交錯する。見回りの看守に咎められないような、ちゃんと適当に抑えられたボリュームで。『のど自慢』の出場者達はよもや、どこかの見も知らない連中に勝手にこんなことを言われているなんて、想像もしてはいまいが——塀の中では彼らは、体《てい》のいい競馬の競走馬代わりなのだった。

午後1時にはこの〝定例イベント〟も終わり、後は午睡と夕食だけが楽しみの静かな免業日の昼下がりとなる。

「今夜のメニューは何だっけ？」鴻池が立ち上がり、壁に貼られた献立表を見て言った。「おおっ。春雨入り中華スープだぞっ!!」

「スープは当たり外れが大きいからなぁ。春雨がたくさん入ってればいいけど」

「ビューだといいなぁ、ビューだと」

いつも通りの、他愛のない会話を聞くともなしに聞いていた。すると——

「1079番、芳賀」廊下側から看守の声がした。「出ろ。面会だ」

「面会？　私に、ですか」拘置所とは違い、刑務所になると面会ができるのは配偶者と6親等内の血族、3親等内の姻族だけになる。それも入所時に申告しておいた人間だけだ。初めから来るとは思えなかったため、実家の人間も申告書に記載してはいなかった。だから何らかの心変わりがあって姉辺りが訪ねて来てくれたとしても、面会は許可されない筈、なのだが。

いったい誰が面会に来てくれたというのか。まさか、幸代……？　いやいやあの、縁切りの手紙が来てからまだ3ヶ月足らず。彼女がもう立ち直り、再び私の許へ通う気になったと楽観するのは早過ぎよう。ヘタな期待を抱くと裏切られた時にダメージが大きい。ここは、過度な希望は抱かない方が――しかし、では、誰が!?

「ちっす、オヤジ。久しぶり」誠太郎だろうか？　幸代よりはその方がまだ、ありそうに思われるな。沼田弁護士ということもまずあり得ないし……。刑務官に連れられて面会室まで行進する道すがら、あれこれ思い浮かべた顔の中にも、彼女だけは入ってはいなかった。

「ゆ、幸乃!?」中学の頃から不良仲間とつき合うようになり、外泊ばかり繰り返すようになった娘。そう言えば親族等申告書に、名前だけは書いたような覚えがある。実家同様、来るとはまず思えなかったが。誠太郎を書いたんだからついでとばかり、家族の中で彼女だけ書かないのでは見捨てたようで悪いかなと感じ、形だけ一応名前を書いたような。それが今、面会室の二重アクリルの向こうで照れたように笑っていた。こんな、誰からも見捨てられた囚人の父親を前にして。

「ホントここ、面倒臭ぇんだね。本当は何日か前、いっぺん来てみたんだよ。そうしたらさ、入り口んところで身分を証明するもの見せろって。いくらあたしが娘だっつっても、面会に入れてもくんねーの」

「あぁ」親族として登録はしてあっても、免許証など身分を証するものがなければ面会は許可されない。来るのは初めての彼女が、知らなかったのも無理はないことだった。「それはそれは気の毒だったな。こんなところまで、はるばる来て」

「そうだよ。このクソ暑い中、さ。まぁカレシに車で送らせたから、駅から歩くことはなかったからいいけど。ここ坂の上にあるから、歩いてたらちょー暑かった筈」

「彼氏、か。その男とお前、つき合ってるのか？」どうしてお前こんなところまで来てくれたんだ？　それも一度、追い返されまでして。一番訊きたかった質問だった。なのに何故か、私は別なことを訊いていた。娘の彼氏。その言葉を耳にして、世の父親の反応というのはどこにあっても同じなのだろうか。

「なぁんだよぉ、オヤジ。今更そんなこと気にしてんのかよ」とケラケラ笑ってから、「安心していいぜ。自分がホンメイだって思ってんの、本人だけなんだから。だからあたしが何か言うと、直ぐに何でもしてくれるんだ。車出すくらい、ソッコーさ」

「モテるんだな」

「ったりめーだろう!?　だってこんなにいい女なんだぜ」

確かにモテるだろう。内心、思っていた。ちょっと見ない内に、幸乃はずいぶん可愛らしく成長していたのだ。逮捕される直前に見た時は、渋谷によくいるような真っ黒に塗り潰した顔をしていたのが——今では派手めの芸能人レベルの化粧に抑えてあるから、整った顔立ちもひときわ明確になっている。

幸代似だ、やはり。成長するにつれて母親に似て来た。女の娘《こ》というのはそういうものなのだろう。そして母親の可愛らしさを受け継いだのなら、世の男性が放っておかないのは当然のことだ。おまけに世を拗《す》ねた生活を続けて来たせいか、逆に年の割にずっと色っぽくもあるし。「でも気をつけろよ、男を手玉に取るのも。自分があしらわれてたって気づくと、男は凶暴になるぞ。あんまり男を舐めてると……」

「わーってるよぉ。何だよ久しぶりに会ったってのに、説教ばっか。第一何で刑務所にぶち込まれたオヤジなんかから、あたしが説教垂れらんなきゃなんねーんだよ!?」

ははっそりゃそうだ。思わず笑ってしまっていた。前科者のくせについつい説教じみたことを言ってしまう。これまた世界共通なのだろう、世の父親の反応か。「それで、どうしてるんだ、今は？　相変わらず友達の家を転々としてるのか」

「ババァに金出させて、世田谷にマンション借りてんだ」と幸乃は言った。「ババァ家売っ飛ばして、実家に帰っちまっただろ。横浜の婆ちゃんとこになんか、あたしも寄り付きたかねぇからよぉ。家なくしたのはあんたなんだから、あたしも兄ちゃんみたいに一人暮らしさせろっつったらババァ、あっさり認めやがった。やっぱ家売っ飛ばした後ろめたさがあんじゃね？　それにヘタにダチんとこ泊まり歩かれるより、自分チがあった方が安心だって考えもあったのかも」

当初「ババァ」が誰を指すのか戸惑っていたが、話の文脈から幸代のことだと漸く気がついた。「母さんをそんな風に呼ぶんじゃない！」

「ババァはババァじゃんかよぉ」こちらが面喰らうくらい激昂して、幸乃は言い返した。「何だよぉ、オヤジ？　まだあんな女かばってんのかよぉ。あんたを捨てた女なんだぜ。一番辛ぇ時だってのに裏切った、薄情女なんだぜ」

「捨てられるようなことをしたのは、俺だ」自分でもびっくりするほど毅然とした声で、私は言った。「だからこれは俺自身の招いた、当然の酬いって奴だ。むしろここまでやって来てくれたことで、母さんには感謝してる。だから母さんを、そんな風に言うんじゃない」

へっ……。私の意外な剣幕に気圧《けお》されたのだろう。虚を衝かれたようにぽかんと口を開け、次いで口をへの字に曲げて見せた。「じゃ、じゃぁいいよ。その話題は、さ」

「それよりお前、どうしたんだ？」一瞬、間が空いた。お陰で漸く当初の、一番訊きたかった質問を口にすることができた。「どうしてこんなところまで、面会に来てやろうって気になってくれたんだ」

「そりゃぁ娘として、愛するパパのためなら何でもするのが当たり前ですわ」それからへへっ……と悪戯《いたずら》っぽく笑って、「だってさぁ可哀想じゃん。あんなバ……ママからまで見捨てられちまって、さ。せめてあたしくらい来てやんなきゃ、オヤジこんなところで独りぼっちじゃん」

「有難う、優しいんだな」

「そりゃそうだよ。あたしこう見えても、仲間内では姐御《あねご》肌《はだ》で通ってんだよ。妹分から姐貴って慕われるにゃぁ、それなりに面倒見もよくなくっちゃぁ」言葉通り、優しそうな表情を浮かべる。「でもオヤジ、ホント安心したよ。落ち込んで死に掛けてんじゃねぇか？　って、これでも心配したんだぜ。でも来てみたら思ったよりずっと元気そうで。ホント、安心した」

実際ほとんど死に掛けていた時期もあったんだけどな……。だが余計なことは口には出さず、言った。「あぁ。慣れて来たらここも、色々あって刺激的でな。囚人仲間にも色んな人間がいるし」

「囚人仲間かぁ。そんなこと言えるってだけでちょークールじゃん。あたしも仲間内で、ウチのオヤジいま中に入っててよぉ、なぁんて言えるだけでハクがついてさぁ」

自分の父親が刑務所に入れられていることが、逆に尊敬の眼差しを集める。なるほど不良仲間内ではそんな価値観もあるのだろう。「ねぇねぇどんな囚人仲間がいんの。凶悪犯なんかも、いんじゃやね？」

懲役仲間のことを話すのは、塀の中の事情を明かしていると受け取られはすまいか。心配して立ち会いの看守をちらりと見たが、別段気にしている様子は窺えなかった。だがまぁ、こんな罪を犯した奴がいると具体的な話題は、あまりしない方が無難だろう。「まぁここにも凶悪犯はいるんだろうけど、まだ直接会ったことはないな」と私は言った。「ただあるヤクザの大親分とは、親しく話をさせてもらえるようになったよ」

「えーっマジマジ？　何なにそれー？　ちょークールじゃん」案の定、幸乃は目を輝かせて乗って来た。「ヤクザの大親分？　それとオヤジ、マブダチになったっての」

いや、マブダチってわけでは……と軽くいなして、「ただ親しく話をしてもらえるようになったってだけさ。また親分がとても俺を励ましてくれて。もし俺が元気そうに見えるとしたら、それは親分のお陰と言っていい」

ところが幸乃の耳には、殆ど聞こえてはいなかった。「うっわーっ。オヤジがヤクザの親分のマブダチかぁ。すっげーっ」それから身を乗り出して来る。「さっそく皆に自慢してやんなきゃぁ。それでそれで？　どこの組の何て親分なの？」

「……だから、マブダチじゃないんだって。呉原さんって人さ。九州に本部を置く、三代目馬場一家の」

「九州の馬場一家？　そこの親分なの？」

「いや。そこの組長の直若《じきわか》に当たるらしい」ここのところ呉原としょっちゅう話をしているせいか、「直若」なんて言葉が簡単に口を突く。「本家の二次団体の長ってわけさ。馬場一家渉外部長って肩書きで。実質的には、組の東京出張所を任されているらしい」

「うわーうわーっマジネタじゃゃーん。クールクール、ちょーちょークール」

「そろそろ時間だ、1079番」立ち会いの看守が制して来た。実際に時間が来たのかともう一つ。幸乃のはしゃぎ振りが目につき出した、という面も多少はあったのかも知れない。

「えーっえーっ？　お巡りさーん、もうちょっといいじゃな〜い？　せっかく久しぶりに父親と娘が再会した、感動のご対面なんだしさ。『目撃！　ドキュン』みたいな」

「おぃおぃ幸乃。そんなことは言うモンじゃない。時間は時間だ。それにこちらはお巡りさんじゃない。担当の看守さんだ。済みません、担当さん」窘《たしな》めながら立ち上がった。「それより幸乃。よかったらまた来てくれよ。今日は来てくれて、本当に嬉しかった。楽しかった。今は面会は月1回と決められてるから、また来月末にでも」

「うん来るよ。来る来る。あたしも楽しかった。思ったよりずっと。またお世話になりますねぇ、担当さ〜ん」

次に立ち会い担当になるのが、この人とは限らないのだが。しかしここで、勘違いを正すのは止《や》めておいた。若い娘から思わず声を掛けられ、担当も苦笑いを浮かべていることでもあるし。

「じゃぁな、幸乃。また。母さん達にも会ったらよろしく伝えてくれ。俺はこうして元気だから、と。あぁそれから、その世田谷のマンションとやら。間違っても男を引っ張り込むんじゃないぞ」

「大丈夫だよ。自分をそんなに安売りはしねーよ。まだ今まで、男は一度もウチへ上げてやったことはないんだ」そして口を尖らせて見せる。「それにしても最後の最後まで、説教かよぉ!?」

「いやぁ済まん済まん。つい、な」

「それにしてもオヤジ。何かすっげぇカッコいいよ。心配して来たのに全然逆で、ちょーびっくり。外にいた時とも全っ然違う。あたし、見違えちゃったよ」

カッコいい、か。頭は五分刈りで、囚人服姿だというのに。「オヤジをからかったって何も出ないぞ。もっともこんなところじゃ小遣いをやろうにも、現金を触ることすらできないけどな」

ホントだよ、オヤジ。あたし、惚れ直しちゃった……。ケラケラ笑いながら、幸乃は面会室を出て行った。後ろ姿は我が娘ながら、戸惑う程の輝きに満ち満ちていた。

05年8月19日（金）

考えようによっては刑務所の中ほど、季節を実感するところもない。建物内に空調などないため、暑さも寒さも自然のまま（毛筆などクラブ活動の部室は冷暖房が利いているらしいが）。またやることがあまりないため何かと言うと、外の植生に目を休める。あぁ蕾《つぼみ》が膨らんで来た。花が咲いた。葉の緑が濃くなった。風に乗って来る香りにも、緑の匂いが濃くなって来たぞ。植物の微妙な変化に、季節の移ろいを感じ取る。外では全くなかったことだ。

それから何と言っても、食事がある。正月には御節の折り詰め弁当。2月3日の節分には豆袋とコーヒーが出るし、3月3日のひな祭りには菱餅とひなあられ。4月29日の「みどりの日」にはよもぎ餅が出、5月5日のこどもの日には柏餅という風に、節目節目に合わせた特別食が出るのだ。食べるもので季節を感じることができる。今どき外では、ここまでちゃんとしている家庭も珍しかろう。大晦日に「年越しそば」代わりのカップメンを出された時には、あぁこれで一年も終わりか、の感を強くしたものだ。

その日は暑かった。盆も過ぎたというのにまだまだ、寝苦しい夜が続いていた。

暑いと人間、イライラが募るものである。ましてや男ばかりで狭い部屋に詰め込まれた閉鎖空間だ。何かの弾みでイライラにパッと火がつく。一気に燃え上がる。喧嘩が勃発《ぼっぱつ》する。

その日の朝がそうだった。暑いとトイレの悪臭がますます酷くなる。むっと鼻を突き、身体に纏いつくような不快感を催す。去年はまだ緊張していたため、あまり実感することもなかったが——今年はさすがに私も、トイレの臭さにはほとほと閉口していた。風呂にも毎日入れないため、汗から沸き立つそれぞれの体臭がもんもんと漂っている。男臭さとトイレ臭さ。２つが入り混じり、堪らない不快さが部屋中に充満していた。喧嘩の発端もそこからだった。

「おぉ臭ぇ」いつもの慌ただしい朝、トイレから出て来た横森が開口一番、言った。「おい、鄭。手前ぇの入った後のトイレは公害だぜ。ガキの頃から喰ってるものが違うと、こんなところに来ても出るものまで臭ぇや」

「何っ⁉」

ところが配食が始まり、口論はいったんお開きになった。食事の時だけはそちらに集中する。塀の中では食事は全てに優先するのだ。

そのままコトは収まるかに思われた。トイレに端を発した衝突も食事のお陰で、自然消滅するかに思われた。が——

皆が食べ終わった納豆のパックを、鄭が片づけていた時だった。「この喰い方は何だよ、横森」発泡スチロールの空パックを、これ見よがしに掲げて彼が言った。「汚ぇにも程があらぁ。手前ぇ日本人のクセに、納豆の喰い方も知らねぇのか」

途端に横森が、片づけていた茶碗を投げつけた。鄭も納豆パックのカラを入れた袋を投げ返し、次いで手近な盆を摑んで殴り掛かった。

「このクソッタレ日本人め」

「うるせぇ、手前ぇこそ国に帰っちめぇ」

茶碗にこびり付いていた飯粒が辺りに飛び散り、納豆のネバネバも宙を舞う。周囲はとんでもない惨状になった。

「こらぁ貴様ら、何をやっとるかっ!?」

配食係が空の食器を集めて回る、「カラ下げ」の最中である。看守も廊下で監視している。だから飛んで来るのも早かった。横森と鄭はあっという間に警備隊に取り押さえられ、房から引っ立てられて行った。これで彼らとは、塀の中ではおさらばというわけだ。トイレが臭く、納豆の食べ方が悪かったというだけで。もう二度とここで、彼らの顔を見ることもない。残された我々は床中に散った飯粒と納豆のカスを拭き取り、何事もなかったように工場に向かった。


「今日、1階で騒動のあったことありましたね」その日は運動時間があった。いつものように運動場の隅に並んで座ると、呉原が話し掛けて来た。

「あぁ、ウチの房です。横森と、鄭という男が喧嘩しまして」経緯を手短に説明してやった。派閥のような背景のある喧嘩ではないことを、報せてやる意味も込めて。だから余計な気遣いは要らないですよ、と安心させてやるために。「トイレと納豆で喧嘩です。だから本当に突発的なものだったと思います」

そう言うと呉原は、ここではしょっちゅうのことですからね、という風に苦笑を浮かべて頷いた。「トラブルの芽をできるだけ摘み取ろうとしても、そういうのまで防ぐことはできんです。やれ鼾《いびき》がうるさい。俺の服をいま投げたやろ。それで喧嘩ですけね、大の大人が。閉じ込められてイライラが溜まっとりますけ。子供のごとある些細なことで、バーッと喧嘩が始まる。これぱっかりはもう、ホントどうしようもないです」

「私もここに来る前は、図書係にいたんですが」と私は言った。「修繕係の者と摑み合いをして、懲罰に掛けられてしまいました」

そこに至った経緯を、簡単に説明した。「妻からの手紙がなかなか届かず、私がソワソワしていたのを誰かから聞いたんでしょう。修繕係の石丸という男が、『そんなの浮気に決まってる』と言ったとか。それで我ながらついカッとなって、彼の顔を見たとたん摑み掛かっていたんです。でもいま思うと、ちょっと不思議なところもあったんですよ。彼の方から『おい』と声を掛けて来た。それで私が摑み掛かると、彼は虚を衝かれたような表情をしていたんです。私の陰口を叩いていたんですから、私に摑み掛かられることも当然、予想ができた筈なんじゃないかと今にして思うんですが」

「それは……？　その石丸という男が、『浮気』だと言っていたという話、貴方は誰かから聞いたんですか」

「ええ。同じ房にいた瀬尾という男でした。彼が言ったんです。ちょうど翌日から連休に入り、部屋から一歩も出られない日が続いたので。悶々として過ごしたのを思い出します。それで休み明けに石丸に会って、その場でいきなり」

「成程、分かったような気がします」と呉原は言った。「要は、仕掛けやったんですよ。これまたここではよくあることです。貴方その頃、その瀬尾とかいう男に恨みを買われてはいませんでしたか」

つまりはこういうことだった。石丸はまず十中八九、私が浮気されたなんて言ってはいない。一言も。手紙が来なくて私が悶々としていたことさえ、多分知らなかったのではないか。言ってもいないことをただ、瀬尾が『言った』と告げただけのことだ。

そしてまた十中八九、石丸も瀬尾から嘘を告げられている。私が、石丸の陰口を叩いていた、とか何とか。『あいつのカミさんは凄ぇブスらしいぜ』辺りがいかにもありそうな話だ。何のことはない。瀬尾は自分が言っていたことを、私に掏《す》り替えただけの話である。

ではなぜ彼はそんなことをしたか。答えは簡単。私を部屋から追い出したかったからだ。だから誰かと喧嘩させる必要があった。そうして相手として、石丸に白羽の矢が立てられた。嘘を告げられた2人はそれぞれ、自分の房で悶々として過ごす。本当に言ったのかどうかを確かめたくとも、免業日が続いて部屋から出られず、互いに会うことができないのでそれも叶わない。こうして怒りは沸々と溜まり、いざ会った時に爆発する。喧嘩が勃発する。連休寸前に告げたというのも、その効果を狙い、タイミングを計ってのことだったのだろう。こうして私は懲罰に掛けられ、部屋から出て行く。それこそが瀬尾の目的だったわけだ。石丸は可哀想に、〝嚙ませ犬〟に選ばれただけで。

「成程、分かって来ました」と私は言った。「当時の私は罪状が部屋の皆に知られ、〝村八分〟にされていたような状態でしたから。特に唯野という男が銀行に恨みがあり、何かと言うと私に突っ掛かっていましたから。このまま行くと程なく房内で一悶着《ひともんちゃく》が起こる。だからその前に芳賀をどこかへ飛ばしてやった方がいい、と判断されたということでしょう。誰が判断したかも今では予想がつきます。部屋を仕切っていた島路という男です。瀬尾は彼に指示されてただ動いただけだったのでしょう。そちらの方がいかにもありそうな話と思います」

房内を平穏に収めるためにあらゆる気を配していた、島路の顔が鮮明に思い出される。……そうか。私は彼にしてやられたのか。今後のトラブルの種として、事前に飛ばされてしまったわけか。呉原が洋裁工場全体でやっていることを、彼は図書係の房内で行っていた。つまりはそういうこと。

しかしそうと分かっても、不思議と島路に対して怒りの感情は湧いては来なかった。彼は自分のやるべきことをしたまでだ。確かにあのままでは近い内に、私を原因としたトラブルが発生していたことだろうし。恐らく今では、あの青田も図書係から飛ばされていることだろう。〝懲罰帰り〟で誰かを道連れにしようと、誰彼構わず喧嘩を吹っ掛けていた青田も。

……いやはやこの塀の中というところ、一見単純なようでいて実は、裏では想像もつかない権謀術数の渦巻いているものだ。それを弄する〝黒幕〟達。我々一般の懲役は、彼らの掌で踊らされているだけに過ぎない。以前にも感じたがこの塀の中には実に様々――上はどこまでも上、下は限りなく下――な人間がいて、観察する目を鍛えるには絶好の場所と言える。ここで人間観察眼を磨いた上で外で商売を始めれば、きっと上手く行くに違いない。

「おぉ、頑張りよる頑張りよる」グラウンドを見遣って、呉原が言葉を漏らした。彼の言葉に我に返った。「ほれ、あれですよ。このクソ暑い中、気の毒とは思うとですが。お前に任したけ頼むぞ、ちゅうて私が言うとったですけ」

見ると成程、陽射しはさして強くないものの、この蒸し暑さのさなか黙々とランニングに精出している男の姿があった。近づいて来てよく見えるようになったが、どうやら手脚の長さが日本人離れしているような。肌も何となく浅黒いような……

「アラブ人です」一つ頷いて、呉原が言った。「アル・カルビーとか言ぅて、焼き肉のごとある名前ですが。何や自分では、あのオサマ・ビンラディンの親戚やとか言うてましたが。とにかく足の速い奴やけ、次の運動会に使うてやろうと思うて。今からトレーニングさせよるわけです」

成程、確かに――長い脚がスッスッとしなやかに交互に出される。機械仕掛けのように正確に。それで身体が流れるように加速して行く。彼の走りは、まるで芸術を見ているような見事な動きだった。まるで走るために生まれて来た生き物のようだった。

「私は運動会の前に、満期が来てしまいますが。それでも次の運動会くらいまでは責任がありますけね。担当からも頼むぞ、ちゅうて言われとる。やけん今の内から出場選手は厳選しとく必要があるわけです」

「自分の工場が負けると、担当としても決まりが悪いらしいですからね」

「私が来た当初は、この工場は纏まりがなくて弱かったんです。一昨年の運動会では最下位でしたけね。ゼロ点ですよ、ゼロ点。担当も仲間からずいぶんからかわれたらしいです。やけん昨年は私が選手を厳選して、そこそこいいところまで行きました。感謝されたですよ、担当から。呉原ありがとう、ちゅうて。両手で握手までされました」

「それじゃぁ今年も、その期待に背《そむ》くわけには行かないですね」

そうなんですよ、と呉原は苦笑して、「幸いあれのようなのが、ウチの工場に下ろされて来よりましたけ。これはもう天の配剤とばかり早速エントリーしました」

塀の中の運動会では駆けっこが主体。だから足の速い者が一人いれば、いくつものレースにエントリーして点を稼ぐことができる。呉原のような男が仕切っていれば、お前はあれとあれに出ろ……と指示して選手を効果的に割り振りすることもできるだろう。俺が俺がで口ばかりの人間を、自粛《じしゆく》させることも。「あれなら成程、日本人ではなかなか敵《かな》う者はいないでしょう」

言いながら思い出した。洗濯の秋山。私が図書係にいた時、「非生産部門B」のスターランナーとしていくつものレースをかっさらっていた。彼の見事な走りを、今も鮮明に思い出すことができる。

大丈夫だろうか、彼？　アラブ人の走りを目の当たりにして、懸念が沸き上がって来た。あのアラブ人を前にしても、秋山は走り勝つことができるのだろうか？　いやいくらあの秋山でも、アラブ人相手では無理なのではないか。

本来なら今の自分は、アラブ人の方を応援しなければならない立場だった。それでも私は、秋山の方が気になって仕方がなかった。一年の内で一度だけ、彼の輝くことのできる瞬間。晴れやかな笑顔。しかし今年はそれが、どうなることやら……

「後はあれが、おらんようにならんことを祈るだけです」と呉原が言った。「ここではよぉあるとですよ。せっかく期待してエントリーしとったら、ポッとおらんようになる。仮釈がついて出て行ったんならまだ諦めもつきます。本人にとってはえぇ話なんですけ。やけんそうやなく、運動会の直前に喧嘩してしもうて、懲罰に上がられたらこっちは堪らんですよ。慌てて他の雑魚《ざこ》どもを、穴の空いたレースに割り振らなならん。そういうことがあったらホント、泣こうごとあります」

私の感じた不安、呉原の懸念は後にして思えば、見事に的を射たものだった。悲劇が直ぐ目と鼻の先で、大きな口を空けて待っていた。

05年9月15日（木）

「今日が最後かも分からんですね」その日、呉原の最初の言葉だった。「ここでこうして、芳賀さんとお話ができるのも。私の満期日が9月22日やけ、来週の頭には引っ込むでしょう。今週はこれがあるけ、もう運動の時間はないでしょうから。するとも う、次に芳賀さんとお話しできるとしたらそれは外で、ちゅうことになる」

呉原が「今週はこれがある」と言ったのは、ソフトボール大会のことだった。今日の午前中は工場対抗のソフトボール大会で、我が洋裁工場が木工工場と試合をする日。だから我々も応援に、運動場に出ていたというわけだ。

9月に入ってもう半月。朝晩は漸く過ごしやすい涼しさになっていた。ただし日中はまだまだ30℃を超える日もあり、日々の気温の変化が激しくて、体調を崩しやすい気候でもある。その日は気温もさして上がらず、スポーツ大会にはちょうどいい一日だった。ただ湿気は多いので、身体を動かす選手にとっては蒸し暑いのかも知れないが。

また「引っ込む」というのは出所間近な者が入れられる、通称〝引っ込み房〟に移されることだ。ここに移されればもう、作業も何もない。一般の懲役と会う機会は一切なくなる。八王子刑務所では、〝引っ込み房〟に行くのは出所の1週間前と決められていた。だからここに入ることができれば、来週には出所、と期待することができる。

ところが何故かヤクザ者だけは、ここに移されるのが出所3日前と決められているという。だから呉原の満期日が9月22日なら、「引っ込む」のは20日になる。17、18は土日だし、19日は敬老の日でいずれも免業日である。つまり今週に運動の時間がなければ、もう中で会うことはない、ということになるわけだ。

「そうですか。出所お目出度《めでと》うございます、と一緒に喜ぶべきなのでしょうが、私としては正直なところ寂しくて堪りませんね。呉原さんとこうしてお話ができるのが、ここに来てからの何よりの楽しみでしたので」

「私もつまらん塀の中の時間で、芳賀さんとお話しできるのだけが楽しみでしたよ。ただまぁ芳賀さんももうそろそろやないですか。後、2ヶ月足らず？」

「そうですね。私の満期日は、11月18日になります」喧嘩さえ起こしていなければ、そろそろ仮釈放の声が聞こえてもおかしくない頃だったのだが。まぁ今さら愚痴っても仕方がない。後2ヶ月。短いようで実感からしたら、まだまだ遥か彼方にも感じられる時間だ。

塀の中では一日の過ぎるのは異常に早い。ところが一週間、一ヶ月という塊《かたまり》になると途端に歩みがのろくなる。もう一ヶ月くらいは経ったろう、と感じられても実はまだ一週間。逆に、もう一ヶ月も経ってしまった早いなぁ……なんて感じることは決してない。

「だからよぉ。あと何日なんて数え方ぁ、絶対にしねぇ方がいいぜ」「観察工場」で何かとアドヴァイスをくれた糟谷が、言っていたことを思い出す。「まだまだこれだけあるって思い知って、暗ぇ気持ちになるからな。だからそうじゃなく、もう何日が過ぎた、って数え方をするんだ。これまたなかなか日数が増えなくて、イライラするけどよぉ。でもまぁどれだけ遅くても、確実に刑期は過ぎて行くんだから。先を見て絶望するよりは、これまでこなした日数数えた方がまだ建設的ってモンだぜぇ」

先を見るより後を振り返った方が建設的。それがこの塀の中というわけだ。

ただ最近、呉原のお陰でとても平穏な気持ちで毎日を過ごすことができていた。運動の時間に彼と話をし、作業に戻ってみるとどこか清々しいような気持ちになっていた。

毎日が心穏やかに過ごせるのには、舎房内の人数が減り、比較的広々と部屋が使えることもあるのだろうと思われた。横森と鄭が喧嘩したお陰で一時４人にまで減少していた我が房も、山川《やまかわ》という男が入って来て今は５人になっている。それでも定員の８人に比べれば、まだまだ過ごしやすい。

また先日転房があったため、ほんの僅かなりと気分転換ができた、ということもある。この転房、部屋の人間全員が隣に丸ごと引っ越すことである。同じ部屋にずっと閉じ込めておくと、壁に穴を空けたり余計な細工をし兼ねないため、半年に一度くらいの割合で行われるのだ。隣へ移っても部屋の造りは全く同じだが、やはり壁の汚れなど細かいところはあれこれ違う。同じことだらけの毎日だけに、小さな変化でも妙に新鮮に感じる部分はあった。

そして何より、今は面会に来てくれる幸乃の存在がある。「また来る」という言葉通り本当に先月末、ちゃんと面会に訪れてくれたのだ。話をしたのは何の中身もない、他愛のないものに過ぎなかったが——精々が家族の近況報告、お互い最近どうしてる？　といった話題に過ぎなかったが。娘とそうして話をする時間というものは、何にも代え難い平穏を私に齎《もたら》してくれるのだった。

「手紙だって出せるんだぞ、親族なら。どうだ。面会にまで来てくれたんだからついでに、手紙の方も書いてくれたら」と水を向けてみたがこちらは、

「手紙？　あぁうぜぇうぜぇ。字ぃ書くのなんて、ちょーうぜぇよ。こうして面会に来てやってんだから、いいだろ」と一蹴《いっしゅう》されてしまったけれど。

「じゃぁせめて、面会だけはまた来てくれるか。約束してくれるか」

「あぁいいよ。そっちは約束してやる。だからこのうえ手紙なんて、贅沢言ってんじゃねー。ちょーしこいてんじゃねーってんだよ！」

とそっちの保証は取り付けたから、まぁ良しとするべきか。しかももうそろそろ、来月には私も再び三級に上がれるかも知れない。そうなれば面会は月2回に増やされる。だから確かに、このうえ贅沢言ってるんじゃない！　と戒められても仕方がないのかも。

……贅沢、か。だからなのだろうか。最近は例の、〝笑い犬〟の笑みを浮かべることがめっきりなくなって来たように感じていた。もちろん知らず知らずの内に、浮かべていたことがなかったとは言えないが。それでも鏡を見なくとも（その前に二級房に行かない限り部屋には鏡がない）、口元の筋肉が引き攣っているのを自覚することはできる。手で触って確認することもできる。自覚の範囲内における限り、あの笑みを浮かべることはめっきり減ったように思われるのだった。心が穏やかであればあれは浮かばない。ここのところ平穏に過ごせていることの証左、と言うことができるのだろう。

「あぁらら、やってしもぅたですね。これやけ素人の試合は、どうもならん」

呉原の声に我に返ると、洋裁工場チームが守備でミスをし大量点を入れられている局面だった。何でもないゴロをショートが後逸し、それを取ったセンターの返球が今度はファーストの頭上を遥かに越えて行く。ボールが転々としている間にランナーは、次々ホームインする。典型的な素人試合の展開だった。ただまぁ私なんかが選手として出ていたら、もっと酷いミスを連発していたこと請け合いだし。だからこの程度のプレイに、私がケチをつける資格は全くない。

「とにかく後2ヶ月。身体にだけは気をつけとって下さいよ、芳賀さん」

「えぇ、呉原さんも。お出になったらやることがいくらでもあるのでしょう」

「出たらまずは九州に帰って、親分に挨拶せなならんですね。その後も暫くは、あちこち挨拶に回って来なならん」

呉原くらいの大物になると、全国の親分衆に挨拶に回らなければならないのだろう。彼らの世界のことは殆ど知らないが、その辺りの事情については察しがついた。それに最近、ヤクザについての記事が多く載る〝実話系〟の雑誌をよく読むようになっていたのだ。同房の後藤寺が定期購読しているため、頼んで読ませてもらっている。こんな雑誌を手に取ったことなど、外では一度もなかったのだが。

「ではそれが一段落したら、いよいよ再審請求ですね。酷い冤罪を晴らして、司法当局に一泡吹かしてやらなければ」

「貴方もじゃないですか、芳賀さん」と呉原が言った。「私の事件もムチャクチャですが、貴方の方もどうもおかしい。外に出たら是非、何があったか確かめてみた方がええですよ。弁護士もどうも怪しいけ、別な奴を雇って。あれやったら私が、いい弁護士を紹介してあげましょう」

私の事件もおかしい。逮捕から有罪確定まで何があったか説明して以来、繰り返し彼が口にしている言葉だった。

まずそもそも、弁護士に貴方を弁護しようという気があったかどうかが疑わしい、と彼は言った。確かに私を無罪にするより、上層部に累が及ばないようにするのが彼にとっての優先事項だったろう。そこまでは分かるし、後で彼の対応を振り返ってみても確かに感じた。しかしそれにしても、弁護する気があったかどうかすら疑わしい、とは……？

「なるほど会社の顧問弁護士やったら、上層部に累が及ばないように、ということはまず第一に考えるでしょう。しかし、それにしても……。そもそも検察の取り調べに対し、『全て自分一人の判断です』と言い張るように言われたんでしょう？　この答えをそのまま受け取れば、『悪いとは分かっていたが自分の判断でやった。だから私には罪はあります』ということになる。ある意味有罪を認めとるわけです。やけんそうやなく、普通やったら『こういうやり方は業界全体の慣習やった。少なくとも私はそう受け止めていた』という風に言わせる筈なんです。そしてそれを裏づけるような、他行での債権回収の実態について資料を集める。自分や上司という固有名詞を出すことなく、業界全体に責任を負わせる。少なくとも私やったらそうします」

控訴を断念させた話もおかしい、と指摘した。「結果的にその方が早く出られると言うが、弁護士の言う言葉ではありません。意にそまん判決が出たとなら、直ちに控訴・上告してとことん戦う。同時にその間、何としてでも保釈を認めさせるように全力を尽くす。普通の弁護士ならそうする筈です。なのにあっさりと控訴を断念するように勧めて来た。早く有罪を確定させて貴方を塀の中に落としたい。それが本音だったように私には思えます」

「控訴期限ギリギリまで待たせたのも、私を精神的に揺さぶり冷静な判断力を奪うためだった。いま考えればそうも思えて来ますよね」

「そうですね。その話もあるけ私も、疑わしさが増すと思うんです」

検察の取り調べをノートにつけさせたことについても、言及した。

「その日にどんなことを訊かれ、どう答えたのか。できる限りその日の内にノートにつけておくこと。これはどの弁護士もアドヴァイスします。しかしコピーを取って、持って帰ったというのでしょう。いま考えれば、貴方がどう答えたのか弁護士が精査し、上層部にまずいことを証言しとらんか確認するため、と見た方がえぇように思います。もしそんな証言をしとったら、どう対応するか検討するため、という風に思えて来ますね」

成程、確かに……。呉原から指摘されてみると一々、思い当たることばかりだった。やはり沼田弁護士は、一刻も早く私を塀の中に落としたかった。私にあぁした対応を強制したのはそのためだった、と考えた方が今は自然に思えて来る。

「しかし、では何故なのでしょう？　なぜ彼は、そこまで……？　確かに逮捕されてしまった以上、私一人を有罪にして上層部を守ろうとした、という動機は考えられます。しかしそれだけでしょうか。それだけが動機とするには、彼の行動は徹底し過ぎていたようにも思うんですが」

「そうですね。やけんおかしいと言うんです」と呉原は言った。「実際に逮捕されたのは一人だけなのですから。上層部を守りたいんやったらただ全力で、貴方の無罪を勝ち取ればいいだけの話です。貴方が無罪なら当然、上の方にも罪はないんですから。ところがやってみたらどうも、裁判は不利な展開を見せて来よる。そう判断して初めて、それなら貴方一人を有罪にさせて上への防波堤にする、という戦略転換があったというのならまだ分かりますが。なのに弁護士の指示は最初から、一貫していたのでしょう」

そうなのだ。自分一人の判断でやったと言い張りなさい。ノートをつけて逐一、自分にも見せなさい。彼の指示は最初から、首尾一貫していた。つまりこういうことになる。私を有罪にするという方針は、少なくとも私が逮捕された時点から確立していた。そしてそれは沼田弁護士の独断である筈は決してなく、乙石銀行上層部による至上命令だった。しかし、では……？

「そうなのです。なぜ乙石銀行はそうまでして、貴方を塀の中に落としたかったのか。有罪にして実社会から葬り去りたかったのか、が分かりません。やけん貴方に訊くしかないのです。そこまでされる理由を、何か思いつかんですか？　と」

それが私にも分からない。理由が思い当たらない。私を支店長にまで異例の抜擢をしたのは、他ならぬ乙石銀行自身なのだし。唯一の失策である野田氏の件も、事前に内部の了承を得てやったことだ。結果的に野田氏が自殺したにしても、銀行の怒りを買い、こうまでされるような筋合いでは決してない。いくらあの件で世間から非難を浴び、銀行の悪役イメージの象徴になったとしても。裁判に掛けられた私を全力で無罪にし、銀行全体も罪はなかった、と判決を最大限にPRすればいいだけの話だ。

分からない。乙石銀行が最初から私を有罪にするべく画策していたとしたら、それは何故なのか？　いくら考えても理由が思いつかない。だから呉原は言うのだった。これはもう一度、外に出て何があったのか調べ直してみる必要がある、と。

「ですから貴方も、くれぐれも身体にだけは気をつけて」そろそろ試合も終わりそうな展開だった。これが最後とばかり、彼は繰り返して言った。「2ヶ月後、元気な姿で出て来られるごと。もしよかったら、私の事務所を訪ねて来て下さい。いい弁護士も、調査員も紹介することができると思います。同じ、司法に酷い目に遭うたどうしですけね。一緒に戦おうやないですか」

ソフトボールの試合は、22対19で我が洋裁工場が負けた。スコアボードには1回ごとに、5点だ7点だという無惨な数字が互いに並んでいた。ともあれこれで試合終了。工場に戻って昼食を摂り、午後は通常の作業開始だ。

「それでは、芳賀さん。これでいったんお別れです。楽しみにしとるですよ。外でまた、お会いできる日を」

腰を浮かしながら呉原が言った。いったんお別れ。……そう、その積もりだったのだ。信じて疑わなかったのだ。その時は、お互いに。

05年10月12日（水）

呉原がいなくなって、早1ヶ月。私は何とか、平穏な日々を保っていた。何と言っても刑期も残り、後1ヶ月なのだから。後一月で私も、こんなところとはおさらばできるのだから。

ただ工場全体はそうは行かなかった。纏める者がいなくなった途端、それまで抑えられていた者達がこれ幸いと暴れ出したのだ。呉原に擦り寄って大手を振っていた呉原派と、苦々しく見遣っていた反呉原派。両者が激突し、毎日のように喧嘩の勃発する騒乱が暫く続いた。最終的には両派の大規模な衝突が発生してごっそり懲罰に掛かり、彼らが抜けて騒然とした雰囲気は一応終わりを告げたけれど。大量に懲罰を出した責任を取って、工場担当も他に回される始末だった。まぁ彼は呉原がいた頃は、そのお陰で出世までしたそうだから、これで〝収支とんとん〟と見るべきなのかも知れないが。

私も派閥抗争が吹き荒れている頃は、身を屈めてなるべく目立たないように努めていた。運動時間のたび、呉原と親しく話をしていたのは皆が知っていたことなのだし。そうしたところから、呉原派と見られる事態を恐れていたのだ。ただまぁ彼の威光を笠に、威張るようなことは一切しなかったのが幸いしたのだろう。特に私に対して攻撃めいたことはついぞ起こらず、工場は平静を取り戻したのだった。

体調も、先週まで下痢気味だったことを除けばまぁまぁといったところだった。今月頭には再び三級に上がり、月2回の面会の権利も手に入れた。今月に入って既に幸乃が一度来てくれていたが、月内にもう一度それが可能であるわけだ。先週末には早くも、三級者集会も体験済み。まだ下痢気味だったがせっかくの恩恵を手放すわけには行かない。今年頭に公開されたらしい邦画『北の零年』を見ながら、クリームウェハースとチョコレートを頬張りコーヒーで流し込んだ。ぐるぐる言う腹を、何とか宥《なだ》めながら。

下痢で何より辛いのは、工場の作業の時間だ。トイレに行けるのは基本的に休憩時間だけなので、作業中にどうしても我慢できなくなったら手を挙げて「用便願いま～す」をやらなければならない。

指差してもらって初めて担当台のところへ行け、改めて「下痢気味ですので用便願います」と届け出るのだが、誰かが先に使用していたら諦めて戻るしかない。トイレは工場の後方にあるので、使用しているのか否か行ってみなければ分からないのだ。作業中は後ろを振り向くことなど、以ての外なのだから。

ただここで、上手いことに気がついた。トイレを使用する時は、担当台のところにある『使用中』の木札を取ってトイレの入り口に掛けなければならない。赤札が大便用。黒札が小便用。だから「願いま〜す」で顔を上げた時、担当台に木札があるかどうかを素早く見定めればいいのだ。あればトイレは空いているということだし、なければ誰かが使用中で諦めるしかない。このように下痢をすると、作業中のトイレ一つで気を遣わなければならないのだ。本当に精神的にくたびれ果ててしまう。

その日は運動会だった。空も突き抜けるような青空で、イベント日和《びより》の秋晴れだった。

好天の下、１０００人もの懲役囚が運動場にずらりと並ぶ。

「本日は晴天にも恵まれ、諸君の更生の一環として持たれているこの運動会を、天までもが応援してくれているようです……」所長の挨拶が延々と続く。この後には教育部長の挨拶。続いてレクリエーション担当官の注意事項説明があって、選手代表による選手宣誓、という次第だ。とにかく所のほぼ全員がここに出ているような感じで、広い運動場が人で埋め尽くされている様は壮観でもあった。

警備隊の面々もいつもよりピリピリしている様子だった。それはそうだろう。1000人もの懲役が一堂に会し、外に集まるのは運動会だけのことなのだから。大勢が示し合わせて擾乱を企てれば、この場で全員を取り押さえることは難しかろう。

お陰で官の側も総動員態勢。だからなのだろう、と思われた。運動会の開かれるのが「体育の日」でなく、こうした平日である理由は。「体育の日」に開催すれば官も全員、休日出勤しなければならなくなる。せっかく土日と繋がった3連休が台無しになってしまう。だから塀の中での運動会は、敢えて平日に開かれることとなっているのだ。

「続いて、選手宣誓！」退屈な挨拶と注意事項説明が漸く終わり、いよいよ運動会の実質スタートの時間となった。宣誓をするのは昨年の最優秀選手として表彰された、洗濯の秋山。いくつものレースで鮮やかな走りを見せ、ゴールを駆け抜けて行った昨年の勇姿が脳裡に蘇る。……そうだ。あれから1年が経ったのだ。まぁ実感としては、まだ1年!?　といったところだが。

秋山が指名されて、列を離れて前へ進み出る。果たして今日は彼、昨年のような輝かしい姿を誇ることができるのだろうか。ふと前にも覚えた懸念が頭を過《よぎ》った。

我が洋裁工場にはあの、呉原ご指名のアラブ人がいる。力量を見込まれて、いくつものレースにエントリーされている。

彼の走りは確かに見事だった。日本人ではとても太刀打ちできないのではないか、と思える程の走りだった。呉原と2人、暑さの厳しい運動場で彼の練習を眺めていた日を、昨日のことのように思い出す。

「後はあれが、おらんようにならんことを祈るだけです」と言っていた呉原の姿も浮かんで来た。彼の思いが通じたかのように、アラブ人は今日もまだここにいる。いなくなったのは言った当人と、その後に巻き起こった派閥抗争で大量に上げられた連中だけだ。運動会で高得点を挙げるため、呉原に「頼んだ」という担当ももういない。当の選手に練習を命じた人間も、成果に期待を寄せた人間ももう洋裁工場にはいないわけだ。皮肉な巡り合わせにも思い当たっていた。

その時だった。

ワーッという声が突然上がった。洋裁工場の、列の前の方だった。続いてギャーッと悲鳴が上がる。ウワーッ、オォーッと言葉にならない声がいくつも続き、被《かぶ》さる。

「そこーっ。何をやっとるか貴様らーっ!?」

言うまでもなく直ちに、近くに待機していた警備隊が飛んで来た。粛々と進行中だった運動会は一転、悲鳴と怒号の交錯する修羅場と化した。

「静粛に、静粛にーっ!!」

ただの喧嘩ではなかった。列の前の方で人が入り混じり、何があったのか、何が起こっているのかここからは見えなかったものの。周囲の動揺の程から、普通の喧嘩でないことは分かった。警備隊からも異様な雰囲気が漂って来た。普通の喧嘩くらいなら、彼らもここまで動揺することはない。平静を失っている。〝歴戦〟の警備隊までが。よくは見えないが、明らかだった。

周りの皆にもそれは伝わっていた。だから動揺はなかなか鎮まらなかった。

「静粛に！　こら貴様ら、静粛にと言っとるのが分からんのか!?」

普段ならそれでだいたい収まるのだが、その日はそうは行かなかった。1000人もの懲役の間に広がったどよめきは、なかなか収拾がつかなかった。一つの塊に伝わった振動のように、互いの間を伝播して回っていた。

ヘタをしたら、一触即発の瀬戸際だったのかも知れない。時と場合がちょっとでも違えば、囚人1000人による大暴動にも発展していたかも知れない。いま振り返ると危機に思い至り、背筋がゾッとしてしまう。

しかし幸いなことに、事はそうは進展しなかった。永遠に思われた動揺も何とか鎮まり、教育部長による「今年の運動会中止」が宣告された。懲役は粛々と舎房に戻され、一日部屋で過ごすことが命じられた。代わりにテレビは異例の長時間視聴が許された。

安静を取り戻すための、官の苦肉の策というわけだった。官の側としても、際どい状態だったと見ていたのだろう。まずはそれぞれを舎房に戻し、テレビを見せて落ち着きを取り戻させる。それくらいしか彼らの側からしても、採れる策はなかったのだろう。

「さすがに度肝を抜かれたぜぇ、全く」と久能が言った。「けっこう出血してたぜ。辺りにかなり血が飛び散ってた」

「まさかなぁ、あんなことするとは夢にも思ってなかったから」と鴻池が言った。「選手宣誓に前の方に向かってると思ったら、いきなり振り向いて襲いかかって来たんだからなぁ」

……そう。騒ぎの主はあの、秋山なのだった。選手宣誓に指令台に向かっていたのが、いきなり隠し持っていた刃物で切り掛かって来たのだ。どうやって刃物を持ち込んだのかは分からないが、まぁ洗濯の人間は洗い終わったものを物干し場に干すから、外に出る機会も多い。その機会を利用して看守の目を掠め、事前に刃物をどこかに埋めておいたのだろう。つまり今日の騒動は、突発的なものでは決してなかった。周到に準備され、計画されていた犯行だったということになる。

では、切りつけた相手は？　例のアラブ人、アル・カルビーである。何でも脚を数ケ所刺されたということで、出血も酷く、周囲にかなり飛び散っていたとか。秋山の執念の程が、窺えるような惨状だったという。

私には哀れに思えて仕方がなかった。刺されたアラブ人が、ではない。刺した秋山の方が、だ。民族差別でも何でもない。真に哀れなのは秋山の方だ。それくらい彼は、追い込まれていたのだ。

一年に一度だけ、彼が輝ける日。そのためだけに彼は一年を過ごしていると言っても、過言ではない日。なのに今年は、どうなるか分からない。とんでもない新人のアラブ人が、洋裁工場に下ろされて来たという。ヘタをしたら例年の栄光は、今年はそいつにかっさらわれてしまうかも知れない。アラブ人の評判を聞くにつけ、秋山の胸には譬《たと》えようもない不安が蟠《わだかま》って行ったのだろう。私の覚えた憂慮など、相手にもならないくらいとてつもなく巨大な不安が。

そして彼は決心した。自分の栄光を守るために。何となれば運動会でのヒーローは、自分でなければならないのだから。他人が奪うことなど許されないのだから。彼にとっては、何が何でも守らなければならない〝聖域〟だった。たとえ自ら懲罰に掛かることになっても。ヘタをしたら傷害罪を加算され、刑期が延びてしまうかも知れなくとも。つまりはそういうことだったのに違いない。

無理をしたトップの座は悲劇を呼ぶ。昨年の運動会、華々しい秋山の姿を見ながら考えたことを私は思い出した。あの時は、無理をして支店長まで上り詰め野田氏の悲劇を呼んだ自分に対しての思いだったのだが。まさかそれが1年後、秋山当人の運命をも言い当てていたなんて……

「いやぁいいねぇ。あれ、堪んねぇなぁ」

ふと見るとテレビでは、旅のグルメ番組を流していた。塀の中では最も人気のある番組である。旅。美食。どちらもここにいては、決して叶えられない夢だ。だからせめてテレビ映像で、疑似体験する。いつか外に出たら、自分もあそこに行ってあれを食べようと夢想する。だから中では、こうした番組が何より人気があるのだった。東北のローカル電車で港町へ行った出演者が、取れ立ての魚をブツ切りにして煮込んだ鍋を堪能している。画面にアップにされた鍋の中身は、目眩がするほど美味《うま》そうに見えた。

「いやぁ美味そうだなぁ。喰いたくて喰いたくて、腑《はらわた》が捩《よじ》れちまいそうだなぁ」

同じ理由から本や雑誌でも、グルメ関係が中ではとても人気がある。図書係をやっていたからよく知っている。美味や珍味を食べさせる店を紹介した、本や雑誌。美味そうな料理の大写しにされたグラビアがダントツの人気を誇るのだ。常に貸し出し希望が殺到して、図書室の本棚で見ることなど不可能なくらいである。

ただし「外に出たらこの店に行って、これを食べてみよう」と思っても、店の名前や住所などをノートにメモするわけには行かない。ノートは月に1回検閲を受けなければならず、そうした記述が見つかれば懲罰だ。中で恨みに思った相手に、外に出て復讐しに行くかも知れないからだった。ヘタをすると先に出た方が、相手の家に乗り込んで家族に乱暴するかも知れない。実際にそうして、奥さんをレイプした事件もあったとか。そんなわけで中での書き物に、住所などの連絡先は一切ご法度なのだ。店の連絡先を装って、そういう相手の住所をメモしているかも知れないため、住所関係の記述はどんな理由を並べても一律にダメ。お陰で私も、呉原の事務所の住所を空で暗記するしかなかった。

くれぐれも身体にだけは気をつけて。別れの日、そう言ってくれた呉原を思い出す。刑期を終え、元気な姿で出て来られるように。自分の事務所を訪ねて来るように、とも誘ってくれた。私の事件を洗い直すために、いい弁護士も調査員も紹介することができるだろうから、と。

「同じ、司法に酷い目に遭ぅたどうしですけね」最後の言葉が、今も鮮明に蘇る。

「一緒に戦おうやないですか」

そうだ。いつまでも、秋山のことを哀れんでばかりもいられない。私には私の、やるべきことがある。秋山にとってはそれが、何が何でも自分の栄光を守ることだったように。私は自分の事件を洗い直し、何があったのかを突き止めなければならない。前科者に貶められた自らの汚名を雪《そそ》がなければならない。

その日まで後1ヶ月あまり。大切な時に備えて、気力と体力を蓄えておかなければならないのだ。いつまでも他人を哀れんでいられる身分ではない。何よりも優先すべきは、自分のやるべきこと。今はそれに備えて、最大限……

「おっおぃ！　あれ、あの呉原さんじゃねぇのか」後藤寺の発した声に我に返った。

「おぃおぃマジかよ。何で、いったい」

見るとテレビでは旅番組が終わり、臨時ニュースが始まっていた。「暴力団組長、路上で刺され死亡」という見出し。続いて被害者の顔写真が映され、下に「死亡した暴力団組長、呉原厳道」のスーパーが表示された。

……刺された?

死んだ?

あの呉原が……!?

絶望のどん底に沈んだ私を励ましてくれ、再び生きる気力をくれた。外に出たら共に戦い、雪辱を果たすまで頑張ろう、と誘ってくれた。だからここから出たらイの一番に、彼の許を訪ねて行こう。つい今し方、決意を新たにしていた、というのに——足下の全てが、音を立てて崩れて行くような感覚だった。唯一の希望と見えた光が、無情にも目前で吹き消された思いだった。これからどうしたらいいのか、全く見当もつかない無力感。絶望感。脱力感。

私はただただ訳も分からず、テレビを見詰め続けた。座り込んだまま呆然と、ニュース画面を眺め続けた。

何故?

何故?

何故!?

頭の中に連呼するのは一つの言葉だけだった。そして、感じることと言えば、もう一つ……

頬が歪んでいた。筋肉の引き攣りで自分にも分かった。浮かべているのだ、私は。久しぶりに、あれを。

私は笑っていた。あの笑みが久しぶりに、この頬に浮かんでいた。

第二部　青空の向こう側

05年10月21日（金）

「笑っている。何故だ!?」

絶句する岸誠剛頭取を眺めながら土本良平《つちもとりょうへい》は、デジャビュのような錯覚に襲われていた。あれは5ヶ月ほど前。場所も同じこの料亭だった。溜池の高級料亭『金剛《こんごう》』はいくつもの離れを持ち、玄関からそれぞれ別な廊下でアプローチできるため、他の人間と鉢合わせする恐れを考えないで済む。このため岸頭取は極秘の話し合いに好んで使っており、土本の報告を聞く場もここを指定することが多かった。だからあの時もこの店だったことについては、特段不思議はないのだが。

「最近あの笑い方をすることは、めっきりなくなったと言ってたんですが、ね」と土本は言った。「ここのところまた、頻繁に笑うようになったってんです。囚人仲間からも気味悪がられてるそうでして」

「5ヶ月前と同じ。そういうわけか」

「ええ。そんな感じらしいんで」

「笑っている。何故!?」実を言うと同じセリフを、土本自身も発していた。5ヶ月前の、あの日。八王子刑務所で処遇部長を務めている、藤木《ふじき》忠義《ただよし》から最初にこの話を聞いた時だった。戸惑ったように全く同じ言葉が、口から飛び出していたのだ。

「それが分からんのだよ、俺にも」と藤木は言った。狐につままれたような表情は、こちらをそのまま映したようなものだったろう。合わせ鏡のように。「ただ、笑っているのは確かだ。俺も実際に、この目で見た。職員の間でも話題になっていたので、ね。こないだの旗日に、舎房まで行って見たわけだ。廊下からこっそり覗いてみたんだが、確かに笑っていた。思わずゾッとするような笑みだったよ」

思わずゾッとするような笑み。その表現に、背筋に寒いものを覚えていた。慌てて辺りを見渡す。府中のとある小料理屋の小上がり。藤木と会う時に使っている店だ。八王子の地元で会うのはさすがにマズいという判断である。ここの小上がりは殆ど個室のような設《しつら》えのため、人に聞かれたくない話をするにはもってこいなのだった。事実いま辺りを見渡してみても、盗み聞きされるような人影は近くにはない。

「しかし、カミさんに見放されて奴は今、どん底の筈なんだろう？　なのに、何故」

「だから、俺にも分からんと言ってるだろう」と藤木は繰り返した。「それに見捨てられてどん底と言うなら、軽屏禁の最中こそそうだ。カミさんに捨てられて喧嘩騒ぎを起こし、1週間の軽屏禁を喰らったからな。本来なら一番辛い時期だった筈だ。そうでなくとも、そこその根性者でも泣きを入れるくらいの辛い懲罰なんだから」

「なのに、その時も笑っていた……」

そうなんだよ、と藤木は頷いて言った。その頃から雑役らから、気味悪がられててね。それが懲罰期間が終わり、工場に下ろされてからもそのままなんだ。

「気でも違ったかな」そうだったらどんなにいいか、と思いながら土本は言った。奴が狂ってくれさえすれば、全ては済んだことになる。懸案は全て片づいてくれたことになる。ただそうなると、奴の近況を調べるという調査員としての自分の仕事も、これで終わりになってしまうが。乙石銀行首脳部から直々に受けた、久々の美味《おい》しい仕事も。

「さぁ、どうだろうな」と藤木は言った。塀の中の情報を仕入れるため、〝内通者〟として抱き込んで早10ヶ月。こんな困惑したような表情を浮かべる、彼を見るのは初めてだった。

奴は今、心の底から狼狽《うろた》えてるよ。初めてムショにぶち込まれた時ってのは皆そうさ。特異なしきたりに戸惑い、何もできずにオロオロする。お陰で失敗を仕出かし、叱責される繰り返し。俺がこれまで数え切れないくらい見て来た、典型的なパターンさ。刑務官として勤めて来た藤木の長い経験。無数に見て来たパターンを、奴は踏襲《とうしゅう》するばかりだったという。当初。だから藤木の報告は、これまで常に泰然としたものばかりだった。相変わらずの通りさ、奴も。これからどうなり、奴がどう出るかまでだいたいの予想はつくよ。余裕綽々《しゃくしゃく》、定期報告していたものだったのだ。これまで彼は、ずっと。なのに――

「中で気が触れた奴というのも、俺は無数に見て来たが」初めて見せる戸惑いの表情のまま、藤木は言うのだった。「おかしくなっちまえば隣の医療刑務所送りになる。他所《よそ》からも続々送られて来る。だが奴の場合は、ちょっと違うように思えてならないんだ。俺がこれまで嫌ってほど見て来た、狂ってしまった懲役連中とは」

なぜ笑っている？　笑う理由などどこにある!?　奴の笑顔を盗み見ながら、俺も何度も自問したよ、と藤木は言った。最初にあの笑顔を見た日、ちょうど空は突き抜けるくらい晴れ渡っていい天気だった。そんなことまでよく覚えている。だからなのか？　とさえ考えたからな。あんな、鉄格子入りの窓で四角く区切られた空であっても、あの清々《すがすが》しい天気を見て奴は笑顔を浮かべているのか？　とさえ考えてみた。

「だってよ。考えてもみなよ」と彼は言った。「そうでなくても刑務所の中なんて最低だ。ずっと勤めてる俺が言うんだから間違いない。狭苦しい室内。男だらけで汗臭ぇし、トイレの汚臭は最悪だ。おまけに交される会話なんてのは、人間てのはどこまで愚かなのか、と信じられなくなるくらい低俗なものばかり。聞いてるだけで幻滅してしまうようなものばかりだよ。ゴキブリはそこらじゅう這い回ってやがるし。あんなところにいるだけで、生きてるのが嫌になってしまうような環境なのは間違いないんだ」

若い頃の夜勤で、舎房を見て回るのが何より苦痛だった。吐き捨てるような表情で言うのだった。夜になっても廊下から中を監視できるよう、房内には常に薄明かりが灯されている。常夜灯にこの社会の下《げ》の下《げ》、最底辺の営みがボッと照らし出されている。人間社会のどん底が忌々《いまいま》しい薄明かりに浮かび上がっている。こちらの気分まで滅入らせるような光景だ。あれを見るのが嫌だった、と彼は言うのだった。夜が辛いからでも何でもない。あれを見てこちらまで落ち込むのが大嫌いで、だから夜勤だけは苦手だったんだ。

「だから思ったよ。どれだけ清々しい空だろうと、これだけのマイナスイメージ全てを払拭する任を、そこだけに求めるにはあまりに無理があり過ぎる、ってな」あまりに荷が勝ち過ぎている、という表現もできるかも知れない、と彼は続けた。そもそも頭上一杯に広がる空でも何でもなく、四角い窓枠に縁取られたものに過ぎないんだし。

「なのに、ってんだな？　おまけにそこに、カミさんからまで捨てられた、ってのに」

そうなんだ、と再び藤木は頷いた。「失意。絶望。奈落。どん底……。ありとあらゆるそうした表現が、今の奴の境遇にはこの上なくぴったりと当てはまる。まるでこれらの言葉は全て、奴のためにこそ作り出されたみたいに。逆に希望。歓喜。悦楽。幸福……そういった言葉は奴から、何より遠いところにある。あまりに縁遠過ぎて、奴からすればこの世に存在しないも同然なくらいだろう」

なのに奴は笑っている。何故？　何故……!?　成程こいつぁ堪《たま》らねぇ、と土本も思った。考え出すと疑問が頭の中を乱舞して、こっちまで気が違って来ちまいそうだ。

「それで今じゃ、囚人仲間からも奴、ある呼び名で陰口を叩かれている」

「呼び名？　何……？」

「〝笑い犬〟ってんだよ、それが。またその呼び名が何とも言えず、ピッタリなんだ、確かに」

「笑い、犬」

笑い犬、笑い犬……。言葉が何度も、頭を渦巻く。銀行の犬だった男が今や、刑務所で〝笑い犬〟と呼ばれ恐れられる存在となっている。その事実に思いを馳せ、土本は再びゾッと背筋を凍らせていた。いったい何があったってんだ、奴に!?

「分かった。とにかく今後も注意深く、奴を観察していてくれ」分かった、だと？　何も分かってないんじゃないか、実際。内心自分で突っ込みを入れながら、あの場は取り敢えず締め括《くく》った。背筋から来る震えを、何とか抑え込みながら。「次はいつも通り、1ヶ月後にこの店で。ただ何か少しでも変わったことがあったら、直ぐに連絡を寄越してくれ」

そうして翌日、ここで藤木の報告を伝えた際、岸頭取の反応も全く同じだった、というわけだった。藤木の報告を受けた時、自分も開口一番漏らしてしまった言葉と。

そして更に、5ヶ月後の今日、も。


「あの、何とかいうヤクザの大物は死んだ」と糸魚川支店長が言った。土本の調査結果を聞く〝定例報告会〟は、岸頭取とこの銀座支店長、顧問弁護士の沼田というのが常の顔触れとなっている。知っている人間はできるだけ絞った方がいい。生の情報は直々に聞き、その場で限られたメンバーだけで善後策を話し合うべきだ。そこで報告されたこと、決定したことはいっさい文書に残さない方がいい。それぞれが胸の内に仕舞っておくだけで。そういう判断で頭取自らが、こんな場に顔を見せている。ちなみに自分をこの件の調査役として、こうしたお歴々に引き合わせてくれたのは、それまでも何度か仕事を依頼された仲である沼田弁護士だった。「奴にとっては唯一の、心の拠《よ》り所だった筈だ。なのにそれが、命を落としたというのに」

ヤクザの大物、呉原厳道と奴とが親し気に接しているという報告は、かなり以前から藤木より受けていた。何だか知らないがあれだけの大物が、運動時間のたびに奴と座って会話を交している、と。

さっそく土本も呉原という男について、どういう人間なのか背景を洗ってみた。どうやら九州に本部を置く暴力団組織の、東京出張所を任されている男らしい。逮捕された事件についても裁判記録を読んでみたが、これがまぁ啞然とするような冤罪。どう見ても彼の方が被害者で、検察側の証拠は信憑性《しんぴようせい》の欠片《かけら》もない酷いものだったが、それはまぁここではいい。つまり、その事件から奴に繫がる線は考えられないことが明らかになったわけで、そこでこの話は終わりとすべきだった。

次に考えたのが不動産ブローカーの小南の線だった。ヤクザである呉原が小南とも知り合いで、それで奴とも話が合った、という線はあっておかしくないように思えたのだ。だがどれだけ調べてみても、呉原と小南との接点は見つけることはできなかった。少なくとも奴とこれだけ長く話す程、小南と親しい仲でないことは確かなようで。この線もほぼ消滅。

　では何故なのか？　なぜ呉原のような大物ヤクザが、奴なんかと親し気に話をしていたのか。そこのところは今となってもよく分からない。ただ藤木の報告から分かるのは、呉原と話すようになってから明らかに奴が変化したことだ。ここのところ奴の表情が目に見えて明るくなって、同時に例の笑みも滅多に見せなくなっている。藤木はそう言っていた。

　だから見当をつけていたのだ。何故だか分からないがこの呉原が、奴の心の拠り所となっているらしい、ということを。何を話していたのかは分からないが、それで奴が精神的に癒されていたようだ、ということを。そうでなければ奴の変化に説明がつかない。

　なのにその男が、死んだというのに。せっかくの心の拠り所がこの世から消え失せたというのに。奴はまた笑っているというのだ。ここのところめっきり見せなくなっていた例の笑みを、またも頻繁《ひんぱん》に浮かべているというのだ。

「全く以てもう、俺には訳が分からないぜ」いつもの府中の小料理屋で、昨日この報告を齎《もたら》した藤木の表情は最早、完全にお手上げといった感じだった。「しかしまぁ訳は分からないが、笑っているのは確かだ。今回も俺自身、この目で見たからな。あぁ久しぶりにあれを見たぜ。ガラにもなくまた、背筋にゾッと寒気がした」

「あの笑み、間違いないな？」同じく背筋に冷たいものを感じながら、土本は確認した。「あの時と同じ笑みなんだな。〝笑い犬〟と囚人仲間から陰口を叩かれていた頃と。今度こそ気が触れてくれたわけでは、やっぱりない……？」

「あぁ間違いないよ」と藤木は言った。「そうでなきゃ俺がゾッとなんてするものか。あの呉原が死んだってのに、奴はまた笑っている。またあの頃に戻って、〝笑い犬〟の笑みを浮かべているんだ。それだけは確かだ」


だからその報告を、土本は繰り返した。私が塀の中の情報源に使っている、例の彼も「訳が分からない」と零《こぼ》してましたよ……という解説付きで。

「分からない。分からない。何も分からない。分かっているのは二つだけ。一つはこうして話し合っていても、理由が何も掴めない、埒《らち》が明かないということです」と沼田弁護士が言った。「そしてもう一つ、はっきり分かっていることがある。それはもう間もなく、奴は外に出て来るということです。奴の満期日は来月の18日。一度中で事故を起こしているから仮釈はなく、出て来る日はその翌日と決まっている。つまり奴が外に出て来るまで、後一月足らずということです」

後一月足らず。奴は大手を振って、塀の外に出て来る。現実の事態となる。

では、それからどうなるのか？　奴はどう出るのか。何かこちらに仕掛けて来る気でいるのか。それとも気力は塀の中でとうに失せ（こちらの目論見《もくろみ》通りに）、世間に何の影響も与えぬ死人のような余生を送るのか。そこのところは分からない。どちらなのか全く見当もつかない。

「マスコミが騒ぐことはもうないでしょう」と土本は言った。少しでも明るい材料を、依頼主に差し出してやるために。しがない私立探偵に、美味しい仕事を与えてくれた得難い依頼主に。「彼の出所を機に、後追い記事を載せる物好きなメディアもないとは言えませんが。しかしそれが出たとしても前のように世間が騒ぐことはもうないでしょう。大衆の目を引く事件は今も次々起こっている。古い事件は直ぐに忘れ去り、新しい事件に飛びつく。それが大衆の興味というものです。だから今さら事件を蒸し返したからといって、前のような囂々《ごうごう》たる世論を引き起こすとは思えません」

「つまり、後は奴の出方次第ということだな」と糸魚川支店長が引き継いだ。「奴が何か、企んでいるとしたら。その知恵を、何とかいうヤクザから授けられていたとしたら。我々がせいぜい懸念しなければならないとしたら、それくらいのものだろう。だから……」

「分かっています。奴の今後の動向に、これまで以上に細心の注意を払っておきます」これで会合は終わり。自分には改めて強い使命が与えられたことを自覚し、腰を浮かせながら土本は言った。乙石銀行の幹部連中という日本社会の上層部を、せいぜい失望させせないこと。こんな美味しい仕事をまたもらうための、しがない探偵としての生き残り術だ。

「頼むぞ」と岸頭取は言った。見てみれば彼の前に出された料理は、どれも殆ど手をつけられないまま放置されていた。「そして何でもいい。奴がなぜ笑っているのか。理由が思い当たるような情報を、できる限り集めてくれ。金はいくら掛かっても構わん。鋭意進めておいてくれたまえ、土本君！」

05年11月19日（土）

空は広かった。秋晴れという程の快晴ではないが、雲の間から時おり澄んだ日差しが降り注いでいた。鉄格子の嵌まった窓から覗く、四角い空より広いのは言うまでもないが——運動場から見上げるのとも、やはり違って見えるな。芳賀陽太郎は思った。これだけ開放感あふれる清々しさは2年ぶりのことだ。周りに遮る塀《さえぎ》も何もない、広々とした空を見上げるのも。

「いつまで上ばっか見てんだよぉ」声に、我に返った。幸乃だった。

「来てくれたんだな、有難う」

「来てやるってたじゃねぇかよー!?　オヤジまだあたしを信用してねーわけ」

「いや。そんなわけじゃないが」芳賀は口籠《くちごも》った。何もかもが久しぶりなことばかりなんで、全て現実のものとはなかなか実感が湧かないんだ。だからこうして、お前が出迎えに来てくれた現実にも。しかし口に出すことはできず、芳賀は再び顔を上げ、半分くすんだ、しかし一面に広がった空を見上げた。思わず零れ落ちそうになった涙を隠すためだった。

「とにかくお務め、ごくろー様」幸乃は敬礼のような仕種をして見せた。次いでニッと笑う。「何かモノホンのヤクザになったみたくね？　親分の出迎えか何かに来た、ヤクザに、さ」

ヤクザ、か。嫌でも連想してしまう。出て来たらイの一番に会いに行く積もりだった相手。何より頼りにする積もりだった先は、もうない。俺はこれからどうしたらいいか、さっぱり見当がつかない。

「何かしたいことある？　どっか、行きたいとこある」

「そうだな」周囲を見渡しながら、言った。ついさっきまで四六時中、自分を取り囲んでいた濃い灰色の塀が、視界の先まで連なっていた。「取り敢えず、この建物の周りを回ってみようか。自分が入れられてたのがどんなところだったのか、中にいては全く分からなかったから。この周り、どれくらいあるんだ」

「さぁ？　距離って結構あんじゃねーの。それにこんな辛気臭《しんきくせ》ぇとこ、わざわざ一周するってのかよ。うぜぇうぜぇ。止《や》めよーぜ、それ」

「今日は車はないのか。お前のアッシー君とやら、今日は来ていないのか」

アッシー君だって。ふっるー！　鼻を摘むような仕種をして見せてから、「シャバに出て来ていきなり、娘につき纏ってる男見せつけられちゃ気分悪ぃだろ。だから今日は電車で来てやったんだ。気ぃ遣ってやってんだぜ、これでも。それにこんな、朝早く。あたしが起きることなんて普段はねーんだかんね」

「ははは。そうか」

八王子刑務所では一般懲役の出所は朝10時、と決められている。もっともヤクザなどの筋モノは、早朝の6時頃と区別されているそうだが。呉原も2ヶ月前、そんな早朝に出されたのだろう。ついまたそちらの方に、連想が行ってしまう。もっとも今日の自分も、いよいよ出所と気分が高まり、6時前にはすっかり目が覚めていたのだが。いつもの通り6時40分に起床チャイムが鳴る頃には、眠気も何も消し飛んでいたのだが。

今週頭に〝引っ込み房〟に〝引っ込〟んで以来、芳賀は落ち着かない1週間を過ごしていた。出所の心構えを整えるための〝引っ込み房〟。その意味するところを、しみじみ体感していたのだ。基本的に起床や就寝の時間などは同じだが、昼間の作業は一切ない。扉に鍵は掛かっておらず廊下にも出放題だし、テレビも見放題でチャンネルも自由。とにかく〝引っ込み房〟まで来たらもう殆どが自由なのだ。

ところが既に拘禁生活2年以上。あれはダメこれはダメと規制される生活に、身体が慣れてしまっていたらしい。何をしてもいいよと言われると逆に、戸惑ってしまうのだ。外では当たり前の自由に、身体がなかなか馴染んでくれないのだ。誰かに何かを規制してもらった方がずっと気が楽、という感覚が染みついてしまっていた。お陰でこの1週間、芳賀は何をしていいかも分からずソワソワばかりして過ごしていたのだった。

「それじゃぁ仕方がない。駅まで歩くか」

だから何かしたいことがあるか？　と問われてもなかなか自分で決めることもできない。取り敢えず駅へと向かうことにした。本や衣類などの領置品は全て、事前に幸乃宛に「宅下げ」してある。今は手ぶらで、歩くのにはちょうどいい。ポケットにあるのは作業の賞与金、計2万円足らずだけだった。途中で懲罰を喰らい、見習工に戻ったりしたから割安とは言え、1年以上も中で作業させられて残るのはこれだけとは。帰る場所のある自分はまだいいが、身寄りのない者がこればかりの金を手渡され、外に放り出されていったい何ができるというのだろう。刑期を終えた懲役が再び罪を犯し、塀の中に舞い戻って来るのも当然だ、と芳賀は思った。刑務所というところは本当に、犯罪者を更生させる気があるのだろうか。

八王子刑務所の敷地は高台だと聞いていたが成程、駅への道は下り坂になっていた。「とちのき坂」というらしい。娘と2人、ブラブラ下る。考えてみればこいつと並んで歩くなんて、いつ以来のことだろう、と思いながら。塀の中に落ちるずっと前、多分こいつが中学に入った時分以来、絶えてなかったことに違いない。

「成程、本当に住宅街のど真ん中なんだな。周りを見渡しても民家だらけだ」

「何かこっちはこんな、しみったれた感じだけどさぁ。駅の向こう側はけっこー繁華街してるぜ。けっこー色んな店がある」

「こっち側にだって店はあるじゃないか。ほら、駅に近づくにつれて看板も増えて来た」

「あるったって田舎に毛が生えたような感じじゃん。だから、向こうはこんなんじゃないんだ、って。そりゃ渋谷なんかに比べりゃてーしたことはねーけどさ。来るまで八王子なんてすっごい田舎だと思ってたから。ちょっとびっくり」

長いこと人間社会から隔離され、拘禁生活を送って来た身だ。いきなりそんな都会に出たら、思わず目眩がしていたかも知れない。あまりに速い街のスピードについて行けず、気分が悪くなってしまうかも。だからまずは、最初に触れた外がこちらの落ち着いた雰囲気でよかったのかも知れない、と芳賀は思った。もっともさすがに刑務所というものが、繁華街のど真ん中にあるなんて環境はあり得ないだろうが。

坂を下ること数分。２人は八王子駅の南口に出た。本当に駅から歩いて直ぐなんだな、などと感心しながら。

そして確かに、場末の感じの駅前だった。一応ロータリー風の車回しがあり、バス乗り場やタクシー乗り場はあるものの、人通りもそれ程なく車も少なくて、全体的に閑散とした雰囲気だ。とても東京都下人口第2位の都市の、駅前の光景とは思われない。何より驚いたことは、ロータリー沿いにいきなり八百屋がでんと店を構えていることだった。それもどちらかと言えば、市場風の八百屋。

「なっ？　しみったれた駅前だろ」

「でもどうやら、ここにも再開発の機運があるみたいじゃないか。あちらに広く土地を空けてあるし。あれはどうやらその、再開発計画を記した看板じゃないか」

ここにどれだけ資本投下をすれば、それなりの経済効果が見込めるか。まぁそのためにはまず、向こうの北口との往来をしやすくするインフラ整備が第一だろうな。線路を高架にするのが難しいなら、せめて大規模な地下道を造るとか。駅に繋がる陸橋が唯一のアプローチであるままじゃ、人の流れはなかなかこちらには向かわない。考えていて、ハッとした。いかんいかん。俺はまだ、銀行マン時代の思考パターンが抜け切れていない。

「さっ、早く駅のあっち側ぃ行こうぜ。こんなしみったれたとことは、サッサとおさらばして、さ」

「まぁそう言うな。あそこに洋菓子屋さんがあるじゃないか。あれを見てたらどうも、甘いものが食べたくなって来た」中ではずっと甘いものに飢えに飢えていた。外に出たら巨大なケーキに頭を突っ込んで、周りから貪《むさぼ》り喰いたい。そんな夢さえ何度も見たことを、洋菓子屋の店構えを見て思い出したのだ。

「あれ、お持ち帰り専門じゃん。あそこでケーキ買ってどこで喰うのさ。バス停のベンチででも喰おうってのかよ」

「ははは。そう言えばそうだな」

「だからあっち側に行けば、落ち着いて喰えるような店いっくらでもあるって。さぁ早くあっちぃ行こうぜ。ホテルのロビーのラウンジで、ケーキセットなんて良くね？」

手を引かれるようにして、駅コンコースに通じるエスカレーターを上がった。何本もの線路が並んで横たわっているせいで、向こう側に渡るにはこのコンコースを抜けるのが一番の早道らしいのだ。

さすがは東京第2の都市のターミナル駅だった。コンコースに入るとそれまでとは一転、人人人の奔流《ほんりゅう》が芳賀の前に渦巻いていた。無数の人混みがブラウン運動のように、無規則に動き回っている。まるで一つの生き物のようにさえ見える、巨大なうねり。芳賀は先ほど抱いた懸念通り、軽い目眩のようなものを覚えていた。ここには2年以上に亘って切り離されていた、人間社会の営みがある。ついて行くだけで暫く難儀しそうな、大都会のスピードがある。

人混みに圧倒され、気圧《けお》されていた芳賀が、幸乃に引っ張られるようにして連れて行かれたのは北口の京王プラザホテルだった。幸乃がいま住んでいるのは京王線の八幡山駅に程近いマンション。だから京王線一本で八王子まで来ることができるのだが、京王八王子駅はＪＲと離れており、外を数分歩いて来なければならないという。

そして今朝、歩いて来る途中でこのホテルに気づいたというのである。だからあたし、

「ねっ。八王子なんぞの割には、ちょっとシャレた雰囲気じゃね？　オヤジ迎えに行った帰りはここに寄ってこうかな、って……」

成程きらびやかな一流ホテルらしいエントランスだった。左手に設えられた、しっとりと落ち着いたロビーラウンジの雰囲気に、再び芳賀はいたたまれない思いを味わっていた。吹き抜けの天井が醸し出す開放感が、逆に落ち着かない気分に陥らせてくれる。ついさっきまで薄汚れた、この世の底辺の日々を送っていた身が、こんなところに入ってもいいのだろうか？

「ホラ。ケーキの種類もけっこーあるぜ。オヤジ何にする？　あたし、紅茶付きのケーキセットダブルにしよっと。で、ケーキはどれとどれにすっかなぁ」

幸乃に差し出されたメニューには、多様な種類のケーキの写真が載っていた。苺のショートケーキにモンブランまでは見当がつくが、後はオペラにサバラン、フロマージュにシブストにシフォンにマンゴーシトロンにブルーベリータルトにリュヌ……と、暗号のような名前ばかりが並んでいた。

「俺はいいよ。やっぱり止《よ》す。お前が好きなものを頼むといい」

外に出たらテーブル一杯にケーキを並べて、端から貪り喰う夢ばかり見ていたとい

うのに。いざその場になってみると場違いな雰囲気に狼狽えるばかりで、どれ一つ注文することさえできなかった。

「えー何でー？　オヤジが甘いモン喰いてーっつったから来たんじゃん」

「やっぱりちょっと、外の空気に触れて疲れたみたいだ。幸いここはホテルだ。ちょっと上の部屋を取って、休んでからにするよ」

「何だよ、こんな時間から。ラブホでごきゅーけーを、こんなホテルでしようってわけ!?　なのにあたしが娘で、お生憎様」

「からかうなよ。とにかく少し横になりたい。お前は好きなものを注文して、のんびりしててくれ」


次に目が覚めた時も戸惑わずにはいられなかった。……薄暗い。明け方か？　起床のチャイムまで、後どれくらい——

起きたら直ちに身体が動こうとする。布団畳みに着替え。洗顔に点検の用意……。

漸く気がついた。枕許に時計がある。寝ているこれも敷き布団じゃない。ベッドだ。それに俺の着ているのは、私服だ。

夢か、とも思った。俺は夢を見ているのか。満期を迎え、娑婆《しやば》に出た夢を。こいつから目覚めればいつものの、むさ苦しい雑居にいる自分を見出すだけなのではないか。だからこんなところでヌカ喜びしていたら、後で嫌な思いを味わうことになるのかも。

実際に芳賀は、自分の頰を抓《つね》ってみた。話によくあるような行為を実際にしてみた。痛い。確かに感じる。やはりこれは夢じゃない。俺は本当に娑婆に出たんだ。

何もしなくていい。起きても慌ただしい時間を過ごす必要はなく、のんびりゆっくり自分のしたいことをすればいい。その環境にまだ馴染めなかった。ベッドに上半身を持ち上げ、ホッと一息つく。時計を改めて見てみると、夕方の5時だった。やっと何があったかを思い出した。……そうか。俺は幸乃とホテルの喫茶店に来て、気分が悪くなって部屋を借り休憩したんだった。第一、午睡の許される旗日にだって、こんな夕刻まで寝ているなんてあり得ないことだ。中だったら――

幸乃の携帯に掛けてみると直ぐに出た。

「起きた？　大丈夫、お父さん」

ガラリと変わった話し振りに、番号を間違えたかな、と戸惑った。お前、幸乃だよな!?　思わず確認すると、ええそうよ、と返事が来る。「ぐっすり眠れた？　少しは気分、良くなった」

あぁ、と答える。まだ戸惑いの真っ只中で。「お前、今どこだ。何をやってる」

「ケーキを食べたら何もすることがないので、映画を観て時間を潰してたの。今は、行きつけの居酒屋さん」

「行きつけの居酒屋って、おぃおぃ」言われてみれば受話器には、酒席らしく盛り上がった周囲の話し声が飛び込んで来ていた。

「これだけ何度も八王子に来てるんだから、行きつけのお店だって出来るわよ。お父さんも今からこっちに来ない？　焼き鳥がとっても美味しいわよ。ねぇ」どうやら目の前に、顔見知りの客がいるらしい。

「お前、酒呑んでるのか。だって、お前……」

「堅いこと言いっこなし。確かにまだ未成年だけど、もう大学生なんだから。お酒くらい許容範囲ってものよ。それよりどうする、お父さん。ここで一緒に食事するの、しないの」

どうやら店や顔馴染みの客には、女子大生で通しているらしい。確かにあいつ歳の割には、大人びて見えなくもないか。「分かった分かった。行くよ行くよ。そこの場所を教えてくれ」

『金太郎』という居酒屋は八王子に何軒もあるらしく、幸乃のいる店に辿り着くのにかなり手間取った。通行人に道を訊いても「どの『金太郎』？」で、なかなか埒が明かなかったのだ。

幸乃はカウンターに腰を下ろし、チューハイらしきものを口にしていた。背後から見るとなかなか様になっている。既にこうした居酒屋に行き慣れている雰囲気で、成程これなら女子大生で通るだろう、と思われた。「あっ来た来た。ここよここ、お父さん。おーい」

横に座っていた40絡みの男が、腰を浮かせて挨拶する。「あっお父さんですか。どうも、初めまして」

「こちら、啓文堂《けいぶんどう》って本屋さんで店長をされてる、伊藤《いとう》さん。ここの常連さんらしくて私も顔見知りになっちゃった」

差し出された名刺には「啓文堂　八王子店店長　伊藤聡《さとし》」とあった。啓文堂書店というのは京王電鉄の子会社で、沿線にいくつも支店を持ち、八王子店も駅ショッピングセンタービルの上階に入っているらしかった。

「この伊藤さんね、生まれも育ちも八王子なんだって。だからこの街のこと、すっごく詳しいの。あっお酒、何にする？」

「俺は酒はいいよ。もともと下戸だし。長いこと呑んでなくて急に口にすると、また倒れてしまいそうだ」

こうして芳賀だけがウーロン茶を啜《すす》りながら、焼き鳥に枝豆といったいかにも酒に合いそうなつまみを夕食に摂ることになった。

「さっき一つ頂いたんだけど、クジラのハツの刺身がとっても美味しかったわよ。お父さんも一つ、どう」

じゃぁそれも頂こう……と言ってから芳賀は、伊藤を向いた。「ここは、なかなか歴史の古そうなお店ですね？」

「えぇ。私の子供の頃からあります」と伊藤が応えて言った。「八王子もお店の入れ替わりが激しくて、ですね。昔からあるお店というと本当に少なくなってしまいました。ここは数少ない、長く続いているお店の一つです」

賑やかな話し声が周囲から響く。地元の人々からずっと愛されて来た呑み屋。酒を酌み交わしながら笑い合う周囲の客を見て、本当にそうなのだろう、と芳賀は思った。俺も酒が呑めたらどんなによかったか。せっかく出て来たんだからこれから、少しずつ酒の練習でもするか。

「ねぇねぇ伊藤さん。お父さんお酒を呑めないから代わりに、何か甘いものでも買って帰ってお土産にしようと思うの。八王子のお菓子で何かお勧め、ない？」

「それならいいものがあるよ。都まんじゅうといって八王子に古くからある名物さ。白あんであっさりしていて、甘いものが苦手な人でもいくらでも食べられる。焼き立ても美味しいけど、冷めても油で揚げるとまた堪らないんだ、これが」

「あっそれ、いいなぁ。是非ぜひ買って帰ろ、ねっお父さん」

「いやぁそれにしても羨《うらや》ましいですなぁ」焼酎のウコン割りを呑みながら、伊藤が言った。「こんな素敵な娘さんがいて、2人で居酒屋で楽しめるなんて。世のお父さんの理想じゃぁないですか。それにお嬢さん、大学では経済学を専攻されているそうですね。いやぁ将来が楽しみだ。全く羨ましい」

経済学専攻!? 芳賀は思わず、口に含んだウーロン茶を吹き出してしまうところだった。大学どころか高校も退学寸前の不良娘が、言うに事欠いて……

しかしまぁこの幸乃、声音や話し振りまで変えてオジサンを手玉に取る辺り、なかなかに如才ないじゃないか。こいつにこんな一面もあったなんて。

俺は本当に娘のことを何一つ知らなかったんだな。しみじみと思い知る。それくらい家庭を犠牲にして顧みず、銀行に尽くした挙句がこの体たらくとは……。本当に伊藤の言う通り、素敵な家族に恵まれていたというのに。気づかせてくれたのがその銀行から切り捨てられ、落ちた塀の中だったなんて何という皮肉なのだろう。いや。本当に大切なものに気づくのは、往々にしてそれを失ってから、というのが世の常なのか。ならば俺にはまだ幸乃がいる分、救いがあると思うべきなのだろう。

「八王子はラーメンも美味しいよ。ネギの代わりにタマネギのみじん切りが入っていて、その甘みがスープにコクを与えている。表面を油が覆っているから湯気があまり立ってないけど、知らずにごくりと飲むとすっごく熱いから。そこは要注意」

「わっわっ。ラーメンもいいなぁ。お酒の後のラーメンって本当に美味しいものね。でもその都まんじゅうに、ラーメンに。あんまり食べると太っちゃうなぁ」

周囲の客同様、すっかり店の雰囲気に馴染んで話している幸乃と伊藤を見遣りながら、芳賀は思った。幸せ？　あぁその通り。娘と共に居酒屋で、常連客と会話しながらの楽しい時間。こんな一時《ひととき》を持てるようになるなんて、ついこの間まで夢にも思ってはいなかった。塀の中の最低の日々をやり過ごして、やっと手にしたささやかな〝恩恵〟か。それを最大限、堪能するためにも、やっぱり俺もこれから酒を呑む訓練でも積むかな。

思い掛けない小さな幸せに、身体が温まる心地がする。まさか自分の背中に2対の視線が密かに注がれていることなど、芳賀は全く気づいてはいなかった。1人は乙石銀行の依頼を受けた調査員、土本。そして、もう1人は――

05年11月21日（月）

変わったな……。1年半ぶりに芳賀を見て、九鬼歳三《くきとしぞう》の抱いた第一印象だった。前はいかにも弱々しいエリート風で、自分の考えというものを持たない〝社畜〟的イメージだったのが。今は芯に自分を一本しっかり据えた、頼もしさのようなものが感じられる。野獣のごとき逞《たくま》しささえ匂う。長い拘禁生活を経て腑《ふぬ》抜けのようになってしまう人間も多い中、彼もそうなるのでは？　という懸念も抱いていたのだが。どうやら杞憂《きゆう》に終わったばかりか、逆の効果を彼に齎してくれたもののようだった。刑務所で頼もしく鍛えられたなんて話、あまり聞いた覚えはないのだが。安堵と共に戸惑いのような感慨を、九鬼は覚えていた。

乙石銀行支店長が不動産ブローカーまで使い、地主から土地を取り上げた挙句に自殺させてしまった。あれだけ世間を騒がせた事件を当時、九鬼としても追っていた。ご多分に漏れず。そして直ぐに気がついた。こいつはおかしいということを。一支店長が独断で仕出かしたような事件とは、訳が違う。彼はただスケープゴートにされただけで、裏には奥に深い闇が潜んでいる。長年フリージャーナリストとして鳴らして来た、九鬼のカンだった。

だから本腰を入れて取材した。こいつの裏には乙石銀行上層部が密接に関与している。恐らく岸〝天皇〟御自らの意向が。しかしそれが何なのか？　なかなか見当がつかない。どうやら奴らは芳賀一人を生《い》け贄《にえ》に差し出して、この件には蓋をしてしまいたい意向であるらしい。誰かを犠牲にして自分達だけは生き残りたいというのなら、まだ分かる。スキャンダルに見舞われた権力者なら誰でもやることだ。だがそれとは違う、と思えてならないのだった。それだけを動機とするには彼らの執心さが、度を超しているように感じられる。何故かは知らないが彼らは、何としてでも芳賀を葬り去る必要があった。そのために形振り構わぬ司法工作に出た。そう思えてならないのだ。では、それは何故か……？

銀行が地主から取り上げたという、中野坂上の土地も洗ってみた。現在、件《くだん》の土地では街全体の再開発計画の一環に組み入れられた、複合施設ビルが建設中だった。乙石銀行の息の掛かった不動産会社に売却され、更に2度の転売を経て現在の持ち主の許に落ち着いている。新興ディベロッパー、都市再生プロジェクト株式会社。敷地を有すだけでなく、現在建設中のビル工事の施工主でもある。

この都市再生プロジェクト社が乙石銀行の息の掛かった企業なら、話は分かりやすい。構図は見えやすい。しかし調べてみたら、ここのメインバンクは乙石とは別の大手都銀、みのり銀行だった。中野坂上のビル建設事業に対する融資も同じ、みのり銀行が行っていた。乙石が自分の息の掛かった企業の一大プロジェクトに融資するため、土地を騙し取らせたという推測はこれで潰《つい》えてしまったわけだ。みのりに恩を売るため乙石があそこまでやった、との推察もできないではないが、そこまで行くとどうも深読みに過ぎる感がある。都市再生プロジェクトの登記簿を取り、役員欄を眺めてみてもピンと来る名前には行き当たらなかった。こちらの線ではどうも、行き止まりの感が強い。

だから芳賀を何度も直撃してみた。彼が逮捕されてからも、足繁く東京拘置所に面会に通った。何か光明を見出せるとしたら、芳賀からしかない。なぜ彼がスケープゴートに選ばれたのか。心当たりを思いつける人間と言えば、本人しかいない。そこから突破口を見出す以外に路はない。

しかし外で直撃した時はおろか、拘置所の面会で会ってみても、彼の返答はいつも同じだった。全て私の判断でしたことです。この件に我が行の上層部の意向など、入り込む余地はない。貴方がたマスコミの人間の、邪推というものです。

立場上、ましてや裁判中ということもあるのだから、彼がこう答えるのは致し方のないところだった。他に返答のしようもないのは、分かり切ったことだ。疑惑の張本人が面会室で一雑誌記者相手に、突然コトの真相を打ち明け始める、なんて奇跡に期待を寄せる程、こちらだって御目出度《おめでた》くはない。

それでも足繁く拘置所に通ったのは、もう長期戦で行くしかない、と九鬼も腹を括っていたためだった。このままの感じだと彼は有罪判決を喰らってしまう。実刑という可能性も充分にある。そうなるように乙石銀行の顧問弁護士が、巧みに流れを作った感触すらある。こうなれば勝負は、彼の出所した後だ。実刑判決を喰らい、刑務所に移されてしまったらもう面会は不可能になる。だから未決の間に足繁く通い、俺の顔を覚えてもらう。できるだけいい印象を記憶に残しておいてもらう。そして彼が出所したら再び接触し、話を聞く。それしかないと思っていたのだ。この件の裏を暴くには、それだけの長期戦の覚悟で臨むしかない、と腹を括っていたのだ。

無論この1年余、芳賀以外の線を放っておいたわけではない。考えられる限りの線は一応追ってみたが結局、有望なものには巡り合えず。やはり〝芳賀待ち〟の隘路《あいろ》に陥っていたのだった。

仮釈放というものがあるからいつ彼が外に出て来るか、こちらには予測のつけ様がない。まぁ川崎の自宅は押さえてあるから、定期的に通って様子を窺っていればいいだろうと楽観していたのが——あるとき行ってみると家は売却され、芳賀家の人間はいなくなっていた。ローンの返済が詰まったのか。よくある話だが当方としては、軽く流せる事態ではない。上尾《あげお》の彼の実家も押さえてあるが、実家とは元々あまり上手く行っていなかったようで、釈放されてそちらに落ち着くということはなさそうに思える。元自宅の近所で聞き込みに回ってみたが、

「芳賀さんの奥さん？　さぁ……。何でも家を売られて、ご実家に帰ったという話は聞きましたけども。そのご実家がどこか、ですか。さぁ……」

という以上の情報は聞き出すことはできなかった。奥さんの実家の場所までは押さえてはいない。息子はこの春東大に合格したそうで、寮で一人暮らしを始めたというが。そこに通い詰めても何らかの情報が取れる可能性は低かろう。

改めて、あらゆる伝手を辿って塀の中の情報を探ったところ、どうやら芳賀は中で騒ぎを起こし、懲罰に掛けられたらしいことが分かった。こうした情報が外部に漏れることはまずないが、塀の中に教誨に通う牧師とコネが繋がったので、何とかそこまで聞き出すことができたのだった。

中で問題を起こして懲罰に掛けられれば、仮釈はまずなしになる。満期で出て来る

わけで、ならばその日に門の前で張り込んで、跡を尾行《つ》ければいいわけだ。

かくして一昨日、八王子刑務所前に張り込んで芳賀の出所を目撃した。変わったな。何だか、鋭くなった……との印象を受けたのは、その時のことだ。

出迎えに来ている若い娘は、不良仲間とつき合っていると一時報道された、例の長女だろうか。家出を繰り返し、渋谷界隈を遊び歩いていると聞いた割には、大人しい化粧と服装という印象を受けるが。会話の内容が聞こえるほど近づくわけには行かないが、親し気な感じからはそう取るのが自然に思われた。

娘だけ。奥さんは出迎えには来ていない。家を売却したと話を知った時、「破局」という文字が頭に浮かんだのは見当外れではなかったということか。まぁ夫婦仲が破《は》綻《たん》しても、こうして娘が来てくれるのだからまだマシとは言えようが。不良娘としか聞いていなかったがあの親娘関係、いったいどうなっているのだろう。

訝《いぶか》しみつつ尾行を開始しようとして、不意に気がついた。もう一人いる、ということに。芳賀を張り込んでいた男が、自分ともう一人。咄嗟に身を翻《ひるがえ》し、そいつが芳賀の跡を尾行《つ》けて行くのを見送った。どうやら向こうは俺の存在に気がついていない。更に距離を措いて、九鬼も尾行を開始した。

同業者か？……いや。恐らくそうではなかろう。何よりジャーナリストの匂いが、あいつからは感じられない。調査員だ、恐らく。乙石銀行の上層部から依頼された。その辺りが最もありそうなところだった。そうだとすればやはり、この件の裏に乙石上層部の意向があったとする仮説が、更に裏づけられることになる。芳賀の落ち着き先を確認したら次は、あいつの身許も洗わなければ。こいつはしんどい尾行になりそうだぞ、と九鬼は覚悟した。2つのターゲットにそれぞれ悟られないように、尾行を続けなければならない。おまけに第2のターゲットはプロで、警戒してもいるから、悟られないように身を処すのは一苦労だ。だがまぁ、結果的に——

何とか難事をこなし、芳賀の娘のマンションを突き止めることができた。京王プラザホテルで一休みした芳賀は娘と居酒屋で落ち合い、軽く食事をして八幡山のマンションに帰って来たのだ。一休みしたとは言え久しぶりの外はさすがにしんどいらしく、最後は娘に支えられるようにしてドアまで辿り着いていた。これで彼、世間の荒波を躱《かわ》す仮の住まいに落ち着くことができたわけだ。お帰り、芳賀陽太郎……

芳賀の落ち着き先が分かったら次は第2のターゲットだ。マンションの明かりが消えるのを確認すると、奴は甲州街道に出てタクシーを拾った。九鬼もタクシーを拾って前の車を追わせた。あまり無理をする気はなかった。こちらの尾行がバレるよりはまだ、見失う方がマシだ。芳賀のマンションさえ突き止めておけば奴の方はどうにかなる。どうせまた翌日にでも、あのマンション前に現われる筈なのだから。この俺と同様。

軽い心構えで臨んだのが逆に、奏効したのかも知れない。第2のターゲットに悟られることなく、九鬼はそいつの事務所までついて行くことに成功した。渋谷区神宮前、外苑西通りに程近い瀟洒《しょうしゃ》なマンション。オートロックのドアを抜けしなに彼が覗いて行った郵便受けには、「土本探偵事務所」の名があった。

翌日、知り合いの探偵に電話を入れ、その名を挙げてみると――

「あぁ土本良平、な。知ってる知ってる。同業者だよ、あまり仲間内では評判のよろしくない。イザとなりゃぁ文書偽造や住居侵入くらい平気でやっちまうような奴だからね。そんなのでアゲられりゃぁ、業界全体の評判が落ちちまうって周りからも顰蹙《ひんしゅく》を買ってんだ。ただ最近、妙に羽振りがよさそうだって話は聞いたなぁ。どこか上客でも見つけたんじゃねぇの。払いのいい、固定客でも」

払いのいい上客。乙石銀行の表に出せない情報収集を任されているとしたら、その話にもピッタリ合う。九鬼は礼を言って電話を切った。

芳賀が娘と消えたマンションへ張り込みに行ってみると案の定、土本もそこにいた。暫くはこいつと、行動を共にしなければならない運命かも知れない。こちらの存在を隠しながら芳賀を尾行《つ》けるしかない日々が続くのか、と思うと、九鬼は暗澹《あんたん》たる思いに囚われた。

その日は娘がちょくちょく外出した以外、目立った動きは見られなかった。芳賀は全く外に姿を現わさなかった。出所直後、それも初めての懲役の後というのは、往々にしてこうだ。久しぶりの外の空気に疲れ果て、身体を動かすのが億劫《おっくう》になってしまう。こうして落ち着き先に恵まれたことだし、もう数日は家の中で休む積もりかも知れなかった。それはそれで致し方のないことだった。

更に翌日——つまり今日、土本は姿を見せてはいなかった。俺と同様、芳賀は暫く休むと読んで、今の内に他の調査に回ったか。奴には他にも調べ回らねばならないことがあるのだろうし。しかし俺にはない。〝芳賀待ち〟以外八方塞がりの、俺には。こうして何とかの一つ覚えのように、ひたすら張り込んで動きを待つしか思いつけるテはないのだ。

すると今日も、娘が一人でマンションから出て来た。けっこう派手な格好だった。友達と遊びにでも行くのだろうか。あの年頃の娘に一日中、父親の側で世話をしろったって無理というものだ。ましてや夜遊び好きと報道された、あの娘では。

どうするか……？　迷ったのは一瞬だった。土本のいないのが千載一遇のチャンス。おまけに芳賀を張っている動機が奴とは違うから、あくまでターゲットから自分の存在を隠し続けたい、というわけではない。むしろいいタイミングで早い内に、芳賀とは接触したいくらいなのだ。

焦っては逆効果になり兼ねない。芳賀に悪い印象を与えることも、あり得ないではない。だがリスクは百も承知で、ここはバクチに出てみることにした。芳賀の娘に歩み寄って、話し掛けた。

「もしもし、ちょっといいかな。貴女、芳賀さんの娘さんですよね」

「何だよぉ、オッサン。人に話し掛けんならまず、自分が何者かを名乗んのが礼儀じゃねーの」

「いやぁ失礼失礼。私、こういう者です」名刺を差し出す。「お父さんが捕まる前からこの事件を追ってる者でしてね。無罪を信じて。でも結局、こうなってしまった。だから改めてお父さんの話を聞いて、いったいどんな陰謀に巻き込まれたのか真相を明らかにしてやりたいんだ」

「フリージャーナリスト。オッサン、テレビ関係の人？」

テレビというだけで目を輝かせて来る。いや雑誌の方さ、と答えると、途端に「なぁんだ」とあからさまに落胆の表情。全くもう、この年頃の娘と来たら……

「それで？　マスコミのオッサンがウチのオヤジに何の用なわけ。せっかく静かな生活取り戻したってのにまた、興味本位で騒ぎに巻き込もうってのかよ」

「いや。さっきも言ったようにお父さんの無罪を信じていればこそ、さ」興味本位なんて言葉が会話の最中にポンと出て来る。この娘、見掛けによらず頭の回転が速い。侮《あなど》れないぞ、と警戒しながら九鬼は言った。「だからもう一度ゆっくり話を聞いて、いったい何があったかを突き止めたいんだ。お父さんが判決を喰らう前にも、私は何度も会っている。だから覚えておられるんじゃないか、と思うんだが。よかったらこの名刺、お父さんに渡してもらえないかな。体力が回復されて、もしその気になられたら、ぜひ一度連絡を頂きたいって」

「何だよあたしはメッセンジャーかよ!?　マスコミってぇからてっきり、あたしをスカウトに来たのかって思ったのに、よ」

なかなか面白い娘じゃないか。つまらん不良の家出娘とばかり思っていたのが。こういうのは実際、会ってみないと分からないものだ。九鬼は、「いやぁゴメンゴメン」と戯《おど》けて見せた。向こうだってこういう対応を期待している、とまで読んだ上でのことだ。「自分の用件ばかり話しちゃったね。だがまぁ確かに、こういう仕事をしている関係でこれでも芸能プロダクションにも知り合いがいないでもない。だからもし君が興味があるのなら、一度紹介してみてもいいよ」

「マジ？　約束だぜ。それ誓ってくれんならあたしも、この名刺オヤジに渡してやる」

「あぁ約束するよ」と請け合ってから、「それから一つ警告しとく。実は今日は来ていないが、君たち親娘には監視の目がついている。恐らく乙石銀行の手の者だ。だから外に出る時は充分注意するように、とお父さんに伝えておいてくれ」

「わーったよ。監視なんて気っ持ち悪ぃ。でもよく考えてみりゃオッサンも、ウチ監視してたわけだよね。じゃぁオッサンもそのオツイシ何とかじゃねーって、どーしてあたし達に分かるのさ!?」

いやはやこいつは一本取られた。本当に頭の回転の速い娘《こ》だ。「い、いやそれは……。そこはもう、信用してもらうしかないな。とにかくその名刺をお父さんに渡してくれ。私に会う気になるかならないかは、お父さん次第だ」

「わーったわーった。とにかくこれ、オヤジに渡しといてやる。ただそれでオッサンに連絡が行くかどーかは、あたしの知ったこっちゃねーぜ。芸能プロに紹介するって約束は、結果とは関係ないんだかんね。あたしがこれオヤジに渡した時点で、成立する契約なんだかんね」

「分かった分かった、約束する」右手を挙げて誓って見せると娘は、くるりと踵《きびす》を返してマンションの方へ引き返して行った。さぁ鬼が出るか蛇が出るか……。後は天に任せた運次第だ。

05年11月22日（火）

「それじゃぁ、ちょっと行って来るよ」

「だいじょーぶかよ、オヤジ？　途中で倒れても知んねーぞ」

「2日間休ませてもらったお陰で、今日はかなりいい感じだ。ちょっと歩いて来たいところもあるし。そんなに無理はしないよ」

娘に心配されつつ外出する親父、か。本来ならもうちょっと、歳を喰ってからの姿であるべきなんだろうけどな。内心で苦笑しながら、芳賀は幸乃のマンションを出た。彼女にも言った通りさほど無理をする気はない。体力にもまだそれほど自信はない。ただいつまでも寝ていては逆になかなか回復できないため、少しは歩いてみるべきだと思ったのだ。どうせ大したところに行く気もない。また、行けない。彼の言った通り、自分に監視の目がついているとするならば。

……九鬼歳三か。そう言えば彼、そんな名だったか……。昨日、幸乃から渡された名刺。小菅の東京拘置所に何度も面会に訪ねて来た、彼の顔が朧《おぼろ》に記憶に蘇る。いかにも敏腕ジャーナリスト然とした、刃物の鋭さが目にあった。身体全体から漂っていたことを思い出す。もっともあの頃は狂気に駆られたように、沼田弁護士の指示に盲従していた時期で、当時の記憶自体があまり鮮明ではないけれど。

あなたに罪はない。これを仕組んだ銀行の上層部にこそ罪はある。面会のたびに九鬼は、繰り返していた。こちらも同じ返答を繰り返すばかりではあったけれど。しかしいま思えば、あんなことを言って来るマスコミは彼だけだったのだ。他のメディアは全て、悪徳銀行の象徴として芳賀を血祭りに上げることばかりに汲々としており、あることないこと暴き立てるのみに血道を上げていたけれど。あの中で彼だけが、ジャーナリストとしての本筋を通そうとしていた。誠意を持って取材に当たっていたのは彼だけだった。

そして今、出所を待って再び接触して来た。今こそ真相を突き止めようと迫って来た。あるいはこうやってこちらの心を籠絡《ろうらく》し、暴露本でも書かせて儲ける積もりかも知れないけれども。疑い出したらキリがないが、それよりはここまで熱心に事件を追ってくれた、その誠意を信じたい、という思いが勝《まさ》っていた。

だから幸乃から名刺を受け取ると、直ぐに彼の携帯に連絡を入れた。

「もしもし、芳賀です」

「芳賀さん。どうもお久しぶり。私のことを、覚えていらっしゃいますか」

「……えぇ。覚えています」

「そうですか。とにかく連絡を下さって有難うございます。心から感謝します。大変な思いをして来られて、まだ体調も万全でないでしょうのに」

「えぇ。仰る通り。まだ外に出た直後の疲れが取れていません。ですからもう暫く、そっとしておいて頂けませんか。貴方とお話ししたいという気力が出て来たら、また」

「えぇぇぇ分かっています」芳賀の言葉を遮るようにして、九鬼は言った。こちらから連絡するまで待って欲しい、と言わせないためだったことは、何となく察しがついた。そこまで言わせると完全に、主導権を全面移譲することになってしまう。「お疲れでしょうから、今は。まずは体力を回復させることに専念なさって下さい。煩わせる積もりは毛頭ありません。ただ私としては、何としても貴方の事件の真相を突き止めたい。ですからもし体調も戻られて、その気になられましたらまた、この番号にご連絡下さい」

……やはり。貴方が連絡して下さるのをお待ちしております、とまでは言わない。

そこまで言ってしまうとこちらが連絡するまで、向こうは動けなくなってしまう。だからあるていど時間を措いたら、向こうからも「その後いかがですか」と電話を入れられる余地を残したのだ。

つまりは芳賀が電話した時点で、九鬼の勝ちだったということである。名刺を渡していったんこちらに主導権を委ねた、その賭けに彼は勝ったのだ。だから再び完全に主導権を渡すことは、もうしない。交渉のプロとして、当然のことだった。

それに芳賀には分かっていた。程なくして自分は、再びこの番号に電話を入れるだろうということを。事件の真相を突き止めたい、という思いは九鬼にも負けない。本来なら、呉原と共に追及する積もりだったものだ。共に頑張ろうと彼から誘ってくれた戦いだった。しかし彼はもう、もう……。だから芳賀には仲間が必要なのだった。自分一人でできることはあまりない。共に戦ってくれる頼れる仲間が要る。今となっては、九鬼より理想的な相手はいないだろう。

「分かりました。私としてもこの事件を最初から見詰め直したい。その気持ちは正直あります。それに娘から聞いたのですが、私らには今も監視の目がついているんですって？」

「えぇえぇ。そうなんです」そうして彼は、出所の際から芳賀たちの跡を尾行《つ》けていた、男の存在について説明した。貴方の出所後の連絡先が知りたくて、実は私も貴方達を尾行していた。その非礼はどうかお許し下さい、と詫びを添えて。率直に打ち明けてくれたせいか、不思議に不愉快にも感じなかった。もしかしたら塀の中の暮らしのせいで、プライヴァシーに鈍感になってしまっている〝後遺症〟か。「そいつが誰かも突き止めました。私立探偵です、あまり評判は芳《かんば》しくない。彼が最近、羽振りがいいらしいという仲間内での噂も耳にしました」

「雇われている。乙石銀行に。貴方はそう読んでいるわけですね」

「そう考えるのが一番理に適《かな》っていると思います。そして、そうだとすれば」

乙石の上層部が何らかの思惑の上で、芳賀をハメたという仮説が裏づけられるわけだ。成程こいつは、これからの真相究明をますますやる気にさせてくれる話だな。

「分かりました。とにかく知らせてくれて有難う、九鬼さん。実は乙石の私に対する妨害が常軌を逸しているという、別から入った情報もあります。その話も今度、お会いした時に」

別から入った、常軌を逸した乙石の妨害工作情報。それは幸乃が名刺を持って戻って来る直前、掛けていた別の電話から齎されたものだった。御徒町支店時代にとても可愛がってくれた、地元商工会の副会長を務める高森弘吉《たかもりこうきち》社長。鞄を中心とした皮革製品の製造販売会社を経営している。芳賀が逮捕される直前、わざわざ訪ねて来て「私だけは君の味方だ。何か私にできるようなことがあったら、いつでも言って来てくれたまえ」と言ってくれた人だった。だから出所の挨拶も兼ねて、まずは一報を入れてみたのだ。

「いやぁ芳賀君か。出所したのか。元気だったか？　いやぁ何とも、とんでもない災難だったなぁ」

口調からは、こちらの電話を迷惑がっているニュアンスは全く感じられなかった。逮捕前に掛けてくれた言葉は、嘘でも社交辞令でもなかったのだ。

「私は元気です、と言いたいところですが、外に出て来てちょっと疲れが出てしまいましてね。2〜3日横になっていた方がいいかと思っているところです。ですから本来なら直ぐご挨拶に出向きたかったところなんですが。こんな電話で、申し訳ありません」

「いやぁ、いい。いい。そりゃぁ疲れたろう。挨拶なんかいいから、まずは体調を取り戻すことに専念して」それから声を潜めるようにして、高森社長はつけ加えた。社長室に回してもらった電話なのだから、周りに誰もいない筈なのだが。内緒話をする時は声を潜めてしまう辺り、万人共通の性癖のようなものなのだろうか。「それに真っ先に、俺に電話をしてくれてよかったよ。実は俺、君が出て来たら何か収入の元になるものでも紹介してやらんきゃぁ、と考えていたんだが。実はそれを、妨害する向きもあってね」

「妨害？　もしかして、乙石銀行ですか」

「そう。そうなんだ。あちこちの取引先に連絡を入れて、芳賀が出て来てもあんなのと接触するな。もしそんなことをしたら今後の取り引きを再考する、とまで脅しを掛けて来とるんだよ」

そこまで俺の再スタートを妨害しようというのか。一時は滅私奉公のように尽くしていた元身内の人間に対して、何という仕打ち!?　しかしここまでの執拗さには逆に、感情的しこり以上のものが感じられた。やはり奴ら、俺に社会に戻って来られては困る何かがある、と考えるべきなのだろう。塀の中で呉原が示唆《しさ》していた、何かが……。

「俺はそんな脅し、簡単に屈しはしないよ」と高森社長は言った。「ただ乙石はウチにとってもメインバンクだから。表立って君を支援するのが容易ではないことも確かだ。そこで一つプランがある。今度会えた時にそれを、相談しようと思っていたんだ」

「お心遣い有難うございます、高森社長。ご迷惑をお掛けして、申し訳ありません」

「何の。あんなことをして来る連中に、唯々諾々《いいだくだく》と従ってなぞやるものか。ただそんなわけだから俺も不用意に君に会うこともできんし、はっきり煙たがる他の社長連中もいることだろう。だからこれから電話で密に連絡を取り合って、どうしたらいいか探り合いながらやって行かんきゃぁならん」

そうした話をした直後だったから、監視の目がついているという九鬼の話にも、即座に納得が行ったのだった。全く、乙石の連中め。よくもここまで周到に、〝芳賀包囲網〟を張ってくれたものだ。こうなると高森社長に会いに行くにも、細心の注意が必要になってしまう。

だからこの日、3日ぶりに外出したのには体力回復のためともう一つ、その尾行とやらを見極めてやろう、という思いもあったのだった。敢えてぶらぶらと歩き、突然立ち止まったり方向を変えたりといった行動も差し挟んでみた。この界隈は路地がゴチャゴチャと入り組んでいて、身を翻そうと思ったら適した場所には事欠かない。全くの素人だがこれくらいやれば、怪しい人影くらい見つけられるのではないか、と期待して。

京王線の高架下に啓文堂書店があったので、飛び込んで見た。高架下は商店街のように設えられており、この書店は通路に面して見晴しがいいため、前を通る尾行者なら簡単に見つけられるだろうと踏んだのだ。八王子の居酒屋で会った伊藤店長の姿をふと思い出す。本当にこの啓文堂、沿線のあちこちに支店があるんだな、と納得しながら。立ち読みしている振りを装い、表にチラリチラリと視線を遣る。あれか。いや違う、あっちの男か。こちらを見遣るようにして歩き過ぎて行った人影をいくつか注意して見てみたが、結局よく分からなかった。やはり素人は、プロの真似事をしてみても上手く行きはしないらしい。

諦めて書店を出、京王線に乗って新宿に出た。駅西口の雑踏、ウンカのごとく湧いて来る人また人に再び、思わず尻込みしそうになる。何とか勇気を奮い立たせてカリヨン橋に上がり、続く歩道橋で青梅街道を渡った。いつまでも人混みを恐れていては、いつまでも社会復帰ができないことになる。事件の真相を究明するなど、夢のまた夢だ。

歩道橋で青梅街道を渡った先に、常円寺という日蓮宗の寺があった。自殺した野田氏の墓がここにあると聞いていたのだ。ただ逮捕されるまでは、そんなところにお参りに行く気など更々起きなかっただけで。

勇壮な山門を潜り、本堂の右手に回り込むと可愛い地蔵が並んでいた。「淀橋七地蔵」というらしい。説明板によると、昭和の初めに発生した「貰い子殺し夫婦による連続殺人事件」の犠牲となった子供達の霊を弔うためのものだとか。可愛らしさとは裏腹に、何とも痛ましい由来を持つお地蔵さんのようだ。犯人の夫婦、引き取り手のない子を貰い育てるという徳を積んでいたように見せて、実は殺人鬼という裏の顔を持っていたわけか。社会の公器を標榜《ひょうぼう》する銀行の手で自殺に追い込まれた、野田氏がここに眠るのも何かの因縁なのだろうか？　と芳賀は思った。

本堂の裏に広がる墓地は、路地を挟んでかなりの面積を有していた。芳賀は新宿新都心支店に勤務した経験も持つが、ここに寺があることまでは承知していても、都心部にこれだけ広い墓地があることなど全く知らなかった。それを言うなら神保町支店に勤務しながら、「芳賀書店」なる本屋の存在も知らなかった自分だが。エロ本屋。図書係で呼ばれていた頃が、何だか酷く昔のことだったように感じられる。唯野に瀬尾、島路らは元気だろうか。もう出所した奴はいるのだろうか。墓場なんかで塀の中の〝仲間〟を思い出し、顔の一つ一つを思い浮かべている皮肉に、芳賀は思わず笑みを漏らしていた。

野田家の墓の場所を墓守りの人間に教えてもらい、墓石の前で手を合わせた。野田さん、済みません。貴方に会いに来る資格などないことは承知していますが、これからあの事件の真相を暴くことで何とかお詫びに代えさせてもらいたい。今日は、それを誓う意味も込めてこうしておめおめ来させて頂きました。どうか、お許し下さい……

独り善《よ》がりであることは百も承知。それでも手を合わせていると、不思議と心が鎮《しず》まって来るのが実感できた。塀の中で一時、平穏をもらおうとキリスト教の教誨を受けていたことを思い出す。宗教に心癒してもらうのも、生きている者の特権だ。死んでしまった野田氏や呉原には、こんなことさえできはしない。

寺を出ると青梅街道沿いに歩き、中野坂上の交差点まで出た。自分がいた頃にも既に始まっていたが、周辺の再開発事業が今も急ピッチで進められている最中で、建設中のビルから工事の音が賑やかに道路に降り注いでいた。道路も首都高建設工事が進行中で、変更された車線のど真ん中に工事用の島が形作られ、中で巨大な門形クレーンが稼働中だった。この街は今も、〝大改造手術〟の真っ只中なのだ。そこから弾き出され、塀の中に落ちた人間の存在など街からすれば、なかったも同然なのだろう。この一画の広い敷地を有していたものの、全てを失って自殺したかつての持ち主の存在すらも。

その、かつては野田氏のものだった土地の前に立ってみた。敷地は全て鋼製矢板で囲まれ、中では複合施設ビルの建設工事の真っ最中だった。組み上がった鉄骨にPC板を貼り付けるべく、クライミングクレーンが長いワイヤーを垂らしたジブを上下させていた。これまた以前この土地を有していた者も、それを奪い取る〝使い捨て〟尖兵だった者の存在も知らぬ気に。と言うより両者の潰し合いの果てに、今このビルは建とうとしているのだが。まるで両者の〝屍《しかばね》〟の上に立つ、巨大な墓碑であるかのように。

……いや。一つ頭を振って、芳賀は思った。俺はまだ屍ではない。少なくとも、今はまだ。本当に屍になってしまった野田氏に成り代わり、最後の抵抗を試みてやる。このビルの下に埋もれているものがいったい何なのか。この手で暴き出してやる！

都営地下鉄に乗って、芳賀は六本木に出た。呉原の事務所がそこにあると聞いていたのだ。ノートに住所を書くわけには行かないから、何度も復誦《ふくしょう》して頭に叩き込んだ所在地。真相究明に乗り出すことを誓ったついで、彼の縁《ゆか》りの土地も歩いてみよう、と思ったのだった。

「六本木のロアビルて、あるでしょうが。あそこの直ぐ裏です」呉原の九州弁が、懐かしく耳に蘇る。「今は警察のうるさいけ、組事務所の看板は出されんですが。『新日本興業』という会社名の看板を掲げとります。大層な名前を付けて、やっとるのはタコ焼き屋ですが。社名を大仰《おおぎよう》にしたらいかんという法律はないでしょうけ」

看板があちこち出とるところやけ、なかなか見つけにくいかも分からんですが……と言っていたが実際には、ロアビルを回り込んだら直ぐに分かった。警察の装甲車がでんと路地に腰を据えていたからだ。殺されたヤクザの大物。だから警察もこうして、抗争に発展しないよう見張りを立てているのだろう。残された人間が仇討ちとばかり、飛び出して行かないように。追い討ちを掛けるようにここに、敵が第二撃第三撃を仕掛けて来ないように。ピリピリと張り詰めた空気が路地を覆っている。ここは最前線なのだ。一触即発の気が、辺り一面に立ち籠めている。

「どうしました、こんなところで」呉原の事務所の入るビルと装甲車とを、眺めて立ち尽くしていると直ぐに警官が歩み寄って来た。「危ないですよ、こんなところに立ち止まっていたら」

「い、いいえ。警察の車が駐まっているから、何があったのかな？　と思って」

「暴力団の事務所がそこにあるんです。だからこうして警戒しているわけです。先月、暴力団員が刺殺された事件のことを覚えてらっしゃいませんか、ね。あの、組員のいた事務所なんで」

「あれはどういう事件だったんです？　どういうことがあってあの組員は殺されたんです」

「さぁそれは、まだ捜査中ですから何とも」と警官は口籠って、「それで、貴方は……」

「い、いえ。何でもありません。ただ、興味があったものですから」踵を返すしかなかった。こんなところでウロウロしていては、不審人物として尋問されるのがオチだ。呉原縁りの地を訪ねて来て、そこでゆっくり佇むことすらできないなんて。

仕方なく芳賀は路地を抜けて芋洗坂《いもあらい》に出た。久しぶりの六本木に方向感覚を失い、暫しウロウロしてしまう。不意に視界が開けた先、目の前に聳《そび》え立った超高層ビルはかの六本木ヒルズか。逮捕される直前に完成したもので、もちろん来るのは初めてだ。街のランドマークなのだろうが、大規模な再開発のお陰で道路がつけ替わっており、不案内な人間からすればますます自分の位置が分からなくなってしまう。六本木通りに戻り、方向感覚を取り戻すまでにかなりの時間を要してしまっていた。

やれやれ疲れた。やはりまだ体力が戻ってはいない。そろそろ幸乃のマンションに帰って、休むとするか。

「もしよかったら、私の事務所を訪ねて来て下さい」地下鉄の六本木駅に向かいながら、不意に呉原の言葉が蘇って来る。いったんお別れの積もりで見送った、最後の姿が。「いい弁護士も、調査員も紹介することができると思います。同じ、司法に酷い目に遭ぅたどうしですけね。一緒に戦おうやないですか」実際には一緒に戦うどころか、事務所を訪ねることも叶わなかったのだが。事務所の入るビルを、ゆっくり眺めることすらも。

やけん私は、ここから出たら黙ってはおらんですよ。直ちに再審請求を出します。こんなことを許しておったら、この国はメチャメチャになってしまう……と意気込んでいた、呉原。戦いへの意欲を見せていた呉原。しかし現実には、再審請求どころか

05年11月22日（火）続

そこでふと思い出した。幸乃から渡された携帯電話を、懐から取り出した。

「笑っていたか、やはり!?」

「笑っていました、やはり」

緊急の呼び掛けで集まった、いつもの面子《メンツ》による会合だった。報告を行いながら土本は、背筋を流れ落ちる汗を感じずにはいられなかった。

笑っている。

笑っている——

笑っている……!?

八王子刑務所に勤める藤木の言葉が突如、再び生々しく蘇る。思わず、ゾッとするような笑みだったよ。

あぁその通り。笑っている。奴が笑っている。実物を見た途端、本当に冷気が脊髄を這い上って来たのだ。ぞくりと思わず背筋の縮むような、おぞましい寒気が。

囚人仲間が奴を呼んでいたという、渾名《あだな》も直ぐに思い出された。〝笑い犬〟。……あぁ全くだ。またその呼び名が何とも言えず、ピッタリなんだ。藤木の言っていた通りだった。あの笑いを目の当たりにして、これ以上ぴったり来る言葉が思いつけるだろうか。〝笑い犬〟だ、本当に。あれこそが〝笑い犬〟の笑みなのだ!

土本は奴をマンションまで見送った後、直ちに沼田弁護士に連絡を入れた。これまでの報告を行うため、緊急会合の場を設定してもらった。

お陰で今日はいつもの、溜池の料亭『金剛』ではない。赤坂の『羽村《はむら》』といって、個室はあるものの『金剛』のような離れまでは持たない店だ。路地が狭いため玄関前ギリギリまで車をつけることもできず、店から車までちょっと歩かなければならない。少々不用心だが背に腹は替えられなかった。今日の報告は一刻も早く、岸頭取らに伝えておかねばならない。そちらが優先されるべきと判断したのだった。

「奴の出所直後から、私は跡を尾行《つ》けてみました」と土本は、報告を開始した。出て来た料理に手をつける暇も、心的余裕も更々なく。「娘が出迎えに来ていました。妻に捨てられ、暫く面会も手紙も全くなかったのが、出所が間近になって何故か、娘が面会に通うようになった。内部の人間から聞いてましたから、これは予想のついたことです。『宅下げ』と言って領置していたものを事前にどこかへ引き取ってもらうのですが、この宛先も娘のマンションになっていました」

だから娘のマンションの住所も土本には分かっていた。それでも出所直後から、芳賀の跡を追わずにはいられなかった。中で〝笑い犬〟と呼ばれ、ベテランの刑務官すらゾッとさせた男。どんな行動を採るのか、この目で見ておきたかった。

「その娘というのは何度か報道もされた、家出ばかりしている不良娘だろう？」と糸魚川支店長が言った。「それまで家にも寄り付かなかったような娘が何故、今になって奴に寄り添うんだ」

「それははっきりとは分かりません。ただ、面会の際の会話記録を一部手に入れたのですが、恐らく大した理由はないように思われます。要はそんな不良娘ですから。刑務所で〝お務め〟したことで逆にカッコいいなどと、その程度の価値観なのだと思われます。匂わすようなことを、面会の際にも言っておるようです」

それじゃぁそちらの線は、あまり心配することはなさそうだな、と沼田弁護士が言った。他愛のない小娘の価値観なら直ぐに冷める。奴だって程なく、再び捨てられるだけのことかも知れん。

「刑務所を出た奴は、八王子の京王プラザホテルに入って部屋を取りました。恐らく疲れが出たのでしょう。夕刻、娘と再び合流して居酒屋で食事をしました。常連らしき客と話していましたがこの男は無害のようです。居酒屋の人間にそれとなく訊きましたところ、どうやら近所の本屋の店長らしくて。ただ」

「ただ？」

「笑っていたのですよ、その時も。娘とその常連が会話で盛り上がっているのを他所《よそ》に、ふと下を向いて。久しぶりに外に出て、娘と時間を過ごせる父親の笑い方じゃない。それは見ていて、私も強く感じました」

むぅ……という唸りが暫し、一堂を包み込む。笑っていたか、やはり。刑務所内部からの情報として聞いていたものが、今や調査員の直接目撃証言としてこの場に齎された。より現実感を伴うものとして皆の胸に突き刺さった。やはり嘘でも誇張でもなかったのか。奴は、本当に笑っていたのか。

「その日は娘のマンションに転がり込んで、翌日もそのままでした。疲れたせいでしょう、多分。よくあることなんです。長いこと塀の中に閉じ込められていると外の生活について行けない。リズムに合わせられず、どっと疲れが出るんです。多くの人間がそうなるという話は、私も聞いたことがあります」

動きがあったのは、今日になってからのことです、と土本は続けた。「奴は3日ぶりに娘のマンションを出て、駅へ向かいました」

路地を突然曲がったり高架下の書店に飛び込んでみたり。まるで尾行を撒こうとしているかのような、滑稽《こっけい》な動作が思い出される。尾行がついていることに、どうして奴は気づいたのだろうか。誰か入れ知恵した奴がいる？　それともただ単に、用心してみただけなのか。勿論こちらは素人の行動になど惑わされることはない。書店を出るやそうした行動をぷっつり止《や》めたターゲットに対し、再び尾行を開始した。

「最初に向かったのは西新宿の寺でした。奴の本籍地は埼玉なので、こんなところに親類の墓でもあるのだろうか、と訝りましたが。奴の立ち去る直前、手を合わせていた墓石の名前を見て得心が行きました。野田家の墓だったんですよ」

「野田家……？」誰の名か思い当たらないようで、ポカンとした表情を見せた岸頭取。沼田弁護士が素早く身を寄せて囁いた。自殺した地主ですよ、例の。

「それから奴は、中野坂上に向かいました」

「中野坂上……やはり、か」

「ええ。例の土地は現在、ビルの建設工事の真っ最中ですからね。工事現場の前に暫し佇んで、じっと見入ってましたよ。そして笑ってたんです、また」

ぬぅむ。再び唸りが、室内を満たす。重苦しい空気と共に。

「復讐を誓ったということか、その場で」

「それなら墓参りしたということにも納得が行きますな。まずは自殺した地主の墓に参って、これから真相を明らかにすると誓った。そういうことなんでしょう」

「しかしそれなら、なぜ笑う？　復讐を誓うのに笑うなんて、そんな話聞いたことがないぞ」

「……勝算がある。そういうことですか、な」

「コトの真相を明らかにするメドが、既に立っているというのかね？　しかしそれは、どこで」

「それは分かりません。しかし復讐を誓ってなおかつ笑っていたというのなら、そう考えるより私には思いつけないのですが」

銘々が戸惑いの色も露《あらわ》に、あぁだこうだと意見を述べ合う。一段落するのを待ってから、土本は報告を再開した。悪い報告が最後になってしまった。しかし時系列順に行けばこうならざるを得ないのだ。ここまでの報告で既に、メンバーには充分過ぎるくらい動揺が広がっている。しかし更に火に油を注ぐような悪いニュースを、これから自分は伝えなければならない。

「そこから奴は、地下鉄に乗って移動しました」と土本は言った。伝える地名が彼らに衝撃を与えることを、充分承知した上で。それでも伝えねばならない、嫌な役回りに躊躇《ちゅうちょ》しつつ。「降りた駅は……六本木です」

「六本木。まさか!?」

「駅から地上に上がって暫し、私は奴を見失ってしまいました。あの人混みの中でターゲットを見失うと、再び見つけ出すのはかなり困難です。15分くらいでしたでしょうか。暫く辺りを回ってみたのですが、奴の姿は消えたままでした」

「そのまま見失ったというのかね？　ならば」一縷《いちる》の望みを胸に抱いているのであろうことは、見ているこちらにもよく分かった。岸頭取だけではない。この場にいる、全員が。六本木というだけならまだ、違うかも知れないではないか。そこで見失っただけというのであれば、あるいは……

「いえ」微《かす》かな期待すら粉砕しなければならない。過酷な現実に目を据えるしかない。運命を受け入れるしかないと宣告するべく、土本は続けた。本心から心苦しく思いながら。「皆さん同様、私も悪い予感がしましたので。念のためそちらに足を向けてみました。そうしたら案の定だったのです。奴は戻って来ました。西麻布方面から。そして笑っていたのです。この時も、また」

西麻布。地名の意味するところは明らかだった。奴が復讐を誓った後に彼《か》の地に向かい、頬に笑みを浮かべながら戻って来たとするならば。その意味するところも、また──

復讐。勝算。……あぁその通り。今となっては奴が、なぜ笑っていたかについても見当がつく。こちらをゾッとさせるような笑みを何故、浮かべていたのか？　も。

つまりは既に奴には、コトの真相が摑めているということだ。少なくとも、大まかなところまでは。そしてそれを明らかにする、世間にぶち撒ける手段についても考えがある。効果的な暴露法についても一案講じたところまで来ている。そう見た方がいいだろう。だからなのだ。だから奴は、あの笑みを浮かべながら西麻布から帰って来たのだ。

　恐らく奴は刑務所の中で全てを振り返ってみ、何があったかに気がついた。恐らくはカミさんに捨てられ、〝軽屛禁〟とやらの懲罰に掛けられている最中に。だから笑っていたのだ。そこそこの根性者でも泣きを入れるくらい辛い、と藤木が言うくらい、キツい懲罰の最中であったにも拘わらず。

　懲罰期間が終わり、呉原というヤクザに会ってからもそうだ。この真相をどう発表すれば最も効果的か。自分を陥れた乙石上層部に最もダメージを与えられるか。考えてみればそういうことを相談するのに、ヤクザくらい理想的な相手もいまい。かくして奴は知恵をつけられた。ことによると乙石上層部を脅迫する、上手い手段すら教授されたかも知れない。よかったら一緒にやろう、と誘われたかも知れない。だからこそ奴は、運動時間のたびにヤクザの大物と親し気に話ができたのだ。逆にそんなことでもなければ、ヤクザの大物が奴なんかと親しく話などするわけもない。

　ところがせっかくそんな合意までできていたのに、そのヤクザは出所早々殺された。共に乙石を脅迫して大金をせしめようという思惑は、これでおじゃんになった。そこで奴は再び、コトの真相を公にする方の決心を固めた。事件の深層を陽の下に引き摺り出し、岸頭取らを失脚させるテに出る腹を固めた。だから頼りにしていたヤクザが殺されたにも拘わらず、奴は笑っていたのだ。そう考えれば全ての辻褄は合う。

「す、少し頭を冷やそう」言葉もない動揺の時間を長らく経た後、漸く岸頭取は言った。震える声で。「今は衝撃が大き過ぎる。今ここで案を捻り出そうとしても、悲観的なものが出るばかりで埒が明くまい。しかしコトがここまで来れば、できるだけ早くテを打たねばならないことも事実だ。まずはいったん頭を冷やす時間を持ち、然る後に打てるテをできる限り速やかに案出して、それに則って行動する。事ここに至っては最早、それしかあるまい」

打てる、テ。言葉の中には当然、芳賀殺害も含まれていることに全員が気づいていた。ならば遅きに失するわけには行かない。奴がもし何かを公表した後に死ねば、疑惑の上塗りになってしまうのだから。邪推が疑念を呼ぶ悪循環に陥ってしまうのだから。だからやるのなら早く、でなければならない。奴が何か、具体的な行動を起こす、その前に。

そうしてもし、やるべしということになれば、汚れ役を仰《おお》せつかるのはこの自分だ。そのことにも土本は気づいていた。殺せるか、俺に？　探偵としての汚れ仕事くらいならいくつもやったが、さすがに人殺しにまで手を染めたことはない、この、俺に!?

しかしやらねばならない。それがこの上客を繋ぎ止める、唯一の路だ。ここまで来たら彼らと一蓮托生《いちれんたくしょう》。彼らが破滅すれば自分も逃れる術はない。だからもう腹を括るしかない。事態は既に、そんなところまで来ているのだ。

＊

「出て来た出て来た。おぃどうだ？　バッチリ撮れそうか」

「このくらいの明かりがあれば、こいつには充分さ。おっと連中、連れ立って出て来たぜ。何て無防備な」

「焦ってるな」と九鬼は言った。「当然の警戒も忘れるくらい。連中が動揺している証拠さ」

実際、料亭『羽村』から出て来た連中の表情は、皆一様に思い詰めたような暗さに染められていた。切羽詰まった窮地に追い込まれたような、茫然自失と表すべき沈鬱さだった。

「そうじゃなきゃこんな料亭を選ぶわけがない。出入りが外から見え見えなんだからな。本来なら奴らがここまで、警戒を怠るわけがない」

土本を尾行してこの料亭に辿り着いた時、九鬼は直ちにカメラマンの田辺《たなべ》を呼び出した。私立探偵ふぜいが料亭に入るということは、依頼主への報告のために決まっている。上手く行けば乙石上層部ら今回の件の裏にいる連中を、〝一網打尽〟でカメラに収められるかも知れない。

写真週刊誌でよく一緒に仕事をする田辺は、指示通り、夜での隠し撮りに最適な高感度カメラを持参して来た。わざとフラッシュを焚《た》いて奴らを焦らせ、生の表情を〝抜く〟というテもないではないが。まだ分かっていることがあまりにも乏しい段階で、奴らを必要以上に警戒させるのは得策ではない、と判断したのだ。余計な警戒を与えると、入手できた資料さえ隠蔽《いんぺい》されてしまい兼ねない。奴らを焦らせるのはもう少し、コトの真相が見えてからにした方がいい。

だから今日はこうして、料亭入り口の路地に身を潜め、隠し撮りに徹することにした。いくら何でも出て来るのはバラバラだろうから、精々《せいぜい》が疑惑を上塗りする写真くらいしか撮れないことは、覚悟の上で。せめて同じ夜の同じ時間帯に出て来たことが分かるように、日付と時刻表示が写真に入るよう念を押した。ところが――

奴らの焦燥はこちらの予想以上だったらしく、ゾロゾロと連れ立って出て来てくれたのだ。望みを遥かに上回る展開だった。

「どうだ、撮れたか」

「バッチリ。全員集合で出て来るところを綺麗に捕らえたよ。これで奴らが会合を持っていたことだけは、どうにも言い逃れようがなくなったな」

「ようし」決定的な〝状況証拠〟を摑まれたことなど知りもせず、連中が路地の先に停めたハイヤーに乗り込んで走り去って行くと、九鬼は立ち上がった。「ただ、まだこいつは使えん。真相を突き止め、疑惑の裏を取るまではな。その写真は大事に寝かせて、もうちょっと待っていてくれ」

言いつつ九鬼は、どうにも不思議でならなかった。願ってもないほど焦燥して、決定的な〝絵〟をくれた奴ら。しかしそもそもどうして、ここまで動揺しているのだろう？　奴らは何故そこまで、あの芳賀を恐れているのだろう!?

05年11月25日（金）

「やはり呉原は、組どうしのゴタゴタで刺されたもののようです」と九鬼は言った。芳賀から依頼された調査の結果報告だった。呉原刺殺の裏に何かあったのではないか、を確認してくれと頼まれていたのだ。言わば独占取材を承諾する、交換条件のように。

「何か裏のあった事件ではなかった、と」

「少なくとも警察はそう見ています。私が調べた限りでも、背後に何かありそうな気配は窺えませんでした」

「そうですか」言うと芳賀は、喫茶店の窓から外へと目を遣った。遠くを見るような表情。確かに眺めているのは外の景色よりずっと遠くであることが、九鬼には分かった。

「呉原の巻き込まれた、例の冤罪事件ですね。呉原は出所したらあの判決に対して、再審請求を出す積もりでいた。刺されたのはそのせいだったのではないか、と貴方は考えたわけですね」

「ご存知でしたか、あの事件を」

ええ、私もあの本は読みました、と九鬼は答えた。実を言いますとあの本の制作に熱心に関わったのは、私の弟子に当たる記者でしてね。「最近の司法の対応を見ていると、ヤクザが絡むと刑期は5割増し、というのが言わば慣例になってます。ヤクザかそうでないかで刑期が変わるんですから、法の下の平等に反するのではないかという議論もありますが、ね。それでもあの事件はちょっと酷過ぎた。あそこまで露骨な冤罪事件は私も聞いた覚えがありません」

「全くです」と芳賀は応じた。「貴方も仰ってくれたように私の事件も、司法の思惑で実刑にされたようなものでしたので。悪くて有罪でも執行猶予はつくだろうくらいに思ってましたので。だから呉原も同情してくれたのですよ。似たような身の上である私に対して。同じ司法に酷い目に遭ったどうし、一緒に戦おう、と」

それから芳賀は、塀の中における呉原との関わりについて、訥々《とつとつ》と語ってくれた。最初にどうやって、向こうの方から話し掛けて来たのか。以来どんな会話をするようになったか。そのことが精神的にボロボロだった自分に、どれだけ影響を齎してくれたか。そして別れの際、どのような誓いを交したか……

「私の事件についても再追及するのに、できる協力はいくらでもする、と言ってくれました。有能な弁護士や調査員も紹介できるだろうから、出所したら一度事務所に訪ねて来たらいい、と。だからことによると自分の冤罪事件ではなく、私の事件に関わろうとしたばっかりに命を落としたのではないか？　とまで勘繰ってみたのですが」

「呉原を刺したのは、蜷川《にながわ》会の三次団体に属する組員です」と九鬼は言った。芳賀には悪いがそこまで行くと考え過ぎだ、と内心思いながら。

当事者は事態を悪い方にと捉えたがる。ともすれば全てを〝陰謀史観〟で解釈したがる。しかしいかに司法権力や銀行界のトップであっても、煩わしい動きに対して殺人までの実力行使にはそうそうに出ない。精々が冤罪を被《かぶ》せて塀の中に落とすくらいが関の山だ。人を殺すまでの度胸はなかなかない、と言った方がいいか。

それは、権力の上の方であればあるだけそうなのだ。まぁとことんまで追い込まれれば、非常手段に訴えないとは言い切れないが。呉原の場合はまだそこまでは行っていなかった。今回の場合、そう見るのが冷静かつ客観的な視線という奴であろう。

「呉原の所属していた三代目馬場一家は福岡を本拠地とする組でしてね。そんなに大きくはないが歴史ある一本独鈷《いっぽんどっこ》の組織で、武闘派としても知られています。日本最大のヤクザ組織、六代目明石《あかし》組にも平気で喧嘩を仕掛けるような。だからその東京進出に際して、在京の組織がピリピリしていたのは事実です。特に蜷川会は本拠地が六本木ですからね。上部組織どうしでは一応、話はつけられていたのでしょうが。下部組織は何かにつけて、ことあるごとに衝突する。そういうものなんですよ。だからその内のどこかから恨みを買って、東京進出責任者である呉原自身が襲撃されることになった。そういうことだと私は見ています」

「そうですか」

「自分の冤罪を晴らす暇もなく殺されて、呉原としても無念だったでしょうが」

「まぁ元々、死と隣り合わせの日常なのでしょうからね。ヤクザである限り」

芳賀は再び窓の外へ視線を遣った。甲州街道に面したこの店からは、大通りを行き交う車の姿を常に眺めることができる。一日中、ずっと。終わりのない流れの中に、ヤクザとしての呉原の人生を重ねて見ているのだろうか。無念の内に命を落とす非《ひ》業《ごう》の死があっても、その屍もものともせず死と抗争とが延々繰り返されて行く。極道達の否応ない生き様について。

呉原の死について調べて欲しい。そうしたら私の事件について知っていることは、全て話す。電話で依頼され、一応の調査結果が出たため今日は、ここで会うことにしたのだった。まずは九鬼が八幡山のマンションまで赴き、例の監視がいるかどうかを確認する。今日は見当たらなかったため、呼び出してこの喫茶店まで共に歩いて来たのである。

「事務所の前に、警察の装甲車がでんと駐《と》まっていましたねぇ」遠くを見るような表情のまま、芳賀は言った。「抗争に発展するのを防ごうというのでしょう。私が立ち止まって眺めていたら、直ぐに警官が飛んで来て不審尋問されましたよ」

「行かれたんですか、彼の事務所へ」

「えぇ。彼を訪ねるという約束が不可能になってしまいましたので。せめて縁りの地でも、歩いてみようと思い」いったん口を噤《つぐ》む。「九鬼さん。そうなると彼の墓は、九州にあるのでしょうか」

「そうですね。彼の出身が向こうでしょうから、一族の墓が向こうにあったとしても不思議ではありませんね。調べておきましょうか」

「ええ、お願いします。できれば落ち着いたら一度、墓参りに行ってみたい」

分かりました、多分さほど苦もなく突き止められると思います。手帳に要件をメモりつつ、九鬼は答えた。九州出身で地元事情に詳しいあいつに頼めば、程なく墓の場所くらい分かるだろう、などと思いながら。それから話題の転換を図った。「話はガラリと変わりますが、芳賀さん。貴方を監視していた例の探偵、やはり乙石の手の者でしたよ」

芳賀がハッとこちらを向く。自分が塀の中に落ちたのは、やはり乙石上層部の思惑によるものだったのか。

「探偵の跡を尾行《つ》けたら赤坂の料亭に行ったので、カメラマンも呼び寄せて前で張り込んでみたんです」言いつつ鞄から写真を取り出す。3日前に田辺に撮らせたものだ。料亭から連れ立って出て来る面々が、ハッキリと捕らえられていた。「こいつが例の探偵。こっちは岸頭取ですね？　そこまでは、私にも分かるんですが」

「これは糸魚川支店長。今は銀座の支店長をしていますが元は私の上司です。そしてこっちは沼田弁護士。そうですか。やはり、こいつらが」

芳賀はそもそものコトの起こりから説明してくれた。例の不動産ブローカー小南を紹介してくれたのも、元々はこの糸魚川支店長だったこと。中野坂上の土地を任意売却させるべく、野田氏を揺さぶるために小南を使う件も、糸魚川支店長からは内諾を得ていたこと。そしてそのことは、当時の岸副頭取も承知していたこと……

「だから貴方は、これは上層部まで承知していたことだと主張しようと思えば、いくらでもできた。でもそうではなく、あくまで自分一人の判断だと言い張り続けた」

「そう言えという沼田弁護士の指示でしたからね。あの頃の私はこいつらをつゆ疑っておらず、指示に盲従するばかりでした。しかし全員グルだったとは。少しでもあの頃、疑ってさえいれば」

「実は私、その小南にも面会に行って会ったんですよ」再び芳賀がハッと顔を上げてこちらを見た。「彼は未だに上告中で、まだ拘置所にいますから。我々も面会することができるんですよ。貴方に済まながっていましたよ。彼はいま手形乱発詐欺事件の方で罪に問われていて、貴方の裁判には彼の供述調書が提出されただけでしたが。もし今も貴方の公判が続行中で、自分が出廷することができれば――少なくとも貴方だけが罪に問われる話ではない、と証言できたのに。そう言っていました」

「あの『原野商法』詐欺の方はどうなのです。小南はあれに関わっていたのですか？あの詐欺で引っ掛けられた被害者と知った上で、野田氏への接近も承知したのでしょうか」

「あれをやらかした連中を個人的に知っていることは事実だが、野田氏が被害者の一人ということは全く知らなかった、と。まぁ刑務官が立ち会っての面会ですから、そちらの詐欺にも自分が関与した、なんて言うわけはないことも確かですが。しかし話しているニュアンスだと、本当なのではないかと私は感じましたね。『原野商法』をやるような連中と小南のような人間とが、互いに知り合いだったくらいにもありそうな話ですし、ね」

ふぅむ、と芳賀が腕を組む。それでは小南まではグルではなかった、と。それよりはむしろ、小南がどんな人間か知悉《ちしつ》した上で彼を使うことを了承した、岸頭取らの思惑がどこにあったか？　こそが問題だ、と……

「そう。そうなんです」と九鬼は言った。ガラにもなく勢い込んで。「どうにも裁判が不利に進行中なので、自分達に火の粉が降り掛からないよう貴方一人を防火壁に使う方針に転換した、というのなら分かる。でもどうもそうじゃない。この事件が火を噴いた辺りから、奴らは貴方を貶めるためにあれこれ画策した感が否めない。貴方を社会的に葬りたかった、奴らの思惑が透けて見えるんです。ではそれは、いったい何故なのか」

そう、呉原も同じことを言っていました、と芳賀は言った。そうまでされる理由を何か、思いつかないか、と。

「この写真に写った料亭の夜だってそうです」更に身を乗り出すようにして、九鬼は言った。「ここは入り口前の路地が狭く、車を玄関前までつけることができない。なるべく人目を避けたい連中からすれば、危険極まりない店なんです。なのに奴らはそんなところに集まり、しかもこうして連れ立って出て来た。焦るあまり冷静な判断力を失っていた、と見るべきでしょう。奴らは貴方を恐れている。貴方は奴らを恐れさせる何かを知っている。その筈なんです」

呉原も同じことを言っていました、と芳賀は繰り返した。だから以来、何度も何度も考えてみたのですが。「分からない。どうしても思いつかないんですよ。私の知っている何が、彼らをそこまで追い込んでいるのか。いくら考えても、思いつかないんです」

芳賀が思い至ってくれない限り、全てはおじゃんになる。これまで集め得た情報は周辺的な状況証拠に過ぎず、精々が疑惑を喚起させるまでのものでしかない。なぜ彼らがそこまでやったのか？　少なくとも動機を示唆する説くらい挙げられなければ、ただのスキャンダル暗示で終わってしまう。他のマスコミも飛びついて世論を動かす程に疑惑を補強するには、動機の裏づけが必要だ。そうでない限り奴らは逃げてしまう公算が高い。むしろこちらを名誉毀損で訴えて来かねないだろう。

しかし口にするのは止《や》めておいた。そんなことまで言って芳賀を追い込んでも何にもならない。むしろ逆効果であることは明らかだからだ。

九鬼は鞄から、新たな資料を取り出した。都市再生プロジェクト株式会社の、商業登記。転売された野田氏の土地を最終的に手に入れ、現在ビルを建設中の施工主だ。説明して、登記簿に目を通してもらう。特に役員欄に、ピンと来る名前はないか

「……申し訳ない」暫く登記簿を捲《めく》っていたが、最終的に芳賀は顔を上げた。「思い当たるものが何もない。色々と、考えてみたのですが」

「まぁ仕方がありませんね」内心の落胆が表に出ないよう気をつけながら、九鬼は言った。「焦ってもしょうがない。そのうち何か、思い当たることがありますよ。その資料はコピーを取って来たものなので、お持ち下さい。落ち着いて改めて見てみれば何か、思いつくものがあるかも知れない」

本心ではまぁ、そう上手くは行かないだろうと悲観はしていたが。僅かな希望でもないよりはマシだ。このままではこちらの負け。巨悪共は追及から逃れ、まんまと生き延びてしまう。内心の落胆と焦りを押し隠し、料亭前で隠し撮りした写真を鞄に戻

して、蓋を閉める。

鞄を脇の椅子に置き、顔を上げて気がついた。芳賀がこちらの背後を眺め遣っていることに。ポカンと何かを見詰めていることに。

九鬼は振り返ってみた。テレビだった。喫茶店のテレビで今、ニュース速報が始まったところだった。公職選挙法違反に問われ、失職した衆議院議員の補欠選挙。年末も押し迫った時期にも拘わらず、与党のイメージ回復と野党の失地奪回という両者の思惑が衝突し、熱き戦いが繰り広げられている真っ最中なのだ。両党とも大物議員を現地に投入し、応援演説にこれ努めている。今は小俣《こまた》千代夫《ちよお》衆院議員が、選挙カーの上で与党候補の横に立ち、マイクの束を握り締めて大声を張り上げているところだった。国家公安委員長や法務大臣を歴任し、司法界に大きな影響力を持つとされる民自党の大物だ。

「あれは？」ポカンと口を開けたまま、芳賀は画面を指差した。総力戦の様相を呈すこの補選には、形振り構わぬ人材が投入されており、小俣議員の背後に女性の姿も見え隠れしていた。夫婦そろっての応援演説というわけだ。……そうか。この県は、小俣の地元だったな。「あの、女は!?」

「小俣のカミさんですよ。応援演説に駆り出されているんでしょう。事業を手広くやっているやり手の女で、小俣の重要な政治資金源とも言われています」
「……知っている」と芳賀は言った。「私はあの女を知っている。でも、どこで
……!?」

05年12月19日（月）

「やれ」明確に命じられたわけではない。言葉さえ発されたわけではない。それでも感じた。ここまで来たらもう、他にどうしようもあるまい？　腹を括るしかあるまい。向けられた視線に、明確な思いが込められていたことを。岸頭取だけではない。糸魚川支店長の目も、沼田弁護士も。

何となれば奴は今、ある男と接触しているのだから。頻繁に。その模様を目撃し、彼らに伝えたのが土本自身なのだから。ある男とは九鬼歳三。雑誌を主な舞台とする敏腕ジャーナリスト。これまでもいくつもの権力者のスキャンダルをスクープし、時の政権をも覆して来た。そんな男がいま熱心に奴と会い、話し合っている。何のために？　それこそ最早、明確だ。

やはりそうだったのだ。やはり芳賀はコトの真相に気づき、世間に公表するチャンスを狙っていたのだ。そうしてあの九鬼と接触した。そもそも両者の接点がどこであ

ったのか、までは知らないが。反骨のジャーナリストならいかにも飛びつきそうな事件。彼を使えばコトの真相を大っぴらに公表することができる。奴はそう踏んだのだろう。だから笑っていたのだ。塀の中でも、外に出てからも。

だからもう、後はないのだった。腹を括るしかないのだった。奴らが接触を重ね、スクープ記事を公表してしまう前に。致命的な事態に陥る前に、やるべきことを決行するしかないのだった。

「頼むぞ、土本君」これまた明確に言われたわけではない。それでも岸頭取の目が声高に言っていることが、土本には分かっていた。鋭意進めておいてくれたまえ。いつもの彼の口癖までが、目で語られたように思われた。

腹を括ったらやるしかない。とことんまで徹底しなければならない。

土本はまずJRに乗って千葉へ向かい、内房線で房総半島の先端まで出た。館山《たてやま》の海岸線。夜釣りのメッカで、太公望《たいこうぼう》の群れが夜な夜な出没することをよく知っていたのだ。夜釣りと来れば車がつきもの。彼らは自家用車で目的の海岸線まで行き、道路際に駐めて堤防なり思い思いの場所に陣取り、夜の海面に釣り糸を垂らす。車を盗むなら東京からある程度の距離を措いたところで、でなければならない。これくらい距離を空けた方がいいだろう、と踏んだのだ。

車は思った以上に簡単に盗め、土本は東京に舞い戻って来た。ナンバープレートは付け替え、容易に目を付けられないようにした。後は、襲撃するだけだ。

襲撃場所もメドはつけてあった。芳賀の娘のマンションへ、八幡山駅から向かう途上。車一台通るのがやっとの細い路地があり、そこを車で襲われればもう逃れ様がない。後は他に通行人のいないタイミングの選定と、アクセルを踏み続ける度胸だけの問題だ。住宅街のど真ん中だけに、いつまでも路駐していると目立ってしまうが、幸い近くにコインパーキングがあった。奴がどこかへ出掛けたら帰って来るのを待ち、ここで襲撃のタイミングを計ればよい。

かくして土本は、ここのところ芳賀の周辺を張るばかりの日々を過ごしていた。一日じゅう出掛けないことも多いため、いつもいつも襲撃車を最寄りのパーキングに駐めるわけには行かない。あまり毎日同じ車が同じパーキングに駐まっていては、これまた目立ってしまうだろうから。付近のいくつかのパーキングを渡り歩きながら、芳賀のマンション前で張り込む。奴が外出したら車を最寄りのパーキングまで移動させ、今度は駅前で張り込んで彼の帰って来るのを待つ。そんな日々が続いていた。

それでもまだ早い時刻に帰って来て、人目が多かったり、路地に他に通行人があったりして、なかなか襲撃が果たせずにいた。このままでは記事が公表され、取り返しのつかない事態に至ってしまうのではないか？　今さら芳賀を殺しても、逆効果になるだけの状況がもう間もなく、と焦りを覚えながら。

ただし心のどこかでは、早く事態がそこまで至ってくれ、こんなことをしないで済むようになる展開を望んでもいた。この手で人を殺すという現実に恐れをなし、弱腰の本音を抱えたもう一人の自分も確実にいた。が――

やはりその日はやって来た。襲撃にこの上ない環境の整った日が。

＊

その日の芳賀は、いつも以上に慎重に外出した。駅の近くにスーパーがあるため、一方の入り口から入ってもう一方から出てみるなど、九鬼から教わった尾行を撒く手口を駆使してみた。新宿に出てからもわざと人混みを通り、パチンコ屋を通り抜けたりして万全を期した。

今日は高森社長に会いに行くのだ。御徒町支店時代に可愛がってくれ、私だけは君の味方だと言ってくれた社長。なのに彼らに対し、乙石銀行は「芳賀と接触したら取り引きを止める」とまで脅しを掛けているという。だから社長と会っているところを、尾行の人間に見られるわけには行かない。社長に迷惑を掛ける事態だけは何としてでも避けなければならない。慎重に行動するのは、当然のことなのだった。

「いやぁ芳賀君、元気だったか。大変だったなぁ。いやぁだが、見た感じ思ったより元気そうじゃぁないか」

人目を忍んで辿り着いた御徒町。出迎えてくれた高森社長は、こちらの姿を見て心から嬉しそうだった。ぐっと力強く両手で握手し、ポンポンと何度も両肩を叩いて来る。昔から変わらぬ、親しい人間と会った時の彼特有の仕種だ。

こんな笑顔で俺を出迎えてくれる人間が、まだいたなんて。芳賀は、内から湧き上がる感謝の念に打たれていた。これからはこういう人達に恩返しする生き方を心しなければならない。死んだ野田氏や呉原の分もしっかり生きなければならない、と決意を新たにする。そのためにはまず、事件の真相を明らかにして汚名を雪《すす》ぐことだ。それも、もう……

「外に出て1ヶ月ばかり。漸く外のリズムにも馴染んで来れたように思います」

「そうかそうか。いやぁ君、しかしちょっと変わったんじゃないか。人間として一回り大きくなったと言うか。ちょっと、見違えてしまったぞ」

そうして芳賀の当面の仕事について、温めておいたプランを提示してくれた。経営コンサルタント。これならいくつか顧客がつけば、当面は喰い繋いで行けるだろう。まずは我が社が善は急げで、君の顧客第一号になるのも吝《やぶさ》かではない。

「君の経験を生かせばこの仕事なら、充分にこなして行けるだろう。ただ問題なのは、前にも言った乙石銀行の妨害だ。君と接触したら取り引きを打ち切る、と脅しを掛けて来とる以上、大っぴらに君のところとコンサルタント契約を結ぶわけにも行かん。だから当面、表向き君の会社ではないように取り繕《つくろ》っておく必要があるわけだ」

「誰か代理の社長でも立てればいいわけですね。まぁそれくらいなら、何とかなると思います。それにしても社長、ここまでして頂いて本当に感謝しています。何とお礼を言ったらいいか」

「なぁに困った時はお互い様だ。名前さえ何とかしてくれれば、君とコンサル契約を結びたがる者は他にもいくらでもいるさ。あんな横槍を入れて来る銀行には本当に腹が立つ。人情を大切にするこんな下町だ。腹の中では苦々しく思っている人間も多いんだよ」

有難うございます、と芳賀は繰り返した。それに横槍を入れたくとも間もなく、乙石銀行はそれどころではない騒動に巻き込まれますから。かつてない醜聞が世間を騒がせ、何とかするだけで右往左往の羽目に陥る筈ですから。皆さんの怒りも懸念も、間もなく過去のものになってくれる筈ですよ。今はまだそこまで口にできる段階ではないため、心の中で思いながら。

「それでどうだ、芳賀君？　家では最近、どうしてる」

「まだまだ身体を休めて、体調を取り戻すことを第一にしてますが。ここのところ毎晩、少しずつお酒を吞む練習もしているのですよ。やはり外に出て人づき合いを考えましたら、お酒が吞めた方がいいしまた楽しいですから」

「おぉおぉそれはいい。それじゃぁこれから、一杯やりに行くか」

「いえいえ。今も言った通りまだ、吞む練習を始めた程度のところでして。体調もまだまだですしおつき合いできるところまでは、まだ」

「いいじゃないか。何も無理して何杯も吞めと言っとるわけじゃなし。ちょっとつき合えと言っとるだけだ。今日は俺も気分がいい。お祝いだ。さぁ行こう行こう。いつまでもそんな、つれないことを言うモンじゃない」

お陰で、思ったより帰りが遅くなってしまった。慣れない酒を口にしたため酔いの回りも一入《ひとしお》だった。社長の前で気分が悪くまではならなかったのが、救いと言えば救い、か。

ふらつく足取りで八幡山の駅に降り立った。午後10時。住宅街の中はもうこの時刻、すっかり人気《ひとけ》もなくなっていることだろう。

＊

今日は大事なところに行くんだな。直ぐに分かった。駅前のスーパーに入ったり出たりして、いかにも尾行を撒こうとするかの素振り。そのくらいではこちらは、振り切られはしないものの、いつぞやの本屋に飛び込んだ時よりは、格段に進歩していた。尾行の躱《かわ》し方でも伝授されたのだろう。恐らく、ジャーナリストの九鬼辺りから。

だから今日は大事なところに行く積もりだ、と直ぐに察しがついた。昔の取引先かどこかにでも。そうだとすれば食事を共にし、帰りが遅くなることもあるかも知れない。人目のなくなった時刻にあの路地を、通る展開になってくれるかも、と土本は期待を寄せた。そして、果たして――

芳賀が八幡山の駅に戻って来たのは午後10時を回った時刻だった。お誂《あつら》え向きだ。土本は姿を認めるや駅前を離れ、襲撃車を駐めてあったコインパーキングに走った。金を払って車を出し、かねてから決めてあった待機ポイントに移動させた。

見ろ。やはり路地にはもう、人影は全くない。邪魔の入る恐れはまず考えられない。

後は、待つだけだ。芳賀がここまで歩いて来るのを。

そしてもう一つ。それまでにこの息を、何とかすることだ。手足の震えを抑えることだ。えぇいもう腹を括れ！　ってのに。今さら人を殺すのが嫌だとか、言っている場合ではない。そんなことを言っていられる〝牧歌的〟局面は、とうに過ぎてしまったのだ。

それに……そう、あの笑顔がある。周りをゾッとさせ思わず背筋を震え上がらせる、何とも言えない無気味な笑みが。あれを見なくて済むようになるのだぞ、あいつさえ始末すれば。だから――

覚悟を決めて奴を轢《ひ》き殺す。それには奴に続いてあの路地に入り、アクセルを目一杯踏み込むだけだ。それだけのことであんな笑みを、二度と見ないで済むようになるんだぞ!?

その時だった。駅の方から――

来た。

奴だ!!

＊

やはり自分はとことん酒に合わない体質のようだ。確かに楽しい席だったが、帰りがこれではどうしようもない。芳賀は足下が縺《もつ》れないようにするだけで精一杯だった。薄暗い住宅街を抜けつつ、千鳥足にならないよう、何とか真っ直ぐ歩くだけに、全神経を動員しなければならなかった。

歩くのに全神経を動員……そう。だから気がつかなかったのだ。路地の入り口に停まっていた、不審な車に。さして注意を向けることさえしなかったのだ。

気づいた時には遅かった。不意に襲い来た猛烈な殺気に、思わず振り返った時には――既に自分は、細い路地のど真ん中にいた。

振り向いた視界は既に、車で一杯になっていた。ヘッドライトを消した車が、猛スピードで迫って来ていた。路地の幅は車幅とほぼ同じ。どれだけ脇に寄ろうと避けることは不可能だ。

自分の無罪を勝ち取ることなく、志半ばで殺された呉原の姿が脳裡に浮かぶ。彼の運命と今の自分の姿とが、不意に重なる。

轢かれる!!

05年12月20日（火）

第一報の入ったのは深夜だった。既に午前0時を越え、日付の改まった時刻だった。

原稿の最終ゲラを返し終え、ホッと一息ついていたところだった。巷談社の『月刊時代』は毎月1日発行だが、さすがに元日には出せないため年末ギリギリに前倒しされる。実際には新春第1号に当たる「2006年2月号」は、年内の27日に発売される。そのため校了も前倒しになり、通常は前の月の23日あたりなのに、年末は18～19日に繰り上がる。だからこの時、九鬼はやるべきことを全て終えてホッと全身を弛緩させていたのだった。

これで来週には、世間は上を下への大騒ぎになる。少なくとも以降、数ヶ月の間は。大晦日を目前にした年末ムードも、新年を迎えたのんびりムードも吹っ飛んでしまう。マスコミ各社は冬休みどころか、年が明けてからも暫くは休日返上ということになるだろう。メディアはこの報道一辺倒になるだろう。正月の愚にもつかないバラエティ番組は殆どがニュース特番に置き換えられるだろう。記者仲間には申し訳ないが、背に腹は替えられない。せっかく全てを突き止めたのだ。取材チームを組んでこの1ヶ月、寸暇を惜しんで取材に明け暮れた成果が遂に実ったのだ。

全ては小俣のカミさんに会ったのを思い出した、芳賀の証言からだった。あの日、八幡山の喫茶店。偶然あの女がテレビに映った。そこからは一気呵成だった。目から鱗が落ちた瞬間。そうか。そういうことだったのか……。欠けていたパズルのワンピース。鎖の一環さえ分かれば全ての辻褄が合った。なぜ彼らはあぁまでして、野田氏の土地を取り上げたのか。尖兵だった芳賀を、あそこまでして葬りたがったのか。直ぐに察することができた。仮説の裏も取れた。法廷に提出できるまでではないが、少なくとも世論を喚起できるだけの〝硬度〟にまで、疑惑を〝武装〟することができた。

なのに公表をモタモタしていたのでは、乙石側から何らかの手を打たれてしまい兼ねない。できるだけ早く、表に出さなければならなかった。それも、効果的に。そのため月刊誌だけではなく、来週発売の写真週刊誌『Ｏｎｅ Ｓｈｏｔ』にも関連記事が載る。こちらには先日、赤坂の料亭『羽村』前で隠し撮りした例の写真がデカデカと掲載される。奴らが組んで謀議を繰り返していた、証拠写真でインパクトを与える。同時に月刊誌で、ことの真相をじっくりと語る。その二段構えだ。このため写真週刊誌のゲラもチェックしなければならなかった。こっちの最終校了はもうちょっと先だが、どうせだったら両者に同時にカタをつけてしまいたかった。

全てを終えた今、疲れはかなりのものだ。早々に寝てもいいのだが、どうにもその気にならない。大仕事の後で心も身体も興奮している。こんな時には酒が要る。かくして部屋で一人、ワイルド・ターキーのライをチビチビやっていた。ライ麦特有の甘みと香ばしさをしみじみと味わっていた。携帯電話が鳴ったのは、そんな時だった。

編集部か、と最初は思った。しかしそんな筈はない。編集部なら固定電話の方に掛ける筈だ。そちらに掛けて応答がない場合のみ、携帯の方を呼び出してみる筈なのだ。

液晶画面に現われたのは、芳賀の娘の携帯番号だった。……娘？　芳賀本人ではなく、なぜ娘が。それもこんな時刻。もしや芳賀の身に、何か……!?

九鬼は慌てて通話ボタンを押した。焦るあまり隣のボタンを、押し間違えてしまう始末だった。

「ねぇよぉオッサン、あたしを芸能プロに紹介するって約束、いってーどーなってんだよぉ!?」とにかくいま警察にいるから、来い。理由も告げられずに言われ、駆けつけた挙句が開口一番これだった。そこはどこの警察署なのか？　出掛ける前に何度か尋ねても、要領を得なかったのが——何とか話を聞いて成城署だと見当をつけ、タクシーを飛ばして駆けつけたのが。出迎えてくれたのは芳賀の娘の、膨《ふく》れっ面《つら》なのだった。「あたしがオヤジに名刺渡せば、それで契約成立って誓ったじゃん。なのにそれ以来そのまんま。オッサンもしかして、あたしを舐めてねー？」

「い、いや。そんなことは」芳賀本人は、いったい？　しかし娘がこの態度ということは、少なくとも大事《だいじ》には至っていないのだろう。この娘は頭がいい、見掛けによらず。よく分かっていた。だから芳賀にもしものことが起こっていたら、お戯《ふざ》けなどしていない筈なのだ。彼女がおちゃらけている以上、芳賀は無事だと確信でき、九鬼はホッと息をついた。「紹介する紹介する。ここのところお父さんの件で忙しかったからね。それも一段落ついたから、きっと約束は守るよ。だから教えてくれ。いったい、何があった」

「オヤジ、車で襲われたんだよ」

「車、で?」では襲われた場所は、娘のマンションの近くということか。確か八幡山地域の管轄は、この成城署だった筈。「そ、それで、お父さんは」

「オヤジ、あぁ見えて悪運が強ぇーらしくってさ。上手いこと助かってやんの。逆に襲った方が事故って、病院担ぎ込まれたらしくって。それでオヤジ今、お巡りからあれこれ訊かれてっとこ」

無事だったか、やはり。ハッキリして安心すると突然、今度は〝職業病〟の方が鎌首を擡《もた》げる。ちょっとゴメンね、と断って携帯を取り出し、『月刊時代』と『One Shot』両編集部に連絡を入れた。特に『月刊時代』の方。緊急事態発生らしい。だから校了は待ってくれ。ギリギリまで、押さえておいてくれ。

「よぉよぉ、あたし放ったらかして何やってんだよぉ？　あたしを芸能プロに紹介するって話、まだ何もカタついちゃいねーんだかんね」

「分かった分かった。とにかくちょっと待って。この電話が終わったら、直ぐ」

「あたしとの約束より大事な電話があるってのかよー。オッサンやっぱしあたしのこと、かなり舐めてねー!?」

「い、いやそんなことない。とにかく今はちょっと、黙って」

漫才のようなやり取りをしていたら、芳賀本人が廊下の奥から戻って来た。警官に付き添われて。成程ズボンの裾《すそ》が破れてはいるが、どこかを負傷して歩くのに支障が出る、といった風でもない。

「芳賀さん」

「いやぁ九鬼さん、わざわざ来て頂けたんですか」

貴方は？　と警官が訊いて来たので、友人です、と曖昧《あいまい》に答えておいた。ジャーナリストだなどと余計なことを答えると、あぁだこうだと質問されてしまい兼ねない。どうせ来週には記事が出るのだし、今は一刻も早くここを立ち去ることだ。こんなところで質問しても、警察は何一つ明かすわけもなし。娘さん一人を警察署で待たせておくわけにも行かないので、話を聞いて飛んで来ただけです、とだけ説明した。

取り敢えず芳賀の知っていることは全て話したということで、警察も今夜はこれで解放してくれた。襲撃者は重傷を負って入院中であり、再び襲われる心配もなさそうなので。

芳賀親娘とタクシーで帰る道すがら、何があったかを漸く知ることができた。古い馴染みと会って酒席につき合わされ、帰宅が遅くなった芳賀。慣れない酒で足が縺れ、路地に入った時にはもう襲われていた。ヘッドライトを消した車が猛然と迫って来たのだ。

「狭い路地で避ける余裕もなく、もうダメかと観念しましたが、ね」

ところが次の瞬間、目の前でパッと光が瞬いた。延々と続く民家の塀の、中央あたり。勝手口が開いて、中の明かりが路地に差したのだった。後で警察から聞いたところによると、家の住人がゴミを出すために勝手口から出て来たらしい。それが偶然、絶妙のタイミングだったのだ。

プロの殺し屋だったら突如現われた障害くらいものともせず、その住人もろとも芳賀を撥ね飛ばしていただろう。アクセルに置いた足を僅かたりと緩めることなく。勝手口の木戸ごと2つの人体も、車のフロントで叩き壊されていたことだろう。

しかし襲撃者はそこまでのプロではなかった。覚悟の程もそこまでではなかった、と思われる。不意に閃《ひらめ》いた明かりと、路地に現われた新たな人影。パニックに陥り、咄嗟にブレーキを踏み込んだ。同時にステアリングを切ってしまった。無意識の内に、反射的に。しかし場所はそもそも、車幅と同じ幅しかない狭い路地だ。斜めを向いたフロントは芳賀らと反対側のコンクリート塀に接触し、車は完全に制御を失ってしまった。塀と車体とが擦《こす》れ、薄暗い路地に火花が飛ぶ。猛スピードで塀と塀とに挟み込まれた車体は、金属の折れ曲がる悲鳴を轟かせて横転した。路地に斜めに挟まった車体が急制動で止まる。反動で運転者は車外に放り出されていた。それまでの車のスピードを受け、慣性で。

フロントガラスを突き破った運転手の身体は、呆然と佇む芳賀らの前で地面に叩きつけられたという。偶然外に現われて芳賀を救う形となった、家の住人。そして夜を突然つんざいた轟音に、驚いて飛び出して来た近所の住民達。彼らは一様に、コンクリート塀に挟まって破砕された車と、路地に転がる負傷者という凄惨《せいさん》な光景に立ち竦《すく》むばかりだった。遠くの方から聞こえて来たサイレンが、辿り着くまで。

「土本、運転していたのはやはり、探偵の土本でしたか」

「警察の話によると車の中には免許証はなかったそうなのですが——それを言うならどうやら盗難車らしく、車も運転者も身許を明かすものは何一つなかったそうなのですが。病院に収容された男の顔写真を見せられました。顔じゅう血だらけで見分けがつきにくかったのも確かですが、でもあれは土本です。貴方がたが例の料亭で隠し撮りした、写真の男に間違いはありません」

「どこまで話されました、その、警察に？」

「私の身許は直ぐ突き止められるでしょうからね。正直に話しましたよ。私はこれこれで刑務所に入れられていた者だが、先日出所したばかりなのにずっと監視者が張りついていた。今日襲って来たのも、どうもその男らしい、と」

警察の人間ならば芳賀の事件はまだ記憶に新しかろう。彼一人が有罪判決を受けるようなものではなく、陰で逃げ果《おお》せた連中がいただろうことも、容易に察しをつけただろう。事件に対するカンの鋭い捜査関係者ならば、特に。ならば出所した芳賀に監視者がつき、襲撃まで受けたという展開も突飛過ぎる話ではない。逃げ果せた連中がいたろうという、推測を裏づける話でもある。だから彼の証言は、思った以上にすんなりと取調官に受け入れられたという。実際に車がヘッドライトを消して飛ばして来たという証言は、他からも取れていることだし。彼が私立探偵であり、車は盗難車であるということも直ぐに判明し、芳賀の証言を更に裏づけてくれた。

「それで、来週発売の我が雑誌のことは、何か？」捜査開始早々、他の媒体で事件の真相が先に暴露されてしまう事態を、警察は好まない。当然のことだ。だから芳賀があまり思わせぶりなことを喋《しゃべ》っていたら、警察が巷談社に対して高圧的な挙に出ないとも限らない。お前らが知っていることを全て話せ。さもなくば記事の差し止めも辞さない、などと脅しを掛けて来る展開も、あり得ないではない。

「さすがに全てに知らん振りをするわけにも行きませんでしたので。私の事件に興味を持ったジャーナリストから、取材を受けたという話はしました。かなり熱心に話を聞いて行かれた、とまでは、ね。ただしどんな形で記事に纏《まと》められるのかは知らないし、どの媒体にいつ載るのかも教えられていない、と」

「いいぞ。それくらいトボケておいて下さっていれば、充分です」

　取材された側が発表の仕方について、詳しい情報を知らされていないというのはよくあることだ。来週の報道を見て、警察はメンツを潰された苦々しさを味わうだろうが——何と言っても捜査が始まって早々、真相がマスコミによって暴かれてしまうのだから。自分達よりマスコミの方がずっと先行し、知っていることも多い、と見せつけられるのだから。だが報道があっても、警察の怒りの鉾先《ほこさき》が向くのは芳賀に、ではない。悪いのは記事の内容も知らせずに芳賀に取材した（少なくとも彼らはそう解釈する）こちらであって、恨みを買うのもこちらの方。とにかく第一報さえ妨害なく外に出すことさえできれば、後は警察から睨まれようがどうなろうが知ったことではない。

やがてタクシーは、八幡山のマンション近くに滑り込んだ。

「私はこれから事務所に戻ります。芳賀さん、念のためこれから1週間は、くれぐれも気をつけておいて下さいね。外出も最低限にしておいた方がいい。記事が出てしまえば安心です。だから、それまでは」

「何だよぉ。あたしの芸能プロの話はどっかに行って、今度は外出するなだぁ!? オッサンとことん、あたしを……」

「来週まで。来週までだ。それさえ済めばどうとでもなる。だから幸乃ちゃん、ここは、勘弁してくれ」

彼らを降ろすと運転手に、百人町の事務所に向かうように頼んだ。なるべく急いで。芳賀が乙石の手の者に襲われたという最新情報を、原稿に書き入れないテはない。それどころか冒頭に持って来るべき話題だ。ゲラを止めておいた記事は一から書き直し。さぁもう寝ている暇どころか、一瞬たりと無駄に費やせる間さえないぞ。朝まで突貫だ!

05年12月27日（火）

思った通り、いやそれ以上だった。予想を遥かに上回る反響ぶりだった。昨日発売された写真週刊誌『Ｏｎｅ Ｓｈｏｔ』は飛ぶように売れ、『月刊時代』も前日から店頭に並べる書店が続出。地味な月刊誌にしては異例の扱いだ。一説によると永田町では、ゲラのコピーが発売前からバラ撒かれていたとか。まぁ我が編集部にも一部政治家とべったりの連中がいるから、さして驚く程の話ではないが。取材依頼やあれやこれやで事務所の電話は、昨日からずっと鳴りっ放し――と言うよりずっと話し中で、受話器が架台に戻される暇すらない始末。お陰で今朝は寝不足気味だったが、届いた朝刊を見て眠気もどこかへ消し飛んでいた。取っている全国紙全て、第一面がこの話題で占められていたのだ。

何と言っても都銀最大手の乙石銀行で〝天皇〟と呼ばれる頭取と、与党民自党の超大物代議士を〝主人公〟とする大スキャンダルだ。両巨悪が自らの利益のために手を組み、一民間人から土地を奪い取って自殺に追い遣ると共に、その醜聞を隠すため一人の人間（それも自分の側にいた一兵卒）を塀の中に追い落とした。更に状況不利と見るや出所した一兵卒当人を、車で撥ねて殺そうとまでした。一度あれだけ世間の耳目を集めた事件に再び焦点を当て、下された判決を覆して疑惑の深層に切り込んだ大スクープ。年の瀬もクソも関係なかった。今日のニュースは全てこの話題一辺倒だった。このまま行けば『紅白歌合戦』も吹っ飛び、臨時特番が年明けまで流されるのではないか。『ゆく年くる年』すら最小限に削られるのでは、と思われる程の報道の狂奔ぶりだった。九鬼にもしインターネット掲示板が覗けたら、天文学的に膨れ上がる書き込みの量に、戸惑いと共に目眩すら覚えていたことだろう。

「芳賀さん本人がどこにいるか？　いやぁお前との仲だがそこまでは、さすがに明かすことはできんよ。この反響を受けて第2弾は、彼の独占インタビューで行くかも知れんからな。それにこんな状態で彼の居所を突き止められたら、取材陣が殺到してしまう。お前のとこだけ特別扱いするわけにも行かんだろ。何、絶対に漏らさない？　そんなこと言ったって漏れるって。お前だって分かってるじゃないか。とにかくつれない奴だと思われるだろうが、今はまだダメだ。どうか、恨まんでくれ」

知り合いのブン屋からは芳賀の連絡先を教えてくれ、の雨霰《あめあられ》。それら全てに断りを入れながら、九鬼は思った。……してやった。これだけの大反響があればもう大丈夫だ。乙石が芳賀を襲うこともうなかろう。それどころか、できまい。最早その余裕すらあるまい。各メディアが取材陣を大動員すれば、まだ突き止め切れていなかった事実も次々判明する。土本の事件もあるから警察も動く。捜査が更なる報道を呼ぶ。世論に押されて司法も重い腰を上げるだろう。圧力に屈して起訴を歪めたという〝傷〟が自分達にもあるため、渋々極まる重い腰だろうが。それでもこれだけ世論が騒げば動かざるを得ない。動かなければ世間の疑心暗鬼を呼び、痛くない腹まで探られるハメになり兼ねないのだから。精々が自分達に降り掛かる火の粉が最小限になるよう、調整したシナリオで逮捕起訴に動く筈。そうなれば奴らは終わりだ。

全てはあの日だった。八幡山の喫茶店で九鬼と話していた、あの日。テレビに映った小俣のカミさんの顔に、芳賀の視線は吸い寄せられた。それまで事件の核心について、何も思い当たらないと言っていた男が。初めて見せた、〝有望〟な反応——

私はあの女を知っている。小俣のカミさんを見詰めながら、芳賀は言った。でも、どこで……!?

それから彼は、必死で記憶の糸を手繰《たぐ》り始めた。九鬼からすれば、永遠にも思える長い長い時間だった。実際には精々5分くらいのものだったろうが。そのままこの場で互いに命絶え、朽ち果てて行くのではないか、とさえ思われる程の長さだった。

「あれ、だ」漸く芳賀は言った。前の商売柄、人の顔は一度見たら忘れない。人の顔と共に周辺の記憶も蘇る。銀行屋としての長年の鍛錬で、身体に叩き込まれた能力が期せずして、見事に功を奏してくれた瞬間だった。「あそこだ。あそこから出て来た女だ。あれが、あの、女だ」

芳賀によるとこういうことだった。

担保に取った野田氏の土地を任意売却させるべく、ブローカーの小南まで投入していた時期。全くの別件で元上司の糸魚川と会い、打ち合わせを持ったことがあった。銀座の料亭『一兆』でのことである。すると偶然、当時の岸副頭取も同じ料亭で会食していることが分かった。向こうにも相手があるのだから、その場は会わずにやり過ごし、後日に挨拶するやり方もなかったではないが。やはり中野坂上案件の進行状況を、岸副頭取としても知っておきたかったのだろう。こちらの客はそろそろ帰る頃合だから、ちょっと顔を出せというお呼びが掛かった。その時のことだった。

「副頭取のいる個室に向かう途中の廊下で、トイレから出て来る女と擦れ違ったのです。あそこはトイレも個室ごとに用意してあって、他の客と極力会わずに済むような造りになっているのですが。お陰で逆に、あのトイレから出て来たのならその個室を使っていた者だ、と分かる。だから私は内心、はぁ私らの前に副頭取と席を同じくしていたのはこの女だったのか、と思いました。偉いさんが前に会食していた客って誰だったのだろう？　くらい、誰だって興味を持ちますからね。個人的に、普通に。ただその後、中野坂上の案件について〝岸天皇〟からあれこれ訊かれ、緊張してそのことはすっかり忘れていたのですが」

「それが、あの女だった。各方面で手広く事業を展開している、あの小俣のカミさんだった？　小俣の強大な政治資金の後ろ楯と言われる。それが、岸と会っていた」

「間違いありません。どこかで見たような女だな、と思ったことを覚えていますから。と言うよりたった今、あの顔を見てそんなことまで思い出しましたから」

「分かりました。岸と小俣との繋がりはこれまで私も聞いたことがなく、洗ってみたこともありませんでしたが。そこを突いてみたら何か見えて来るものがあるかも知れない。とにかく今日は、どうも有難うございました」そうして洗ってみたら、ドンピシャだった、というわけだ。

担保に取り上げられた野田氏の土地を、最終的に手に入れてビルを建設している都市再生プロジェクト。そこに融資しているのが乙石のライバルに当たるみのり銀行だったため、この線は見込み違いかと諦めていた。行き止まりと見て掘り下げるのを止《や》めていた。

確かに都市再生プロジェクト株式会社に注目しているだけでは、ダメだったのだ。

木を見て森を見ず。野田氏の土地だけに目を向けていたのでは、展望が開けなかったのだ。もっと、中野坂上の再開発全体に目を向けていなければ。野田氏の土地を含むあの地域一帯の再開発プロジェクト、全体の設計コンサルタントを引き受けた都市開発総合研究所こそ、小俣のカミさん——伸子《のぶこ》が実質取り仕切る企業だったのだ。そして、西麻布の六本木通り沿いに豪華な本社ビルを構えるこの都市開発総合研究所のメインバンクこそが、乙石銀行だったのである。

大口融資先の関わる大プロジェクトが地元で進行中なのだから、案件は中野坂上支店が中心になってやるのではないか、と思うとちょっと違う。こうした大口融資は往々にして銀行の本店が仕切る。支店はその資金を集めるため、外を駆けずり回って「本支店レート」で本店に預ける。支店はあくまで本店の尖兵なのであって、地元のプロジェクトと言えど中身については知らされないことも多いのだ。ましてや大物議員、小俣が絡む〝政治銘柄〟である。ドロドロした内幕を一支店長に過ぎなかった芳賀が全く知らされなかったとしても、何の不思議もなかった。

ただ、さすがに大手の顧客なのだから、都市開発総合研究所の存在はよく知っていた。鴨池純一郎《かもいけじゅんいちろう》という社長の顔も知っていた。その裏に小俣のカミさんがいて、同総研が実質彼女の支配下にある、ということまでは知らなかったが。また鴨池社長が実は、小俣伸子の弟だったということも……そう。だからこそ料亭『一兆』で彼女を見た時、どこかで見たような顔だと思ったのだ。男と女の違いはあれ、やはり双子——弟である鴨池社長に面影が似ていたから。ただし結婚して苗字も違うため、小俣との繋がりまでは想像もつかなかった。つく筈もなかった。あの社長が大物政治家のカミさんの弟で、都市開発総研がその豊富な政治資金を生み出す〝打ち出の小槌《こづち》〟だったなんて。

しかしそこが分かってみれば後は簡単だ。都市開発総研からすれば、中野坂上再開発の大プロジェクトを完遂《かんすい》させるには野田氏の土地がどうしても欲しい。あの土地があるとないとではプロジェクト全体の価値が大きく上下する。幸いそこは既にメインバンク乙石が担保に押さえていると分かった。直ちに〝旧知の仲〟にある岸に話を通してみると、融資と抵当権設定を上手く繰り返せば件の土地全てを取り上げてしまうことも可能、と知った。後は両者が意思疎通を綿密にし、有機的に連携して動けば良いわけだ。かくしてあの土地は根こそぎ取ってしまえという至上命令が、歴代の中野坂上支店長に引き継がれて来たのだった。内幕までは知らされぬまま。

ではその最後の尖兵、最終的に全ての土地を奪う手柄を挙げた芳賀を、奴らが切ろうと決意したのはいつか？　九鬼の予測では、野田氏が自殺した時点ではまだその方針はなかったのではないか、と思われた。恐らくその時点では、芳賀はまだ奴らからすれば便利な尖兵に過ぎなかった。上からの方針に何の疑問も持たず粛々と従う、重宝な手駒に過ぎなかった。料亭で岸と小俣のカミさんが会っていたことを、目撃されてしまった瑕疵《かし》はあるものの。いざとなったらこちらに取り込み、仲間に引き入れてしまうというテがあるし、そちらの方がずっと有効かつ現実的と思われる。何と言っても上に疑問を持つことなど想像もつかない、典型的な〝社畜〟人間なのだし。岸派に入れてやるから秘密は守れと言えば、大喜びで従う筈だ。そんな人間だと目されていた。そして事実、その通りだった。あの頃の芳賀は。

しかし小南が別件で逮捕され、事件が表沙汰になると悠長なことも言っていられなくなった。乙石銀行全体が世間から悪者にされてしまい兼ねない。ヘタをしたら司法が中野坂上プロジェクト全体に着目し、全ての構図を洗い出してしまうかも知れない。早急に誰かをスケープゴートとして差し出し、手を打ってもらわねばならなくなった。そこで格好の生け贄として浮上したのが芳賀だったわけだ。彼一人を悪者として世論の防波堤とし、社会的生命を絶つことで余計な目撃証言をも封じ込める。要はそういう一石二鳥の判断だったのであろう。

当初の検察による取り調べが、上層部の関与について質問するばかりだったという芳賀の証言もこれを裏づけていよう。野田氏の土地をあそこまでして取り上げた、その裏に大きな思惑があったろうことは検察としても睨んでいた筈だ。しかし芳賀は頑として口を割らない。弁護士からきつく指示されていたからだ。乙石銀行の顧問弁護士であり、料亭『羽村』の会合でも奴らと謀議を巡らす仲だった（と言うより奴らの主要メンバーの一人だった）ことが実証された、あの沼田弁護士から。

一方その間に、乙石側から司法当局上層部に対して何らかの工作がなされた。恐らくは強大な政治的影響力を有す、小俣代議士の力をフル動員して。こうして検察の方針も転換され、芳賀一人を犠牲にする筋立てに裁判所も乗った。かくして芳賀の運命は決定づけられて行ったのだ。

察するに乙石や小俣らは、塀の中に落ちた芳賀が精神的におかしくなり、余計なことを思い出さぬまま社会的に抹殺《まっさつ》される末路を期待していたのではないか。事実、その寸前にまで行った。奴らは完全なる成功を、ほぼ手中に収める目前だった。

しかし芳賀は不死鳥のように蘇って来た。これは記事にはしていないが、呉原という精神的支柱を得て。自らの汚名を雪ぎ、事件の真相を洗い直すべく塀の外に舞い戻って来たのだ。この予想外の動きに、乙石側は完全にパニックに陥った。ジャーナリストである俺と芳賀とが頻繁に会っていたことも、奴らは知っていたのに違いない

――むしろ全体の構図が見え出してからは、奴らの動きを誘うべくわざと目立つところで会った、こちらの作戦もあったし。そうして、早めに手を打たねば自分達は破滅だ、と乙石側は悟った。挙句、焦ったあまりの〝勇み足〟が、土本による襲撃だったわけだ。

芳賀を襲ったものの自分の方が重傷を負い、未だ病床にある土本は今や完全に警察の監視下にある。既に意識は取り戻しているため病室での取り調べが始まっているそうだが、まだ何も喋ろうとはしないという。一匹狼の探偵として、長年情報の世界を潜って来た男だ。それなりに口も堅くなければここまで生き延びることはできなかったろう。だからこのまま、奴が頑として口を割らないという事態も考えられた。あの頃の芳賀のように。〝社畜〟として上の指示に盲従していた彼と、自らの延命術を知り尽くした男のしたたかさという違いはあるが。いずれにせよ土本がこのまま口を割らなかった場合、司法が本腰を入れて動かないという恐れも考えられた。またも体のいいスケープゴートを一人血祭りに上げるだけで、事件に蓋をされてしまう可能性も考慮しておかなければならなかった。

何かもう一つ、仕掛けが必要なのかも知れないな。奴らに致命的なダメージを与える、ダメ押しの一手が。

このニュース一色に染められたテレビ報道を眺めながら、九鬼は考えた。乙石銀行本店。永田町の小俣事務所。西麻布の都市開発総研本社。土本の入院している総合病院。彼が襲撃した現場の路地……。事件の舞台となった場所が次々と映る。現場レポーターが逐一前に立って、解説原稿を読み上げる。続いてそこを出入りする人々。岸頭取らの顔写真。逃げるようにして自らの支店に駆け込んで行く、糸魚川支店長の後ろ姿。事務所を出ようとして報道陣のカメラの〝砲列〟に囲まれた、沼田弁護士。果ては小俣の選挙地盤に飛んだ取材陣に、マイクを突き付けられた後援会会長まで。あらゆる関係者の姿が画面に映し出される。前代未聞の醜聞事件に沸き返る、マスコミの狂奔ぶりを眺めつつ――

　漸く鳴りを潜めた電話を手許に引き寄せ、九鬼は受話器を持ち上げた。

06年1月4日（水）

　どうしてそんなことをしたのか。自分でも分からなかった。糸魚川正純には、自分が信じられなかった。そんなことができた、ということ自体が。これまでの人生60年。喧嘩はおろか口論すらした覚えもない、この、自分が……

　全ては一瞬の出来事だった。年が明け、支店に出勤するべく自宅を出た時のことだった。

自宅の周りは連日、報道陣に取り囲まれていた。年末も年始も関係ない。連日24時間四六時中、カメラを抱えたマスコミで自宅の周りはごった返していた。玉川警察に苦情を申し立て、近所迷惑だと訴えたが大した効果もなし。警察としても大挙して押し掛けたマスコミを、本気で排除する気は薄いようだった。悪者扱いだ、我が家は完全に。まるで有罪でも確定したかのように。だから警察としてもそんな奴を庇《かば》い、自分達まで悪者の味方扱いされるのは避けたいのだろう。いつも高い税金を払ってやっていたというのに。イザという時には何の役にも立たないものだ。公僕という連中は、いつも。

お陰で正月もろくに迎えられなかった。親戚一同我が家に集まって、仏壇の前で御節を食べるのが例年の慣習だったのだが、当然できるわけもない。これだけ報道陣に取り巻かれていては家に出入りすることさえ容易でなく、その前に親類の誰も、ここに来ようという気すら起こらなかったようだった。

初詣だってそうだ。例年我が家は元旦は、近所の三島《みしま》公園まで歩いて深沢《ふかさわ》神社にお参りするのが常だったのだが。今年はそれすらできもしない。とにかく外出することができない。その気にも全くなれない。

襲撃に失敗した土本は重傷を負って入院し、病室で警察の取り調べを受けている毎日だという。いつ奴が口を割ってしまうか。こちらも一蓮托生で塀の中に引き摺り込むべく、ベラベラとあることないこと喋ってしまうか。考えるといても立ってもいられなかった。いつ自分も呼び出されるか。土本が白状しました……と警察から一報が入り、こちらも取り調べを強制されるか。思わず両手で身体を抱き締め、身悶えしながら座り込んでしまいそうになる。大声を上げながら床を転げ回ってしまいそうになる。自分を抑えるだけで精一杯だ。まるで自宅に軟禁され、有罪判決を待つどこかの国の政治犯のように。糸魚川は年末年始まんじりともせず、家に閉じ籠って悶々鬱々《もんもんうつうつ》の時を過ごしたのだった。

それでも仕事始めとあってはそうも言ってはいられない。支店長が「外出する気になれないから」と言うわけにも行かない。改めて玉川警察に連絡を入れ、報道陣が出社の妨げをしないよう何とかしてくれ、と頼むのができた精々のことだった。

迎えの車が着いたと連絡を受け、玄関を出て見ると外はマスコミマスコミマスコミだった。カメラの砲列砲列砲列だった。家の主が出て来たと見た途端、閃光弾でも炸裂したように絶え間なくフラッシュが瞬く。この家は道路より少し高く盛土した上に建てられており、玄関を出ると階段を下りて門に達する造りになっている。そのため玄関前に立つと必然的に道路から見上げられる形になり、フラッシュが焚かれるとまるで晒《さら》し者にでもされたような格好になった。

いったい何をやっているんだ、警察は!? あれだけお願いしたのにマスコミは全然そのまんまじゃないか。全くもう、いつもあれだけ高い税金で養ってやっているというのに、公僕という奴は……

フラッシュの洗礼を全身に浴びつつ、階段を駆け降りた。何とか報道陣の人混みを通り抜け、門の前につけた迎車に乗り込もうとした。その時だった。

不意にぞくりと、背筋を悪寒が走り抜けた。門を開けて車に乗り込もうとした、刹《せつ》那《な》──真横から来た気配に思わず、全身が凍り付いた。

……芳賀!?

そう、奴だった。奴がマスコミの塊《かたまり》から少し引いたところで、こちらを見遣って立ち尽くしていたのだ。

芳賀。かつては忠実な僕《しもべ》であり、中野坂上プロジェクトの尖兵として土地の奪取に専念させ、事が成った後は余計なことを喋らないよう塀の中に葬った。その筈だった。なのにあいつが今、あんなところに立ち、こちらを見遣っている。今やすっかり立場が逆転し、世間の悪者扱いされてマスコミの晒し者と化している、こちらを。そして——

笑っている。

笑っている——

笑っている……!!

奴が笑っている。俺を見て笑っている。

あれがそうなのだ。刑務所内の情報として、土本から聞かされた。奴が出所してからは、彼自身その目で見たと証言を聞いた。塀の中の囚人も、取り締まる刑務官も恐れをなしていたという。そしてある渾名《あだな》で、奴を呼ぶようになったという……

〝笑い犬〟。

そう。あれがそうなのだ。あの笑みを見て、それ以外の呼び名が思いつけるだろうか。〝笑い犬〟だ、まさに。あれこそが〝笑い犬〟の笑みなのだ。

今それを浮かべて、奴が俺を見ている。俺の現状を見て、俺のこれからの運命を見定めて今、奴が笑っている。俺の陥る窮状を告げるために。これから待ち受ける地獄の運命を、宣告するために。

背筋が凍る。おぞましい悪寒が走る。土本の言った通り。内通していた刑務官が語っていた、と聞いた通り。あの笑みを見ていると寒気がする。背筋から体温が吸い出されて行く。

「貴様あぁぁっ!!」気がついた時には糸魚川は、マスコミを掻き分け芳賀の元へ走り寄っていた。取材陣を何とかしてくれとの通報を受け、全員排除まではできないものの何か問題が起きたら直ちに対処できるよう、現場で待機していた警官達の目の前で。恐怖のあまり判断力の全てを失って、対象に摑み掛かっていた。「芳賀！　貴様っ、貴様貴様貴様ああぁぁぁ……っ!!」

＊

思った通り、いやそれ以上だった。予想を遥かに上回る反応だった。

病院で取り調べを受けている土本はなかなか口を割ろうとはしない。だからもう一押しをした方がいい。判断すると九鬼は、芳賀に相談を持ち掛けたのだった。岸頭取ら、残る3人。この中で最も動揺しやすく、揺すれば崩れそうな男は誰か。芳賀は少し考えた後で、

「それは、糸魚川さんでしょうね」と答えたのだった。かつては直属の上司であり、あの小南も元々その紹介だったという糸魚川現銀座支店長。彼ならば揺すれば最も脆《もろ》い、彼らのウィークポイントになってくれるのではないか、と。

そこで2人で案を練り、年始の仕事始めの朝に彼の自宅前で張り込むことにした。

写真雑誌カメラマンの、田辺を伴って。深沢にある糸魚川の自宅は、四六時中マスコミが取り囲んでいる。それでも仕事始めの日に支店長が出勤しないわけには行かない。その目の前に芳賀が姿を見せてやれば、必ずや彼は動揺し、思わぬ行動を採ってくれるのではないか。そう期待しての作戦だった。のだが――

結果は思った通りどころか、遥かに上回るものだった、というわけだ。

警官の見ている前で芳賀に摑み掛かった糸魚川は、その場で暴行の現行犯で身柄を拘束され、玉川警察に引っ立てられて行った。芳賀も同行を求められ、署で事情聴取を受けた。

そうなった時のことも九鬼と、事前に打ち合わせはしてあった。

「えぇ。あの糸魚川さんは、私の元上司に当たります。私の事件はご存知のことと思いますが、もともと彼だって承知の上でやった仕事だったのに、私一人が有罪になってしまった。それだけでも腹に据え兼ねていたのですが、昨今の報道を見ていると何でも彼らはグルで、最初から私を陥れるためにやっていたというじゃないですか。腹が立って、一度その顔を拝んでやろうと今日は家の前まで行ってみたんです。マスコミに取り囲まれている、不様《ぶざま》な姿を見てやろうと思って。そうしたら突然、あれです。私も面喰らいましたよ。どうして摑み掛かられたか、ですって？　そんなの私にも分かりませんよ。私の方が摑み掛かってやりたかったくらいなんですから。ただまぁ、察するに逆恨みしていたんでしょうかね。私が出所して余計なことをベラベラ喋ったがために、自分達の身が破滅してしまった、という風に恨みに思っていたのかも知れません。ええそりゃあそんなの、私から言わせればお門違い以外の何物でもありませんよ。彼のことを本当に恨みに思い、摑み掛かってやりたいのはこちらの方なんですから」

連日の報道に接していれば、芳賀が自分を貶めた糸魚川らに恨みを抱くのは当然のこと、と警察も見よう。恨みに思う相手の不様な姿を見てやろうと思い、そいつの家の前に行くことも、法律違反でも何でもない。誰にも理解できる心理と言えるだろう。褒められたことではないだろうけども。警察署に留め置かれ、咎められるような行動では全くない。

だから証言はすんなりと受け入れられ、芳賀はさっさと警察から解放された。それから彼は打ち合わせ通り、等々力《とどろき》駅前の喫茶店で九鬼と合流した。警察の勧める通り、署の裏口を出て、マスコミの目を潜り抜けてから。そう。警察の取り調べは漸くカメラの前に姿を現わした芳賀を、再びマスコミの前から逃すという役にも立ってくれたのだった。

「いやぁお疲れ様でした。しかし思った以上の効果でしたね」芳賀がウェイトレスにコーヒーを注文するのを待ってから、九鬼は言った。「糸魚川という男があそこまでするとは正直、想定外でした。お怪我は、ありませんでしたか」

いやぁ大丈夫です、と芳賀は笑顔を見せて、「しかし私もびっくりしましたよ。あの糸魚川が、まさか……。あんなことをするような男とは全く思ってなかったんですけども」

そこは九鬼にも、今一つ分からないところなのだった。なぜ糸魚川はあそこまでの挙に出たのか。あんなに逆上したのか。

探偵の土本だって然り、だ。結果的に〝勇み足〟に終わった、あの襲撃。そして今日である。いったい彼らはどうしたのか。芳賀が塀の中で精神的に参ることなく、ただ出て来たというだけで。奴らは何故あそこまでパニックに陥ってしまったのか――まぁお陰で敵は立て続けに、有難く〝自爆〟までしてくれたわけだが。あの料亭で小俣のカミさんを目撃したことを、芳賀がすっかり忘れてしまっていたことまでは知らなかったにしても。逆に芳賀がずっと覚えていて、真相に気づいたかも知れない、と疑心暗鬼に駆られたとしても。それにしても少々、奴らの焦燥ぶりは度が過ぎていたように感じられてならないのだった。

それは何故だったのか？　何が奴らをあそこまで動揺させ、〝自滅〟にまで追い込んでしまったのか、は今となってもよく分からない。分かることはただ一つ。芳賀は勝った、ということだ。これで奴らはもう終わりだ。程なくして糸魚川は、警察の取り調べに屈しベラベラ口を割ることだろう。あぁいう男はそうなのだ。いざとなったら口が軽い。利に聡《さと》い男ほど然り、である。そこのところが〝盲信的〟な〝社畜〟だった、芳賀とは根本的に違うところで。

間もなく糸魚川の証言により、事件の全体像は法廷に持ち込めるまでに固まるだろう。岸や小俣ら、事件の主犯が軒並み法の裁きに曝されることになるだろう。全ては日の下に引き摺り出される。国民が皆、何があったのかを知る。芳賀の汚名は返上される。勝ったのだ。芳賀は奴らに勝ったのだ。そして、自分自身の運命に。

テレビでは早くも、先程の糸魚川邸前の騒動がトップニュースとして流され始めていた。ついさっき眼前にした光景が、早くもテレビ画像として目の前に再生されていた。

「糸魚川支店長がなぜ芳賀氏に摑み掛かったのか。それは警察の取り調べ結果を待つより他ありません。ただ察するに、これまで報道されて来た疑惑の中身が本当だった。少なくとも真実に近いものだった。そのことだけは言えるのではないでしょうか。そうでなければ糸魚川支店長があそこまで逆上した、理由の説明がつかないように私には思われます」

現場レポーターの声を聞きながら、「私に摑み掛かった気持ちは分からない。マスコミも似たようなことを言ってますね」と芳賀は言った。それから「まぁかく言う私も塀の中で、似たようなことをした〝前科〟はありますが。だから気持ちが分からないなどと言う資格は、私には本来ないのかも知れませんが」とつけ加える。

笑い合っていると、九鬼の携帯が鳴った。知り合いの大手芸能プロダクション社長。例の件で以前、相談の電話を入れてあったのだ。

「あぁ俺だ。例の件だろ。あぁ実は今、目の前にそのお父さん本人がいるよ。娘さんのデビュー話だからな。お父さんとも事前に、じっくり話し合っておかなくっちゃぁ。えっ、今日の騒動？　これでますます時の人になったんだから、タイミングを逃さず娘も直ぐにデビューさせるべきだって？　ただなぁ。こないだも言った通りこの状態で彼女をデビューさせちまったら、芳賀の売名行為だって世間からは悪印象持たれちまい兼ねんだろ。だからデビューさせるにしても、ちょっと待ってもらいたいんだよ。まぁどうせデビューするなら、時宜的な話題性も大事ってことは分かるけど。いやだから、ちょっと待て、って。うーんまだ、お前に掛けるべきタイミングじゃなかったのかなぁ。しかしこれやっとかないと、また会った時にやぃのやぃの言われるし……。えっ、何をそこでぶつぶつ言ってるんだ、って？　とにかく早く会わせろって？　いやいやだから、もうちょっと待てって。今からお父さんとも相談してみるから。何、今を逃したらこの話はなし？　うーん、いや。弱ったなぁ。そもそも何で俺、こんな時にこんなことで悩んでんだ」

＊

笑っていた。

笑っていた――

笑っていた……!!

テレビで繰り返し流されるニュース映像を見ながら、沼田健児は自宅ソファに呆然と座り込んでいた。立ち上がることなどできなかった。力も、気力も湧いては来なかった。

目を逸らすこともできなかった。糸魚川支店長があいつに襲い掛かって行く、その模様を背後から撮った映像から。そしてその時あいつの頬に浮かんでいた、あの、表情から……

あれだ。土本からの報告で、何度も聞かされた。囚人も刑務官も土本本人も、目撃した誰もが見るとゾッとすると口を揃えた。あれこそがあの、〝笑い犬〟の笑みなのだ!!

何なのだ、奴は？　どうしてあんな笑みを浮かべるようになったのだ!?　刑が確定し、刑務所に送られてから1年あまり。その間にいったい、奴に何があったというのだ!?

上からの指示など何もありません。全て、私一人の判断でしたことです。

自ら首を絞める結果を招いているとはつゆ知らず、こちらに疑いを抱くことすらせず指示に粛々と従って、検察の取り調べに対し〝自殺行為〟の証言をひたすら繰り返していた。拘置所にいた頃のあいつはそうだった。何度となく接していた頃の、俺のよく知るあいつだった。

しかしそんな奴はもうどこにもいない。あそこにいるのは全くの別人だ。あんな笑みを浮かべるような男を、俺は知らない。俺の全然知らない奴だ!!

この世に怖いものなど何もなかった。人生も周りの社会も全て、自分の思うままになって来た。これまでの半生ずっとそうだった。

ストレートで楽々と入学を果たした東京大学文科一類。この国で最も難関とされる司法試験にも、法学部在学中の3年生時に軽々と合格した。そうして周りも似たような〝同窓〟ばかりの検察庁に、籍を置くこと15年。所謂〝ヤメ検〟の弁護士に転じた。その間に築き上げて来た司法関連の人脈たるや、錚々《そうそう》たるもの、の一言だ。そもそも周囲は全て、同じような経歴の人間ばかり。育ちも学歴も、その後のキャリアも。だから知り合い、親しく会話を交す仲になるのに手間も時間も要しない。

ましてや乙石銀行の顧問弁護士という立場を手に入れてからは、潤沢な資金源を元手に検察上層部、裁判所判事らに対する豪華接待に明け暮れた。自らも宴席を大いに堪能した。検事総長は大学の親しい先輩だし、最高裁判事にも顔馴染みは何人もいる。日弁連の大物も気軽にゴルフに誘い合い、何の気兼ねもなしに会食する仲だ。言わば〝司法ネットワーク〟の中心とも言える位置に、今の自分はいる。そしてその地位を手にすれば最早、この国に怖いものなど何もない。それが〝司法一家〟の有す権力の実態なのだった。

無実の人間を塀の中に落とすくらいあまりにも容易いこと。政治家だって捜査権を駆使して洗えば、醜聞はいくらでも出て来る。それを使って脅せば政界の操縦も思うがままだ。言うことを聞かない頑固者がいれば、〝国策捜査〟で以て罪を捻り出し、政治生命を断ち切ってやればいい。まぁそうした後も〝闇将軍〟として権勢を振るい続けた、田中角栄のような例外もいないではないが。とにかくこちらの胸先三寸でどんな人間だって社会的生命を奪うことができる。それが我々の実力だ。司法権力というものなのだ。

だからあいつもその筈だった。人的ネットワークを動かし、小俣代議士の顔も利用してまんまと単独有罪に持って行った。そうして塀の中に落とせば全てが終わる筈だった。たとえ外に出て来ても最早、二度とこちらに何の波紋も投げ掛け得ない、何の影響も及ぼすべくもない〝社会的死者〟に陥っている筈だった。なのに——

糸魚川が我を忘れ、マスコミと警察の見ている前で奴に襲い掛かって行った。彼の気持ちが今の自分にはよく分かる。怖かったのだ。奴が。奴のあの、笑みが。沼田も全く同様だった。怖かった。沼田は生まれて初めて、心からの恐怖を覚えていた。一人の人間を怖いと心の底から感じていた。

終わりだ……

不意に思い至る。糸魚川は警察に引っ立てられて行った。取調室に入る間もなく奴は、べらべら証言を始めるだろう。病室で事情聴取を受けているという土本だってそうだ。今のところ取り調べに対し口を閉ざしているというが、糸魚川が落ちたと聞けばいつまで続くか知れたものではない。

そうなれば俺は終わりだ。いかに司法界に広く人脈を張り巡らせてあるとは言え、事ここに至ればもう誰も庇ってはくれない。それどころか知り合いだったことすら否定し、自分に波及することのないよう俺を切り捨てに掛かるだろう。俺は見捨てられるのだ。これまで築いた人脈が何の役にも立たなくなるのだ。そうして塀の中に転落する。これまで自分自身が何人も、落として来た奴らのように。最近の典型的な実例である、あいつのように。こうなったら最早、逃れることのできない運命だった。この国にいる限り。ボヤボヤ留まっている限り。

グズグズしてはいられない。幸い妻とはずっと以前から別居中だし、子供達も既に独立して家にはいない。国外逃亡するには絶好の〝家庭環境〟に、今の自分はいる。沼田は傍らの電話に手を伸ばした。大手旅行会社の顧問を務める、後輩の事務所の番号を呼び出した。

06年1月15日（日）

「大層《たいそう》な騒ぎじゃねぇか」と芳賀仁介は言った。何を話題に挙げていいのか分からない風で、暫し重い沈黙が流れて後の言葉だった。「まだまだ報道はこの話題ばかりだな。その内ここにも、マスコミが押し掛けて来るのかも知れないな」

「そうなったら済まないと思っている」と芳賀陽太郎は応《こた》えて言った。「父さん達に迷惑を掛ける事態だけはなるべく避けたいんだけど。マスコミを止めることは誰にもできなくてね。仮令《たとえ》、警察でも」

「ただまぁお前の悪口じゃないんだからこちらだって気が楽だ。前みたいに取材陣から逃げるようにして、家に引き籠らないでも済む。何か訊かれたら堂々と答えてやるさ」

「今はマスコミの興味は、岸頭取ら黒幕の方に向いているから。僕の実家にまでは押し掛けて来ないとは思うけど。ネタが枯渇《こかつ》し出したら何をして来るか分かりやしない。まぁもしそんなことがあって、何か訊かれたら精々、あまり家に寄りつかない奴だったから今回も何があったのか分からない、くらいに答えといてくれよ」

「まぁ何があったのか分からないというのは本当だが」と芳賀の父親は言った。しんみりと、繰り返すような口調だった。「とにかく気が楽だよ、今回は。お前の悪口を聞かされ、言わされるんじゃないんだから。お前はハメられたのであって悪くなかったということが、今回ハッキリしたんだから」

「僕だって悪いさ。加害者側の一員であることに変わりはない」

「それでも前とは全然違う。前はお前だけが悪者扱いだった。全国民がお前を憎み、悪口を叩いているようだった。今回はそうじゃない。それだけでいいさ。気が楽だ」

お前の悪口じゃないんだから気が楽だ……。そんな言葉を父の口から聞くことになるとは、夢にも思ってはいなかった。そしてそれだけでも、ここに来てよかった、と芳賀は思った。本来なら出所早々、実家には顔を出すべきだった。しかしもともと疎遠で近寄り難かったこともあり、騒動続きで動きが取りにくくもあって、成人の日もとうに終わった時期までズルズル延ばして来たのだ。

それでもいつまでも、というわけには行かない。自分のせいでずっと体調を崩したままという、母を見舞う必要もある。連日の報道で汚名は雪がれたことだし、以前よりはずっと訪れやすい雰囲気になってくれているだろう。果たして今朝、久しぶりにここに電話を入れてみると、父の反応は思った以上に穏やかなものだった。そうか。いや謝ることはない。お互いこうなってしまったことについては、俺にだって非はある。とにかく母さんも心配していることだし。久しぶりに顔を見せに来てやってくれよ……

案ずるより産むが易し。数年ぶりに上尾《あげお》の実家を訪れ、病床の母を見舞った。あぁ陽太郎、元気そうで。最近テレビに映った姿を見ても元気そうだと安心してたけど。こうして来てくれただけであたしはもう満足だよ。それに本当に元気そうだ。テレビで見るより、ずっと。窶《やつ》れた顔をくしゃくしゃに歪める母を見た時も、思ったのだった。ここに来てよかった。本当ならずっと早く、来ておくべきだった。

姉の仁美も同席してくれ、脇でさっきから〝微妙な〟笑顔を浮かべていた。どんな顔をしていいか分からないような、戸惑ったような表情だった。互いに長いこと、あれこれあったのだ。この笑みをもっと晴れやかな、心からのものにするにはこれから、何度も通って間の溝を埋めて行くしかあるまい。少しずつ。時間を掛けて穿《うが》たれた溝を埋めるには、時間を掛けた地道な積み重ねが不可避なのだ。作った主因が自分にある以上、修復するのもこちらの責任なのだ。姉の笑顔に済まない思いを味わいながら、芳賀は決心していた。これからはちょくちょく、ここを訪ねることにしよう。

「お前も大変だろう、マスコミにつき纏《まと》われて」再び暫しの間を措いて、父が言った。

「真相を暴いてくれた記者は、今の住所については頑として口を噤《つぐ》んでくれたようなんだけど。やはりマスコミの嗅覚というのは凄いからね。それに僕が車で襲われた、例の事件がある。現場はウチにも近い筈だということで、いかにもマスコミ風の連中が近所をウロウロしているよ。ただまぁそれを撒《ま》いて外出するのにも、すっかり慣れっこになってしまったけどね」

「尾行を撒いたりしてるわけか」ここを訪れて初めて見せる朗らかな笑みを浮かべて、仁介が言った。何だか以前の記憶より小さくなったような——久しぶりに父を見ての思いをなぞるような、どこか弱々し気な笑みだった。「何だか推理小説みたいだな。車で襲われたという話だったが。前の上司にも摑み掛かられた、という報道もあったが。今はもう、そういう心配はないのか」

「大丈夫だとは思うけどね」と芳賀は言った。一つには親を安心させるために。しかし確かに、奴らにもうそんな余裕はあるまい、という確信もあったのだ。

暴行の現行犯で身柄を拘束された糸魚川は——こちらの期待通り——既にベラベラと取り調べに口を割っているらしい。事前に国外逃亡を図った沼田弁護士も、成田空港で警察に待ち受けられ（一説には旅行会社からの内部通報があった、との報道もなされた）、その場で崩れ落ちてしまったという。未だに病院で取り調べを受けているという土本も、糸魚川や沼田弁護士の現状を聞いて観念し、重い口を開き始めているらしいとか。それらの証言に基づいて警察は、更なる総動員態勢で捜査に当たっているらしい。既に乙石銀行本店始め、関係各所に大掛かりな家宅捜索が入っていた。世間を騒がせた責任を取って岸頭取は辞任。しかし言うまでもなく世論は、それで沈静化する気配すら見せない。早ければ月末にも検察が動くという噂もあった。今もマスコミに追い回されている元頭取の姿は、かつてからは想像もつかない程げっそりと窶れ果てて見えた。連中はもう終わりだ。もう俺を襲う余裕などどこにもあるまい。気力すら湧くまい。

「まぁそれでも油断はしないように、気をつけているけどね。逆にマスコミが近所をうろついているから世間の目が多くて、襲おうにも襲えない、という状況もあるのかも知れないけど」

「あぁ。そうか」合わせたように再び、父が笑う。「災いを以て何とやら、という奴だな。それとも毒を以て毒を制す、の方になるかな」

こちらの家族の話題は敢えて持ち出さない。奥さんとはその後どうなってる？　なんて質問は決してしない。そのことには気づいていた。今はまだ持ち出すべき時期ではないことを、よく分かっているのだ。父の心遣いが芳賀には有難かった。俺はどうしてこんな家族と、かつて断絶寸前まで行ったのだろう？　今となってはどうにも、不思議に思えてならない。

「とにかく今日は来られてよかった。また母さんの見舞いに来るよ。近い内に、時期を見て」

「あぁそうしてくれ。お前と呑むとついつい呑み過ぎてしまいそうで、今日は酒も出さなかったが。これから俺も昼酒は控えて、せいぜい身体を大事にするよ。体調を整えて、次は一緒に一杯やろうや」

「あぁ、楽しみにしているよ」と芳賀は言った。思わず笑みを浮かべながら。「実は僕もここのところ、酒に強くなる練習を毎晩していてね」

「……変わったな」そんな笑みに戸惑ったような表情で、父は言った。「陽太郎。お前、変わったな」

「変わった、僕が？　長いことご無沙汰してたんで、すっかり老けちまっただけだろう」

「いや、違う」と仁介は繰り返した。かつてのワンマン社長ぶりもどこへやら。老いた父親が息子を頼もしく見上げるような表情だった。「変わったよ、お前。まるで、違う人間みたいだ……」

家からJR上尾駅に向かう途中に、谷津《やつ》観音堂の広い境内《けいだい》がある。車通りの歩道伝いにずっと歩いて来た芳賀は、そこのベンチに腰を下ろし、ほっと息をついた。終始穏やかな雰囲気で過ごせた帰省だが、やはり久しぶりに親に会うと緊張する。ここに来て漸く心を解《ほぐ》すことができたのだ。

高校から予備校、そして大学時代。通学に上尾駅を使っていた頃は毎日ここを通った。途中でベンチに腰を下ろし、一息つくことも多かった。家に帰り辛い雰囲気だった時期は、特に。境内で一息つき、心を鎮めてから改めて家路に就いていたものだった。あれからもう、30年か。本当に色んなことがあったものだ。予想もしていなかった波瀾万丈が、俺の人生を彩ったものだ。

そして今、俺はここにいる。実家とも何とか打ち解け合って、また帰省できそうな感触まで勝ち取った自分がここにいる。考えてみれば30年間いろいろあった中で、何より予想できなかったのはこうして、実家と和解できた展開ではないか。駅の方から溢れ出て来る人混みを眺めながら、思案に耽《ふけ》った。キンカ堂の方から歩いて来た人混みには、まだ若い顔触れも多い。あの中にもまた、俺みたいな人生を辿る奴がいるのだろうか。第二第三の俺がいるのだろうか……？

ふと腹が減っていることに気がついた。谷津観音の境内を出、飲食店の並ぶ通りを歩いてみて『おふくろの味　さつき』と掲げられた看板を見つけた。ビルの1階の奥。落ち着いた小綺麗な雰囲気に惹かれるように暖簾を潜った。

「いらっしゃいませ」

カウンターと、小さなテーブルが2つばかりの店だった。カウンターの中から女将《おかみ》が、笑顔を振り向けて来た。歳よりはずっと若く（多分）見える、生気に溢れた笑み。ただそれが、そのまま固まってしまった。「あれ？」と怪訝《けげん》そうな表情に転じた。「あれ、もしかして、芳賀君？」

こちらは誰だか分からない。戸惑って立ち尽くしていると――

「私だよぉ。小学校中学校で一緒だった、古田五月《ふるたさつき》。覚えてない？」

「あ……」

可愛らしくて勉強もでき、スポーツも万能で学校中の人気者だった古田五月だ。片や勉強はそこそこなものの、根暗でいつも教室の隅に身を縮こめていたような自分。こちらにすれば彼女はまさしく高嶺《たかね》の花だった。いつもまぶしく光り輝いて見えた。だから到底近寄り難い雰囲気で、確か口を利いたこともあまりなかったのではないか。

「最近よく芳賀君テレビに映るから。だから周りにも話をしてたんだよ。あれ、私の同級生だった人なんだよ、って」

「古田君かぁ。見違えたよ。まさか君がこんなところで、小料理屋をやってるとは」

「私の母もやってたからね。ここじゃぁなくって、もうちょっと観音様の奥に入ったとこだったけど」

「そうだったのか。知らなかった。子供の頃はあまり、お互い話はしなかったからね」

「成績よくって近寄り難い雰囲気だったもんね、あの頃の芳賀君」

「よく言うよ。君の方こそ」

気がつくとカウンターについて、親し気に話していた。まるでずっと通い慣れた常連客のようだった。そんな空気がここにはあるのだ。馴染《なじ》んだ後からふと思い至る。新顔でも何の抵抗もなく受け入れてくれ、いつの間にか心地よく時を過ごさせてくれる。そういう店なのだった。銀行の接待などで使っていた店には、絶対にこんな雰囲気はない。

突き出しはカブとがんもどきの煮物だった。だしと味醂《みりん》の風味が相俟《あいま》って、思わずホッと嘆息の漏れる味わいを醸し出していた。食欲が更に募るような優しい味。この店そのもののような口当たりだった。もっとも女将——古田は「七草がゆ用に買い占めたスズナが余っちゃってさぁ」と笑っていたけれど。

かつての〝アイドル〟の前で醜態を曝さないよう、気をつけながらビールにちびちび口をつけていた。そこに、

「たっだ今〜」

と元気な声が帰って来た。若い娘だ。買い物帰りらしく両手にレジ袋を下げていた。常連らしい中年男も伴っていた。「そこで横山《よこやま》さんにバッタリ会っちゃってさ～。横山さん今日海に行って、カワハギ釣って来たんだって。ねっねっ皆で食べよ食べよ。あたし、お刺身にするからさぁ」

あっこれ、私の娘、と古田から紹介される。短大に行ってんだけど、こうしてお店も手伝ってもらってるの。すると会釈する間もなく、

「あっこの人、テレビで見たことあるぅ」

「ホラ言ったでしょ。私の同級生だった、って」

「あっじゃぁ何。オジサンあの刑務所上がり？　うわっ、しっぷ～」

コラ止《や》めなさい失礼な、と制す古田を「いやいや、いいんだよ」と宥《なだ》める。「刑務所上がりは本当なんだから、さ。それに今となってはそう、悪い思い出ばかりじゃぁないよ。思い出したくもないって訳では決して、ね」

「それにしても本当に大変だったたね、芳賀君。酷い濡衣《ぬれぎぬ》だったのに誰も、私達も知らなくて。真相が明らかにされてよかったね」

「まぁお陰様で。それに俺だって悪かったのは事実なんだから。少しは罰を受けたって、当然のことさ」言いつつ思い出す。そう。俺だって責められるべきところはいく

らでもある。だからこうして安閑《あんかん》に浸るばかりでなく、行くべきところだってあるのだ。行き辛いという意味では実家どころではない——自殺した野田氏の遺族に、謝罪するべく。それもあまり先延ばしにしてはいられない。できる限り近い内に、きっと。

「ねぇねぇオジサン。色々と教えてよ。事件の詳しい真相。あたし短大で友達に自慢できるしさぁ〜」

「コラいい加減にしなさい。それにそもそもあんた、横山さんのカワハギお刺身にするんでしょ。早く奥へ行って、お魚下ろして来なさい」

「はいは〜い。じゃぁオジサン、あたしの下ろしたお刺身食べながら一緒にお話ししようね。事件の話いろいろ教えてね」

そもそもはいま入って来た、横山という常連の釣って来た魚だ。済みませんご馳走になります、と彼の方に会釈して、「あぁいいよ。何でも訊いてくれ」と芳賀は答えた。

このようにこの店では、常連の持って来た食材を客の皆で分け合うことも多いようで。店も客側もひっくるめて、殆ど家族同然のよう。芳賀もいつの間にか雰囲気にどっぷり自然に溶け込んでいた。何て居心地のいいところなんだろう、ここは。今度、親父と呑もうという時はここに来るのもいいかも知れないな。

昔あれほど逃げ出したかった故郷。かつては早く嫌な思い出ばかりの地を後にして、別天地で生まれ変わりたいと冀《こいねが》ったところ。考えると何だか、不思議な気分に捕らわれてしまう。そんな上尾が今、温かく俺を迎え入れてくれているなんて。故郷に戻ったこの俺が、こんな居心地の良さを味わっているなんて……

すっかりいい気分で時間を過ごしてしまい、八幡山のマンションに帰って来た時には午後10時を過ぎていた。土本の車に襲われた夜のことをふと思い出す。ただ、今はあの路地を通ることはもうないが。嫌な思い出があるからともう一つ。何よりこの時刻になってもまだ、マスコミの連中が現場周辺をウロついているからだ。彼らを避ける意味もあって、駅からの最短コースを採ることは最早なくなっているのだった。

「おっ帰り～」家に帰ると上機嫌の幸乃がいた。こんな時刻に帰宅したというのに嫌みの一つもない。酒臭ぇと顔を顰《しか》められることもない。浮き浮きした表情で、アイドル情報誌を捲っている。

ジャーナリストの九鬼と交したという約束だった。そもそもは幸乃を芸能界でデビューさせる取り決めだったという。しかしそれもいきなりは難しいので（というのは実は彼女に対する口実で、こんな時期に娘さんがデビューなんかしたら貴方の世間的印象が悪くなる、という九鬼の判断だった）、まずは芸能プロに紹介して、何とかいう男性アイドルに会わせてあげるという話になったのだ。あの○○君に会えるのっ!?　デビューよりはずっと小ぢんまりした約束に転換したというのに、彼女にすればそれで充分だったらしい。○○君に会っえる、○○君に会っえるっ……。何度聞いても覚え切れない名前を連呼して、ここのところ幸乃は夢見るような表情を浮かべてばかりなのだった。「オヤジありがとねー。陰謀に巻き込まれて、捕まってくれてっ」などと訳の分からない感謝までされてしまう始末。

会う、か。以前よりは酒も強くなったのか。少し呑んだにも拘わらずふらつかない足下を見据えながら、芳賀は思った。俺も熱《ほとぼ》りが冷めたら、会いに行くべき相手がいる。一人はさっきも思い浮かべた、野田氏の遺族。そしてもう一人は、呉原だ。既に九鬼を通して、墓の場所は調べてある。九州の、大分の方にあるらしい。その墓前に手を合わせ、全てを報告しなければ。そもそも貴方がいなかったら、今の自分はない。精神的に参ることなく立ち直ることができたのは、貴方と会って話をすることができたからだ。貴方が励ましてくれ勇気を下さったからだ。お陰様で何とか、ここまで来ることができました。約束した通り自分の汚名を雪ぎ、事件の真相を公にすることができました……。報告して、謝意を伝えなければ。彼にはどれだけ感謝しても、し尽くせないことだけは確かなのだから。

思いを新たにしていると、携帯が鳴った。登録していない番号で、掛けて来たのが誰かは分からなかった。九鬼なら登録してあるから、表示された筈だ。訝《いぶか》りながら通話ボタンを押した。「もしもし？」

返って来たのは沈黙だった。恨み。脅し。乙石の関係の者に……!? 一瞬そう思った。連中にどうしてこの番号が知れたのか、までは考えも及ばなかったものの。しかし違う。そんな電話ではないことは、伝わって来た。こんな、電波越しではあっても。人の気持ちという奴はどんなものを介してでも、必ず確実に伝わるのだ。悪意を伴った電話ではない。むしろ、それどころか——

「……もしもし、あの」女性の声だった。それで充分だった。掛けて来たのが誰だったか。何の電話だったか。直ぐに分かった。即座に確信できた。

「幸代? 幸代、だな!?」

「もしもし。ご免なさい、私、あの」

「いや。いい。謝らなくていい。謝ることなんてない。悪いのは俺だ。お前が謝ることなんて、何もない」

「貴方、あの」

「とにかく掛けてくれて有難う。本当に嬉しいよ。それだけで充分だ。お前がこうして電話を掛ける気になってくれただけで。それだけで俺には、過ぎた幸せだ」

「こんなに遅くなって。ご免なさい。あの、私」

「だから謝るなって言ってるじゃないか。そんなこと言わなくていい。どうせだったらもっと別なことを話そう。話したいことならいくらでもある」

「誠太郎も貴方に会いたがっているの。話がしたいと言ってるの。だからもし許してもらえるなら、近い内に、一緒にそちらに」

「そうかそうか。もちろん許すも何もない。大歓迎だよ。俺もお前達に会いたいよ。会って話がしたいよ。いつでも来てくれ。俺の方からそっちへ出て行ったっていい。誠太郎にもそう言ってくれ。とにかく嬉しいよ、俺は。有難う。電話をくれて本当に有難う、幸代……」

携帯端末を握り締め、心の底から声を漏らしていた。話したいことならいくらでもあった。言葉が後から後から湧き出て来た。溢れる思いに声を震わせながら、顔にはいつしか、満面の笑みが浮かんでいた。思わず、本人も知らない内に。

それは、例の笑みではなかった。いま顔を満たしているのは、あれとは正反対の笑みだった。

彼は最早、あの笑みを浮かべることはないのだ。あれはもう、彼には必要のない笑みなのだ。

芳賀陽太郎はもう、〝笑い犬〟ではなかった。

謝辞と参考文献

本作の執筆に当たり、各方面の関係者各位に取材をお願いすると共に、主に以下の本から参考文献として様々な知識とアイディアとを教授頂いた。しつこくかつ物分かりの悪い質問に対し懇切丁寧に答えて下さった、取材にご協力頂いた皆様と共に、これら文献の作者の方々に対しても心からのお礼を申し上げたい。文中カン違いや事実誤認などが多々あることと思われるが、それらは全て私の誤解に基づく瑕疵である。そうした責は全て私のみに帰すべきものであることを、ここで改めて言明しておく。

〈銀行関係〉
『住友銀行支店長の告白』（山下彰則／あっぷる出版）
『大銀行の犯罪』（山下彰則／ザ・マサダ）

〈矯正施設関係〉
『刑務所の中』（花輪和一／青林工藝舎）

『全国監獄実態』（監獄法改悪とたたかう獄中者の会／緑風出版）
『日米監獄生活マニュアル』（吉田浩／同文書院）
『実録！　刑務所の中』（坂本敏夫／二見文庫）
『知られざる刑務所《ムショ》のオキテ』（安土茂／日本文芸社）
『完全ムショ暮らしマニュアル』（北代司／ＫＫベストセラーズ）
『刑務所を往く』（斎藤充功／ちくま文庫）
『刑務所で楽しく暮らす方法』（八王子与太郎／成甲書房）
『刑務所の中のごはん』（永井道程と仲間たち／青林工藝舎）
『アフター・スピード』（石丸元章／文春文庫）
『国家の罠』（佐藤優／新潮社）

また「統一獄中者組合」の会報である『監獄通信』も大変参考にさせて頂いた。

最後に特に挙げておきたい本が2冊ある。作中重要なキャラクターとして出て来る、呉原厳道の巻き込まれた冤罪事件。ディテールを多少変えてあるものの、これは現実に起こった紛れもない実話である。筆者自身が制作に関わった本であり、宣伝めいていささか気が引けないでもないが。もしご興味がおありの向きは、ぜひ一度手に取ってみて頂きたい。司法の横暴とはここまで来たか!? と愕然とされること請合いである。

『小倉の極道　謀略裁判』（宮崎学／太田出版）
『獄楽記』（上髙謙一・宮崎学／太田出版）

解説

杉江松恋

ああ、『笑い犬』が文庫になるんですね。

はじめて読んだとき、なんとも愛らしい作品だと感じたことを憶えている。

愛らしい？　うん、愛らしい。物語の決着があるべきところに収まる結構にそれを感じ、主人公の人物に感じた。さらに言うならば、こうした作品を書こうと志した作者の姿勢にもかな。そして何よりこの題名。愛らしいではないですか。『笑い犬』。凄惨な話なのに、なんともチャーミングな貌をしている。


乙石銀行中野坂上支店長の座にあった芳賀陽太郎は、脅迫及び詐欺罪に問われ、懲役二年を宣告される。大手都銀に奉職後、二十年余の歳月を会社の忠実な飼い犬に徹して生きてきた陽太郎にとって、積み上げてきたすべてを否定された瞬間だった。狂奔のバブル期に銀行員生活を送ってきた。そのため彼は、自分でも気づかない間に

〈銀行教〉の〈狂信者〉として洗脳されてしまっていたのである。

陽太郎が逮捕されたきっかけは、彼の担当する支店から不動産を担保として金を借りていた男が自殺したことだった。返済が滞り、担保物件を売却するように示唆されたのが引き金となったのである。銀行のいわゆる〈貸し剝《は》がし〉が招いた悲劇である。件の融資には大物フィクサーが関係した原野商法詐欺が絡んでいた。銀行が犯罪行為に加担し、無辜《むこ》の市民を死に追いやったと批判されることにもなった。

乙石銀行へ向けられた市民の憎悪の感情を逸らすべく、陽太郎は贖罪の羊の役を担わされた。銀行が差し向けた弁護士は、甘言を弄して彼の証言を誘導し、すべてが陽太郎の独断で行われた行為であると認めさせた。銀行上層部の人間が関与していたことを隠蔽するためである。控訴を断念させられ、陽太郎は塀の向こうへと落ちる。しかも、銀行に迷惑がかからないためと説得され依願退職の形で乙石銀行の籍を抜いていたおかげで、ローンの返済もままならなくなり、芳賀家は貴重なマイホームを失ってしまう。長女の幸乃は非行に走って家を飛び出したきりだ。長男の誠太郎が大学受験を控えた身だというのに、一家離散にも等しい状況が到来する。

あああ、やめてくれい。読者の悲鳴が聞こえるようだ。なんという過酷な運命を主人公に課そうというのか、この作者は。辛いでしょう。その心情を想像するとたまらなくなるでしょう。判決を受けた陽太郎は八王子刑務所で服役し始める。それまで銀行一筋で生きてきた男が、まったく異質な世界に放りこまれたわけである。見るもの聞くものすべてが珍しく、また威圧される日々が続く。受刑生活の描写と、陽太郎の回想とがカットバックする形で物語は進んでいくのである。

安部譲二が一九八六年に『塀の中の懲りない面々』（文春文庫）を発表して以来、見沢知廉『囚人狂時代』（新潮文庫。一九九六年）、花輪和一『刑務所の中』（講談社漫画文庫。二〇〇〇年）、山本譲司『獄窓記』（新潮文庫。二〇〇三年）など、刑務所生活を描いたフィクション、ノンフィクションが時折話題になる。読者の側に、未知の世界を覗いてみたいという欲求が根強くあることの証拠である。ミステリー・ジャンルでは『P・I・P・プリズナー・イン・プノンペン』（小学館文庫。二〇〇〇年）という作品がある。これは、身に覚えのない罪を問われてカンボジアのプノンペン拘置所に収監された経験を持つ沢井鯨が、その記憶を元に書き下ろした犯罪小説だ。『笑い犬』は、こうした監獄小説の系譜に連なる作品である。

監獄小説として本書がユニークである点は、服役生活を通じて主人公の魂の浄化が行われる点にある。前非を悔いて真人間となり云々という話ではない。〈銀行教〉の〈狂信者〉であった陽太郎は、実は収監前から異常な倫理観の支配する世界で暮らしていたようなものだった。逮捕という契機によってそれに気づき、自分とまったく価値観の異なる服役者に囲まれて暮らすことにより、彼は健全な常識を取り戻すのである。服役という異常体験が正常人への帰還をうながすという皮肉な構図が本書の読みどころなのだ。

しかし、その帰還への路は決して平坦なものではなかった。それどころか、陽太郎は自我崩壊の危機にさえ直面してしまう。そういうどん底の状況から陽太郎が救われるきっかけとなったのが、題名にもある『笑い犬』という現象だったのだ。そのことを陽太郎に教えてくれたのは、服役中に出会った呉原という渡世人である。

笑い犬。未読の方の興味を削ぐといけないので、その意味はあえてここで書かない。ぼかした言い方になるが、この言葉には人間が本質的に持っている弱さや卑劣さ、よるべのなさといった負の側面を嘲弄し、開き直って生きていこうとする姿勢が託されているのである。いわゆるノワールとは、極限状態に陥った人間が自らの中に潜在する獣性を開放し、その力によって生き延びようと画策する犯罪小説のことであるが、そういった側面も本書にはある。あらすじを見ていただければわかるように、凄惨な物語なのである。しかし、主人公の布置の仕方が絶妙であるために、残酷一途ではなく、物語に遊びが生まれている。そのゆとりがユーモアにも通じているのである。犯罪小説ではあるが、性格喜劇の笑いも備えた作品である。こうした趣向を、私は愛らしいと考えるのだ。

主人公である芳賀陽太郎の人物にも、同様の微笑ましさを感じた。銀行内部の「常識」に毒された陽太郎は、赤子も同然な人間だ。そうした無垢な人物が世間の荒波に揉まれる小説としても本書は読むことができる。あまりの世間知の無さに、読者は初めもどかしさを覚えるはずである。姦計に嵌《は》められた陽太郎は延々と愚痴をこぼすのだが、読みながら正直、ほら見たことか、という気分にもなってくる。それほどのもどかしさである。しかし、読み進めるうちにいつの間にか、そうした揶揄《やゆ》の気分が同情に変わり、さらに彼への共感へと移っていることに気づかされるのだ。主人公の周囲の人々にも微妙な変化が生じる。先述した呉原や、後半で登場する長女の幸乃の描かれ方にも要注目である。

第一部の終わりに到達したころには読者は、芳賀陽太郎という人物のイノセンスがもたらした悲喜劇に、すっかり魅せられてしまっているはずである。主人公の魅力が一気に発散されるのが第二部だ。語りの形式が変わり、驚くような変貌を遂げた芳賀陽太郎の姿が畏敬の念をこめて語られるようになる。物語は次第に加速を始め、怒濤の結末へと雪崩《なだ》れこんでいく。凄惨な物語と何度か書いたが、物語の収束の仕方は非常にスマートだ。ここまでに紹介した内容から、読者はどのような結末を予想されるだろうか。血で血を洗う抗争か。それとも知能の限りを尽くした謀略戦か。ここでは予見を与えるようなヒントは書かないが、たぶんあなたの想像したような終わり方はしないだろう、ということだけは断っておく。収まるべきところにストンと収まって、物語は終わるのです。

西村健は一九六五年に福岡県で生まれた。受験校の名門ラサール高校から東京大学工学部に入学、国家公務員上級試験に合格して労働省（現・厚生労働省）の官僚になったという華やかな経歴の持ち主である（この辺の個人史は、いくぶんか本書の主人公の人物像に反映されているようにも思われる）。しかし作家志望の夢は止みがたく、西村は職を退いてライターの道を歩み始める。日本冒険小説協会に入会して多田西丸の筆名で会報「鷲」に膨大な原稿を書いていた当時のことは同協会会長である内藤陳が『ビンゴ』文庫版解説で紹介しているし、永瀬隼介も『劫火4　激突』解説で新人ライター時代の西村の肖像をスケッチしているので、そちらもご参照いただきたい。

西村が一九九六年に発表したデビュー作『ビンゴ』の主人公小田健は、新宿ゴールデン街の酒場のマスターでありながら、同時に事件屋稼業も営んでいるという人物である。以降『脱出　GETAWAY』(以上、講談社文庫。一九九七年)、『ギャップ』(角川書店。一九九八年)、『突破　BREAK』(講談社文庫)と続けざまに発表した作品のいずれにも西村は小田健を登場させている。それぞれの物語には主役級の登場人物が他に置かれているのだが、シリーズを統合する存在として小田健が顔を出すのである。こうしたオダケン・シリーズの集大成となったのが二〇〇五年末に発表した『劫火』(講談社ノベルス)であり、同書は第二十四回日本冒険小説協会大賞を受賞した。西村はこの作品をすぐに再構成し、二〇〇七年に講談社文庫版『劫火1　ビンゴR《リターンズ》』『劫火2　大脱出』『劫火3　突破再び』『劫火4　激突』四巻として上梓し直している。ノベルス版では、複数いる主役級の登場人物が時系列に沿って交互に登場する叙述形式だったのが、文庫版では一～三巻までは各巻ごとに主人公が固定されてその行動が描かれ、最終巻ですべてのエピソードが合流するという形に変わったのである。各巻で主人公を務めるのは、それまでのオダケン・シリーズで活躍した人々だ。『劫火』完結によって、シリーズはめでたく大団円を迎えたのである。デビューから約十年の歳月をかけて一つの物語を紡ぎ終えたわけで、このシリーズに賭ける西村の意気込みがなみなみならぬものであったことが判るだろう。それだけの時間をかけるにふさわしい題材を扱った作品であり、実に柄の大きな物語であった。ちなみに二〇〇一年の犯罪小説『あぶく銭』（角川書店）も、シリーズにゆかりのある人々が顔を出す、外伝的な位置づけの作品である。

『笑い犬』は、西村にとってはオダケン・シリーズを完全に離れた初めての作品ということになる。元版の刊行は二〇〇六年九月三十日、発行は新興出版社のスパイスである。西村健は最近では珍しい大風呂敷を広げた活劇物語の書き手である、という思いこみがあったため、本書を最初に読んだときにはそのギャップに驚かされた。オダケン・シリーズが大状況を書いた作品だとすれば、こちらは極めて小さな状況を描いた物語である。ここにあるのは、芳賀陽太郎という人物の再生譚だからだ。堕ちるところまで堕ちた男が、どのように底辺を這い、地面を蹴って再び浮き上がってくるか（こないか）というところに本書の関心はある。そこに私は、新しい小説を書こうという西村の意志を感じた。

決して綺麗な小説ではない、というのが初読時の印象である。今回文庫化に当たって改稿がなされているが、それでも整然とはしていない。芳賀陽太郎の胸中を描くためには、綺麗こざっぱりとした叙述で済ませるわけにはいかないのだから、やむをえないだろう。ところどころ雑然としており、ところどころ混沌としている。そうした部分も含め、愛しい小説なのである。落としどころにきちんと収まるまで、行く末を見守らずにいられない味がある。読み終えた後、何度か本を開いて、陽太郎のこぼす愚痴に耳を傾けてしまった。愛すべきかな陽太郎。きっとみなさんにも気に入ってもらえるものと思います。

本作品はフィクションです。実在する諸団体や固有名詞とはいっさい関係ありません。

本書は二〇〇六年九月に株式会社スパイスより刊行された作品を全面改編し、文庫化したものです。

|著者|西村 健　1965年福岡県生まれ。東京大学工学部卒業。労働省に入省の後、フリーライターに。1996年、『ビンゴ BINGO』（講談社文庫）で作家デビュー。ノンフィクション、エンタテインメント小説を次々に発表している。2006年、『劫火』（講談社文庫）で第24回日本冒険小説協会大賞を受賞した。好きな酒：J・ダニエル＆さつま寿。好きな本：『長いお別れ』。好きな映画：「銀河鉄道999」。好きな女優：富司（藤）純子。好きなミュージシャン：B・パウエル。好きな言葉：人みな我が師。著書『脱出 GETAWAY』『突破 BREAK』『あぶく銭』『ギャップ』ほか。

笑《わら》い犬《いぬ》

西村《にしむら》 健《けん》

2008年 6 月13日第 1 刷発行
2008年 7 月17日第 3 刷発行

発行者──野間佐和子

発行所──株式会社　講談社

東京都文京区音羽2-12-21　〒112-8001

電話　出版部（03）5395-3510
　　　販売部（03）5395-5817
　　　業務部（03）5395-3615

Printed in Japan

講談社文庫

定価はカバーに
表示してあります

デザイン─菊地信義

本文データ制作─講談社プリプレス管理部

印刷───豊国印刷株式会社

製本───加藤製本株式会社

落丁本・乱丁本は購入書店名を明記のうえ、小社業務部あてにお送りください。送料は小社負担にてお取替えします。なお、この本の内容についてのお問い合わせは文庫出版部あてにお願いいたします。

ISBN978-4-06-276076-8

講談社文庫刊行の辞

二十一世紀の到来を目睫に望みながら、われわれはいま、人類史上かつて例を見ない巨大な転換期をむかえようとしている。

世界も、日本も、激動の予兆に対する期待とおののきを内に蔵して、未知の時代に歩み入ろうとしている。このときにあたり、創業の人野間清治の「ナショナル・エデュケイター」への志を現代に甦らせようと意図して、われわれはここに古今の文芸作品はいうまでもなく、ひろく人文・社会・自然の諸科学から東西の名著を網羅する、新しい綜合文庫の発刊を決意した。

激動の転換期はまた断絶の時代である。われわれは戦後二十五年間の出版文化のありかたへの深い反省をこめて、この断絶の時代にあえて人間的な持続を求めようとする。いたずらに浮薄な商業主義のあだ花を追い求めることなく、長期にわたって良書に生命をあたえようとつとめるところにしか、今後の出版文化の真の繁栄はあり得ないと信じるからである。

同時にわれわれはこの綜合文庫の刊行を通じて、人文・社会・自然の諸科学が、結局人間の学にほかならないことを立証しようと願っている。かつて知識とは、「汝自身を知る」ことにつきていた。現代社会の瑣末な情報の氾濫のなかから、力強い知識の源泉を掘り起し、技術文明のただなかに、生きた人間の姿を復活させること。それこそわれわれの切なる希求である。

われわれは権威に盲従せず、俗流に媚びることなく、渾然一体となって日本の「草の根」をかたちづくる若く新しい世代の人々に、心をこめてこの新しい綜合文庫をおくり届けたい。それは知識の泉であるとともに感受性のふるさとであり、もっとも有機的に組織され、社会に開かれた万人のための大学をめざしている。大方の支援と協力を衷心より切望してやまない。

一九七一年七月

野間省一

講談社文庫　目録

講談社文庫　目録

講談社文庫　目録

東野圭吾　魔球
東野圭吾　浪花少年探偵団
東野圭吾　しのぶセンセにサヨナラ〈浪花少年探偵団・独立編〉
東野圭吾　十字屋敷のピエロ
東野圭吾　眠りの森
東野圭吾　宿命
東野圭吾　変身
東野圭吾　仮面山荘殺人事件
東野圭吾　天使の耳
東野圭吾　ある閉ざされた雪の山荘で
東野圭吾　同級生
東野圭吾　名探偵の呪縛
東野圭吾　むかし僕が死んだ家
東野圭吾　虹を操る少年
東野圭吾　パラレルワールド・ラブストーリー
東野圭吾　天空の蜂
東野圭吾　どちらかが彼女を殺した
東野圭吾　名探偵の掟
東野圭吾　悪意

東野圭吾　私が彼を殺した
東野圭吾　嘘をもうひとつだけ
東野圭吾　時生
広田靚子　イギリス花の庭
日比野宏　アジア亜細亜　無限回廊
日比野宏　アジア亜細亜　夢のあとさき
日比野宏　夢街道アジア
平山壽三郎　明治おんな橋
平山壽三郎　明治ちぎれ雲
火坂雅志　美食探偵
火坂雅志　骨董屋征次郎手控
火坂雅志　骨董屋征次郎京暦
平野啓一郎　高瀬川
平山譲　ありがとう
平田俊子　ピアノ・サンド
藤沢周平　義民が駆ける
藤沢周平　新装版 春秋の檻〈獄医立花登手控え㈠〉
藤沢周平　新装版 風雪の檻〈獄医立花登手控え㈡〉
藤沢周平　新装版 愛憎の檻〈獄医立花登手控え㈢〉

藤沢周平　新装版 人間の檻〈獄医立花登手控え㈣〉
藤沢周平　新装版 闇の歯車
藤沢周平　新装版 市塵(上)(下)
藤沢周平　新装版 決闘の辻
藤沢周平　新装版 雪明かり
古井由吉　野川
福永令三　クレヨン王国の十二か月
船戸与一　山猫の夏
船戸与一　神話の果て
船戸与一　伝説なき地
船戸与一　血と夢
藤田宜永　樹下の想い
藤田宜永　艶《つや》めき
藤田宜永　異端の夏
藤田宜永　流砂
藤田宜永　子宮の記憶〈ここにあなたがいる〉
藤田宜永　乱調
藤川桂介　シギラの月
藤水名子　赤壁の宴

講談社文庫　目録

2008年6月15日現在